KALTE ANGST

Weltbild Taschenbuch

Die Autorin

Kay Hooper lebt in North Carolina. Sie ist die preisgekrönte Autorin zahlloser erfolgreicher Romane. Ihre Bücher, von denen einige bereits auf Deutsch vorliegen, wurden weltweit über sechs Millionen Mal verkauft. Das erfolgreiche und etwas andere Profiler-Team um Noah Bishop taucht gleich in mehreren verschiedenen Thrillerserien Kay Hoopers auf.

KAY HOOPER

KALTE ANGST

Roman

Aus dem Amerikanischen
von Susanne Aeckerle

Weltbild

Die amerikanische Originalausgabe erschien unter dem Titel
Chill of Fear
bei Bantam Books, New York.

Besuchen Sie uns im Internet:
www.weltbild.de

Übersetzung: Susanne Aeckerle
Redaktion: Dr. Gisela Hack-Molitor
Umschlaggestaltung: ZERO Werbeagentur, München
Umschlagmotiv: FinePic, München
Satz: Sabine Müller
Druck und Bindung: CPI Moravia Books s.r.o., Pohorelice
Printed in the EU
ISBN 978-3-86800-626-1

2013 2012 2011 2010
Die letzte Jahreszahl gibt die aktuelle Ausgabe an.

Prolog

Leisure, Tennessee
Vor fünfundzwanzig Jahren

Zitternd kauerte das kleine Mädchen in der hintersten Ecke des Schranks. Sie fürchtete sich vor der Dunkelheit und kniff die Augen zu, um nicht in die Schwärze blicken zu müssen. Die Hände hielt sie fest auf ihre Ohren gepresst, damit auch das Geräusch nicht mehr zu ihr dringen konnte.

Da-dum.

Da-dum.

Da-dum.

Aber sosehr sie sich anstrengte, das Geräusch blieb da, und sie hatte das beängstigende Gefühl, dass es in ihr selbst war. Ein paarmal legte sie eine Hand auf ihre Brust und spürte, wie ihr Herz schlug. Das hörte sich genauso an, dachte sie dann.

Da-dum.

Doch dieses Geräusch war in ihrem Kopf, pochte, vibrierte wie winzige Flügel, als wollte etwas verzweifelt entfliehen.

»Geh weg«, flüsterte sie.

Da-dum.

Schau hin.

Da-dum.

Hör zu.

Sie konnte nicht gut lesen, das war ihr schon immer schwergefallen, doch diese Worte sah sie so deutlich, als wären sie ihr eingebrannt in einer leuchtenden, flüssigen Schrift. So war das immer mit diesen seltsam glänzenden Buchstaben, sie bildeten Worte, die sie ganz leicht verstand.

Beeil dich. Schau hin.

Sie konnte es gar nicht vermeiden hinzuschauen. Nie hatte sie vermocht, diese Befehle zu missachten oder sich ihnen zu widersetzen.

Die Hände immer noch an die Ohren gepresst, öffnete sie widerstrebend die Augen. Im Schrank war es so dunkel, wie sie befürchtet hatte, aber unter der Tür drang Licht herein. Und noch während sie sich auf diesen Lichtspalt konzentrierte, spürte sie die langsamen, schweren Erschütterungen des Bodens unter ihr.

Versteck dich.

»Hab ich schon«, flüsterte sie zitternd. Ihr Blick blieb auf den Lichtspalt gerichtet, und das Grauen stieg in ihr auf, wurde riesengroß, bis sie davon ganz und gar erfüllt war.

Es kommt.

Stummes Schluchzen stieg in ihr hoch, als nun ein Schatten über den Lichtstrahl fiel und die Erschütterungen des Bodens unter ihr plötzlich aufhörten.

Dann verschlang die Dunkelheit den Rest des Lichts, und das kleine Mädchen hörte, wie an der Schranktür gerüttelt wurde.

Da-dum!

Da-dum!

Da-dum!

Oh nein.

Es ist da.

Vor fünf Jahren

»Sie sind schwer zu finden.«

Ohne den Blick von den Papieren zu wenden, die auf dem Tisch ausgebreitet vor ihm lagen, erwiderte Quentin Hayes: »Aber nicht unmöglich, offensichtlich. Wer sucht nach mir?«

»Noah Bishop.«

Diesmal schaute Quentin auf, mit erhobenen Augenbrauen. »Von der Spukeinheit?«

Bishop lächelte kaum merklich. »Den Spitznamen hab ich schon mal gehört.«

»Mittels Telepathie vielleicht? Ist das nicht Ihr Spezialgebiet?«

»Das stimmt. Aber man muss kein Telepath sein, um von dem Gespött zu hören.« Er zuckte mit den Schultern. »Das wird uns wohl auch immer begleiten. Doch mit dem Erfolg kommt auch die Anerkennung. Irgendwann.«

Quentin musterte Noah Bishop. Ihm fielen die ungewöhnlich hellgrauen Augen auf und das vernarbte, aber ausdrucksvolle Gesicht, das von Stärke und Gefährlichkeit zeugte und zweifellos alle bis auf die Mutigsten davon abhielt, offenen Spott zu äußern. Neben seinem Aussehen war es vor allem seine außerordentlich hohe Erfolgsquote als Profiler, die Noah Bishop viel Anerkennung innerhalb des FBI eingebracht hatte – auch wenn seine neue Einheit tatsächlich ebenso viel Spott erntete.

Auch Quentin selbst hatte einen beachtlichen Ruf als gründlicher Ermittler erworben, der bevorzugt alleine arbeitete und überhaupt nicht erpicht darauf war, sich einem Team anzuschließen; vor allem aber achtete er darauf, seine Fähigkeiten sorgfältig vor der Öffentlichkeit zu verbergen.

»Warum erzählen Sie mir das?«, fragte er abweisend.

»Dachte, es könnte Sie vielleicht interessieren.«

»Ach ja? Kann mir nicht vorstellen, wieso.«

»Natürlich können Sie das.« Bishop trat jetzt näher heran und setzte sich an die andere Seite des Tisches, immer noch ein kaum merkliches, amüsiertes Lächeln auf den Lippen. »Sie haben mich kommen sehen. Vor Monaten? Jahren?«

Ohne auf diese trockenen Fragen einzugehen, erwiderte Quentin: »Ich arbeite hier nicht auf Stempelkarte, falls Ihnen das niemand gesagt hat.«

»Mir wurde gesagt, dass Sie mindestens die zwei letzten Urlaube hier in Tennessee verbracht haben. Immer in dieser kleinen Stadt. Und die meiste Zeit vermutlich in diesem verlassenen Konferenzraum hier, der zu einem Polizeirevier gehört, das in den letzten zwanzig Jahren hauptsächlich mit Strafzetteln, häuslichen Streitigkeiten und dem ein oder anderen Schwarzhändler oder Drogenmischer zu tun hatte. Sie sitzen einfach da, schauen sich immer dieselben verstaubten Akten an, während die Polizisten im Revier hier darüber nur noch die Köpfe schütteln und auf Sie Wetten abschließen.«

»Wie ich höre, steigen meine Chancen«, meinte Quentin.

»Die Leute hier bewundern Ausdauer und Hartnäckigkeit.«

»Das tun die meisten Polizisten.«

Bishop nickte. »Und die meisten haben etwas gegen Rätsel und ungeklärte Fälle. Ist das der Grund, warum Sie hier sind?«

»Soll das heißen, Sie wissen es nicht schon längst?«

Der spöttische Ton schien Bishop überhaupt nicht zu stören. Sachlich erklärte er: »Ich kann nicht hellsehen. Bin kein Seher wie Sie. Ich bin ein Telepath, der mit Berührungen arbeitet. Wobei es mir nicht unbedingt helfen würde, Sie zu berühren, wenn ich in Sie hineinsehen wollte; fast alle Menschen mit außersinnlichen Begabungen – oder Paragnosten, wie wir sie nennen – haben einen Schild entwickelt, um sich abzuschirmen.«

»Dann ist es also bloß eine Vermutung von Ihnen, dass ich ein Paragnost bin?«, konnte Quentin nicht umhin zu fragen, obwohl Bishops Bemerkung vom »Seher« klarmachte, dass er überzeugt davon war.

»Nein. Ich weiß, dass Sie einer sind. Genauso wie Sie von meinen Fähigkeiten wissen, weil wir uns im Allgemeinen gegenseitig erkennen. Nicht immer, aber meistens.«

»Und wann kommt es dann zu unserem geheimen Handschlag?«

»Kurz bevor ich Ihnen Ihren Dekodierschlüssel gebe.«

Da musste Quentin doch lachen; er hatte Bishop keinen Sinn für Humor zugetraut. »Entschuldigung. Aber Sie müssen zugeben, eine FBI-Einheit, die aus Paragnosten besteht, ist ziemlich abgedreht. Fast wie aus einem Comic.«

»Eines Tages wird das anders sein.«

»Davon scheinen Sie tatsächlich überzeugt zu sein.«

»Die Wissenschaft lernt das menschliche Gehirn täglich besser kennen. Früher oder später werden paragnostische Wahrnehmungen genauso zu den Sinnen gezählt werden wie Sehen und Hören – als genauso normal und genauso menschlich.«

»Und dann wären Sie nicht mehr der Leiter der Spukeinheit?«

»Sagen wir mal so: Es ist bloß eine Frage der Zeit, bevor

sich die Zweifel und der Unglaube als falsch erweisen. Wir müssen nur erfolgreich sein.«

»Mann, so einfach soll das sein?« Quentin schüttelte den Kopf. »Liegt die Erfolgsrate beim FBI momentan nicht bei etwa vierzig Prozent abgeschlossener Fälle?«

»Das wird bei der Special Crimes Unit sehr viel besser aussehen.«

Quentin wusste nicht, was er auf diese optimistische Einschätzung Bishops entgegnet hätte, wäre nicht plötzlich ein Beamter des Polizeireviers von Leisure im Türrahmen aufgetaucht und hätte ihr Gespräch unterbrochen.

»Ich weiß zwar, dass du Urlaub hast, Quentin«, sagte Lieutenant Nathan McDaniel mit einem flüchtigen Blick auf Bishop, »aber ich dachte, das könnte dich interessieren – und der Chef war einverstanden, dass ich es dir sage.«

»Was ist denn, Nate?«

»Wir haben gerade einen Anruf bekommen. Ein kleines Mädchen wird vermisst.«

Quentin sprang sofort auf. »Aus der Lodge?«

»So ist es.«

Als das große Hotel um die Wende zum zwanzigsten Jahrhundert erbaut wurde, hatte man ihm zunächst einen pompösen Namen gegeben. Doch der war längst in Vergessenheit geraten. Das Hotel hieß so lange einfach nur »The Lodge«, dass sich keiner mehr an etwas anderes erinnern konnte; und irgendwann hatten die Besitzer resigniert und diesen Namen akzeptiert.

Die Lodge war von Anfang an bis zum gegenwärtigen Zeitpunkt ein beliebtes Ferienziel für die Reichen und Ruhebedürftigen – sowohl wegen der Atmosphäre von Grandeur, die es ausstrahlte, als auch wegen der abgeschiedenen

Lage, in der es sich befand. Da es keine größere Stadt in der Nähe gab und das Hotel nur über eine einzige, zweispurige Straße zu erreichen war, die sich von dem kleinen Ort Leisure über viele Meilen in die Höhe schlängelte, lag die Lodge denkbar weit von der Zivilisation entfernt; was vor allem angesichts des modernen Kommunikationsstandards bemerkenswert war.

Trotz ihrer Abgeschiedenheit verfügte die Lodge über verlockend viele Annehmlichkeiten, sodass die Gäste gerne hierher kamen. Das große Hauptgebäude und die zahllosen kleinen Cottages boten einen spektakulären Ausblick auf die umliegenden Berge. Es gab viele Meilen gewundener Pfade zum Wandern oder für Reitausflüge, außerdem wunderschöne Gärten, ein riesiges Klubhaus, das sowohl ein Schwimmbecken in Olympiagröße beherbergte als auch Plätze für Hallentennis, einen sehr gepflegten 18-Loch-Golfplatz und viele weitere Sport- und Freizeitangebote.

Dazu kamen ein gut ausgebildetes und diskretes Personal, das bemüht war, den Gästen jeden Wunsch zu erfüllen, komfortabel ausgestattete Zimmer und Cottages mit luxuriösen Betten und Bettzeug, das von den Gästen nach einem Aufenthalt gern erworben wurde, und außerdem erstklassige Schwimm- und Kuranlagen. So war nicht verwunderlich, dass dieses Hotel den Ort Leisure in Tennessee weit über die Staatsgrenzen hinaus bekannt gemacht hatte; jedenfalls als Luxusurlaubsort.

»Das einzige Problem«, sagte Quentin zu Bishop, als sie in der runden Auffahrt vor dem Hauptgebäude aus Quentins Mietwagen stiegen, »ist, dass aus dem Hotel unerklärlicherweise immer wieder Menschen verschwinden – und es sind fast ausschließlich Kinder.«

»Ich nehme an, das wird in den Prospekten nicht erwähnt«, meinte Bishop.

»Nein.« Quentin schüttelte den Kopf. »Tatsächlich lässt sich dabei auch kein Muster erkennen, außer man ist so misstrauisch veranlagt wie ich. Nach dem, was ich über die Jahre an Informationen zusammentragen konnte, handelt es sich bei den Toten und Vermissten fast nie um Gäste, obwohl alle irgendwie mit dem Hotel zu tun hatten. Meist waren es Kinder von Leuten, die hier oder in der näheren Umgebung arbeiteten. Also Ortsansässige. Und die Leute aus diesem Teil des Landes sind Fremden gegenüber sehr verschlossen und wollen nicht, dass man sich einmischt.«

»Selbst wenn es sich dabei um vermisste Kinder handelt?«

»Die Leute hier nehmen ihre Angelegenheiten in der Regel selbst in die Hand, das können Sie mir glauben. Die schnappen sich ihre Hunde und ihr Schrotgewehr und gehen selbst auf die Suche. Früher haben sie nie etwas der Polizei gemeldet, und soviel ich herausfinden konnte, hat sich da bis heute nicht viel geändert.«

»Von welchem Zeitraum sprechen Sie bei Ihren Recherchen?«

»Ich habe die letzten zwanzig Jahre zurückverfolgt. Und bin dabei auf ein halbes Dutzend verdächtiger Unfälle oder Krankheiten gestoßen und auf einen unzweifelhaften Mord. Was statistisch nicht signifikant ist für ein Hotel, das so viele Gäste beherbergt wie die Lodge, wenn man den Gästebüchern Glauben schenkt. Aber das tue ich nicht. Und ...«

Bishop wartete einen Moment und wiederholte dann fragend: »Und?«

»Und es hat mindestens fünf unaufgeklärte Fälle gegeben, bei denen Personen verschwunden sind, die mit dem Hotel in Zusammenhang stehen. Meist Kinder.«

Man musste keine paragnostischen Fähigkeiten besitzen, um zu erkennen, dass Quentin etwas anderes hatte sagen wollen, aber Bishop hakte nicht nach. Er meinte nur: »Wenn ich Kinder hätte, würde ich es mir zweimal überlegen, sie hierher mitzubringen.«

»Ja. Ich auch.« Quentin runzelte die Stirn, als er Nate McDaniel und einen weiteren Polizisten vom hiesigen Revier sah, die an der Vortreppe des Hotels mit einem sichtlich aufgeregten Mann sprachen.

»Und Sie kommen immer wieder hierher, um herauszufinden, warum dieser Ort … verflucht zu sein scheint?«

Quentin wehrte sich nicht gegen den Ausdruck. »Wie Sie schon sagten – die meisten Polizisten haben etwas gegen Rätsel und unaufgeklärte Fälle.«

»Insbesondere, wenn sie persönlich davon berührt sind.«

Quentins Stirnrunzeln wurde tiefer, doch er antwortete nicht, da sich McDaniel umdrehte, auf sie zukam und ihnen mit einem Kopfnicken zu verstehen gab, dass sie sich ihm anschließen sollten.

»Der Vater des Mädchens meint«, berichtete er, »dass es seiner Tochter gar nicht ähnlich sehe, einfach davonzulaufen. Die Mutter hielt sich heute in den Kuranlagen auf, daher haben er und das Mädchen den Tag gemeinsam verbracht. Morgens ein Ausritt, dann mittags Picknick im Rosengarten. Doch im Picknickkorb, den die Lodge zusammengestellt hat, fehlte das Lieblingsgetränk des Mädchens, deshalb ist der Vater noch einmal reingegangen, um es für sie zu holen. Sagt, er wäre keine fünf Minuten weg gewesen, obwohl ich eher zehn schätzen würde. Als er zu der

Picknickdecke auf dem Rasen zurückkam, war die Tochter verschwunden.«

McDaniel seufzte. »Die Hälfte der Angestellten sucht nach ihr, aber sie haben uns erst nach mindestens einer Stunde benachrichtigt.«

Bishop fragte: »Das Gelände um die Gebäude haben sie also schon abgesucht?«

»Behaupten sie.« McDaniel musterte ihn. »Ich weiß, warum Quentin hier immer wieder auftaucht, aber was ist mit Ihnen, Mr Bishop? Der Chef sagte, Sie wären hier, um mit Quentin zu sprechen, wären aber möglicherweise bereit, uns bei dieser Sache behilflich zu sein.«

»Ich bin immer bereit, bei der Suche nach einem Kind zu helfen«, erwiderte Bishop. »Hat jemand das Mädchen gesehen, nachdem der Vater es im Garten zurückgelassen hat?«

»Keiner, mit dem wir bisher gesprochen haben. Und es wurden noch eine Reihe weiterer Picknicks in anderen Teilen des Gartens abgehalten; das ist eine der traditionellen Veranstaltungen der Lodge, vor allem im Sommer. Aber alle anderen waren Pärchen, und ich schätze, die waren zu sehr mit sich selbst beschäftigt, um auf ein vorbeilaufendes Kind zu achten.«

»Und wenn sie vorbeigezerrt oder vorbeigetragen worden wäre?«, wollte Quentin wissen.

Bishop warf ihm einen Blick zu. »Wenn etwas Ungewöhnliches passiert, merken das die Leute. Hätte das Kind sich gewehrt oder protestiert, wäre sicher jemand aufmerksam geworden. Falls die Kleine überhaupt gesehen wurde.«

»Und es gibt keine Anzeichen eines Kampfes, Quentin«, warf McDaniel ein. »In einem Garten, der hauptsächlich aus Rasen und gepflasterten Wegen besteht, findet man keine Fußabdrücke, obwohl wir natürlich die Beete überprüfen. Das Einzige, was das Kind zurückgelassen hat, ist ein Pullover, den es früher am Tag getragen hatte. Ich habe eines unserer Suchhundeteams angefordert; es sollte innerhalb der nächsten halben Stunde hier sein.«

»Wie heißt sie, Nate?«

»Belinda. Ihr Vater sagt, es gäbe keinen Spitznamen. Sie ist acht.«

Ohne ein weiteres Wort drehte Quentin sich um und verschwand in Richtung des Rosengartens hinter dem Hauptgebäude.

»Da geht ein Mann, der von Dämonen geritten wird«, murmelte McDaniel fast abwesend.

»Welche Art von Dämonen, Lieutenant?«

»Das müssen Sie ihn fragen. Ich weiß nur, was ich bei seinen letzten Aufenthalten hier beobachtet habe. Und daraus schließe ich, dass er von einem Verbrechen verfolgt wird, das in den vergangenen zwanzig Jahren niemand von uns hat aufklären können. Der Unterschied ist nur, dass Quentin nicht loslassen kann.«

Bishop nickte leicht, sagte aber nur: »Wir haben alle diesen einen Fall, nicht wahr? Den einen, der uns verfolgt. Den einen, von dem wir nachts träumen.«

»Ja. Aber bei Quentin gibt es noch einen Unterschied. Der Fall, der ihn verfolgt, stammt direkt aus seinen Albträumen. Und seiner eigenen Kindheit.«

»Ich weiß«, erwiderte Bishop.

Es war, darin waren sich alle einig, schon unheimlich genug, dass ein Kind an einem sonnigen Nachmittag direkt aus einem hellen Rosengarten verschwunden war; bedrückender war jedoch, dass sich der Suchhund, nachdem er an Belindas kleinem rosafarbenem Pullover geschnüffelt hatte, einfach nur hinhockte und traurig aufheulte.

»Hat er das früher schon mal gemacht?«, fragte Bishop den Hundeführer, der entschieden den Kopf schüttelte.

»Noch nie. Cosmo weiß, was er zu tun hat, und er ist der beste Spürhund, den ich je hatte. Ich verstehe das nicht.« Er beugte sich zu dem Hund hinunter und murmelte dem zitternden Tier beruhigende Worte zu.

McDaniel schüttelte ebenfalls verblüfft den Kopf und befahl seinen Leuten, die Suche ohne die Hilfe des Hundes fortzusetzen. Zu Bishop sagte er: »Wenn Sie irgendwelche besonderen Kenntnisse zu bieten haben, wäre jetzt der richtige Zeitpunkt dafür.«

»Ja«, stimmte Quentin zu und blickte Bishop herausfordernd an. »Jetzt wäre der richtige Zeitpunkt.«

»Ich kenne das Gelände hier nicht so gut wie Sie alle«, erwiderte Bishop, »aber ich werde mein Bestes tun. Quentin, vielleicht könnten Sie mir die Gartenanlagen zeigen?«

»Und ich rede noch mal mit dem Vater.« Seufzend zog McDaniel zum Hauptgebäude ab.

Quentin sah ihm nach und senkte die Stimme. »Na gut, also keine Zirkusvorstellung für die Ortsansässigen. Das versteh ich. Was meine Fähigkeiten anbelangt, wie auch immer sie aussehen mögen: sie verraten mir in diesem Fall nicht das Geringste, und ich kann nur hoffen, Sie können mehr dazu beitragen, dieses kleine Mädchen zu finden.«

»Telepathie wird uns dabei nicht helfen«, gab Bishop zurück, ebenfalls mit gesenkter Stimme. »Allerdings hab ich noch eine andere kleine Begabung, die hier hilfreich sein könnte.«

»Welche denn?«

Ohne direkt darauf einzugehen, erwiderte Bishop: »Ich brauche etwas höher Gelegenes, von wo aus ich die Umgebung so gut wie möglich überblicken kann.«

»Im Hauptgebäude gibt es einen Aussichtsturm. Reicht der?«

»Führen Sie mich hin.«

Der »Turm« war wenig mehr als eine Kuppel, die sich über dem Dach des viktorianischen Gebäudes erhob und einen runden Raum von etwa fünf Metern Durchmesser umschloss, dessen Fensterläden im sommerlichen Wetter weit geöffnet waren. Da die Lodge in einem breiten Tal lag, konnte man von diesem Aussichtspunkt das Land meilenweit überblicken.

Bishop sprach erst wieder, als sie die oberste Treppenstufe und den Turm erreicht hatten. »Ich bin schon seit Langem davon überzeugt, dass Tiere Dinge spüren, die den meisten Menschen entgehen, Dinge, die außerhalb der feinsten menschlichen Sinne liegen.«

»Leider können sie uns nicht sagen, was sie verstört. Oder schließen Ihre telepathischen Fähigkeiten auch Tiere mit ein?«

»Nein, leider nur Menschen. Und auch bei den Menschen kaum mehr als die Hälfte. Diese zusätzlichen Sinne, die wir besitzen, sind schließlich genauso eingeschränkt wie die üblichen fünf.«

»Ich hab verdammt wenig Ahnung, was dieses Thema angeht, wenn Sie's genau wissen wollen.« Quentin ging zu der Turmseite hinüber, von der aus man in den Garten blicken konnte. »Die Wissenschaft hat dazu äußerst wenig zu bieten, jedenfalls soweit ich herausfinden konnte, und an all diesen verquasten Theorien, die sich als Wissenschaft ausgeben, war ich nie interessiert.«

»Schließen Sie sich der Special Crimes Unit an, und ich garantiere Ihnen, dass Sie alles lernen werden, was Wissenschaft und Erfahrung über die Fähigkeit zu paragnostischer Wahrnehmung zu bieten haben. Über Ihre eigenen Fähigkeiten und die anderer.«

»Ich eigne mich nicht besonders zur Teamarbeit.«

»Damit kann ich leben.« Bishop stellte sich neben ihn und blickte hinaus auf die Gärten. »Ich brauche einen Seher, Quentin, und die sind rar.«

»Ich sehe überhaupt nichts. Ich weiß nur manchmal Dinge«, gab Quentin schließlich zu. »Dämliches, nutzloses Zeug, meistens. Dass das Telefon gleich klingeln wird. Dass es regnen wird. Dass ich die Schlüssel finden werde, die ich an einem ungewöhnlichen Platz verloren habe.«

»Aber manchmal«, ergänzte Bishop, »wissen Sie, wo man ein wichtiges Beweisstück finden wird. Oder Sie kennen genau die richtige Frage, die man einem Verdächtigen stellen muss. Oder welcher Ermittlungsstrang in eine Sackgasse führt.«

»Sie haben meine Personalunterlagen gelesen«, meinte Quentin nach einem Moment.

»Natürlich. Sie sind einer der wenigen Paragnosten im Polizeidienst, den ich finden konnte – und der einzige, der bereits beim FBI ist.«

Quentin sah ihn an und schüttelte dann leicht den Kopf. »Ich war nie in der Lage, meine Fähigkeiten als Ermittlungswerkzeug zu benutzen. Ich hab sie bisher in keiner Weise unter Kontrolle gehabt.«

»Wir werden Ihnen beibringen, sie so weit zu beherrschen wie möglich. Und Ihnen zeigen, wie Sie Ihre Fähigkeiten fokussieren und lenken können. Wie Sie sie als Ermittlungshilfe einsetzen können.«

»So? Können Sie das denn?«

Bishop musste ein wenig lächeln angesichts der herausfordernden Direktheit von Quentin, schaute statt einer Antwort aber lieber über das Tal und konzentrierte sich ganz darauf, seine fünf »normalen« Sinne zu öffnen und zu verstärken. Es war, als würde ein verschwommenes Bild plötzlich schärfer werden, während im Hintergrund schwache Geräusche lauter und klarer wurden und er den Duft der Rosen, die weit unter ihm wuchsen, wahrnehmen konnte.

Er wollte sich Quentin gegenüber nicht genauer über das äußern, was er gerade tat, und dass diese Fähigkeit als »Spinnensinn« bezeichnet wurde; nicht nach Quentins spöttischer Bemerkung über seine Abteilung und Comics.

»Bishop ...«

»Warten Sie.« Er öffnete sich weiter und hörte Bruchstücke von Unterhaltungen der suchenden Polizisten und Hotelangestellten, Worte und kurze Sätze, zusammenhanglos und unwichtig. Neben dem Duft der Rosen, anderer Blumen und frisch gemähten Grases fing er die würzigen Gerüche aus der Hotelküche auf, ein süßliches Parfüm oder Aftershave und den warmen, staubigen Geruch von Pferden, Heu und Leder. Die Kristallklarheit dessen, was er sah, verschwamm, als suchte ein Zoomobjektiv weit entfernte Gegenstände und bemühte sich, sie scharf zu stellen.

Bishop konzentrierte sich noch mehr darauf und öffnete sich noch weiter.

Die Farben gingen ineinander über, die Gerüche vermischten sich unangenehm zu einem heftigen Gestank, bei dem sich sein Magen hob, und die Geräusche und Stimmen, die er hörte, wurden zu einem Dröhnen in seinem Kopf ...

»... oder wir könnten unten beim Bach suchen ...«

»... natürlich hab ich nicht mit ihm geflirtet ...«

»... der Gast in der Orchideensuite braucht ...«

»... nur eine Frage der Zeit, bis wir den Fluss und den See mit Schleppnetzen ...«

»Daddy? Wo bist du? Ich hab Angst ...«

Es kommt.

»Bishop!«

Er blickte zu Quentins Hand auf seinem Arm, dann in dessen Gesicht, sein Sehvermögen ließ für einige Momente nach, bis es wieder klar wurde. Jetzt konnte er nur noch diejenigen Geräusche hören, die üblicherweise aus dieser Höhe zu vernehmen waren. Und er roch nur noch die entfernten, angenehmen Gerüche eines Sommernachmittags.

Er musste Quentin nicht fragen, um zu wissen, dass er auffällig lange ganz still gewesen und in einen Zustand der Starre gefallen war, und bemühte sich nun, das anhaltende Kältegefühl abzuschütteln, das er empfand.

Doch er fragte sich, ob die besondere Schärfe, mit der er sich auf seine Umgebung hatte einstellen können, daran lag, dass dieser Ort, wie Quentin glaubte, etwas Ungewöhnliches ausstrahlte. Die Kälte, die Bishop gespürt hatte, war zumindest ein Indiz dafür, dass Quentins Behauptung stimmte.

Aber es war jetzt kaum Zeit, darüber nachzudenken.

»Können Sie reiten?«, fragte er, nicht überrascht über die leichte Heiserkeit seiner Stimme.

Stirnrunzelnd antwortete Quentin: »Ja, kann ich. Was zum Teufel haben Sie da eben gemacht?«

»Ich ... habe mich auf diesen Ort eingestellt. Gehen wir.«

Quentin folgte, immer noch mit gerunzelter Stirn. Innerhalb von zehn Minuten saßen sie auf zwei Pferden, die dem Hotel gehörten, und folgten einem der Pfade, die sich in die Berge hinaufwanden. Bishop ritt voraus, sagte nicht viel, schien sich dagegen ganz zu konzentrieren, als lauschte er einer inneren Stimme, die ihn führte.

Quentin war nicht sehr verwundert zu sehen, wie gut Bishop reiten konnte; er hatte das Gefühl, dass der Mann zu denen gehörte, die alles meistern würden, was sie sich vornahmen, ganz egal, wie viel Anstrengung oder Zeit es sie kosten würde.

Was, wie Quentin wusste, zweifellos auch Bishops paragnostische Fähigkeiten mit einschloss.

Aber was hatte er wirklich da im Turm gemacht? Was immer es war, die reale körperliche Anstrengung war unübersehbar gewesen. Seine Pupillen hatten sich für einen Augenblick so erweitert, dass Quentin beim Hineinschauen an Eis erinnert wurde, das sich um einen tiefen, schwarzen See gebildet hatte. Verstörend, um es milde auszudrücken. Und was hatte Bishop gesagt – er habe sich auf den Ort eingestellt? Was sollte das wohl bedeuten?

Quentin trieb sein Pferd an, bis er sich trotz der Enge des Pfades auf gleicher Höhe mit Bishop befand, und fragte: »Wissen Sie, wo sie ist, oder machen wir nur einen netten Nachmittagsritt?«

»Ich weiß, wo sie ist«, erwiderte Bishop ruhig.

»Woher?«

»Ich habe sie gehört.«

Quentin verdaute das für einen Moment. »Vom Turm aus? Sie haben sie von da oben gehört?«

»Ja.«

Quentin drehte den Kopf, betrachtete die erhebliche Entfernung, die sie bereits zurückgelegt hatten, und sagte beinahe unwillkürlich: »Unsinn.«

»Das Gehirn«, entgegnete Bishop, »ist ein bemerkenswertes Werkzeug. Genau wie die Sinne. Die gewöhnlichen fünf, plus der zusätzlichen, die uns, wenn wir Glück haben, verliehen sind.«

»Bishop, Ihr Verstand hat Sie verlassen – und all Ihre vielen Sinne auch.«

»Warten wir's ab.«

Quentin ließ sich zurückfallen, folgte Bishop aber weiter. Er redete sich ein, das nur zu tun, um einen Wahnsinnigen bei Laune zu halten. Aber die leise Stimme in seinem Kopf, die ihm so oft gesagt hatte, wo er nachschauen oder was er fragen sollte oder was als Nächstes passieren würde, verriet ihm, dass die kleine Belinda gefunden werden würde, und zwar, weil Bishop sie tatsächlich irgendwie gehört hatte.

»Belinda?«

»Geh weg«, murmelte sie und blinzelte gegen das blendende Licht von Quentins Taschenlampe. Sie drückte sich in eine Ecke neben der alten Feuerstelle aus Steinen und schien sich dabei noch weiter verkriechen, noch kleiner machen zu wollen. »Tu mir nicht weh.« Ihre Stimme war dünn und zittrig, das Flehen endete in einem krampfhaften Schluchzen.

»Alles ist gut, Belinda, du bist jetzt in Sicherheit. Wir bringen dich zurück zu deinen Eltern.« Quentin bemühte sich, seine Stimme besänftigend klingen zu lassen, aber die Angst des Kindes war greifbar, und er wagte nicht, die Kleine anzufassen.

»Lassen Sie mich mal«, bat Bishop.

Quentin machte bereitwillig Platz; es war eng in dem

baufälligen Schuppen, der vielleicht mal eine Art Haus gewesen war, und sie beide kamen dem schluchzenden Kind wahrscheinlich wie Riesen vor. Die Kleine war offensichtlich benommen und verwirrt, schien aber bis auf einen kleinen Schnitt an der Stirn unverletzt zu sein.

Quentin konnte allerdings nicht verstehen, wie sie es geschafft hatte, hier heraufzukommen, viel weiter von der Lodge entfernt, als ein Kind ihres Alters es in der zur Verfügung stehenden Zeit hätte schaffen können. Zumindest zu Fuß.

»Alles ist gut, Belinda«, wiederholte Bishop sanft. Aber im Gegensatz zu Quentin zögerte er nicht, das Kind anzufassen und es in die Arme zu nehmen.

Zu Quentins Erstaunen wehrte sich das kleine Mädchen nicht dagegen und protestierte auch nicht, sondern entspannte sich sichtbar und hörte auf zu weinen. Sie sah sogar ein bisschen schläfrig aus, als hätte die Erschöpfung sie schließlich überwältigt.

»Bringen wir sie hier raus«, sagte Bishop.

Quentin gab den anderen Suchmannschaften über Funk Bescheid, dass Belinda unverletzt gefunden worden war, und Bishop setzte sie vor sich aufs Pferd und hielt sie sicher im Arm, während sie den Berg hinunterritten.

Bei aller Erleichterung, das Kind unverletzt gefunden zu haben, und so beeindruckt er auch davon war, wie Bishop das geschafft hatte, interessierte sich Quentin am meisten für Belindas Reaktion auf Bishop. Mit seinen blassen Augen und der hässlichen Narbe auf der Wange schien dieser nicht besonders geeignet, bei einem verängstigten kleinen Kind Vertrauen auszulösen. Doch kaum hatte er sie berührt, war sie auch schon ganz vertrauensvoll und zufrieden in seinen Armen gelegen.

»Sie können gut mit Kindern umgehen«, bemerkte Quentin auf der letzten halben Meile zur Lodge. »Haben Sie selbst welche?«

Bishop schaute auf das dunkelhaarige Mädchen, das sich an ihn schmiegte, und Quentin bemerkte ein kurzes Aufblitzen von Schmerz, das gleich wieder verschwand.

»Nein«, erwiderte Bishop, »ich habe keine eigenen.«

»Schätze, manche Leute haben einfach den Kniff raus. Hatte ich nie. Ich mag zwar Kinder, aber sie erwärmen sich nicht so rasch für mich.«

»Sie hat eine Menge durchgemacht.«

Quentin machte sich nicht die Mühe zu sagen, dass sie auch unter anderen Umständen so auf ihn reagiert hätte. Stattdessen blickte er in Belindas schläfriges Gesicht und senkte die Stimme. »Sie haben sie über diese weite Entfernung gehört; ich nehme an, Sie können sie auch jetzt hören. Was ist mit ihr passiert?«

»Sie erinnert sich nicht.« Bishops Stimme war ebenso leise.

»Was, an überhaupt nichts?«

»An nichts, seit sie heute Morgen aufgewacht ist. Sie erinnert sich nicht an den Ausritt mit ihrem Vater oder den Anfang des Picknicks.« Bishop hielt einen Moment inne und fügte dann hinzu: »Nicht so ungewöhnlich nach einer Kopfverletzung.«

»Nein, aber … woher hat sie die Verletzung? Und wie zum Teufel ist es ihr gelungen, in kaum mehr als zwei Stunden meilenweit durch das Tal und in die Berge hinaufzukommen?«

»Ich weiß es nicht.«

»Keine Hufabdrücke bei dem alten Schuppen, außer denen von unseren Pferden. Keine Reifenspuren. Keinerlei

Fußabdrücke, soweit ich sehen konnte – nicht mal die des Mädchens.«

»Ja, ist mir auch aufgefallen.«

Da sie die Lodge fast erreicht hatten, ließ Quentin das Thema vorläufig fallen. Aber nachdem sie Belinda ihren glücklichen Eltern übergeben hatten und alle Fragen und verblüfften Ausrufe und Dankesbezeugungen erledigt waren – mit erstaunlicher Diskretion und geschickten Ausweichmanövern von Bishops Seite –, brachte Quentin das Thema erneut zur Sprache.

Die beiden Männer saßen auf dem schattigen Teil der Veranda an einem etwas abseits gelegenen Tisch, vor sich zwei Gläser kühles Bier – auf Kosten des Hauses.

»Ihnen ist aufgefallen, dass es dort oben keine Fußabdrücke gab. Ich denke, wir glauben beide, dass sie nicht allein da hinaufgekommen sein kann. Also, was ist Ihrer Meinung nach mit Belinda passiert?«

»Ich weiß es nicht. Da wir nichts Greifbares in der Hand haben, gibt es keine Möglichkeit, das zu wissen.«

»Ich frage Sie nicht, was Sie wissen. Mir geht es darum, was Sie denken. Was Sie fühlen. Ich habe Ihr Gesicht gesehen, als wir den alten Schuppen erreichten, und man musste kein Telepath sein, um zu merken, dass Sie etwas gespürt haben, was Ihnen gar nicht gefiel.«

Nach einem Augenblick antwortete Bishop: »Das Gebäude ist alt, und wie in vielen alten Gebäuden gab es da eine Menge … Echos. Leider weiß ich nicht, wie man die Schichten der Zeit voneinander trennt, um das paranormale Echo eines hundert Jahre zurückliegenden Ereignisses von dem zu unterscheiden, was gestern geschah. Oder heute. Oder vor zwanzig Jahren.«

Wieder trat eine Pause ein, in der Quentin ihn anschaute und dann leise sagte: »Es ist nicht da oben passiert. Was vor zwanzig Jahren geschah.«

»Ich weiß.«

»Sie wissen verdammt viel, was?« Eine Frage war das eigentlich nicht.

Bishop lächelte. »Glauben Sie wirklich, ich würde versuchen, ein neues Teammitglied anzuwerben, ohne mich vorher genauestens zu informieren? Bei der Special Crimes Unit wird es nicht viele Geheimnisse geben, Quentin, das brauche ich wohl kaum zu betonen. Wir sind eine Einheit von Menschen mit paranormalen Fähigkeiten. Da gibt es alles: von den Telepathen, die Gedanken lesen können, bis zu den Empathen, die fremden Schmerz spüren; irgendwann wissen wir so ziemlich alles, was es übereinander zu wissen gibt.«

»Falls das als Werbung für Ihre Einheit gedacht war, könnte es durchaus sein, dass Sie mehr Kandidaten abschrecken als anlocken«, murmelte Quentin.

»Schreckt es Sie ab?«

»Beantworten Sie mir erst eine Frage. Was haben Sie tatsächlich in dem Schuppen gespürt?«

»Dasselbe, was ich für einen Sekundenbruchteil da oben im Aussichtsturm gespürt habe. Etwas Altes und Dunkles und Kaltes. Etwas Böses.«

»Was ist es?«

»Das weiß ich nicht. So etwas habe ich noch nie zuvor gespürt. Aber ich kann Ihnen versichern, dass es seit langer Zeit hier ist. Dass wir es heute verärgert haben, als wir Belinda so rasch fanden. Und ich versichere Ihnen ebenfalls, dass es genau das ist, was vor zwanzig Jahren in Ihr Leben eingegriffen hat.«

»Woher wollen Sie das wissen?«, knurrte Quentin grob.

»Sie haben mich im Turm am Arm gepackt, erinnern Sie sich? Da habe ich es gespürt. Dass Sie mit dem, was auch immer hier passiert, verbunden sind. Das ist der Grund, warum Sie hierher zurückkommen, weil Sie an diesen Ort gebunden, mit ihm verknüpft sind, und das nicht nur durch Ihre Erinnerungen. Auch noch durch etwas anderes. Und Sie werden wieder und wieder herkommen, bis Sie die Antworten gefunden haben, die Sie suchen.«

»Sie können mir die nicht geben?«

Bishop schüttelte den Kopf. »Nein. Und auch Sie werden sie dieses Mal nicht finden, da bin ich mir sicher. Die Zeit ist noch nicht reif dafür.«

»Sie sagten, Sie wären kein Seher.«

»Bin ich auch nicht. Aber ich habe gelernt, dass es für die meisten Dinge einen Rhythmus gibt. Für das Universum. Eine ganz bestimmte Abfolge von Ereignissen, ein Muster, eine richtige Reihenfolge. Ich spüre das manchmal. Und hier spüre ich, dass die Zeit noch nicht reif ist, dass das Dunkle hier sich noch ein bisschen länger verborgen halten wird.«

Mit einem Anflug von Humor meinte Quentin: »Das sagen Sie nur, damit ich hier Schluss mache und mich Ihrem Team anschließe.«

»Nein. Wenn ich Ihnen helfen könnte, mit Ihrer Vergangenheit ein für alle Mal ins Reine zu kommen, würde ich das tun, glauben Sie mir.« Bishops Mund zuckte leicht. »Ich weiß, was es bedeutet, zu viel in die Vergangenheit zurückzuschauen statt nach vorne. Aber das hat mich nicht blockiert, und es wird auch Sie nicht blockieren.«

»Sie klingen, als wären Sie sich dabei ganz sicher.«

»Ich bin auch sicher. Genauso sicher wie bei dem, was ich Ihnen vor ein paar Stunden gesagt habe. Sie haben mich tatsächlich kommen sehen, nicht wahr, Quentin? Sie wussten, dass ich Sie bitten würde, sich der Special Crimes Unit anzuschließen.«

Quentin lachte entschuldigend. »Ach, zum Teufel, ich habe Sie seit Jahren kommen sehen.«

»Deswegen sind Sie zum FBI gegangen.«

»Ja. Ich hatte ein Juraexamen, mit dem ich nichts anzufangen wusste, und dachte daran, Polizist zu werden. Und dann, eines Tages ... wusste ich, dass es die Special Crimes Unit geben würde. Ich wusste, dass ich Teil davon sein würde.«

Trocken erwiderte Bishop: »Und trotzdem haben Sie gewartet, bis ich mich zu Ihnen bemühe.«

»Tja, jeder hat gerne das Gefühl, dass man sich um ihn bemüht.«

»Ich glaube«, meinte Bishop, »Ihren Ruf als einsamer Wolf haben Sie sich redlich verdient.«

»Da könnten Sie recht haben. Außerdem sind wir wohl etwas vom Thema abgekommen. Ich bin nicht bereit, das hier aufzugeben, Bishop.«

»Darum würde ich Sie auch nie bitten. Ich bitte Sie nur, nach vorn zu schauen statt zurück. Für eine Weile. Ihre Vergangenheit wird immer da sein, vertrauen Sie mir.«

»Das Mädchen in meiner Vergangenheit ist gestorben«, hörte Quentin sich sagen.

»Ich weiß. Und das Mädchen – die Frau in meiner Vergangenheit befindet sich für mich ebenfalls außer Reichweite, so sicher, als wäre sie tot. Zumindest bis das All so weit ist, diesen Faden wieder aufzunehmen.«

»Und ihn wieder mit dem Muster zu verweben?« Quentin schüttelte den Kopf. »Und wenn es nun ein verlorener Faden ist?«

»Ist er nicht. Ist sie nicht. Ebenso wenig wie Ihre Missy, Quentin.«

Zum ersten Mal seit langer Zeit sprach jemand in Quentins Gegenwart diesen Namen aus, und er spürte, wie er innerlich zusammenschrak. »Sie ist tot. Ich kann für sie jetzt nichts mehr tun, als herauszufinden, warum sie gestorben ist.«

»Ich werde Ihnen dabei helfen, so gut ich kann. Sie haben mein Wort darauf.«

»Aber erst, wenn die Zeit reif ist?«

»Manches muss so geschehen, wie es geschieht.«

Quentin sah ihn neugierig an. »Ist das Ihr Mantra?«

»So was in der Art. Daran zu glauben hilft mir, nicht verrückt zu werden.«

»Damit könnten Sie mich vielleicht überzeugen. Bis dahin … was soll's. Scheint so, als wussten wir beide, dass das hier unvermeidlich war.« Er streckte dem anderen die Hand hin. »Sie haben sich einen Seher geangelt, Bishop.«

Und als sie sich die Hand gaben, hätte er Bishop beinahe von der kleinen Stimme in seinem Kopf erzählt, die flüsterte: *Er wird Miranda finden. Aber noch nicht. Jetzt noch nicht.*

Dann sah er das Flackern in Bishops blassen Augen und erkannte, dass der Telepath seine Gedanken gelesen und die kleine Stimme gehört hatte. Bishop brauchte allerdings keinen Seher, der ihm sagte, wovon er bereits vollkommen überzeugt war: Er würde seine Miranda finden. Früher oder später.

Quentin fragte sich, ob seine eigene Suche, die ihn schon so lange umtrieb, wohl auch so glücklich enden würde.

1

Gegenwart

»Wieder Albträume?«

Diana Brisco steckte ihre kalten Hände in die Taschen ihres Malkittels und zog die Brauen zusammen.

»Wie kommen Sie darauf?«

»Deswegen.« Mit einem Kopfnicken deutete er zur Leinwand auf der Staffelei vor ihr, eine Leinwand mit dunklem Hintergrund und harten, grellen Farbwischern im Vordergrund.

Gemeinsam mit ihm schaute sie auf die Leinwand und zuckte dann mit den Schultern. »Nein, keine Albträume.« Wenigstens diesmal nicht. »Nur so eine Stimmung, nehme ich an.«

»Eine düstere Stimmung.«

»Sie haben gesagt, wir sollen das malen, was wir empfinden«, erwiderte sie abwehrend. »Das hab ich getan.«

Er lächelte, wodurch sein ohnehin blendendes Aussehen noch hinreißender wirkte. Sie hielt unwillkürlich den Atem an.

»Ja, natürlich. Und sehr ausdrucksstark. Ich mache mir keine Sorgen wegen Ihrer Arbeit, Diana. Die ist ausgezeichnet, wie immer. Ich mache mir Sorgen um Sie.«

Sie wehrte die fast hypnotisierende Wirkung seiner körperlichen Präsenz innerlich ab und überging seine Bemerkung als eines der üblichen Komplimente, um die Schüler bei Laune zu halten. »Mit mir ist alles in Ordnung. Ich habe schlecht geschlafen, aber nicht, weil ich Albträume hatte. Nur wegen …« Wieder zuckte sie mit den Schultern, wollte nicht zugeben, dass sie die halbe Nacht aus ihrem Schlafzimmerfenster über das dunkle Tal gestarrt hatte. Seit ihrer Ankunft in Leisure hatte sie viel zu viele Nächte so verbracht.

Hatte Ausschau gehalten nach … etwas. Gott allein wusste, wonach, denn sie wusste es mit Sicherheit nicht.

Sanft, aber auch sachlich sagte er: »Auch wenn es bei diesem Workshop mehr um Selbstausdruck als um Therapie ginge, würde ich Ihnen denselben Rat geben, Diana. Wenn wir hier fertig sind, sollten Sie mal etwas anderes machen. Gehen Sie spazieren oder reiten oder schwimmen. Setzen Sie sich mit einem Buch in den Garten.«

»Mit anderen Worten, ich soll aufhören, so viel über mich selbst nachzudenken.«

»Aufhören zu denken. Eine Zeit lang.«

»Na gut. Klar. Danke.« Diana wusste, dass sie brüsk klang, und wollte sich dafür entschuldigen. Letztlich tat er nur das, wofür er da war, und hatte vermutlich keine Ahnung, dass sie das alles schon oft genug gehört hatte. Aber bevor sie eine Antwort formulieren konnte, lächelte er ihr kurz zu und ging zum nächsten »Schüler« hier in dem hellen, weiträumigen Wintergarten des Hotels.

Diana behielt die Hände in den Taschen des farbverschmierten Kittels und betrachtete stirnrunzelnd ihr Bild. Ausgezeichnet, hatte er gesagt? Na ja. Für sie sah es mehr nach der Fingerfarbkleckserei einer völlig untalentierten Sechsjährigen aus.

Aber natürlich ging es hier weder um Qualität noch um Talent.

Es ging darum herauszufinden, was in ihrem verdrehten Hirn los war.

Sie wandte den Blick von dem Bild ab und beobachtete, wie Beau Rafferty von einem Schüler zum anderen ging. Dass ein Künstler seines Formats eine solche Art von Workshop leitete, war ihr zunächst seltsam vorgekommen. Doch nach einer Woche Unterricht war ihr klar geworden, dass Rafferty nicht nur fürs Unterrichten besonders begabt war, sondern auch dafür, sich in Menschen einzufühlen und ihnen zu helfen.

Bei anderen Menschen zumindest war das so. An den meisten Teilnehmern des Workshops waren die Veränderungen bereits sichtbar. Verkniffene Gesichter begannen sich zu entspannen, ständiges Stirnrunzeln oder verschreckte Ängstlichkeit hatten sich in Lockerheit und Lächeln verwandelt. Sie hatte sogar beobachtet, dass einige neuerdings noch an weiteren Aktivitäten teilnahmen, die das Hotel zu bieten hatte.

Aber nicht Diana. Oh nein. Diana hatte immer noch Albträume, wenn sie überhaupt schlafen konnte, und sie konnte sich nicht erinnern, wann sie sich das letzte Mal entspannt gefühlt hatte. Für keine der vielen Sport- und Freizeitmöglichkeiten hier interessierte sie sich auch nur im Geringsten. Und sie glaubte auch nicht, dass sich ihre rudimentären künstlerischen Fertigkeiten bislang verbessert hatten – da mochte Rafferty noch so genial und pädagogisch begabt sein.

Vermutlich war diese ganze Sache nur eine erneute Verschwendung ihrer Zeit und des Geldes ihres Vaters.

Diana blickte wieder auf ihr Bild und zögerte kurz, bevor sie nach ihrem Pinsel griff und einen kleinen scharlachroten Streifen in die untere linke Ecke malte. Damit ist es fertig, beschloss sie. Sie hatte keine Ahnung, was das Ganze darstellen sollte, aber es war fertig.

Automatisch begann sie ihre Pinsel zu reinigen und versuchte, sich allein darauf zu konzentrieren und nicht zu denken.

Doch gerade das war natürlich ein Teil ihres Problems: Nach kurzen Momenten konzentrierter Aufmerksamkeit schossen ihr immer wieder zusammenhanglose, ganz zufällige Gedanken und Ideen durch den Kopf, für gewöhnlich so rasch, dass sie über weite Zeitspannen verwirrt und desorientiert war. Beinahe ununterbrochen tauchten Worte und Satzfetzen auf, wie Bruchstücke von Unterhaltungen, die sie zufällig auffing, und verschwanden wieder.

Ein Mangel an Konzentrationsfähigkeit, behaupteten die Ärzte. Sie waren sich sicher, dass sie nicht unter einer Aufmerksamkeitsdefizitstörung litt, obwohl sie dagegen mindestens zweimal in ihrem Leben medikamentös behandelt worden war; nein, alle ärztlichen Untersuchungen und Tests hatten ergeben, dass ihr Problem trotz »etwas erhöhter« elektrischer Aktivitätswerte weder körperlich noch chemisch begründet war, dass es nicht ihr Gehirn betraf, sondern dass es etwas war, das ihre Psyche betraf.

Doch bisher war es noch niemandem gelungen, eine erfolgreiche Strategie zu entwickeln, wie dieses Etwas genauer bestimmt werden konnte. Dabei hatte man schon fast alles ausprobiert: die übliche Couch mit Psychiater. Hypnose. Bewusste Regression; die unbewusste Variante dieser Therapieform schied aus, weil sie nicht in Hypnose versetzt werden konnte. Außerdem: Gruppentherapie, Massagetherapie sowie verschiedene andere Therapien traditioneller sowie esoterischer Art. Und jetzt versuchte man es mit Malen unter der Anleitung eines echten künstlerischen

Genies, um endlich in ihr Inneres vorzudringen und eine Antwort auf die Frage zu bekommen, was zum Teufel mit ihr los war.

Der Vorschlag war von einem der Ärzte gekommen, die sie derzeit konsultierte, und Diana fragte sich, ob er wohl Provision für jede seiner Empfehlungen erhielt.

Ihr Vater hatte keine Kosten gescheut, um seinem gequälten einzigen Kind zu helfen, sichtlich in Sorge, sie könnte, wie so viele andere, zu Alkohol oder Drogen greifen oder, schlimmer noch, aufgeben und Selbstmord begehen.

Für Diana war die Flucht ins Vergessen, das die üblichen chemischen »Entspannungsdrogen« versprachen, keine Lösung. Im Gegenteil: Sie konnte es nicht leiden, die Kontrolle über sich zu verlieren, ein Charakterzug, der ihr Problem nur noch verstärkte; je mehr sie versuchte, sich zu konzentrieren, desto zerrissener wurden ihre Gedanken. Und das Versagen, sie zu kontrollieren, deprimierte und verstörte sie natürlich noch mehr, doch nie bis zu dem Punkt, an Selbstmord zu denken.

Diana war niemand, der schnell aufgab. Deshalb war sie hierhergekommen und bereit, eine weitere Therapieform auszuprobieren.

»Wir treffen uns hier dann alle morgen wieder«, verkündete Rafferty lächelnd und ersparte sich ein kollektives »Gutes Arbeiten«, weil er das bereits jedem Einzelnen gewünscht hatte.

Diana zog ihren Kittel aus, hängte ihn an den Haken an der Staffelei und schickte sich an, den anderen aus dem Wintergarten zu folgen.

»Diana?«

Sie wartete, ein wenig überrascht, als Rafferty auf sie zukam.

»Nehmen Sie das hier.« Er hielt ihr einen Skizzenblock und eine kleine Schachtel mit Aquarellstiften hin.

Sie nahm sie entgegen, aber mit einem Stirnrunzeln. »Wozu? Ist das eine Art Übung?«

»Nur ein Vorschlag. Behalten Sie den Block bei sich und versuchen Sie zu malen, wenn Sie sich verwirrt oder unsicher oder ruhelos fühlen. Denken Sie nicht darüber nach, versuchen Sie das Malen nicht zu beeinflussen, malen Sie einfach.«

»Aber …«

»Lassen Sie einfach los und malen Sie.«

»Ist das so was wie die Tintenkleckse? Sie schauen sich meine Zeichnungen dann an, interpretieren sie nach freudschen Methoden und finden schließlich raus, was mit mir los ist?«

»Nein, ich werde sie gar nicht zu Gesicht bekommen, es sei denn, Sie wollen sie mir zeigen. Nein, Diana, die Zeichnungen sind nur für Sie. Das könnte Ihnen helfen … könnte Dinge für Sie klären.«

Sie überlegte, nicht zum ersten Mal, wie viel er wirklich über sie und ihre Dämonen wusste, fragte aber nicht, sondern nickte nur. Es war etwas, das sie noch nicht ausprobiert hatte, also warum nicht? »Na gut. Bis morgen.«

»Bis morgen, Diana.«

Sie verließ den Wintergarten und schlug den Weg nach draußen zur Gartenanlage ein; nicht, weil Gärten ihr besondere Freude bereiteten, sondern nur, weil sie keine Lust hatte, in ihr Cottage zurückzukehren. Die Anlage war sicher schön, nahm sie an. Tatsächlich war sie überaus prachtvoll, angefangen von den verschiedenen, thematisch unterschiedlich gestalteten Gartenbereichen, die bereits Mitte April in voller Blüte standen, bis zu den Gewächshäusern, in denen es eine erstaunliche Vielfalt an Orchideen gab.

Doch Diana durchschritt gleichgültig die bezaubernde Szenerie. Sie folgte ohne nachzudenken einem gepflasterten Weg, überquerte eine gebogene Brücke über einen künstlich angelegten Bach mit zahllosen bunten japanischen Karpfen und landete in dem angeblich heitere Ruhe ausstrahlenden Zengarten mit seinen zurechtgestutzten Büschen und Bäumen, den sorgsam platzierten Steinen und verschiedenen Statuen auf geharktem Sand.

Sie setzte sich auf eine Steinbank neben einer Trauerweide und nahm sich vor, nicht lange zu bleiben, weil der Nachmittag schon fortgeschritten war und es um diese Jahreszeit bereits recht kühl wurde, sobald die Sonne hinter den Bergen verschwunden war. Und dann war da noch der Nebel, der die beunruhigende Eigenschaft hatte, in dieses Tal zu kriechen und sich über die Lodge und die Gärten zu legen, sodass es einem vorkam, als müsste man seinen Weg durch ein feuchtes und frösteliges Labyrinth finden.

Dafür war Diana absolut nicht in der Stimmung. Doch sie blieb länger sitzen, als sie geplant hatte, öffnete schließlich die Schachtel mit den Aquarellstiften und nahm abwesend einen Stift heraus. Er war bereits gespitzt.

Diana schlug den Skizzenblock auf und probierte genauso abwesend den Stift aus, wobei sie sich erneut bemühte, die wirren Gedanken in ihrem Kopf zu ignorieren und sich nur auf einen einzigen zu konzentrieren: auf die Frage, warum sie solche Schwierigkeiten hatte, hier Schlaf zu finden. Das war ihr zwar auch früher hin und wieder passiert, aber nicht in der letzten Zeit, erst wieder, seit sie in die Lodge gekommen war.

Albträume waren stets ein Problem für sie gewesen. Sie

traten zwar nicht regelmäßig auf, doch seit sie sich in der Lodge aufhielt, waren sie schlimmer geworden. Heftiger, beängstigender. Sie wachte kurz vor Morgengrauen auf, keuchend vor Panik, konnte sich jedoch nicht daran erinnern, was sie so verängstigt hatte.

Wach zu bleiben war weniger traumatisch. Dann saß sie zusammengerollt auf dem Fenstersitz in ihrem Schlafzimmer und schaute, in eine Decke gegen die durch die Scheibe dringende Kälte eingehüllt, über das Tal und zu den dunkel aufragenden Bergen.

Hielt Ausschau nach ... etwas. Nichts. Wartete.

Mit einem kleinen Ruck kam Diana wieder zu sich, spürte plötzlich, dass ihre Finger schmerzten. Einen der Aquarellstifte hielt sie in der Hand, die meisten anderen lagen verstreut neben ihr auf der Bank, außerhalb der Schachtel, stumpf gemalt. Diana hatte keine Ahnung, wie viel Zeit vergangen war.

Nur das nicht – seit Monaten war ihr das nicht mehr passiert: ein Blackout. Ging es damit etwa wieder los?

Argwöhnisch blickte sie auf den Skizzenblock. Und entdeckte zu ihrem Erstaunen, dass sie ein Gesicht gezeichnet hatte.

Ein schmales Gesicht mit hohen Wangenknochen und leuchtend blauen Augen, umrahmt von einem etwas wirren Haarschopf, der braungolden schimmerte. Das Kinn wirkte entschlossen, und um den Mund spielte ein leichtes, humorvolles Lächeln.

Er schien Diana direkt anzuschauen mit diesen durchdringenden, seltsam ... wissenden Augen.

Künstlerisch war das Porträt besser, als sie es sich je zugetraut hätte, was ihr das unheimliche Gefühl gab, jemand anderes hätte es gemalt. Zumal sie sich absolut sicher war, dass sie diesen Mann noch nie in ihrem Leben gesehen hatte.

»Großer Gott«, murmelte sie. »Vielleicht bin ich ja wirklich verrückt.«

»Glaub mir, es gibt nichts Neues, Quentin.« Nate McDaniel schüttelte bekräftigend den Kopf. »Um genau zu sein: Seit damals, als du und – wie hieß er noch? Bishop? – geholfen habt, das vermisste Mädchen draußen bei der Lodge zu finden, gab es keinen Fall von ungeklärtem Verschwinden und auch sonst keine mysteriösen Unfälle mehr in der Gegend, ganz zu schweigen von Mord. Seitdem ist es regelrecht friedlich hier.«

»Das sollte aber nicht so enttäuscht klingen«, riet ihm Quentin trocken. »Wenn es friedlich zugeht, ist das doch eine gute Sache.« Aber seine langen Finger trommelten nervös auf den Rand des Schreibtisches, was McDaniel durchaus bemerkte. Nicht gerade ein geduldiger Mensch, dieser Quentin – umso erstaunlicher, dass er hier immer wieder auftauchte und seine langwierige Suche nach Antworten geduldig fortsetzte.

McDaniel seufzte. »Schau, wir wissen beide, dass kalt gewordene Fälle nicht wieder heiß werden, nur weil jemand noch mal sämtliche Akten durchforstet. Und du hast sie Gott weiß oft genug durchforstet. Tatsache ist, wenn nicht irgendwelche neuen Fakten oder Informationen ans Licht kommen, wird der Fall aller Voraussicht nach kalt bleiben. Und was sollte nach fünfundzwanzig Jahren noch an Neuem auftauchen?«

»Ich weiß es nicht. Aber irgendwas muss kommen.«

Mitfühlend meinte McDaniel: »Vielleicht wird es Zeit, dass du loslässt, Quentin.«

»Nein. Nein, das will ich nicht.«

»Stattdessen willst du einen weiteren Urlaub darauf verwenden, mit staubigen Akten und Tatortfotos in einem Konferenzraum zu sitzen und endlose Stunden lang miesen Kaffee zu trinken.«

Missmutig meinte Quentin: »Du hast recht, das hat mich in all den Jahren kein bisschen weitergebracht.«

»Dann versuch was anderes«, schlug McDaniel vor. »Ich weiß, dass du immer in der Stadt unterkommst. Warum nimmst du diesmal nicht ein Zimmer oder ein Cottage in der Lodge?« Er beobachtete das Spiel der Emotionen auf dem ausdrucksvollen Gesicht des anderen und fügte leise hinzu: »Ich kann mir vorstellen, warum du das bisher vermieden hast, aber vielleicht ist es Zeit, dass du die Geister dort jagst, wo sie wahrscheinlich auch sind.«

»Ich hoffe, du meinst das mit den Geistern nicht wörtlich«, brummte Quentin.

McDaniel zögerte und sagte dann: »Darüber weißt du mehr als ich.«

Quentin schaute ihn mit erhobenen Brauen an.

»Ach, komm schon, Quentin. Die Special Crimes Unit hat sich in Polizeikreisen einen ganz guten Ruf erworben, das weißt du. Ich will nicht behaupten, dass ich alles glaube, was ich darüber höre, aber es ist doch klar, dass ihr Jungs mit Sachen zu tun habt, die über das Gewöhnliche weit hinausgehen. Mann, ich hab mich immer gefragt, wie du und Bishop dieses kleine Mädchen gefunden habt – als wärt ihr direkt auf sie zugelaufen. Ich bin im Lauf der Jahre auch gelegentlich meinen Ahnungen gefolgt, aber die waren nie so deutlich, wie eure an dem Tag offensichtlich waren.«

»Wir hatten Glück.«

»Ihr hattet an dem Tag verdammt viel mehr auf eurer Seite als nur Glück, versuch bloß nicht, das abzustreiten.«

»Vielleicht«, gab Quentin schließlich zu. »Aber was immer wir damals hatten, oder was immer ich habe – es öffnet kein Fenster in die Vergangenheit. Und ich bin kein spiritistisches Medium.«

»Das ist jemand, der mit den Toten redet, stimmt's?« McDaniel bemühte sich, den Unglauben aus seiner Stimme zu verbannen, was ihm, nach dem schiefen Lächeln des anderen zu urteilen, wohl nicht gelungen war.

»Ja, ein Medium kommuniziert mit den Toten. Aber, wie gesagt, ich bin keins.«

Was bist du dann? Doch McDaniel konnte sich die Frage gerade noch verkneifen, war sich unangenehm bewusst, wie das klingen würde. Stattdessen sagte er: »Vielleicht sind in der Lodge überhaupt keine Geister. Ich meine, es hat über die Jahre immer wieder Gerede gegeben, dass es da draußen spukt, doch über welche alten Häuser existieren solche Geschichten nicht? Trotzdem, was geschehen ist, das ist dort draußen geschehen.«

»Vor fünfundzwanzig Jahren. Wie oft ist in der Zwischenzeit umgebaut und renoviert worden? Wie viele Leute sind da inzwischen ein und aus gegangen? Himmel, es gibt ja nur noch eine Handvoll Angestellte von damals, und ich habe mit jedem Einzelnen geredet.«

Die letzte Bemerkung aufgreifend, meinte McDaniel nachdenklich: »Komisch, dass du das erwähnst. Ich hatte es vergessen, aber sie haben tatsächlich einen neuen Angestellten, der auch schon vor fünfundzwanzig Jahren dort war. Ist erst vor ein paar Monaten wieder eingestellt worden. Cullen Ruppe. Hat die Aufsicht über die Ställe, genau wie damals.«

Quentin spürte, wie sich sein Puls beschleunigte, selbst als er sich sagen hörte: »An den erinnere ich mich nicht. Aber ich habe auch sonst noch eine ganze Menge aus jenem Sommer vergessen.«

»Was nicht überraschend ist. Wie alt warst du? Zehn?«

»Zwölf.«

»Trotzdem. Vielleicht kann Ruppe dabei helfen, ein paar Lücken zu schließen.«

»Mag sein.« Quentin stand auf, hielt dann inne. »Und wenn ich wieder hierherkommen und mich in den Konferenzraum setzen möchte …«

»Kannst du das jederzeit machen, das weißt du. Bevor du allerdings da draußen nichts Neues finden …«

»Ja, ich weiß. Danke, Nate.«

»Viel Glück.«

Quentin hatte noch nicht in seinem üblichen Hotel in Leisure eingecheckt, und als er das Polizeirevier verließ, fuhr er ohne zu zögern mit seinem Mietwagen die fünfzehn Meilen entlang der einsamen Asphaltstraße zur Lodge. Er kannte die Strecke gut, doch die Fahrt weckte in ihm stets dasselbe vage beunruhigende Gefühl, die Zivilisation zu verlassen, während sich die Straße in die Berge hinaufwand, um schließlich in das Tal hinabzuführen, in dem es nichts gab außer der Lodge.

Das Hotel war zwar ganzjährig geöffnet und hatte im Winter mindestens zwei Monate lang genügend Schnee zum Skifahren zu bieten. Dennoch ging es von Anfang April bis Ende Oktober in der Lodge immer am geschäftigsten zu.

Daher konnte Quentin von Glück sagen, dass die Angestellte am Empfang noch ein Zimmer für ihn fand, obwohl er nicht reserviert hatte. Er fragte sich sogar, ob man hier von Schicksal sprechen konnte.

Von üblem Schicksal.

»Das Rhododendronzimmer ist für die nächsten beiden Wochen frei, Sir. Es liegt im Nordflügel.«

Während er das Anmeldeformular ausfüllte, hielt Quentin inne und schaute sie über den Tresen an. »Der Nordflügel. Ist der nicht vor Jahren abgebrannt?«

»Das stimmt, Sir, aber das muss mindestens zwanzig oder dreißig Jahre her sein.« Sie war neu hier, zumindest gehörte sie nicht zu denen, die Quentin von vorherigen Besuchen kannte. Die Tatsache, dass es hier einmal gebrannt hatte, schien sie nicht im Mindesten zu beunruhigen.

»Ich verstehe.« Er hatte nicht damit gerechnet, im Nordflügel untergebracht zu werden. Hatte an diese Möglichkeit nicht einmal gedacht.

»Die Lodge ist über hundert Jahre alt, Sir, wie Sie bestimmt wissen, daher ist es wohl kaum erstaunlich, dass es in all den Jahren mal gebrannt hat. Mir wurde gesagt, das Feuer sei versehentlich ausgebrochen. Die Ursache war, soviel ich weiß, jedenfalls kein Kurzschluss oder so etwas Ähnliches. Der Flügel wurde danach natürlich wieder aufgebaut, noch schöner als vorher.«

»Das glaube ich Ihnen gerne.« Er wusste, dass sie recht hatte. Er war oft genug in dem Teil des Gebäudes gewesen.

Allerdings hatte er sich dort nie länger aufgehalten, nie eine ganze Nacht verbracht, nicht seit dem Wiederaufbau.

Zum ersten Mal in seinem Leben musste Quentin sich die Frage stellen, ob er an Geister glaubte. Die Antwort darauf fiel ihm erstaunlich schwer.

Die Frau am Empfang zögerte kurz und blickte forschend in sein Gesicht. »Ich glaube nicht, dass wir ein anderes Zimmer für die vollen zwei Wochen haben, Sir, aber wenn es Ihnen nichts ausmacht, während Ihres Aufenthalts das Zimmer zu wechseln, könnte ich sicher ...«

»Nein, ich würde lieber dort bleiben. Das Rhododendronzimmer ist mir durchaus recht, vielen Dank.«

Zehn Minuten später hatte er es sich in der hübschen, komfortabel eingerichteten Suite mit dem kleinen Wohnraum und dem danebenliegenden geräumigen Schlafzimmer mit Bad bequem gemacht und eine Postkarte gefunden, auf der die »historische« Bedeutung des Rhododendrons auf lustige Weise und unter Zuhilfenahme »verschiedener Quellen« gedeutet wurde.

Wieder hatte er das Gefühl, hier mache sich ein übles Schicksal bemerkbar, als er die Deutung las.

»Nimm dich in Acht.«

»Tja«, murmelte er. »Niemand kann behaupten, dass ich nicht gewarnt worden wäre.«

Nate McDaniel wartete fast bis zum Ende seines Arbeitstages, bevor er den Anruf machte; nicht weil er ihn aus Widerstreben hinauszögerte, sondern weil der Tag einfach zu hektisch war. Daher war es nach fünf, als er die Unordnung auf seinem Schreibtisch durchwühlte, bis er den Zettel mit der Handynummer gefunden hatte. Es wunderte ihn nicht, dass sofort abgenommen wurde; die wenigsten Polizisten arbeiteten von neun bis fünf.

»Hallo, Captain.«

Nate wusste, dass es an der Rufnummernanzeige lag und nicht an irgendwelchen übernatürlichen Fähigkeiten, aber er fühlte sich immer noch etwas überrumpelt, was der Grund für seinen leicht aggressiven Ton war.

»Also, ich hab Ihnen den Gefallen getan. Ich hab Quentin vorgeschlagen, diesmal in der Lodge abzusteigen, und ich bin mir ziemlich sicher, dass er hingefahren ist.«

»Ich danke Ihnen für Ihre Hilfe, Captain.«

»Na ja, so glücklich bin ich nicht darüber, also danken Sie mir lieber nicht. Er könnte etwas finden, wonach er da draußen gar nicht gesucht hat, und wenn's dann Probleme gibt, werd ich mir wie ein Scheißkerl vorkommen. Wissen Sie, ich mag den Burschen nämlich.«

»Dann denken Sie daran, dass es mein Vorschlag war.«

Nates Unbehagen wuchs. »Sie wissen irgendwas. Sagen Sie mir, was es ist.«

»Ich weiß nur, dass es Zeit ist, dass Quentin mit seiner Vergangenheit fertigwird.«

Nate gedachte nicht, einen FBI-Agenten als Lügner zu bezeichnen, daher sagte er bloß: »Und Sie sind derjenige, der so was entscheidet, ja?«

»Nein. Ich wünschte, ich könnte das, aber ich kann es nicht.«

»Tja, ich hoffe nur, dass Sie genau wissen, was Sie tun.«

»Ja«, erwiderte Bishop. »Das hoffe ich auch.«

Diana.

Sie riss die Augen auf und schaute sich vorsichtig in ihrem Schlafzimmer um. Es war dunkel, aber nicht so düster, dass sie nicht in jede Ecke sehen konnte. Natürlich war niemand da. Nur ihr unberechenbarer Geist, der irgendwelche Stimmen hörte.

Diana weigerte sich, Stimmen zu hören.

Denn dann würde sie als wahnhaft oder psychotisch gelten, wie sie wusste. Also hörte sie keine Stimmen. Nur ihre eigenen zufälligen Gedanken oder Gedankenfetzen, und warum sollte darin nicht gelegentlich auch ihr Name vorkommen?

Draußen hatten die Vögel zu zwitschern begonnen, und

die Dunkelheit ging in eine leicht neblige, graue Morgendämmerung über, was ihr verriet, dass sie mindestens eine oder zwei Stunden geschlafen hatte. Zusammengerollt auf dem Fenstersitz, eingehüllt in eine weiche Chenilledecke.

Sie bewegte ihre steifen Glieder und rutschte vom Fenstersitz, kam auf die Füße und wickelte sich aus der Decke. Dämlich für eine erwachsene Frau, hier die Nacht zu verbringen, wo es doch ein wunderbar bequemes Bett daneben gab; die Zimmermädchen dachten wahrscheinlich, sie wäre bekloppt ...

Diana.

Und wahrscheinlich war dem auch so.

Diana wurde reglos, wartete. Lauschte.

Sieh hin.

Zum ersten Mal war sich Diana sicher, dass die Stimme – jedenfalls diese spezielle Stimme – von außen kam. Als würde ihr jemand ins Ohr flüstern. Von links, nahe dem Fenster. Langsam drehte Diana den Kopf.

Die mittlere Fensterscheibe sah aus, als sei sie beschlagen oder bereift – als hätte jemand sie mit warmem Atem angehaucht. Keine der anderen Scheiben, nur die mittlere. Und auf der Scheibe, ganz deutlich, wie von einem Finger gemalt, standen zwei Worte.

HILF UNS

Diana hielt die Luft an, starrte auf die Worte, die flehende Bitte. Eine Kältewelle schwappte über sie hinweg. Aber sie merkte, wie sie den Arm ausstreckte, ganz langsam, bis sie die Scheibe berühren konnte. Da wurde ihr klar, dass die Worte von außen an das Glas geschrieben worden waren.

Sie zog die Hand zurück und ging rasch zum Nachttisch

mit der Lampe neben dem Bett. Sie knipste die Lampe an, blinzelte ins Licht und schaute wieder zum Fenster.

Graue, nichtssagende Fensterscheiben. Nicht beschlagen, nicht bereift.

Keine verzweifelte Bitte.

»Natürlich«, murmelte Diana nach einer langen Pause. »Weil ich offensichtlich übergeschnappt bin.«

Es gelang ihr zumindest teilweise, das kalte Unbehagen abzuschütteln, das sie empfand, und sich einzureden, vermutlich sei mal wieder ihre Fantasie mit ihr durchgegangen. Bloß ... ein letzter Fetzen dessen, was sie geträumt hatte.

Vermutlich.

Sie knipste weitere Lampen im Cottage an, überprüfte die Türen, um sich zu vergewissern, dass alle abgeschlossen waren, und stellte sich dann lange und ausführlich unter die heiße Dusche.

Am liebsten wäre ihr, sie könnte glauben, dass da tatsächlich jemand vor dem Fenster gewesen war. Denn dann wäre das wenigstens etwas Reales gewesen, etwas aus Fleisch und Blut. Ob es nun ein Versuch war, sie zu erschrecken, ein dummer Streich oder eine echte Bitte um Hilfe – es wäre *wirklich* gewesen.

Nicht alles nur in ihrem Kopf.

Als sich Diana angezogen hatte, war es Tag, die Sonne war über die Berge gestiegen und ließ den Nebel rasch verschwinden. Aber es war immer noch früh. Normalerweise machte sie sich in der kleinen Kochnische des Cottage Kaffee oder rief den Zimmerservice, doch an diesem Morgen wollte sie eigentlich keine Zeit mehr allein verbringen.

Sie ergriff den Skizzenblock und die Stifte, die Beau Rafferty ihr gegeben hatte, und steckte sie zusammen mit ihrem Geldbeutel und der Schlüsselkarte in ihre große Schultertasche. Sie hoffte, dass sie die Karte nicht schon wieder neu kodieren lassen musste. Das war ihr während der beiden Wochen, die sie nun schon hier war, bereits mehrfach passiert, zur Verblüffung des Hotelpersonals.

Sie verließ das Cottage und bemerkte auf dem Weg zum Hauptgebäude ein wenig erleichtert, dass der Nebel fast verschwunden war und auch schon andere Leute so früh auf waren. Gärtner arbeiteten in den Gartenanlagen, in dem geheizten Außenschwimmbecken, an dem sie vorüberging, zogen zwei Schwimmer mit weit ausgreifenden Stößen ihre Bahnen, und aus entfernten Geräuschen schloss sie, dass sich auch in den Ställen bereits etwas tat.

Drei Tische auf der Veranda mit Aussicht auf den Garten waren bereits mit Gästen besetzt, die gähnend ihren Kaffee tranken und die Morgenzeitung lasen. Diana hatte vorgehabt, hier einen Tisch zu wählen und zu frühstücken, überquerte aber stattdessen die Veranda und betrat das Hauptgebäude.

Der Aussichtsturm. Darauf steuerte sie zu, obwohl ihr das erst bewusst wurde, als sie bereits dabei war, die Treppe hinaufzusteigen. Sie wollte eigentlich gleich wieder umdrehen und hinuntergehen, um sich erst einmal mit Kaffee zu stärken, aber irgendetwas in ihr war dazu offenbar nicht bereit.

Was ziemlich beunruhigend war.

»Verdammt«, murmelte sie, als sie fast oben war. »Ich brauche keine Aussicht, ich brauche Kaffee.«

»Bedienen Sie sich.«

Diana packte das Geländer und blickte den Mann an, der gesprochen hatte; sie war schockiert – allerdings weniger, als sie eigentlich hätte sein müssen –, ihn hier zu sehen. *Ihn* zu sehen.

Er lehnte mit der Schulter am Rahmen eines der Fenster, die sich rund um den Raum zogen, eine Kaffeetasse in der Hand. Trotz der frühen Stunde sah er hellwach aus, trug Jeans und ein dunkles Sweatshirt.

»Der Kellner hat zwei Tassen mit raufgebracht«, fuhr er fort, »vielleicht hat er etwas geahnt, was ich nicht wusste. Oder vielleicht hat auch der Zimmerservice etwas durcheinandergebracht. Auf jeden Fall können Sie gerne mittrinken. Es ist genug da.« Er deutete auf einen kleinen Tisch, auf dem ein Silbertablett mit Kaffeekanne, Sahnekännchen, Zuckerdose, einer zweiten Tasse und Untertasse sowie einem Teller mit Gebäck standen.

»Ich – Sie wollten hier oben offensichtlich alleine sein«, brachte sie endlich heraus.

»Das kann ich so nicht sagen«, erwiderte er. »Die meisten Frühaufsteher haben einen bestimmten Grund für ihr zeitiges Aufstehen. Golf, Schwimmen, das Morgenritual mit Kaffee und Zeitung. Ich bin nur aufgestanden, weil ich nicht schlafen konnte. Und bin hier heraufgekommen, weil ich dann auch ebenso gut die schöne Aussicht genießen kann, wenn ich schon bei Tagesanbruch wach sein muss. Wie ist das bei Ihnen?«

Diana zögerte einen Moment, trat dann an den kleinen Tisch und goss sich Kaffee in die zweite Tasse, leicht erstaunt darüber, wie ruhig ihre Hände waren. »Ich konnte auch nicht schlafen. Glauben Sie, dass es hier spukt?«

Sie wollte damit nur einen lahmen Witz machen, doch als er nicht gleich reagierte, schaute sie hoch und fing einen flüchtigen Ausdruck auf, in dem sie instinktiv Schmerz oder Verlust erkannte. *Er glaubt, dass es hier spukt. Und dass es seine Gespenster sind.*

»Nach einer schlaflosen Nacht glaube ich beinahe an alles«, meinte er leichthin und lächelte. »Aber wenn dann die Sonne aufgeht und die Welt so aussieht wie immer, ist das schon wieder anders. Mein Name ist übrigens Quentin Hayes.«

»Ich bin – Diana Brisco.«

»Nett, Sie kennenzulernen, Diana Brisco.«

Mit ausgestreckter Hand machte er einen Schritt auf sie zu, und Diana zögerte nur ganz kurz, um dann dem Mann die Hand zu schütteln, dessen Gesicht sie gestern gezeichnet hatte.

Bevor sie ihn je erblickt hatte.

2

Madison Sims war das, was ihre Mutter »ein fantasievolles Kind« nannte. Madison wusste genau, was sie damit meinten. Es bedeutete, ihre Mutter und andere Erwachsene glaubten ihr nicht, wenn sie ihnen erzählte, dass es ihre vorgeblich eingebildeten Freunde wirklich gab – sie waren sogar aus Fleisch und Blut.

Madison war eine sehr aufgeweckte Achtjährige und hatte rasch begriffen, dass es den Leuten unangenehm war, wenn sie so etwas sagte. Und dass es für sie selbst unangenehm wurde, weil ihre Eltern sich dann mit gesenkter Stimme unterhielten, sie zu Ärzten schleppten und andere Erwachsene ihr argwöhnische Blicke zuwarfen.

Also hatte sie aufgehört, von ihren Freunden zu erzählen, und wenn ihre Mutter sie ganz beiläufig nach ihnen fragte, log sie ohne zu zögern. Ob sie immer noch Kinder sah, die so angezogen waren, als wären sie aus einem alten Film entsprungen, Kinder, die anscheinend durch Wände gingen und deren Lachen und Stimmen nur sie hören konnte?

Nein, nein. Überhaupt nicht. Madison doch nicht.

Mama würde ihr nicht böse sein, wenn sie die Wahrheit sagte, das wusste sie ja, oder?

Sie wusste es. Aber Madison hatte bereits sehr früh kapiert, dass es Wahrheit gab … und es gab *Wahrheit*. Und sie hatte gelernt, dass man manche Wahrheiten besser für sich behielt.

Außerdem sah sie die anderen Kinder nicht immer. Nie

zu Hause, in ihrem fast neuen Haus am Meer. Und selten in den Häusern anderer Familien oder denen ihrer »wirklichen« Freunde. Meistens nur an Orten wie der Lodge, die richtig alt waren.

Sie mochte die Lodge, obwohl manche Zimmer und ein Teil des Geländes ein trauriges Gefühl vermittelten. Sie liebte die Gärten, wo sie, wie sie am Tag zuvor herausgefunden hatte, stundenlang mit ihrem kleinen Yorkie Angelo spazieren gehen konnte, ohne dass Gärtner sie beschimpften, sie würde Beete und Blumen zertrampeln.

Wo die anderen Kinder gerne spielten.

Es war noch früh am Morgen, als ihr erlaubt wurde, vom Tisch aufzustehen, bevor ihre Eltern das Frühstück auf der Veranda beendet hatten, um mit Angelo die Teile der Gartenanlagen zu erforschen, durch die sie am Vortag noch nicht gekommen waren.

»Bleib innerhalb des Zauns, Madison«, warnte ihre Mutter.

»Ja, Mama. Komm, Angelo.«

Die Lodge stellte ihren Gästen einen kleinen Postkartenplan der Gärten zur Verfügung, den Madison nun durchblätterte, während sie und ihr aufmerksamer Begleiter etwas außerhalb der Sichtweite der Veranda stehen blieben. Den Rosengarten hatte sie gestern gesehen, nachdem sie hier angekommen waren. Und das Gewächshaus. Auch im Felsengarten war sie am Vortag gewesen. Aber den Zengarten kannte sie noch nicht, und der klang wie etwas, das man sich unbedingt anschauen sollte.

Sie blickte zurück zur Lodge und hinauf zum Aussichtsturm, der ihr am Vortag bereits aufgefallen war. Ihr Sehvermögen war sehr gut, und sie erkannte, dass da oben ein Mann und eine Frau standen, die zu ihr hinuntersahen.

»Hier entlang, Madison.«

Sie drehte sich um. Ein lächelndes kleines Mädchen stand am Eingang zu den Gärten und machte ihr ein Zeichen. Mit einem plötzlichen Glücksgefühl winkte Madison dem Paar im Turm fröhlich zu und folgte dann dieser neuen Freundin auf dem Pfad, der zum Zengarten führte.

»Ist das Ihr Kind?«, fragte Diana, als ihnen das kleine Mädchen zuwinkte und mit ihrem Hund auf einen der Gartenwege zulief.

»Nein, ich habe sie noch nie gesehen.« Mit leichtem Stirnrunzeln fügte Quentin hinzu: »Ich habe auch keine anderen Kinder gesehen, seit ich gestern hier ankam. Ich hoffe, jemand behält sie im Auge. Hier ist es für Kinder nicht besonders sicher.«

»Wieso denn?«

Er wandte Diana seine Aufmerksamkeit wieder zu und lächelte, was ihm beides nicht schwerfiel. »Ach, na ja … Bäche und Teiche, Pferde, Schlangen aus den Bergen. So etwas.«

Jetzt war sie diejenige, die leicht die Stirn runzelte und ihn mit ihren grünen Augen direkt und nachdenklich anschaute. »Ich habe das Gefühl, dass Sie etwas anderes gemeint hatten.«

Es war sonst nicht Quentins Art, sich Fremden anzuvertrauen, daher war er überrascht von seinem Impuls, es bei dieser jungen Frau zu tun. Er fühlte sich ungewöhnlich zu ihr hingezogen. Da war etwas an Diana Brisco, etwas in diesen grünen Augen oder ihrem geschwungenen, sensiblen Mund.

Sie war eher auffallend als hübsch, mit ihrem kupferfarbenen Haar und der sehr hellen Haut einer echten Rothaarigen, dazu kamen diese außergewöhnlich grünen

Augen. Ansonsten hatte ihr Gesicht nichts Besonderes, bis auf die angespannten Züge eines Menschen, der ständig unter irgendeiner Art von Stress stand. Und obwohl die Modezeitschriften sie als schlank bezeichnet hätten, fand Quentin, dass ihr ein paar Pfund mehr gut anstehen würden.

Sie war überhaupt nicht sein Typ, doch von dem Moment an, wo er ihre Stimme gehört hatte und sie in den Turm hinaufkommen sah, hatte sich ein höchst seltsames Gefühl seiner bemächtigt. Das war der Grund, warum er ihr die Hand schütteln wollte – unter Fremden, die sich in einem Ferienhotel begegnen, eine eher unübliche Geste.

Er hatte sie berühren müssen, fast als wollte sich etwas in ihm vergewissern, dass sie wirklich existierte, dass sie da war. Dass sie endlich da war.

Eigentümlich, gelinde gesagt.

Und jetzt, nicht mehr als zwei Schritte von ihr entfernt, wurde er sich des angenehmen Geruchs von Seife und einer Art Kräutershampoo bewusst. Er nahm die goldenen Sprenkel in ihren grünen Augen wahr und sogar ihr leises Atmen. Himmel, er konnte fast ihr Herz schlagen hören.

Er versuchte, seinen Spinnensinn auszuschalten, aber das war natürlich unmöglich: Wenn er sich auf etwas einstellte oder sich konzentrierte, schaltete sich dieser »Extrasinn« automatisch ein, und all seine anderen Sinne verstärkten sich. Mehr war es nicht. Er wusste nur nicht, warum er so auf sie fokussiert war, so intensiv.

»Ich schätze, es geht mich nichts an«, murmelte sie.

Sein Schweigen hatte eindeutig zu lange gedauert.

»Ich weiß auch gar nicht, ob es mich etwas angeht«, erklärte er entschuldigend. »Aber ich komme für gewöhnlich einmal im Jahr in diese Gegend und habe mit der Zeit begonnen, mich für ... die Geschichte der Lodge zu interessieren. Das Hotel ist sehr alt und hat daher eine lange Geschichte, einschließlich einer ganzen Reihe unheilvoller Ereignisse, an denen zum Teil Kinder beteiligt waren.«

Diana schaute hinaus, dorthin, wohin das kleine Mädchen verschwunden war, und richtete ihren Blick dann wieder auf Quentin. »Verstehe. Das wusste ich nicht. Allerdings bin ich zum ersten Mal hier. Ich hatte noch keine Gelegenheit, mich mit der Vergangenheit des Hotels zu befassen.«

»Ich mache hier Urlaub«, sagte er, wobei er sich nicht im Klaren war, warum er das Gespräch von den Gefahren für Kinder in der Lodge ablenken wollte, wo er das Thema doch selbst angeschnitten hatte. »Und Sie?«

Sie nahm einen Schluck Kaffee, was ihr Zögern fast unmerklich machte. Fast.

»Ich nehme in den kommenden Wochen an einem Workshop teil, den ein ziemlich berühmter Künstler leitet. Ein Malworkshop.«

»Sie sind also Künstlerin?«

»Eigentlich nicht. Es ist ein mehr ... therapeutischer Workshop.« Wieder hielt sie inne und fügte schnell, als wollte sie es hinter sich bringen, hinzu: »Mein Arzt hat ihn mir empfohlen.«

Quentin war gewöhnt daran, zwischen den Zeilen zu lesen und Menschen einzuschätzen, und kam zu dem Schluss, dass der Arzt zweifellos ein Psychiater oder Psychologe gewesen sein musste. Aber er hatte, vermutlich im Gegensatz zu anderen, denen Diana bisher begegnet war, keine Vorurteile gegenüber Menschen mit mentalen oder psychischen Problemen oder gegenüber Fachleuten, die sie behandelten. Er empfand auch kein Unbehagen dabei. Tatsächlich wusste er besser als die meisten, wie zerbrechlich und gequält der menschliche Geist sein kann.

Vor allem bei Menschen mit paragnostischen Wahrnehmungsfähigkeiten.

Und erst recht, wenn dieser Mensch nicht wusste, dass er sie besaß – wie Diana Brisco.

Er war fasziniert, aber auch ein wenig unsicher; er wusste nicht recht, wie er mit einer Situation umgehen sollte, die er nie zuvor erlebt hatte. Gleichzeitig fühlte er etwas, das er in seinem Leben bisher nur ein oder zwei Mal gespürt hatte: die Gewissheit, zur richtigen Zeit am richtigen Ort zu sein. Das zwang ihn dazu, seinem Instinkt zu folgen.

Statt das Gesagte nur höflich hinzunehmen oder dem auszuweichen, was sie intensiv beschäftigte, sprach Quentin es direkt und sachlich an.

»Unser Firmenpsychiater besteht darauf, dass wir jedes Jahr Urlaub machen, ob wir wollen oder nicht. Außerdem werden uns natürlich die Tintenkleckse vorgelegt, und wir müssen uns regelmäßig mit ihm hinsetzen und über alles reden, was uns beunruhigen könnte.«

»Ich nehme an, dass sich heutzutage viele Firmen Gedanken über Fragen geistiger und psychischer Gesundheit machen«, erwiderte sie nach einer Weile.

»Vor allem gewisse Firmen«, stimmte er zu. »In meinem Fall liegt es definitiv am Verschleiß und dem generellen Stress durch unsere Arbeit. Ich bin beim FBI.«

»Darauf wäre ich nie gekommen. Ich meine ...«

Er lachte leise. »Ich weiß, dass ich nicht danach aussehe, nach allem, wie wir im Fernsehen und im Film dargestellt werden, aber das ist unser Los. Die Einheit, zu der ich gehöre, ist allerdings nicht ganz so formell wie die traditionellen FBI-Abteilungen. Selbst während der Arbeit tragen wir selten Anzug und Krawatte. Trotzdem sind wir Polizeibeamte, und die Fälle, in denen wir ermitteln, sind meistens die schlimmsten von allen. Deswegen werden Ärzte und verschiedenste Therapieformen eingesetzt, um uns zu helfen, effektiver zu arbeiten.«

Diana schaute in ihre Kaffeetasse und fragte dann, beinahe abrupt: »Also hilft sie Ihnen tatsächlich? Die Therapie?«

»Ich hoffe doch. Keiner von uns ist bisher aus emotionalen oder psychischen Gründen krankgeschrieben worden, auch wenn wir schon jahrelang mit wirklich grausigen Fällen von Mord, Vergewaltigung und Entführung zu tun hatten. Daher muss es wohl irgendwie funktionieren.«

Ihr Mund verzog sich, und sie murmelte, anscheinend mehr zu sich selbst: »Und ich kann nicht mal mit dem Alltagsleben fertigwerden.«

»Sie scheinen aber doch sehr gut klarzukommen«, meinte er.

»Oh, ich kann mich durchaus für zwanzig Minuten oder eine halbe Stunde konzentrieren. Kann ein Gespräch führen, das tatsächlich einen Sinn ergibt. Für gewöhnlich. Doch dann ...«

»Dann was? Was passiert dann, Diana?«

Sie zögerte sichtlich, schüttelte dann jedoch mit einem höflichen, nichtssagenden Lächeln den Kopf. »Lassen wir das. Sie haben Urlaub, und ich bin für eine weitere Runde der Selbsterforschung hier. Vielleicht klappt es diesmal. Vielen Dank für den Kaffee. War nett, Sie kennenzulernen, Quentin.«

Er wollte sie aufhalten, als sie die Tasse zurückstellte, aber etwas riet ihm, sie lieber gehen zu lassen. Vorläufig.

»Fand ich auch, Diana. Wir sehen uns sicher noch.«

»Möglich.« Ihr Ton war immer noch höflich, wie das distanzierte Lächeln, mit dem sie den Aussichtsturm verließ.

Quentin schaute ihr lange Zeit nach und richtete seinen Blick dann auf die morgendliche Aussicht.

Bishop hatte ihm einmal erzählt, dass er in der Anfangszeit des Suchens und Anwerbens von Menschen mit paragnostischen Fähigkeiten für die Special Crimes Unit eine Reihe entsprechend begabter, aber emotional zerbrechlicher Personen gefunden hatte, die den Anforderungen der Polizeiarbeit niemals standgehalten hätten. Manche waren schon im Alltagsleben kaum mit ihren Fähigkeiten klargekommen, während andere ...

Andere, hatte Bishop gesagt, waren irgendwann in ihrem Leben durch Ärzte oder ihre eigenen anscheinend bizarren Erlebnisse davon überzeugt worden, dass sie geisteskrank waren.

Weil es offensichtlich keine andere Erklärung für die Stimmen gab, die sie im Kopf hörten, für die seltsam lebhaften Träume, die sie hatten, oder die Blackouts oder Kopfschmerzen, die sie plagten. Keinen anderen Grund, der erklärte, warum sie nicht so »normal« waren wie alle anderen.

Die konventionelle Medizin behandelte solche »Symptome« im Allgemeinen mit Medikamenten und den verschiedensten Therapien, wozu im Allgemeinen nicht gehörte, den Patienten davon zu überzeugen, dass er tatsächlich völlig normal war und nur einen oder zwei zusätzliche Sinne besaß, die andere nicht hatten.

Also gelangten sie schließlich zu der Überzeugung, sie seien verrückt. Da ihr »Problem« eine organische, für sie völlig natürliche Sache war, schlugen die Behandlungen und Therapien, die etwas reparieren sollten, was nie kaputt gewesen war, natürlich vollkommen fehl. Und die meisten von ihnen gingen, wenn sie überhaupt überlebten, so emotional und psychisch geschädigt durchs Leben, dass sie niemals Frieden fanden, von Freude ganz zu schweigen.

Außer, sie trafen zufällig auf einen Arzt, der in der Lage war, das traditionelle medizinische Schubladendenken zu verlassen. Oder einen anderen Menschen mit paragnostischer Veranlagung, der das Verständnis und die Bereitschaft hatte, ihnen zu helfen.

Diana Brisco, dessen war Quentin sich sicher, hatte paragnostische Fähigkeiten. Er konnte allerdings nicht genau sagen, welche spezielle Fähigkeit sie besaß; obwohl er im Allgemeinen andere Paragnosten erkannte, erlaubte ihm seine eigene Begabung nur, in die Zukunft zu schauen – nicht in den Geist oder die Emotionen anderer. Er war sich auch nicht sicher, wie stark Dianas Fähigkeit oder ihre verschiedenen Fähigkeiten waren.

Stark genug, um sich hier »einer weiteren Runde der Selbsterforschung« zu unterziehen, in dem Versuch, sich selbst zu heilen. Stark genug, dass sie in ihrem Leben bestimmt mehrfach medikamentös behandelt worden war. Stark genug, dass sie jetzt, mit Ende zwanzig oder Anfang dreißig, die ausgeprägten Züge von jemandem hatte, für den Stress ein Dauerbegleiter war.

Doch gleichzeitig war sie stark genug, das alles bisher überlebt zu haben und geistig gesund und funktionsfähig geblieben zu sein, obwohl sie glaubte, dass irgendwas mit ihr nicht stimmte; das sagte viel über ihren Charakter aus.

Also war sie stark, stark genug, mit ihren Fähigkeiten umzugehen, wenn sie nur wüsste, wie. Und sie war hier. Das Schicksal hatte sie hierher gebracht, gerade jetzt. In die

Lodge gebracht, genau an diesen Ort, genau zu diesem Zeitpunkt.

Mehr noch, sie war bei Tagesanbruch in den Aussichtsturm gekommen, ihre gemurmelten Worte ein Hinweis darauf, dass sie nicht einmal wusste, warum sie die Treppe hinaufgestiegen war, statt sich an einem geeigneteren Ort nach einem Kaffee umzusehen.

»Muss einen Grund haben«, hörte Quentin sich murmeln. »Es gibt keine Zufälle. Und manches muss so geschehen, wie es geschieht.«

Er war nicht hergekommen, um einer gequälten Paragnostin zu helfen. Aber Quentin, obwohl kein totaler Fatalist, war seit einiger Zeit davon überzeugt, dass bestimmte Begegnungen und Ereignisse im Leben tatsächlich vorher festgelegt waren, vorausbestimmt und praktisch in Stein gemeißelt. Scheidewege, Schnittpunkte, an denen ausschlaggebende Entscheidungen gefällt oder Entschlüsse getroffen werden müssen.

Und er glaubte, dass er an so einem Punkt stand. Was er jetzt tat oder nicht tat, konnte über den Weg, den er von nun an einschlug, bestimmen, vielleicht sogar über sein gesamtes Leben.

»Das Universum stellt einen da hin, wo man sein muss«, rief er sich ins Gedächtnis und wiederholte damit etwas, das Bishop und seine Frau Miranda ihren Ermittlern oft genug predigten. »Nützt den Vorteil daraus.«

Die Frage war … wie?

Ellie Weeks wusste, dass ihr gekündigt werden würde. Sie wusste es einfach. Es gab viele Gründe dafür, angefangen bei der heimlichen, leidenschaftlichen Affäre, die sie vor ein paar Wochen mit einem Gast gehabt hatte. Schwanger zu sein war Nummer zwei auf der Liste ihrer Verfehlungen.

In ihrem Magen hatte sich ein kalter Angstknoten gebildet, seit sie am Morgen den Schwangerschaftstest gemacht hatte – zum dritten Mal in dieser Woche. Positiv. Alle positiv.

Drei falsche Testergebnisse nacheinander waren kaum wahrscheinlich, auch das wusste sie nur zu gut. Also waren sie nicht falsch. Und sie konnte die schreckliche Wahrheit nicht mehr ignorieren oder so tun, als ob.

Sie war unverheiratet, erwartete ein Kind, und der Vater ihres Kindes war – wie er ihr als Schlusspunkt ihrer Affäre mitgeteilt hatte – bereits verheiratet. Glücklich.

Glücklich verheiratet. Großer Gott.

Männer waren Dreckskerle, jeder Einzelne von ihnen. Ihr Vater war ein Dreckskerl gewesen, und jeder Mann, auf den sie sich in ihrem siebenundzwanzigjährigen Leben eingelassen hatte, war ebenfalls ein Dreckskerl gewesen.

»Du hast einfach kein Glück mit den Männern«, hatte ihre Freundin und Zimmermädchenkollegin Alison mitfühlend gemeint, als Ellie ihr den herzzerreißenden »Flirt« gestanden hatte, ohne Einzelheiten zu nennen, wer der Mann war und wo die Affäre stattgefunden hatte. »Mein Eric ist ein guter Kerl. Er hat einen Bruder, weißt du.«

Ellie, die an morgendlicher Übelkeit und einer nagenden Verbitterung litt, hatte ihrer Freundin mitgeteilt, dass sie nie wieder von einem Mann hören wollte, so lange sie lebte, egal, wie toll seine Brüder waren.

Während sie jetzt den lärmenden Staubsauger über den Teppich in der Orchideensuite schob, fragte sich Ellie niedergeschlagen, was mit ihr passieren würde. Sie nahm an, dass ihr vielleicht noch drei oder vier Monate blieben, bis die Schwangerschaft sichtbar würde. Und dann würde man sie rauswerfen, gnadenlos. Und sie stand da, hatte keine Ersparnisse und niemanden, an den sie sich wenden konnte. Mit einem Baby im Bauch.

Wenn sie den Mut dazu hätte, würde sie sich an den Vater des Babys wenden. Aber der war nicht nur reich und berühmt, er war auch Politiker, und Ellie hatte den beunruhigenden Verdacht, dass er genügend Leute kannte, die sich des kleinen Problems einer plötzlich auftauchenden schwangeren Exgeliebten annehmen könnten und es auch tun würden. Und das würde sich für sie nicht auszahlen.

So viel Glück hatte Ellie nicht.

Der Staubsauger machte merkwürdige Geräusche, und sie stellte ihn hastig ab. Auf dem dicken Teppich war ihr nichts aufgefallen, aber offenbar hatte jemand eine Münze oder sonst etwas Metallisches fallen gelassen. Sie kniete sich hin, kippte den Staubsauger auf die Seite und überprüfte den drehbaren Bürstenkopf.

Unter ihren Fingern drehte er sich leicht und frei, daher schüttelte sie den Staubsauger ein paarmal, bis das, was darin gerasselt hatte, auf den Teppich fiel.

Es war ein kleines Medaillon, herzförmig und mit einem eingravierten Namen auf der Vorderseite. Ellie hob es auf und betrachtete es. Ein Kind würde so etwas tragen, dachte sie. Mit dem Daumennagel versuchte sie es aufzuklappen, aber es widerstand ihren Bemühungen hartnäckig, und sie gab schließlich auf.

Ellie wusste, dass sie das Medaillon nicht auf dem Nachttisch oder der Kommode liegen lassen durfte. Sie stemmte sich hoch, ging zu ihrem Putzwagen auf dem Flur und nahm einen Umschlag heraus, der genau für solche Dinge gedacht war. Darauf notierte sie das Datum, die Uhrzeit und den Zimmernamen, warf noch einen letzten Blick auf das Medaillon, bevor sie es in den Umschlag steckte und ihn zuklebte. Dann legte sie ihn in eins der unteren Fächer des Wagens.

»Na gut, Missy«, murmelte sie, »dein Medaillon kommt zu den Fundsachen bei der Hausdame. Da ist es sicher.«

Dann ging sie wieder zur Suite zurück und fuhr mit ihrer Arbeit fort; das Brummen des Staubsaugers übertönte ihre Stimme, als sie laut vor sich hin murmelte: »Ich weiß einfach nicht, was ich machen soll ...«

Diana war froh, dass der Workshop auch an diesem Morgen wieder stattfand. Quentin zu begegnen, hatte sie mehr mitgenommen, als sie zugeben wollte; wenn sie nichts anderes zu tun gehabt hätte, als darüber nachzudenken, wie sie wohl ein Porträt von ihm hatte zeichnen können, ohne ihn zuvor je gesehen zu haben, dann wäre sie womöglich von hier geflüchtet.

So stand sie also wieder in ihrer üblichen Ecke im Wintergarten, eine neue Seite in ihrem großen Arbeitsskizzenblock aufgeschlagen, und hörte unkonzentriert dem freundlichen Gemurmel von Beau Rafferty zu. Heute Morgen unterwies er seine Schüler darin, mit Holzkohle das zu skizzieren, was ihnen als Erstes in den Sinn kam, egal, ob es ein Gedanke war, ein Gefühl, ein Problem oder was sie sonst beunruhigte oder beschäftigte.

»Denken Sie nicht darüber nach, was Sie tun«, riet er ihnen und wiederholte damit das, was er am Vortag Diana geraten hatte. »Lassen Sie Ihren Gedanken freien Lauf. Malen Sie einfach.«

Diana widerstand dem Impuls, noch einmal Quentins Gesicht zu zeichnen. Stattdessen konzentrierte sie sich auf ihr Erlebnis in der Dämmerung und die möglicherweise geträumte Bitte auf der Fensterscheibe.

Hilf uns.

Uns? Wer war »uns«? Nein. Vergiss es. Das war ein Traum gewesen. Nur ein Traum.

Nur ein weiterer seltsamer Traum, ein weiteres Symptom, ein weiteres Zeichen, dass es ihr schlechter ging statt besser.

Es machte ihr Angst. Diese Krankheit hatte ihr Leben zerrüttet, seit sie acht Jahre alt war, und fünfundzwanzig Jahre waren eine lange Zeit, mit so etwas fertigzuwerden. Aber in diesen frühen Jahren war sie wenigstens in der Lage gewesen, die meiste Zeit normal zu funktionieren. Manchmal hatte es Träume gegeben, gelegentlich hatte sie gemeint, jemanden sprechen zu hören, wenn niemand in der Nähe war, hatte sogar unheimliche, flüchtige Eindrücke von Menschen oder Dingen gehabt, wie eine zuckende, aus dem Augenwinkel wahrgenommene Bewegung, die aber sofort verschwand, wenn sie versuchte, direkt hinzuschauen.

Verwirrend, ja, und es hatte ihren Vater beunruhigt, als sie dieses oder jenes Vorkommnis erwähnte. Doch erst als Diana in die Pubertät kam, hatten die Symptome ihr Leben ernsthaft zu beeinträchtigen begonnen.

Die Blackouts waren das Beängstigendste. »Aufzuwachen«, um sich an einem fremden Ort wiederzufinden oder etwas zu tun, was sie bewusst nie getan hätte. Manchmal gefährliche Dinge. Einmal hatte sie ihre Augen geöffnet und zu ihrem Entsetzen festgestellt, dass sie bis zur Taille in einem See in der Nähe ihres Hauses stand.

Vollkommen bekleidet. Mitten in der Nacht. Auf dem Weg, in die Mitte des Sees hinauszuwaten. Und damals konnte sie noch nicht einmal schwimmen.

Danach hatte sie es gelernt.

Was von Lehrern in der Schule als »Störungen« bezeichnet wurde, hatte dazu geführt, dass sie Privatlehrer bekam, die sich bemühten, ihre Bildung zu vervollkommnen, während sich Ärzte bemühten, die richtige Kombination aus Medikamenten und Therapie zu finden, um sie funktionsfähig zu machen.

Es hatte Zeiten gegeben, in denen sie so stark unter Medikamenten stand, dass sie wenig mehr als ein Zombie war, weswegen sie sich an ganze Abschnitte ihres Lebens kaum erinnern konnte. Zeiten, in denen neue Medikamente »Abwehrreaktionen« hervorgerufen hatten, viel schlimmer als die Symptome, die sie heilen sollten. Und viele Male, in denen ein weiterer Arzt mit einer weiteren Therapie Hoffnung auf Heilung geweckt hatte, nur um schließlich seine Niederlage eingestehen zu müssen.

Während all dieser Zeit, während der fünfundzwanzig Jahre mit Ärzten und Kliniken und Therapien und Medikamenten, hatte Diana wenigstens gelernt, die Rolle zu spielen, die sie ihr zugedacht hatten.

Durch schmerzhafte Erfahrungen hatte sie gelernt, welche Reaktionen und Antworten zu mehr Medikamenten führten und welche den Ärzten »Besserung« signalisierten.

Sie hatte gelernt, ihnen etwas vorzumachen.

Wobei sie sich gleichzeitig aufrichtig bemüht hatte, eine Besserung ihres Zustands zu erzielen. Sich bemüht hatte, genau zuzuhören, was sie ihr erzählten. Sich bemüht hatte, ehrlich sich selbst gegenüber zu sein, wenn auch nur insgeheim, und genau abzuwägen, was sie dachte und fühlte.

Denn trotz all der beunruhigenden, beängstigenden Vorkommnisse in ihrem Leben, trotz all ihrer geistigen Verwirrung und ihres verstörten Gemütszustandes war Diana tief in ihrem Inneren davon überzeugt, dass sie nicht verrückt war.

Was sie manchmal am meisten beängstigte.

Beau ging zwischen seinen Schülern herum, äußerte hier ein leises Wort, schenkte dort ein Lächeln und arbeitete sich allmählich in die hintere Ecke vor, in der Diana gleich am ersten Tag ihre Staffelei aufgestellt hatte. Er fragte sich, ob ihr selbst bewusst war, welches Signal sie dadurch aussandte, dass sie sich so demonstrativ absonderte und die anderen um sie herum mit misstrauischer Abwehrhaltung betrachtete, mit dem Rücken zur Wand.

Wahrscheinlich war es ihr bewusst. Es mangelte ihr nicht an Selbsterkenntnis, obwohl ihr alle Ärzte hatten einreden wollen, sie müsse sich nur selbst verstehen, um sich selbst zu heilen.

Was natürlich Schwachsinn war, wenn man das wörtlich nahm. Diana musste sich nicht selbst verstehen, sie musste ihre Fähigkeiten begreifen und sie für sich als natürlich und normal akzeptieren.

Sie musste aufhören zu glauben, sie sei verrückt.

Als er sich ihrer Ecke näherte, spürte Beau eine Woge der Befriedigung, vermischt mit Besorgnis. Ihr Blick war auf den offenen Skizzenblock vor ihr gerichtet, war aber gleichzeitig vage und unbestimmt. Ihr Gesicht war ausdruckslos, doch ihre Hand bewegte sich schnell, das Kratzen der Kohle auf dem Papier klang überhaupt nicht zögerlich.

Ohne ein Wort zu sagen, trat Beau so nahe heran, dass er sehen konnte, was sie malte. Er betrachtete es einen Moment, betrachtete dann Diana, bis er bemerkte, dass ihre Pupillen erweitert waren, und entfernte sich so leise, wie er gekommen war.

Innerhalb der nächsten Minuten entließ er die restlichen

Schüler, einen nach dem anderen. Das hatte er zuvor schon öfter getan, daher war niemand überrascht. Er sprach kurz mit jedem, machte Bemerkungen zu ihrer Arbeit oder ihrer Stimmung, hörte zu, wenn sie mit ihm sprechen wollten, und schickte sie dann aus dem Wintergarten, um frische Luft zu schöpfen oder einen Spaziergang zu machen oder in einem der Gärten zu meditieren, je nachdem, was für den Einzelnen angebracht war.

Diana entließ er nicht, näherte sich ihr auch nicht wieder.

Als alle gegangen waren, stellte sich Beau an die offene Tür, damit Diana von niemandem gestört wurde, der den stillen Wintergarten betreten wollte. Er lehnte sich an den Türrahmen und schaute hinaus in die Gärten, lauschte auf das stetige Kratzen des Kohlestifts auf dem Papier und wartete geduldig.

Wenn Quentin in seinen Jahren bei der Special Crimes Unit eines gelernt hatte, dann, dass es tatsächlich keine Zufälle gab. Egal, wie zufällig etwas zu sein schien, es gab immer eine Verbindung. Immer.

Diana Brisco war hier in der Lodge auf der verwirrten Suche nach Antworten; Quentin war ebenfalls auf der Suche. Die Möglichkeit, dass er ihr bei ihrer Suche helfen konnte, bedeutete, dass sie ihm wohl genauso bei seiner helfen konnte.

Er hatte keine Ahnung, wie. Die Annahme, dass sie eine Verbindung zu dem haben könnte, was hier vor fünfundzwanzig Jahren passiert war, erschien äußerst merkwürdig, vor allem, da sie ihm gesagt hatte, es sei ihr erster Aufenthalt in der Lodge. Aber all seine Instinkte wie auch die leise Stimme in seinem Kopf beharrten darauf, dass es eine Verbindung gab.

Er musste nur herausfinden, welche es war.

Ein anderer wäre vielleicht längst entmutigt, doch nachdem er viel zu lange Jahre immer wieder dieselben Informationen durchgekämmt hatte, ohne auf Antworten zu stoßen, fühlte sich Quentin durch die bloße Möglichkeit belebt, dass sich hier ein neuer Zugang auftun könnte. Allerdings musste er vorsichtig sein, das wusste er. Was auch immer Diana war, sie war emotional verletzlich. Wenn er sie zu sehr drängte …

Auch wenn es ihm schwerfiel, Geduld zu zeigen, zwang er sich, ein paar Stunden vergehen zu lassen, bis er sie aufsuchte. Er frühstückte und ging dann zu den Ställen, wo er hoffte, mit Cullen Ruppe sprechen zu können, dem Mann, der bereits vor fünfundzwanzig Jahren hier in der Lodge gewesen war.

Ruppe hatte seinen freien Tag.

Schon wieder dieses übel wollende Schicksal. Quentin blieb nichts anderes übrig, als eine Weile lang ruhelos um die Ställe und in den Gärten herumzuschleichen, bis er schließlich seinem Drang nachgab und nachforschte – mit einigen Schwierigkeiten angesichts der berühmten Diskretion des Hotelpersonals –, wo der Malworkshop abgehalten wurde.

Als er sich dem Wintergarten näherte und noch überlegte, wie er dieses Treffen angehen sollte, wurde er durch eine völlig unerwartete Entwicklung aus der Bahn geworfen.

»Was zum Teufel machst du denn hier?«, fragte er verblüfft.

Beau Rafferty lächelte. »Ich leite einen Workshop.«

Quentin beäugte ihn misstrauisch. »Aha. Und ich nehme an, Bishop hat nichts damit zu tun?«

»Diese therapeutischen Malworkshops«, erwiderte Beau

freundlich, »wurden schon vor Jahren eingerichtet. Sie waren so erfolgreich, dass mindestens zwei pro Jahr abgehalten werden. In unterschiedlichen Teilen des Landes. Von unterschiedlichen Künstlern. Wir sind alle Freiwillige und melden uns lange vorher und teilen mit, um welche Zeit des Jahres und in welchem Landesteil wir vorzugsweise eingesetzt werden möchten. Dann absolviert jeder von uns ein Trainingsprogramm, damit wir besser vorbereitet sind, um mit unseren verstörten Schülern umzugehen.«

»Und wann hast du dich gemeldet?«, fragte Quentin in ebenso freundlichem Ton.

»Vor etwa sechs Monaten.«

»Und dachtest, dass es im April in Tennessee ganz nett sein würde?«

»Tja, das ist es doch auch, oder? Ich habe die Lodge vorgeschlagen. Man sagte mir, das sei die perfekte Umgebung.«

Quentin seufzte. »Also hatte Bishop doch etwas damit zu tun.«

»Damit, mich hier einzusetzen, schon. Aber du weißt so gut wie ich, dass alles, was danach passiert, immer uns überlassen bleibt. Und letztlich bin ich nur hier, um einen Workshop zu leiten.«

»Du bist derjenige, der Diana helfen soll?« Quentin versuchte nicht mal, die Enttäuschung aus seiner Stimme herauszuhalten.

Beau lächelte. »Ich leite nur einen Workshop, Quentin. Keiner von uns beiden glaubt wohl, dass sie dadurch die Antworten erhält, nach denen sie sucht. Es könnte höchstens ein paar neue Fragen für sie aufwerfen.«

Stirnrunzelnd schaute Quentin an Rafferty vorbei in den Wintergarten. In der hinteren Ecke entdeckte er Diana an ihrer Staffelei, ihr Gesicht seltsam ausdruckslos, während sich ihre rechte Hand rasch bewegte. Aus diesem Winkel konnte er nicht sehen, was sie malte, aber etwas an ihrer Haltung und den fehlenden Gefühlsregungen in ihrem Gesicht …

»Macht sie das, was ich denke?«, fragte er.

»Ja, sie malt medial. Seit etwa einer halben Stunde. Die künstlerische Variante des automatischen Schreibens, vollkommen aus dem Unterbewusstsein und mithilfe anderer, zusätzlich erschlossener Sinne.«

Quentin wandte sich rasch wieder dem Künstler zu. »Himmel, Beau, du hast mir selbst erzählt, wie gefährlich das ist.«

»Stimmt. Es ist aber auch manchmal der einzige Weg, die Tür zu öffnen, die uns blockiert.«

»Vielleicht blockiert die Tür aus einem bestimmten Grund.«

»Es gibt immer einen Grund, Quentin. Und es gibt immer einen Moment, an dem es Zeit ist, die Tür zu öffnen.« Er hielt inne. »Bishop bat mich, dir auszurichten, dass es Zeit ist.«

»Du meinst …«

»Ich meine, dass alle Teile des Puzzles endlich beisammen sind. Alle Teile, die du brauchst, um dein Rätsel zu lösen.«

Quentin starrte ihn an. »Warum reden alle um mich herum nur in Metaphern?«

»Vermutlich, um diesen Ausdruck in deinem Gesicht zu sehen.«

Quentin wollte sich nicht zum Lachen bringen lassen, fragte nur: »Im Klartext, hat Bishop irgendwelche klugen Ratschläge gegeben, wie ich Diana helfen soll?«

»Nein.«

»Freie Entscheidung. Verdammt.«

»Wir treffen unsere eigenen Entscheidungen und folgen unserem eigenen Pfad. Nicht mal Bishop hat die Kontrolle darüber, was passiert, nachdem sich eine Situation zu entfalten beginnt. Das ist offenbar genau das, was hier passiert.« Beau schaute über seine Schulter zurück zu der ins Malen versunkenen Diana und fügte hinzu: »Sie wird jeden Augenblick zu sich kommen. Ich muss dir ja nicht sagen, dass sie ... verstört sein wird. Desorientiert. Und nicht geneigt, einem Fremden zu trauen. Sei vorsichtig, Quentin.«

Quentin sah dem davonschlendernden Mann nach und murmelte leise: »Du hast leicht reden.«

Er hatte wirklich keine Ahnung, wie er mit einer Situation umgehen sollte, die sich vermutlich sehr schwierig gestalten würde. Doch das hatte ihn noch nie abgehalten, also nahm er die Schultern zurück, atmete tief durch und betrat den Wintergarten.

Die Skizzen auf den anderen Staffeleien beachtete er beim Vorübergehen kaum, dachte nur, dass Beau es tatsächlich mit einer Reihe emotional verstörter Personen zu tun hatte, nach ihren Zeichnungen zu schließen.

Als er Diana erreichte, musterte er als Erstes ihr Gesicht, bemerkte die erweiterten Pupillen und die konzentrierten, jedoch ausdruckslosen Züge. Er wusste nicht recht, ob er sie berühren oder ob er sie beim Namen nennen sollte, aber bevor er es ausprobieren konnte, blinzelte sie plötzlich, schüttelte ein wenig den Kopf, ließ den Kohlestift fallen und beugte und streckte ihre Finger, als schmerzten sie.

»Diana?«

Sie schaute ihn verwirrt an. »Was machen Sie denn hier?« Sie klang eher schläfrig als desorientiert.

»Ich wollte Sie zum Lunch einladen«, erwiderte er, seinem Instinkt folgend.

»Oh. Na ja ...« Sie schaute auf ihre Zeichnung, schaute noch mal hin, ihr Gesicht wurde bleich, und ein furchtsamer Ausdruck verspannte ihre Züge.

Quentin griff nach ihrem Arm, folgte immer noch seinem Instinkt und betrachtete dann zum ersten Mal das, was sie gezeichnet hatte. Und nun war er es, der bis ins Innerste erschrak.

Es war ein Blick aus einem Fenster, erstaunlich detailliert, besonders für eine Kohlezeichnung. Ein Fenstersitz mit Kissen rahmte die Aussicht ein, und durch die Scheibe war eine Gartenszene zu sehen. Ein Frühlingsgarten, nach den Flecken zu urteilen, die erstaunlich lebendige kleine Abbilder verschiedenster Blumen waren.

In dieser Szenerie, den Blick auf das Fenster gerichtet, stand ein Mädchen. Sie war vielleicht acht oder neun Jahre alt, hatte langes Haar und sehr traurige Augen. Um den Hals trug sie ein kleines, herzförmiges Medaillon.

»Mein Gott«, sagte Quentin. »Missy.«

3

Missy?« Diana riss ihren Blick von der Skizze los und starrte Quentin an. »Sie kennen sie? Sie meinen – es gibt sie wirklich?« Sie klang jetzt zittrig, und ihr Körper war angespannt, als wollte sie weglaufen.

Quentin nahm sich zusammen und bemerkte gleichzeitig, dass er unwillkürlich ihren Arm fester gepackt hatte. Sie schien es nicht zu merken, doch er zwang sich, seinen Griff etwas zu lockern und ein Lächeln zustande zu bringen, das hoffentlich beruhigend wirkte.

»Sie haben sie wunderbar getroffen«, sagte er und bemühte sich um einen beiläufigen Ton. »Ich konnte diese traurigen Augen nie vergessen.«

»Aber … ich weiß nicht, wer sie ist. Ich kenne niemanden, der Missy heißt.«

»Vielleicht haben Sie es nur vergessen«, meinte er. »Das ist schon lange her.«

»Was?«

Quentin fluchte innerlich und versuchte es erneut. »Hören Sie, Diana, warum sprechen wir nicht beim Lunch darüber?«

»Warum nicht hier?« Anscheinend bemerkte sie seinen Griff erst jetzt und machte sich los. »Wer ist Missy, Quentin?«

Noch einmal betrachtete er die Skizze, diesmal nachdenklicher, fragte sich, ob die Ähnlichkeit, die ihm beim ersten Mal aufgefallen war, tatsächlich existierte.

Schließlich gab es keinen Grund, Diana weiter zu beunruhigen, wenn er sich die Ähnlichkeit bloß eingebildet hatte.

Nur … hatte er das nicht. Denn es war Missy. Kein Bild, das ihr vage ähnlich sah, sondern sie selbst. Die großen, traurigen Augen. Das lange, dunkle Haar. Das ovale Gesicht mit dem trotzigen Kinn. Selbst wie sie stand, den einen Fuß hinter den anderen Knöchel geklemmt, ohne das Gleichgewicht zu verlieren, war typisch.

Und es war schmerzlich, wie ungeheuer lebendig er sie noch vor Augen hatte.

»Quentin?«

Er schaute Diana an und war sich durchaus bewusst, wie schlecht er seine Gefühle verbarg. »Vielleicht bilde ich es mir nur ein«, murmelte er.

Gedehnt und mit Betonung auf jedem einzelnen Wort fragte sie: »Wissen Sie, wer das Mädchen ist?«

»War«, erwiderte er schließlich. »Wer sie war. Missy Turner wurde als Achtjährige ermordet, Diana. Hier in der Lodge. Vor fünfundzwanzig Jahren.«

Sie starrte ihn an, atmete langsam und tief durch, offenbar bemüht, ruhig zu bleiben. »Ach so ist das. Dann muss ich wohl irgendwo ein Foto von ihr gesehen haben.«

»Können Sie sich erinnern, eins gesehen zu haben?«

»Nein. Aber mein Gedächtnis ist nicht das beste. Manche meiner Medikamente haben mir … Zeit gestohlen.«

Er fand, dass er selten etwas so Schmerzliches gehört hatte, trotz ihres sachlichen Tons, und musste sich räuspern. »Wer werden schon dahinterkommen, Diana. Aber dazu müssen wir nicht hier herumstehen. Lassen Sie uns doch zusammen essen – auf der Veranda, wenn Sie wollen, in der Sonne – und darüber reden, ja?«

Wieder war ihre Unschlüssigkeit sichtbar, und Quentin sprach rasch weiter, um sie zu überzeugen.

»Sie sind aus einem bestimmten Grund hergekommen. Eine weitere Runde der Selbsterforschung, erinnern Sie sich? Und im Verlauf dieser Selbsterforschung haben Sie ein erstaunliches Bild eines kleinen Mädchens gezeichnet, das vor fünfundzwanzig Jahren gestorben ist. Ein kleines Mädchen, dessen Ermordung ich schon seit vielen Jahren, während des größten Teils meines Erwachsenenlebens, aufzuklären versuche. Dafür muss es eine Erklärung geben, und die sollten wir beide herausfinden, denke ich. Das ist doch wohl ein Gespräch während des Essens wert, oder?«

»Ja«, erwiderte sie langsam. »Ja, ich glaube schon.«

»Gut. Ich danke Ihnen.«

Diana betrachtete die Zeichnung noch eine Weile, trennte dann vorsichtig die Seite vom Block ab und rollte sie auf. Sie steckte sie in ihre große Schultertasche, die an der Staffelei hing, zog den Kittel aus und hängte ihn ebenfalls auf.

Quentin bemerkte, dass sich in der Tasche auch noch ein kleinerer Skizzenblock befand, sagte aber nichts, als sich Diana die Tasche umhängte und ihm mit einem Nicken zu verstehen gab, dass sie zum Gehen bereit war.

Erst als sie an der Tür waren, fiel ihr etwas ein. »War ich allein hier, als Sie hereinkamen? Wo war Beau?«

»Er hat den Wintergarten verlassen, als ich kam.« Quentin ging nicht näher darauf ein und hoffte, sie würde ihn dazu nicht weiter befragen.

Diana runzelte die Stirn, zuckte dann aber mit den Schultern. Sie sagte nichts mehr, bis sie an einem Tisch auf der Veranda saßen und die Kellnerin ihre Bestellung aufgenommen und ihnen Eistee und einen Korb mit Brötchen gebracht hatte.

Diana ließ beides unbeachtet und fragte: »Sie haben gesagt, dass Sie während des größten Teils Ihres Erwachsenenlebens versucht haben, den … den Mord an ihr aufzuklären. Warum? Waren Sie mit ihr verwandt?«

»Nein.«

»Warum dann? Wenn es vor fünfundzwanzig Jahren passiert ist, müssen Sie doch selbst kaum mehr als ein Kind gewesen sein.«

»Ich war zwölf.«

»Waren Sie hier, als es passiert ist?«

Er nickte. »Ich bin in Seattle aufgewachsen, aber in dem Sommer hat mein Vater uns in einem der Cottages hier untergebracht, weil er in der Nähe von Leisure gearbeitet hat. Er ist Ingenieur und hatte die Aufsicht über den Bau einer großen Brücke.«

»Also haben Sie den Sommer hier verbracht. Was ist mit Missy? Wohnte sie hier?«

»Ihre Mutter war Küchenhilfe in der Lodge. Damals hatten einige Angestellte kleine Wohnungen in dem Teil, der später zum Nordflügel wurde. Dort hat Missy gewohnt.« Er fuhr sich mit der Hand über die Stirn. »In dem Sommer waren nicht viele Kinder in der Lodge, daher haben die wenigen, die hier waren, meistens was zusammen unternommen. Wir sind gewandert, haben geangelt, sind geritten, geschwommen. Typische Sommersachen, hauptsächlich dazu gedacht, den Erwachsenen aus den Füßen zu bleiben.«

Diana konnte sich kaum mehr daran erinnern, acht Jahre alt zu sein, daher war ihre nächste Frage eher ein Raten. »War Missy in Sie verknallt?«

Er lächelte leicht über den Ausdruck, nickte jedoch. »Im Nachhinein betrachtet – ja, war sie vermutlich. Damals fühlte ich mich so erwachsen und sah in ihr nur ein Gör, das man mitschleppen musste. Sie war das einzige Mädchen in der Gruppe und die Jüngste von uns. Aber sie war schüchtern und freundlich, hatte nichts gegen Käfer oder Dreck oder die dummen Witze der Jungs, und ich ... gewöhnte mich schließlich daran, sie dabeizuhaben.«

Diana riet immer noch. »Sie sind ein Einzelkind.«

Er schien über diese Feststellung nicht erstaunt. »Ja. Daher war es auch etwas Neues für mich, ständig andere Kinder um mich zu haben, und es machte mir Spaß. Für mich war Missy am Ende des Sommers zu der kleinen Schwester geworden, die ich nie hatte.«

»Am Ende des Sommers?«

Quentin nickte. »Da ist sie gestorben. Im August. Im kommenden August sind es fünfundzwanzig Jahre.«

»Was ist passiert?«

Sein Gesicht spannte sich an, und seine Augen verdüsterten sich. Langsam antwortete er: »Dieser Sommer hatte etwas Seltsames, von Anfang an. Damals dachte ich, es läge nur daran, dass die Lodge alt war und man in so alten Häusern leicht ein unheimliches Gefühl bekommt; das war mir schon früher aufgefallen, an anderen Orten. Und da wir Kinder waren, saßen wir fast jeden Abend am Lagerfeuer unten bei den Ställen und jagten uns mit Geistergeschichten gegenseitig die größte Angst ein. Aber es war mehr als Gruselgeschichten und unsere übermäßig aktive Fantasie. Wir alle machten in dem Sommer Erfahrungen, die wir uns wirklich nicht erklären konnten.«

»Welche denn?«

»Schlechte Träume, wie keiner sie je zuvor gehabt hatte. Wahrnehmungen aus dem Augenwinkel, wo nichts war, wenn man sich umdrehte. Seltsame Geräusche, die wir nachts hörten. Ungute Gefühle an verschiedenen Orten innerhalb der Gebäude und auch draußen. Als lauerte dort etwas … Böses.«

Quentin verzog das Gesicht. »Wenn man Kind ist, kann man nicht gut ausdrücken, was man fühlt, zumindest konnte ich das nicht. Ich wusste nur, dass hier irgendetwas nicht stimmte. Und ich hätte es jemandem sagen sollen.«

Diana, die aufmerksam zuhörte, zog die Brauen zusammen. »Sie geben sich die Schuld an dem, was mit Missy passiert ist? Nur deswegen?«

»Nein, nicht nur deswegen«, erwiderte er. »Sondern weil Missy Angst hatte. Weil sie versuchte, mir zu sagen, wovor sie sich fürchtete – und ich nicht zuhörte. Beim ersten Mal nicht und auch nicht zwei Tage später, als sie es erneut versuchte. Da habe ich sie zum letzten Mal lebend gesehen.«

Am späten Vormittag hatte Madison die meisten Gärten erforscht, oder wenigstens diejenigen, die sie interessierten. Was gut so war. Gehorsam war sie ins Hauptgebäude zurückgekehrt, hatte ein frühes Mittagessen mit ihren Eltern eingenommen und danach widerstrebend versprochen, drinnen zu bleiben, weil für den Nachmittag ein Gewitter vorhergesagt worden war. Da sie ein unabhängiges Kind war und nicht dazu neigte, zerstörerisch zu sein oder sich in Schwierigkeiten zu bringen, hatten ihre Eltern nichts dagegen einzuwenden, als sie verkündete, das Gebäudeinnere erforschen zu wollen, wie sie es mit den Gärten getan hatte.

»Aber vergiss nicht, Madison«, sagte ihre Mutter. »Bleib weg von den Zimmern anderer Leute. Willst du nicht in die Bibliothek oder ins Spielzimmer gehen?«

»Das tu ich wahrscheinlich auch, Mama. Komm, Angelo.« Sie ließ ihre Eltern in der Drei-Zimmer-Suite zurück – offiziell die Orchideensuite – und machte sich mit Angelo auf den Weg.

Sie schaute sich das Spielzimmer an, wo sie ein anderes Kind fand, einen Jungen von vielleicht zehn Jahren, der völlig in sein Videospiel vertieft war. Außerdem waren noch ein paar Erwachsene im Raum, einige um einen Billardtisch herum, andere, die sich leise bei Schach oder Kartenspielen unterhielten; auch sie alle in ihr Spiel vertieft.

Madison trat an eines der Regale und sah nach, welche Brettspiele und Puzzles es gab. Höflich erwiderte sie den Gruß einer älteren Dame und hob eine Spielkarte auf, die neben dem Stuhl der Dame auf den Boden gefallen war.

»Sieh da! Kein Wunder, dass sie nicht aufgegangen ist«, rief die Dame mit einem Blick auf die halb fertige Patience vor sich. »Vielen Dank, kleines Fräulein.«

»Gern geschehen.« Nach Madisons Erfahrungen mit älteren Damen würde diese jetzt so lange mit ihr plaudern, wie sie bei ihr stehen blieb, daher verschwand sie lieber gleich. Es war nicht so, dass sie ältere Damen nicht mochte, sie wollte nur sehen, was das Hotel sonst noch zu bieten hatte.

Sie würden eine ganze Woche hierbleiben, und Madison war entschlossen, alles auszukundschaften.

Sie verließ das Spielzimmer und meinte zu Angelo: »Ich glaube, du bist der einzige Hund hier.«

Angelo zögerte und jaulte, als Madison in den langen Flur zum Nordflügel einbog, doch sie sagte ungeduldig: »Du wolltest auch nicht in den Zengarten, aber wir haben da doch viel Spaß gehabt, oder?«

Der kleine Hund jaulte erneut, doch da sein liebster Mensch auf Erden ohne anzuhalten weiterging, tappte er rasch hinter Madison her, wobei er unglücklich Ohren und Schwanz hängen ließ.

»Du bist ein Feigling«, schimpfte Madison. »Ich hab dir doch gesagt, dass du dich vor ihnen nicht zu fürchten brauchst. Sie haben uns noch nie was getan, stimmt's?«

Was auch immer Angelo von dieser Aussage halten mochte – er behielt es für sich und blieb dicht bei Madison, als sie nun zwei Sitzgruppen und einige kürzere Korridore überquerte, bevor sie die Treppe zum nächsten Stockwerk hinaufstieg.

»Madison!«

Sie lächelte dem kleinen Mädchen zu, das ihr vom Ende des Flurs winkte, und eilte auf sie zu. »Hallo! Ich dachte schon, ich würde dich nie finden.«

»Ich hab doch gesagt, dass ich hier sein werde«, erwiderte ihre neue Freundin.

»Ja, aber du hast nicht genau gesagt, wo.« Der Flur hatte die Form eines T, von dessen Scheitelpunkt rechts und links zwei kürzere Korridore abgingen. »Was ist da hinten? Sei still, Angelo«, fügte sie, zu dem jaulenden Hund gewandt, hinzu.

»Ein geheimer Ort. Willst du ihn sehen?«

»Wie ein Geheimzimmer oder so?« Die Vorstellung gefiel Madison. »Wo?«

»Folg mir.« Ihre neue Freundin ging ihnen voran zu einer dunkelgrünen Tür am Ende des Flurs.

Angelo folgte ihnen mit lauterem Jaulen.

Diana schob ihren Teller weg. »Es nützt nichts. Ich kann nicht weiteressen und so tun, als würde ich nicht auf das Ende Ihrer Geschichte warten.«

Da er selber kaum Appetit hatte, protestierte Quentin

nicht, sondern sagte bloß: »Mord ist beim Essen kein sehr geeignetes Thema.«

»Daran hätten Sie denken sollen, bevor Sie damit angefangen haben.«

»Hab ich auch.« Er lächelte schief. »Aber ich dachte auch, Sie wären eher bereit, sich hinzusetzen und mit mir zu reden, wenn die Umgebung ... nicht bedrohlich wäre. Lunch auf einer sonnigen Veranda, mit anderen Menschen in der Nähe, kein Grund, sich beengt oder in die Ecke gedrängt zu fühlen.«

»Warum sollte ich mich denn beengt fühlen, Quentin?«

»Das war der Eindruck, den ich heute Morgen gewonnen hatte. Dass der Aussichtsturm zu klein war, obwohl er so offen ist, und Sie sich dort unwohl fühlten. Natürlich kann ich mir das auch nur einbilden.« Er schaute sie dabei unverwandt an.

Etwas ausweichend erwiderte sie: »Sie scheinen eine Menge Empfindungen über ... Orte aufzufangen. Über diesen hier.«

Quentin ließ ihr den Themenwechsel durchgehen, tastete sich immer noch vorsichtig voran. »Manche Menschen reagieren, allerdings in unterschiedlichem Maße, empfindsam auf ihre Umgebung«, antwortete er sachlich und schob seinen fast unberührten Teller weg. »Unsere Gehirne sind offenbar darauf eingestellt, elektrische und magnetische Impulse aufzufangen, die den meisten Menschen nicht bewusst sind.«

»Wie ist das möglich?« Sie spielte mit ihrem Glas.

»Wie sollte es nicht möglich sein? So arbeitet das menschliche Gehirn, Diana, durch Übertragung elektrischer Impulse. Energie. Und Energie ist überall um uns herum. Es ist nur logisch, dass manche Menschen eine überdurchschnittliche Aufnahmefähigkeit für diese Energie haben. Ich meine, als Spezies bringen wir immer wieder Genies oder unerklärlich begabte Menschen hervor, einen Mozart oder einen Einstein oder einen Hawking. Ihre Gehirne scheinen anders zu funktionieren als die der Norm, aber das macht sie nicht weniger menschlich.« Er zuckte mit den Schultern. »Ich glaube, wir fangen gerade erst an zu verstehen, wie der Geist tatsächlich funktioniert. Wer weiß, was wir in zukünftigen Jahren und Generationen als ›normal‹ bezeichnen werden?«

Langsam sagte sie: »Sie spüren also wirklich etwas an bestimmten Orten? Bei Menschen?«

»Ein wenig, obwohl das nicht meine starke Seite ist«, antwortete er leichthin. »Doch bei einem Ort wie der Lodge, die eine so lange Geschichte hat, ist es überhaupt nicht erstaunlich, dass die Energie ungewöhnlich stark ist. Stark genug, dass sogar ich sie manchmal auffange. Ein Hellseher oder ein Medium würde vermutlich viel mehr spüren.«

Sie blinzelte. »Reden Sie von ... übernatürlicher Wahrnehmung?«

»So nennen das die Leute häufig. Oder sie sagen außersinnliche oder paranormale Wahrnehmung.« Wieder zuckte er die Achseln und achtete darauf, ungezwungen zu klingen. »Die bloße Existenz außersinnlicher Wahrnehmungsfähigkeit wird nach wie vor von vielen geleugnet, aber da mehr und mehr Forschung betrieben wird, lernen wir, dass fast alles möglich ist, wenn es um den menschlichen Geist geht.«

»Sie scheinen eine Menge darüber zu wissen«, sagte sie langsam.

Quentin folgte seinem Instinkt. »Die FBI-Einheit, der ich angehöre, basiert auf der Idee, dass außersinnliche Fähigkeiten konstruktiv kanalisiert und als Ermittlungswerkzeuge benutzt werden können. In diesem Bereich haben wir viel Forschung betrieben und können inzwischen auf mehrere Jahre Erfahrung zurückgreifen und unsere Ergebnisse auswerten. Empirische Beweise, nennen die Wissenschaftler das. Das sind noch keine wissenschaftlichen Beweise, aber wir nähern uns dem immer mehr an.«

»Sie glauben, dass Sie über eine außersinnliche Wahrnehmungsfähigkeit verfügen?«

Er hörte die Anspannung in ihrer Stimme und antwortete vorsichtig. »Ich habe die Fähigkeit, meine fünf Sinne kontrollierter und präziser zu benutzen als der größte Teil der Menschen. Davon bin ich überzeugt und habe darin jahrelange Übung. Und, ja, ich glaube, dass ich eine zusätzliche Fähigkeit besitze, die den meisten anderen nicht gegeben ist oder die ihnen verschlossen ist.«

»Welche Fähigkeit?« Ihre Anspannung wuchs.

»Manchmal weiß ich Dinge, bevor sie überhaupt geschehen.«

Diana lehnte sich abrupt zurück und verschränkte die Arme vor sich. »Sie können also in die Zukunft sehen? Mir mein Schicksal voraussagen?«

»Ich sehe überhaupt nichts«, antwortete Quentin. »Ich lege weder Tarotkarten, noch schaue ich in eine Kristallkugel oder betrachte Handlinien.« Seine Stimme war jetzt trocken. »Ich weiß nur manchmal Dinge, bevor sie passieren.«

»Nur«, murmelte sie.

»Das ist eine völlig menschliche Fähigkeit, Diana, selbst wenn es eine seltene ist.«

»Wie können Sie wissen, dass etwas geschehen wird, bevor es geschieht? Das ergibt keinen Sinn.«

»Es ist eine Fähigkeit, die wir tatsächlich nicht wissenschaftlich erklären können«, gab er zu. »Nach dem heutigen Stand der Wissenschaft, heißt das. Wenn Zeit linear ist, wie wir glauben, dann scheint es sicherlich nicht möglich, dass der menschliche Geist etwas wahrnimmt, was noch nicht passiert ist. Andererseits verstehen wir vielleicht noch zu wenig vom Wesen der Zeit, wie wir auch zu wenig von unserem eigenen Geist wissen.«

Sie holte tief Luft und atmete langsam wieder aus. »Ich habe schon genug Schwierigkeiten mit der Realität, vielen Dank. Selbst wenn ich glauben würde, dass das, was Sie sagen, möglich wäre, könnte ich …«

»Erklären Sie mir Ihre Zeichnung«, bat Quentin.

»Wie gesagt, ich muss ein Foto gesehen haben.«

»Soweit ich herausfinden konnte, hatten Missy und ihre Mutter keine Familie, Diana. Sie haben hier gewohnt, seit Missy drei oder vier war. Und weniger als ein Jahr nach ihrer Ermordung war der Nordflügel nur noch eine verkohlte Ruine; ein Feuer hat ihn fast vollständig niedergebrannt und alle Besitztümer von Missy und ihrer Mutter vernichtet. Wie wollen Sie dann ein Foto von ihr gesehen haben? In den fünfundzwanzig Jahren meiner Suche habe ich, abgesehen von Tatort- und Autopsiefotos, nie eins von ihr finden können.«

Diana schwieg, sichtlich beunruhigt.

»Ihre Skizze zeigt sie, wie sie in dem Sommer war«, fuhr er fort. »Das herzförmige Medaillon an ihrem Hals? Das habe ich ihr geschenkt. Ende Juli, zu ihrem Geburtstag. Es verschwand, als sie ermordet wurde, und ist seither nicht wieder aufgetaucht.«

»Sie können überhaupt nicht wissen, ob es dasselbe Medaillon ist, nicht anhand einer einfachen und schlecht ausgeführten Kohlezeichnung. Ich bin keine Malerin, Quentin …« Sie unterbrach sich, als die Kellnerin kam, um die Teller abzuräumen und nach Nachtisch und Kaffee zu fragen. Nachdem sie bestellt hatten und die Kellnerin weg war, sprachen sie weiter.

»Ich bin keine Malerin«, wiederholte Diana fest. »Sie dürfen diese Zeichnung nicht ernst nehmen. Ich weiß nicht mal, wo das … das Bild herkam, aber es muss eine vollkommen rationale Erklärung dafür geben.«

»Dem stimme ich zu. Doch unsere Vorstellungen von rational könnten Lichtjahre auseinanderliegen.«

»Wenn Sie an das Übernatürliche glauben, dann wohl schon.« Sie schüttelte den Kopf. »Das ist bloß … Mystizismus und Pseudowissenschaft. Das ist nichts Reales. Es gibt stichhaltige medizinische Erklärungen, warum Menschen Dinge sehen, die nicht da sind, oder Stimmen hören oder … oder was auch immer. Sie können nichts dafür, es liegt eben daran, dass sie krank sind. Sie haben eine Krankheit.«

»Und wenn sie keine haben?«

Sie starrte ihn an.

»Wenn sie gar nicht krank sind, Diana? Wenn all diese stichhaltigen medizinischen Erklärungen falsch sind? Es ist noch gar nicht so lange her, dass die medizinische Wissenschaft in solchen Fällen Blutegel benutzte und nicht die geringste Ahnung hatte, dass ein chemisches Ungleichgewicht im Gehirn alle möglichen Probleme verursachen kann, die fälschlich als Geisteskrankheit galten.«

»Quentin …«

»Sie lesen doch Zeitung, oder? Wie oft erfahren wir, dass wissenschaftliche oder medizinische Fakten sich als falsch erwiesen haben? Technische Fortschritte und neue Entdeckungen werden gemacht, und plötzlich wissen wir heute mehr, als wir gestern gewusst haben. Also denken wir um. Wir kommen auf bessere Testmethoden, oder wir gelangen zu einem tieferen Verständnis der Ergebnisse. Das Unmögliche wird möglich, sogar wahrscheinlich und vorhersehbar.«

»Trotzdem, manche Dinge sind einfach zu weit hergeholt, um glaubwürdig zu sein.«

»Und außersinnliche Fähigkeiten sind für Sie zu weit hergeholt?« – »Ja.«

»Warum?« Er zögerte, als sie schwieg, und fügte dann langsam hinzu: »Warum ist es so viel einfacher für Sie zu glauben, dass Sie krank sind?«

»Wir haben nicht über mich gesprochen«, erwiderte sie, sichtlich angespannt.

»Nicht? Diana, Ihnen fehlt nichts. Das ist der Grund, warum alle Medikamente und Therapien nichts bewirkt haben. Sie versuchen etwas zu reparieren, das nie kaputt war.«

»Sie wissen gar nichts von mir.« – »Ich weiß, dass Sie außersinnlich veranlagt sind. Und da ich das weiß, kann ich mir anderes zusammenreimen. Entweder wurden Sie mit diesen Fähigkeiten geboren, oder sie wurden ausgelöst, als Sie sehr jung waren, durch ein physisches oder emotionales Trauma. Sie haben versucht, anderen – vermutlich als Erstes Ihren Eltern – von Ihren Erlebnissen zu erzählen. Davon, Dinge zu sehen, die es nicht wirklich zu geben schien. Stimmen zu hören. Ungewöhnlich lebhafte Träume zu haben. Vielleicht gab es Blackouts, fehlende Zeitspannen. Und so hat der ganze sinnlose Kreislauf von Ärzten und Medikamenten und Therapien angefangen.«

Immer noch angespannt, fragte sie: »Und woher haben Sie Ihre ärztliche Approbation, Quentin?«

»Wie viele approbierte Ärzte waren unfähig, Ihnen zu helfen?«, konterte er. »Wann kommt endlich der Zeitpunkt, an dem Sie über andere plausible Erklärungen für eine vorgebliche Krankheit nachdenken, die kein Experte hat behandeln können? Nächsten Monat? Nächstes Jahr? Wenn Sie sämtliche Ärzte durchhaben? Wenn der größte Teil Ihres Lebens vorbei ist und es sich eigentlich nicht mehr lohnt, noch einen weiteren Versuch zu machen?«

Quentin dachte später, er hätte verdammtes Glück gehabt, dass sie nicht einfach aufgestanden und gegangen war. Er bedrängte sie zu sehr, und er wusste es; er verlangte, dass sie plötzlich alles infrage stellte und von sich wies, was ihr zu viele Jahre lang und von zu vielen Ärzten eingehämmert worden war. Doch das konnte nicht innerhalb eines Augenblicks geschehen.

Diana ging nicht. Aber sie war eindeutig nicht bereit, das Thema weiterzuverfolgen. Ihr Gesicht war ausdruckslos, doch als sie nach der Kaffeetasse griff, war die Bewegung zittrig vor Anspannung.

»Hören Sie, Sie sagten, Sie wollten über dieses Mädchen und den Mord an ihr sprechen. Ich bin neugierig, weil Sie behaupten, auf meiner Zeichnung sähe sie so aus wie vor ihrem Tod.«

»Ich behaupte?«

»Na ja, wenn Sie kein Foto haben – das Sie mir zeigen können«, schwächte sie rasch ab, weil ihr einfiel, dass er von Tatort- und Autopsiefotos gesprochen hatte, »können Sie es letztlich nicht beweisen, oder?« Sie nickte, als er schwieg. »Was weiß ich, ob Sie sich die Ähnlichkeit nicht bloß eingebildet haben. Zum Teufel, was weiß ich, ob Sie sich die ganze verdammte Geschichte nicht bloß ausgedacht haben. Ich habe Sie erst vor ein paar Stunden kennengelernt; woher soll ich wissen, dass Sie mich nicht belügen?«

»Das können Sie nicht«, gab er zu.

»Ich weiß ja nicht mal, ob Sie wirklich beim FBI arbeiten.«

Seufzend sagte er: »Ich habe meinen Ausweis im Zimmer gelassen, aber ich zeige ihn Ihnen später. Ich belüge Sie nicht, Diana. Über gar nichts.«

»Werden Sie mir erzählen, was mit Missy passiert ist?«

»Natürlich. Zumindest so viel, wie ich weiß.« Er zögerte und streckte dann, unter demselben Zwang wie im Aussichtsturm, die Hand über den Tisch aus und berührte die ihre leicht. »Es tut mir leid, ich wollte Sie nicht bedrängen ...«

Was immer er noch hatte sagen wollen, Diana hörte es nicht. Es war, als wäre ein Schalter umgelegt worden; im einen Moment saß sie mit diesem Mann an einem Tisch auf einer warmen, sonnigen Veranda, sich der gedämpften Geräusche anderer Menschen um sie bewusst, und im nächsten Augenblick war alles anders.

Sie war immer noch auf der Veranda, aber es war ein düsterer, grauer Ort, nur unregelmäßig durch Blitze erhellt. In der Luft lag ein seltsamer Geruch, den sie nicht erkannte, und es war kalt. Sehr kalt.

Unheimlicherweise konnte sie während der Blitze Quentin sehen, der ihr gegenübersaß und sie mit leichtem Stirnrunzeln anschaute, aber dazwischen immer wieder verschwand.

Und als sie hinunter auf den Tisch schaute, sah sie bei jedem Blitzstrahl, dass ihre Hand seine umklammert hielt, als wäre es eine Rettungsleine.

In den Intervallen zwischen den Blitzen hielt ihre Hand ... nichts.

Sie war total allein in dem fast nächtlichen Grau.

Diana.

Sie wollte das nicht, aber sie merkte, wie sie ihren Kopf langsam nach rechts drehte. Neben den Stufen, die zur unteren Terrasse, zum Rasen und den Gartenpfaden führten, standen zwei große, eingetopfte Palmen; das war zunächst das Einzige, was sie erkennen konnte.

Dann fuhr ein Blitz herab, und zwischen den Pflanzen stand das kleine Mädchen.

Langes dunkles Haar.

Große, traurige, dunkle Augen.

Bleiches, ovales Gesicht.

Missy.

In der grauen Dunkelheit verschwand sie, nur um in dem grellen weißen Licht der regelmäßig aufflackernden Blitze wieder zu erscheinen.

Hilf uns.

Sie schien nicht zu sprechen, ihre Lippen bewegten sich nicht. Aber mit jedem Blitz kam sie näher, verringerte den Abstand zwischen ihnen, ihr blasses Gesicht verzog sich zu einem Ausdruck des Schmerzes, die dunklen Augen zu Abgründen von Entsetzen.

Ihre Hände streckten sich flehend nach Diana aus …

»Diana!«

Mit einem Ruck fuhr ihr Kopf herum, sie starrte Quentin an und blinzelte bei der abrupten Rückkehr in die warme Helligkeit der Veranda. Im nächsten Augenblick ertönte ein lauter Donnerschlag, und als sie aufschaute, sah sie, wie sich düstere Wolken aufgetürmt und vor die Sonne geschoben hatten, wodurch es sofort kälter wurde.

»Wir gehen besser nach drinnen«, sagte Quentin, während überall laut Stühle gerückt wurden, weil andere Gäste zu demselben Entschluss kamen. »Das Gewitter war ganz plötzlich da.«

»Tatsächlich?«, murmelte sie und kam sich sehr ... sonderbar vor. »Oder war es schon die ganze Zeit da?«

»Wie bitte?«

Diana merkte, dass sie tatsächlich seine Hand hielt, und es kostete sie enorme Mühe, sich zu zwingen, sie loszulassen. »Nichts. Es ... es spielt keine Rolle.«

»Wir sollten nach drinnen gehen«, wiederholte er stirnrunzelnd und stand auf.

Automatisch erhob sich auch Diana. Ihr war kalt. Und sie hatte Angst. Ihr Körper kribbelte merkwürdig, als würde er von einer unbekannten Energie durchströmt. Und doch ... irgendetwas an dem Gefühl war ihr vertraut, wie ein fernes Echo einer vergessenen Erinnerung.

Sie murmelte, ohne zu merken, dass sie ihre Gedanken laut aussprach: »Warum nennt man es das Zweite Gesicht? Weil man das sehen kann, was unter der Oberfläche liegt? Weil man etwas sehen kann, was nicht da ist? Weil man ... durch ein dunkles Glas sehen kann ...«

Quentin trat um den Tisch herum und packte ihre Schultern mit beiden Händen. »Diana, hören Sie auf mich. Sie sind nicht verrückt.«

»Sie wissen nicht, was ich gerade gesehen habe.« Jetzt zitterte ihre Stimme.

»Was immer es war, es existiert wirklich.« Ungeduldig schaute er auf, als die ersten Regentropfen um sie niederprasselten, nahm dann ihre Hand und führte Diana nach drinnen.

Diana ließ es zu, fast blind. Vielleicht, dachte sie später, weil sie in dem Moment wirklich nicht allein sein wollte. Oder vielleicht weil die Antworten, die Quentin zu bieten hatte, weniger beängstigend waren, als zu glauben, ihre Geisteskrankheit verschlimmere sich zunehmend.

Madison schaute von der sehr alten Puppe auf, die sie in der Truhe gefunden hatte, und lauschte dem Donnergrollen. »Daddy hat gesagt, es würde ein Gewitter geben.«

»Hier gibt es viele Gewitter«, sagte ihr neue Freundin.

»Ich mag Gewitter. Du nicht?«

»Manchmal.«

»Mir gefällt auch dieses Zimmer.« Madison schaute sich in dem hübschen, sehr mädchenhaften Schlafzimmer mit den altmodischen Möbeln und den Spitzengardinen um. »Aber warum ist es ein Geheimnis?«

»Weil sie es nicht verstehen würden.«

»Sie?«, wiederholte Madison fragend und tätschelte abwesend den kleinen Angelo, der sich neben ihr zusammengerollt hatte und ein wenig zitterte. Er konnte Gewitter nicht leiden, der arme Kerl. »Du meinst, meine Eltern?«

»Ja.«

Plötzlich misstrauisch geworden, fragte Madison: »Das ist doch dein Zimmer, oder? Ich meine, es gehört niemand anderem? Weil ich nicht in die Zimmer anderer Leute gehen soll, ohne dazu aufgefordert zu werden.«

»In dieses Zimmer kannst du jederzeit kommen.«

Madison hatte den Verdacht, dass ihre Frage nicht richtig beantwortet worden war, und stellte eine weitere, genauere. »Wie heißt du? Das hast du mir noch gar nicht gesagt.«

»Becca.«

»Das klingt schön.«

»Danke. Madison aber auch.«

»Und das hier ist dein Zimmer, Becca?«

»War es mal.«

»Aber jetzt nicht mehr?«

Becca lächelte freundlich. »Manchmal komme ich noch hierher. Besonders bei Gewitter.«

»Ehrlich? Bei Gewitter mag ich mein Zimmer bei mir zu Hause auch. Dann fühle ich mich da sicher.«

»Hier bist du auch sicher. Vergiss das nicht, Madison. Hier wirst du sicher sein.«

Madison betrachtete sie zweifelnd. »Vor dem Gewitter?«

»Nein.« Becca beugte sich zu ihr, immer noch freundlich lächelnd, und flüsterte: »Es kommt.«

4

Diana trank den heißen, süßen Tee, den Quentin bestellt hatte, und schaute ihn dabei über den Rand ihrer Tasse an. Nachdem sie die Tasse wieder auf dem kleinen Tisch zwischen ihren Sesseln abgestellt hatte, sagte sie trocken: »Das traditionelle Heilmittel gegen Schock.«

Er meinte achselzuckend. »Wir konnten unseren Kaffee nicht mehr austrinken.«

Sie saßen in einem etwas abgesonderten, der Eingangshalle abgekehrten Teil der großen Lounge, wo eine ganze Reihe von Gästen Schutz vor dem Gewitter gesucht hatte. In diesem Bereich waren zahllose Sessel und Tischchen in verstreuten Gruppen arrangiert, die durch hohe Topfpflanzen, Wandschirme und andere dekorative Raumteiler voneinander getrennt waren. Dadurch vermittelten sie Privatheit und ermöglichten ruhige Gespräche, ohne dass die Gäste das Gefühl haben mussten, zu isoliert, zu allein zu sein.

Draußen tobte das Gewitter weiter, mit Donnergrollen, Blitzen und mehr Wind als Regen. Was typisch für dieses Tal war, wie Quentin gesagt hatte.

Diana hatte sich noch nicht richtig von ihrem Erlebnis auf der Veranda erholt. Sie war sich auch nicht sicher, ob das je der Fall sein würde. Und nachdem sie nun ein paar Minuten Zeit gehabt hatte, darüber nachzudenken, fühlte sie, wie sie vorsichtig wurde und sich einigelte – sie konnte sich nicht erinnern, je so unsicher gewesen zu sein.

Das war kein angenehmes Gefühl.

»Wir haben auch unser Gespräch nicht beendet«, fügte Quentin hinzu. »Was haben Sie da draußen gesehen, Diana?«

»Nichts.« Sie hatte ihren Verstand wenigstens so weit wieder beisammen, um zu wissen, dass sie ihm keineswegs erzählen wollte, was sie zu sehen gemeint hatte. Was sie unmöglich hatte sehen können. Egal, woran Quentin angeblich glaubte, ihrer Erfahrung nach fanden die Menschen Unerklärliches meist verwirrend.

Und sie hatte überhaupt keine Lust, diesen allzu vertrauten Ausdruck in seinen Augen zu sehen, dieses sorgsam vorgetäuschte Fehlen von Schock oder Unglauben, um ihr nicht zu zeigen, dass man sie für völlig verrückt hielt.

»Diana …«

»Heute Morgen sagten Sie etwas darüber, dass es hier für Kinder nicht sicher sei. Gibt es da schlimme Vorfälle? Ich nehme an, Sie meinten andere als den Mord an Missy. Worum ging es da?«

Er zögerte und meinte dann: »Unfälle, Krankheiten, unerklärliche Todesfälle, vermisste Kinder.«

»So etwas passiert doch überall.«

»Ja, leider. Aber es passiert hier viel häufiger, als dass es sich um Zufälle handeln könnte.«

»Und Sie glauben, dass das alles irgendwie mit Missys Tod zu tun hat?«

»Nach den Erfahrungen, die ich gemacht habe, gibt es so etwas wie Zufälle nicht«, erwiderte Quentin.

Diana runzelte die Stirn. »Nein?«

»Nein. Überall existieren Muster, wir müssen sie nur erkennen und lesen können. Meistens können wir das nicht oder höchstens im Nachhinein. Andererseits sind gewisse Muster so deutlich, als wären sie in Leuchtbuchstaben geschrieben. Sie und ich, zum Beispiel.«

Misstrauisch fragte sie: »Was soll denn mit uns sein?«

»Die Tatsache, dass wir beide jetzt hier sind, ist kein Zufall. Die Tatsache, dass Sie eine sehr genaue Zeichnung von Missy angefertigt haben, deren Ermordung ich aufzuklären versuche, und dass ich die Zeichnung zu sehen bekam, ist kein Zufall. Sogar die Tatsache, dass Sie am frühen Morgen die Treppe zum Aussichtsturm hinaufgestiegen sind und mich dort fanden, ist kein Zufall.«

»Alles Teil des Gesamtplans, ja?«

»Alles Teil des Musters. Es steht alles irgendwie miteinander in Verbindung. Und ich glaube, dass Missy das Bindeglied ist.«

Diana, die an die andere Skizze in ihrer Schultertasche dachte, von dem Mann, den sie gezeichnet hatte, bevor er ihr je vor Augen gekommen war, fand es schwierig, gegen manches von dem, was Quentin anführte, zu argumentieren. Aber sie versuchte es.

»Wie könnte das sein? Ich sagte Ihnen schon, dass ich nie jemanden namens Missy gekannt habe. Ich bin nie zuvor hier gewesen. Ich war noch nie in Tennessee. Wahrscheinlich hat es einen Zeitungsartikel über ihren Tod gegeben, mit einem Foto, und ich habe das irgendwann vor Jahren gesehen. So was in der Art.«

»Nein.« Quentins Stimme klang entschieden. »Der Artikel über ihren Tod war nicht mehr als ein Absatz, und es gab kein Foto. Außerdem stand es nie in den großen Regionalzeitungen, ganz zu schweigen von den nationalen Blättern. Ich arbeite seit Jahren an dem Fall, Diana. Ich habe jeden Schnipsel an Information gesehen, den ich finden konnte – und das FBI bringt uns bei, wie man sucht, glauben Sie mir.« Diana schwieg, beunruhigt, aber noch längst nicht überzeugt.

»Sie haben sie gesehen, nicht wahr? Draußen auf der Veranda.«

Sie schüttelte leicht den Kopf, schwieg immer noch. Geduldig sagte er: »Was auch immer Sie gesehen haben, es kam plötzlich und war sehr lebendig – und wurde von dem Gewitter ausgelöst.«

Das überraschte sie. »Wie bitte?«

»Erinnern Sie sich, was ich Ihnen über Energie erzählt habe? Gewitter sind voll davon, laden die Luft mit elektrischen und magnetischen Strömungen auf. Strömungen, auf die unser Gehirn reagiert. Gewitter wirken sich immer stark auf Menschen aus, die außersinnliche Fähigkeiten haben. Manchmal blockieren sie unsere Fähigkeiten, doch im Allgemeinen werden sie dadurch weit über das Übliche hinaus verstärkt, vor allem in den Minuten, bevor ein Gewitter losbricht.«

Mehr zu sich selbst als an ihn gerichtet, murmelte sie: »Normalerweise weiß ich, wann eins kommt. Aber da draußen ...«

»Da draußen«, beendete er ihren Satz, »haben wir uns beide auf unser Gespräch konzentriert und sind von dem Gewitter überrascht worden. Ich spüre es normalerweise auch, wenn eins kommt.«

Er hielt inne und beobachtete sie.

»Und die meisten meiner Sinneswahrnehmungen sind während eines Gewitters geschärft. Genau wie Ihre im Moment.«

Diana konnte sich des Eindrucks nicht erwehren, dass er in den wenigen Stunden mehr über sie und ihre verschiedenen Stimmungen und Eigenheiten erraten hatte als alle Ärzte, die sie über viele Jahre gekannt hatten.

Falls er überhaupt riet.

Es war verstörend, und doch warf es die Frage auf, ob es vorstellbar war, dass die anderen Dinge, die er ihr erzählte, ebenfalls der Wahrheit entsprachen. Diese Fähigkeiten. War das möglich? Nach all den vielen Jahren, all den Untersuchungen und Therapien und Medikamenten … konnte die Antwort darauf, was mit ihr los war, so einfach sein? Und so unglaublich komplex?

»Diana, was haben Sie gesehen?«

»Das Mädchen. Ich habe sie gesehen, Missy.« Diana bemerkte zu spät, dass sie ihm antwortete; und als es ihr klar wurde, stählte sie sich unwillkürlich gegen seine Reaktion.

Nur reagierte Quentin überhaupt nicht, zumindest nicht offenkundig. Er beobachtete sie nach wie vor mit konzentrierter Intensität. »Beschreiben Sie, was Sie gesehen haben. Genau.«

Plötzlich wurde Diana an einen ihrer vielen Ärzte erinnert, der ausdruckslos und fest entschlossen, urteilsfrei zu bleiben, egal, was sie sagte, im Geist ihre Neurosen katalogisierte. Diese Erinnerung brachte sie dazu, zunächst den Mund zusammenzupressen.

Aber genauso gut konnte sie es auch gleich hinter sich bringen.

Rasch, mit tonloser Stimme, berichtete sie: »Da waren Lichtstrahlen, wie Blitze oder ein Stroboskoplicht, und sie kam auf mich zu, mit jedem Aufleuchten näher, und ich dachte, sie hätte gesagt ›Hilf uns‹, aber ihr Mund bewegte sich nicht, und es war kalt, und ich war allein, bis auf das Mädchen …« Sie atmete schnell ein. »Und Sie, während der Blitze waren Sie da, aber nicht in der grauen Zeit dazwischen. Sie waren da, doch nur, weil ich Ihre Hand berührte, Sie teilweise – dort hielt.«

»Waren wir immer noch auf der Veranda?«

Sie suchte in seinem Gesicht nach Anzeichen, dass er bemüht war, sie bei Laune zu halten, wie es manche ihrer Ärzte getan hatten, und wusste nicht, ob sie erleichtert oder beunruhigt sein sollte, als sie keine fand. »Ja.«

»Sonst war niemand da? Nur wir drei?«

»Ja.«

»Während der Blitze. Waren Sie dazwischen vollkommen allein dort?«

Diana nickte. »Da war – ich konnte in der grauen Zeit niemanden sonst sehen. Keinen der Gäste. Sie nicht. Und auch das Mädchen nicht.«

Quentin runzelte plötzlich die Stirn. »Das klingt, als wären Sie diejenige, die in ihre Welt geschlüpft ist, was, wie ich glaube, sehr viel seltener ist als umgekehrt. Ich hatte immer gedacht, dass Medien nur eine Tür öffnen würden, aber nicht selbst durch sie hindurchgingen. Jedenfalls habe ich noch nie davon gehört. Ich wünschte, ich wüsste mehr.«

»Wie bitte?« Noch bevor er antworten konnte, schüttelte Diana den Kopf. »Nein. Sagen Sie mir nicht, Sie glauben …«

»Missy ist tot, Diana. Wenn Sie sie gesehen haben …«

»Was ich offensichtlich nicht getan habe. Das hat sich alles in meinem Kopf abgespielt.« Sie hörte, wie sich ihre Stimme hob, und hielt kurz inne, um sich zu sammeln. Zu erregt oder leidenschaftlich zu reagieren brachte ihr nur Probleme ein, die Lektion hatte sie gelernt. »Weil es nicht möglich ist, die Toten zu sehen. Es gibt kein Leben nach dem Tod. Wenn man tot ist, dann ist alles zu Ende. Punkt.«

»Das glauben Sie wirklich?«

»Allerdings«, erwiderte Diana nachdrücklich.

Ransom Padgett tappte schnaufend und vor sich hin brummelnd die schmale Treppe zum Speicher im Hauptgebäude hinauf. Bei jedem verdammten Gewitter passierte etwas in diesem alten Gemäuer. Entweder gab's irgendwo eine undichte Stelle, oder der Regen schwemmte Blätter und anderen Dreck in die Gullys, oder der Wasserreservetank des Hotels – der nach Maßgabe des sparsamen Hotel-Bauherrn aus Regenwasser von den umliegenden Bergen aufgefüllt wurde – erhöhte so den Druck auf die alten Rohre, dass sie knatterten und knarzten und die Gäste störten.

Diesmal hatten sich beinahe unmittelbar nachdem die ersten Wolken den Himmel verdunkelten, schon mindestens drei Gäste aus dem fünften, dem obersten bewohnten Stockwerk des Haupthauses, über Geräusche beschwert.

Ransom fand, dass die meisten von ihnen zu viel Fantasie hatten und von der Geschäftsleitung bei der Anreise gewarnt werden sollten, dass alte Gebäude nun mal Geräusche machten, das ließ sich einfach nicht vermeiden. Aber für den direkten Umgang mit den Gästen war er nicht zuständig, Gott sei Dank. Er führte nur Reparaturarbeiten aus.

In diesem Fall bezweifelte er jedoch, dass es etwas zu reparieren gab. Er hatte einige Probleme mit Eichhörnchen gehabt, die im Speicher in ihren Kobeln überwintert hatten, und da er immer noch nicht entdeckt hatte, wie sie hereingekommen waren, vermutete er, dass ein paar dort Schutz vor dem aufziehenden Gewitter gesucht hatten.

Daher war er hauptsächlich hier oben, um seine tierfreundlich konstruierten Fallen zu kontrollieren – in die bisher keines der gewitzten Tiere gegangen war – und ein wenig herumzustöbern, damit er der Geschäftsleitung melden konnte, alles überprüft zu haben.

Er schloss die Speichertür auf und drückte auf den Lichtschalter direkt dahinter. Die Beleuchtung bestand aus einer Vielzahl von Glühbirnen in Drahtgehäusen, die über die weite Fläche verteilt waren, doch aufgrund ihrer schwachen Wattleistung wurde es im Speicher nie richtig hell. Auch durch die verschiedenen Giebelfenster, selbst die beiden größeren am nördlichen und südlichen Ende, fiel nur wenig Licht, da es bunte Bleiglasfenster waren. Zudem war alles vollgestellt mit ausrangierten Möbeln, Schrankkoffern, Kisten und sonstigem Plunder.

Ransom hatte immer mal wieder vorgeschlagen, die Hotelbesitzer sollten jemanden beauftragen, der die Sachen durchsah und alles rausschmiss, was nie wieder benutzt werden würde. Er fand es einfach sinnlos, Dinge wie alte Kleidung und zerschlissene Wäsche aufzuheben, oder ausrangiertes Werkzeug und zerbrochene Möbel, aber das hatte niemanden interessiert.

»Ich muss hier ja nur arbeiten«, brummte er, als er sich einen Weg durch die Hinterlassenschaften vergangener Zeiten und Menschen bahnte und sich zu erinnern versuchte, wo er die Fallen aufgestellt hatte.

Eine fand er unter dem Dachgesims auf der Westseite des Gebäudes, nach wie vor leer – aber der getrocknete Maiskolben, den er als Köder hineingelegt hatte, war weg.

»Ihr kleinen Mistviecher«, so schimpfte er die Eichhörnchen, verblüfft darüber, wie sie es geschafft hatten, sich den Köder zu schnappen, ohne die Falle auszulösen. Diese Dinger waren schließlich dafür entworfen worden, Eichhörnchen zu fangen. Er überprüfte die Feder und merkte, dass sie noch gespannt war.

»Jetzt kann ich den ganzen Weg zum Gartenschuppen runterlaufen und neuen Köder holen. Mist!« Wehmütig dachte er an die Tage, als ein bisschen Gift genügt hatte, und wünschte, er würde es wagen, sich über die Anordnung der Geschäftsleitung hinwegzusetzen und die Nager einfach zu vernichten.

Er stellte die Falle ohne Köder zurück an ihren Platz und arbeitete sich zur nächsten vor, wobei er wieder automatisch zu fluchen begann über den ausrangierten Plunder, den er durchwaten, beiseiteschieben oder überklettern musste.

Er war bereits wieder im Hauptteil des Speichers und blickte auf eines der großen Buntglasfester am Nordende, als es einen ohrenbetäubenden Donnerschlag gab und alles Licht gleichzeitig erlosch.

Um in der Dunkelheit nicht über etwas zu fallen und sich dabei den Hals zu brechen, blieb Ransom, wo er war, überzeugt davon, dass sich der Notgenerator einschalten würde, wenn der Strom nicht in ein oder zwei Minuten wieder funktionierte. Er nahm sich vor, in Zukunft entweder seine Taschenlampe mitzunehmen, wenn er hier heraufkam, oder eine an der Tür zu deponieren, um sie jederzeit zur Hand zu haben.

Ein greller Blitz erhellte plötzlich das Fenster, wobei die Farben der verschmutzten Scheibe zu glühen schienen.

Jemand stand vor dem Fenster.

Ransom erhaschte während des Blitzes nur einen flüchtigen Blick und stand stirnrunzelnd da, als ihn die Dunkelheit wieder umgab. »Wer ist da?«, fragte er.

Es kam keine Antwort, und sosehr er sich auch anstrengte, Ransom konnte außer dem Grollen des Donners und dem Trommeln des Regens auf dem Dach über seinem Kopf nichts hören.

Er wartete und blickte angestrengt zum Fenster. Beim nächsten Blitz sah er, wie erwartet, nichts.

»Hat mir das Licht wohl einen Streich gespielt«, murmelte er. Aber er spürte ein zunehmendes Unbehagen, und nicht nur, weil das Licht ausblieb. Normalerweise war es ganz schön stickig hier oben, um diese Jahreszeit eher warm bis heiß, und so war es auch gewesen, als er den Speicher betreten hatte.

Jetzt wurde es kalt. Unangenehm kalt.

Ransom war kein fantasievoller Mensch, doch er hatte plötzlich das Gefühl, dass ihm alle Haare zu Berge standen, als primitive Warnung, dass hier irgendwas nicht stimmte. Ganz und gar nicht stimmte.

Ein Bodenbrett in seiner Nähe knarrte, und er drehte sich rasch um, doch es war stockfinster, und er konnte nur hoch aufragende Umrisse erkennen.

Aufragend.

Das war … seltsam. Er war gerade noch hier durchgekommen, entlang eines sichtbaren, wenn auch schmalen Ganges in der Mitte des Speichers. Jetzt erhob sich, so weit er sehen konnte, eine Art Barriere vor seinen Augen.

»Das bilde ich mir nur ein«, sagte er mit der lauten, festen und betont furchtlosen Stimme von jemandem, der um Mitternacht über einen Friedhof geht. »Ich habe nur nicht darauf geachtet. Hier oben ist nichts anderes.«

Erst später ging ihm auf, dass er »niemand« anderes hätte sagen sollen.

Ein lauter Donnerschlag ließ ihn vor Schreck zusammenfahren, und Ransom beschloss, von hier zu verschwinden, zumindest bis das Licht wieder anging.

Bevor er sich bewegen konnte, blitzte es wieder, und in der plötzlichen Helligkeit konnte er erkennen, woraus die Barriere bestand.

Als ihn die Dunkelheit erneut umgab, versuchte Ransom zu begreifen, was er gesehen hatte. Drei alte Schrankkoffer, einer auf dem anderen. Koffer, die, da war er sich fast sicher, nur Augenblicke zuvor und seit undenklicher Zeit unter dem Dachgesims auf der westlichen Seite des Speichers gestanden hatten.

Genauer gesagt, er war sich dessen absolut sicher, denn es handelte sich um ein Kofferset, über und über mit Aufklebern bedeckt, wie das früher üblich war. Solche Koffer wurden heutzutage für ein Vermögen von Dekorateuren gekauft. Er hatte sich die Koffer extra gemerkt.

Und jetzt standen sie etwa dreißig Meter von ihrem Platz entfernt.

Nun krachte ein Donnerschlag, der die Bodenbretter unter seinen Füßen erzittern ließ, und er wünschte sich verzweifelt, er hätte eine Taschenlampe bei sich.

Erneut knarrte ein Bodenbrett. Hinter ihm.

Er wirbelte herum, wobei ihm ein Fluch entschlüpfte, reichlich schrill, musste er sich eingestehen. Diesmal ragte nichts auf, Gott sei Dank, aber war das nicht ...?

Vor ihm war wieder das Fenster, und beim nächsten Blitz strahlten die Farben auf.

Jemand stand davor.

Jemand ohne Kopf.

Ransom machte einen entsetzten Schritt nach hinten, stieß hart gegen die Koffer, die vor einer Minute noch viel weiter weg gewesen waren.

Und dann ging das Licht wieder an.

Er blinzelte, während sich seine Augen an die Helligkeit gewöhnten, starrte auf das, was da vor ihm stand, und stieß einen Moment später ein zittriges Lachen aus. »Du meine Güte.«

Ransom trat näher an das Buntglasfenster, bis er die Hand ausstrecken und die alte Schneiderpuppe berühren konnte. Die Oberfläche war alt und rissig, und das Kleid, das um die Puppe herumdrapiert war, bestand aus alter, zerschlissener Spitze und Seide.

»An dich erinnere ich mich«, sagte er zu der Puppe, beruhigt über den normalen Klang seiner Stimme. »Du bist schon seit Jahren hier oben.« Er hielt inne und fügte dann unsicher hinzu: »Aber ich glaube nicht, dass du vor dem Fenster gestanden hast.«

Mit der einen Hand immer noch auf der Puppe, drehte er sich halb um und betrachtete die jetzt in der Mitte des Speichers ordentlich aufgestapelten Koffer. »Und ihr habt mit Sicherheit nicht hier gestanden«, fuhr er fort und hörte dabei sein eigenes Unbehagen.

Er ging zu den Koffern und betrachtete sie. Ja, er erinnerte sich daran, sie auf der Westseite des Speichers gesehen zu haben, mit einem Haufen anderem Zeug, um das sich seit Jahren niemand gekümmert hatte. Alte Möbel, einen in Segeltuch eingeschlagenen Gegenstand, den er für einen Spiegel hielt, und …

Und eine Schneiderpuppe. Ransom blickte über seine Schulter zurück, erwartete beinahe, die Puppe wieder dort hinten zu sehen, wohin sie gehörte. Aber sie stand vor dem Fenster, anscheinend völlig harmlos.

Bis es vor dem Fenster erneut blitzte und das vielfarbige Glas den plötzlichen, flüchtigen Eindruck einer Frau wiedergab, einer Frau mit Armen und einem wallenden Haarschopf.

Ransom beschloss, die restlichen Fallen ein andermal zu überprüfen, quetschte sich an den Koffern vorbei und beeilte sich, den Speicher zu verlassen. Und er hätte nicht mal vor sich selbst zugegeben, dass er erst wieder ruhig atmen konnte, als er die Speichertür hinter sich zugeschlossen hatte.

Zugeschlossen und verriegelt.

Die Lichter in der Lounge flackerten und verdunkelten sich, gingen aber nicht aus, und obwohl das Gewitter deutlich an Heftigkeit zunahm, war der Krach hier drinnen gedämpft und unterbrach kaum das Gespräch.

»Sie glauben also, dass der Tod etwas Endgültiges ist«, sagte Quentin nachdenklich. »Was bedeutet, dass Sie vermutlich nicht religiös sind.«

»Und?« Diana bemühte sich, das Gewitter zu ignorieren, das Kribbeln zu ignorieren, das sie immer noch spürte. Sie wandte den Blick von ihm ab und schaute sich scheinbar gleichgültig im Raum um. Als sie eine Frau an einem Tisch in der Nähe Tee trinken sah, wurde sie aufmerksam. Die Frau erwiderte ihren Blick, lächelte und hob grüßend die Tasse.

Sie trug viktorianische Kleidung. »Diana?« Sie erstarrte kurz und schaute zurück zu Quentin. »Was ist?«

»Wir haben herausgefunden, dass es manchen Menschen mit außersinnlichen Begabungen leichter fällt, ihre Fähigkeiten zu akzeptieren, wenn sie einen religiösen oder spirituellen Hintergrund haben. Aus welchen Gründen auch immer, Religion oder Spiritualität hilft manchmal, das Unmögliche für manche Menschen ... glaubwürdiger zu machen.«

Diana schickte einen raschen Blick zu dem Tisch in der Nähe, nur um festzustellen, dass sowohl die Frau als auch der Tisch verschwunden waren.

Plötzlich hätte sie gerne etwas viel Stärkeres als süßen Tee vor sich stehen gehabt. Trotzdem nahm sie jetzt einen Schluck davon, ein wenig erstaunt darüber, dass ihre Hand nicht zitterte. »Wenn Sie mich also nicht mit sogenannter Wissenschaft überzeugen können, werden Sie es mit Mystizismus versuchen?« Ihre Stimme war ebenfalls fest, merkte sie.

»Für unterschiedliche Menschen gelten unterschiedliche Herangehensweisen.« Er lächelte schwach. »Jeder findet seine eigene Begründung für das, was er schließlich akzeptieren muss, Diana. Wir erhalten alle früher oder später eine Vorstellung davon, was wir glauben und welche Lebensphilosophie zu uns passt. Wissenschaft ersetzt Religion oder Spiritualität nicht und macht sie nicht weniger wertvoll, sie ist bloß eine andere Möglichkeit. Es kommt nur darauf an, dass wir akzeptieren, was da ist.«

»Was Ihrer Behauptung nach da ist.«

»Sie haben aus erster Hand die Erfahrung gemacht, dass das Außersinnliche existiert, das wissen wir beide.«

Sie war versucht, schaute sich aber nicht noch mal im Raum um, weil sie Angst davor hatte, was sie sehen könnte. »Ich weiß nur, dass ich eine Krankheit habe, die existiert«, sagte sie mit zitternder Stimme. »Mir wurde gesagt, dass Geisteskrankheit in der Familie liegt.«

»Wer hat das gesagt?«

»Mein Vater – auf Umwegen. Er redet nie viel über meine Mutter, aber aus dem wenigen, was er gesagt hat, konnte ich schließen, dass sie geisteskrank war.«

»War?«

»Sie starb, als ich noch sehr klein war.«

»Dann wissen Sie nicht genau, was mit ihr los war. Nur vom Hörensagen.«

»Mein Vater würde mich nicht belügen.«

»Das habe ich damit auch nicht gesagt. Aber da ihm offensichtlich nie in den Sinn gekommen ist, dass Sie zu außersinnlichen Wahrnehmungen fähig sein könnten, und da er zweifellos dieselben Ansichten über seine verstorbene Frau hatte, können Sie daraus wirklich nur schließen, dass auch sie Erlebnisse hatte, die er nicht verstand – und als geistiges oder emotionales Problem betrachtete.«

»Mein Vater hat alles in seiner Macht Stehende getan, um mir zu helfen«, verteidigte ihn Diana.

Quentin merkte, dass er sich auf gefährlichem Terrain bewegte, und erwiderte vorsichtig: »Natürlich hat er das. Jeder Vater würde das tun. Und wie die meisten Menschen setzt er all sein Vertrauen in die moderne medizinische Wissenschaft. Er glaubt nicht, dass das Paranormale existiert. Weswegen ihm die Möglichkeit, dass Sie außersinnliche Fähigkeiten haben könnten, wahrscheinlich nie in den Sinn gekommen ist.«

»Auch keinem meiner Ärzte, so gut ausgebildet, wie sie waren?«

»Vor allem denen nicht.« Er schüttelte den Kopf. »Es gibt ein paar Pioniere, die sich mit Parapsychologie beschäftigen – die hat es immer gegeben. Doch die konventionelle Medizin findet keine sie befriedigenden Beweise, dass außersinnliche Wahrnehmungen tatsächlich existieren.«

»Warum nicht?«

Er hob die Augenbraue. »Können Sie beweisen, dass das, was Sie auf der Veranda erlebt haben, wirklich war? Mehr noch, könnten Sie dieses Erlebnis im Labor wiederholen?«

»Nein, ich kann es nicht beweisen. Und ich könnte es todsicher nicht wiederholen. Weil das alles in meinem Kopf stattgefunden hat.«

Das war so. Eindeutig.

Quentin ging nicht auf ihre ablehnende Antwort ein. »Der Großteil der Forschung basiert auf der Überzeugung, dass die Ergebnisse wissenschaftlicher Experimente wiederholt werden müssen, immer und immer wieder, unter streng kontrollierten Bedingungen, bevor irgendetwas als faktisch bewiesen gilt. Aber außersinnliche Wahrnehmungen funktionieren nicht so.«

»So ist es wohl.«

Quentin lächelte. »Das ist zwar schade, aber wahr. Mein Chef sagt, sollte je ein Paragnost – so nennen wir außersinnlich begabte Menschen – geboren werden, der seine Fähigkeiten vollkommen kontrollieren kann, wird sich die ganze Welt ändern. Wahrscheinlich hat er recht. Meistens ist das so. Doch bis dahin, bis dieser Fall eintritt, bleiben wir eine Randgruppe.«

»Eine Randgruppe von Irren?«, murmelte sie.

Ohne gekränkt zu sein, antwortete er: »Viele sagen das. Aber wir tun, was wir können, um uns einen soliden Ruf aufzubauen und ernst genommen zu werden. Wir glauben zu verstehen, wie die meisten unserer Fähigkeiten funktionieren, und dieser Glaube gründet sich auf Wissenschaft. Wir arbeiten hart daran, unsere Fähigkeiten zu schulen, damit wir unsere Arbeit besser tun können.«

Quentin hielt einen Moment inne und fügte dann hinzu: »Und vergessen Sie nicht, dass das FBI, nicht gerade die leichtgläubigste aller Organisationen, der Vorstellung gegenüber aufgeschlossen genug war, vor ein paar Jahren dem Aufbau unserer Einheit zuzustimmen.«

Diana nahm noch einen Schluck Tee, mehr um etwas zu tun, nicht weil sie ein Bedürfnis zu trinken hatte.

Quentin fuhr fort: »Diana, ich weiß, dass es eine Möglichkeit ist, die Sie nie in Betracht gezogen haben. Aber was kann es schaden, wenn Sie das jetzt tun?«

»Ich würde mich belügen. Ich würde nach einer einfachen Antwort suchen.« Ihre Erwiderung kam ganz automatisch, nachdem sie so viele Jahre lang von Ärzten gewarnt worden war, ihre Symptome nicht zu rechtfertigen, nicht zu versuchen, sie »wegzuerklären«.

»Wer sagt, dass die Antwort kompliziert sein muss?«

»Menschen sind kompliziert. Der menschliche Geist und die menschlichen Emotionen sind kompliziert.«

»Da stimme ich zu. Aber manchmal sind die Antworten überhaupt nicht kompliziert.« Wieder lächelte er, diesmal entschuldigend. »Obwohl Sie allerdings feststellen werden, dass außersinnliche Fähigkeiten Ihr Leben äußerst kompliziert machen werden.«

»Na toll, das hat mir gerade noch gefehlt.«

»Ich reiche Ihnen keine magische Pille. Und ich denke bei Gott nicht daran, Ihnen weiszumachen, dass Ihr Leben plötzlich perfekt sein wird und all Ihre Probleme gelöst, nur weil es eine sehr einfache Antwort auf die Frage gibt, was mit Ihnen los ist. Nichts ist los. Ihr Geist arbeitet nur ein bisschen anders als das, was für gewöhnlich als Norm betrachtet wird.«

Hör auf ihn.

Diana hielt den Atem an und starrte auf die Tasse in ihrer Hand. Es hatte immer fremdartig geklungen, dieses spezielle Flüstern in ihrem Kopf, als wäre es kein Teil von ihr. Das war einer der Gründe, warum sie ihren Ärzten die zahllosen Erklärungen nie ganz abgekauft hatte – weil alle mehr oder weniger behauptet hatten, dass das, was sie im Geist »hörte«, nur Aspekte ihrer eigenen Persönlichkeit waren.

Warum hatte sie dann den Eindruck, dass dieses Flüstern von jemand anderem kam?

»Diana?«

Sie stellte die Tasse ab und schaute Quentin an, lauschte auf das Grollen des Gewitters, das über die Berge rollte und das Tal einzukreisen schien. Rundherum und wieder zurück. Sie versuchte, darauf zu hören und nicht auf das Flüstern in ihrem Geist.

Er kann dir helfen. Er kann uns helfen.

Mit etwas unsicherer Stimme sagte sie zu Quentin: »Ich habe genügend Ärzten gegenübergesessen, um über die Jahre jede Menge von solchem Gerede zu hören. Es gab ein paar Unterschiede zwischen dem einen und dem anderen, aber das, was alle gemeinsam hatten, war die feste Überzeugung, dass es einen in den Wahn treibt, wenn man Stimmen hört.«

»Wenn man geisteskrank ist. Nicht, wenn man Paragnost ist.«

Ein kleines Lachen entschlüpfte ihr, kaum ein gehauchtes Geräusch. »Alle haben immer sehr darauf geachtet, dieses Wort nicht zu benutzen. Geisteskrank. Waren sehr darauf bedacht, nette, politisch korrekte Worte oder Ausdrücke zu verwenden. Gestört. Krank. Verwirrt. Bedarf ... einer fortgeschritteneren ... Therapie. Ich glaube, mein Lieblingsausdruck war ›im Übergangsstadium‹. Ich habe diesen Arzt gefragt, von was ich im Übergang war. Oder wohin. Er antwortete mit vollkommen unbewegter Miene, dass ich im Übergang vom Zustand der Verwirrung zum Zustand der Gewissheit sei.«

»Großer Gott«, murmelte Quentin.

»Ja, er war nicht gerade der Beste. Er hielt nicht lange. Oder … ich hielt es nicht lange mit ihm aus.«

Diana …

»Diana, ich weiß, dass ich viel verlange, wenn ich Sie bitte zu glauben, dass Sie paragnostische Fähigkeiten haben …«

»Was veranlasst Sie übrigens zu diesem Glauben? Ich hätte mir auch alles ausdenken können, was ich Ihnen erzählt habe.« Sie bemühte sich krampfhaft, die andere Stimme zu überhören.

»Sie haben sich die Zeichnung nicht ausgedacht – das ist das eine. Außerdem neigen wir dazu, einander zu erkennen.«

»Auf den ersten Blick?«

»Meistens.«

»Verstehe. Dann bin ich jetzt also Mitglied eines Geheimbundes?«

Quentin grinste plötzlich und erinnerte sich an sein erstes Gespräch mit Bishop vor Jahren. »So was in der Art. Um andere wie Sie zu erkennen, ist das ganz praktisch, werden Sie merken.«

»Sie behaupten, außersinnliche Wahrnehmungen zu haben, und doch habe ich an Ihnen nichts anderes … gespürt«, sagte sie, erkannte jedoch, dass sie log. Sie hatte etwas gespürt, hatte innerhalb eines Augenblicks gewusst, dass sich ihr Leben durch Quentin für immer verändern würde, selbst wenn sie sich das nicht eingestehen wollte.

»Ich bin bereit zu wetten, dass Sie das haben«, erwiderte er immer noch lächelnd. »Aber Sie haben noch nicht gelernt, die Eindrücke all Ihrer Sinne zu ordnen. Dabei kann ich Ihnen helfen.«

»Klar doch. Und dann werde ich Menschen erkennen, die genauso verrückt sind wie ich.«

»Sie sind nicht verrückt.« – »Nein, nur ernsthaft gestört.«

»Auch das nicht. Hören Sie, selbst wenn ich mich wegen Ihrer paragnostischen Fähigkeiten geirrt haben sollte und Sie die Möglichkeit nicht akzeptieren, wären Sie dann schlechter dran, als Sie es jetzt sind?«

»Ich weiß es nicht.«

... hör auf ihn.

»Könnte das sein? Sie haben Medikamente bekommen und jede verfügbare Therapieform ohne Erfolg ausprobiert. Warum nicht die Chance ergreifen und herausfinden, ob ich Ihnen helfen kann? Was haben Sie zu verlieren?«

Statt ihm zu antworten, sagte Diana: »Sie glauben, ich kann Ihnen helfen, den Mord an Missy aufzuklären, nicht wahr?«

Quentin zögerte erst und erwiderte dann: »Es muss eine Verbindung geben. Sie haben sie gezeichnet.«

»Selbst wenn ich das getan habe, heißt es nicht, dass ich Ihnen helfen kann. Falls ich eine Paragnostin bin, wie Sie behaupten, habe ich ihr Bild vielleicht ... nur irgendwo aufgeschnappt. Hier, an dem Ort, an dem sie gestorben ist. Das würde einen Sinn ergeben – zumindest in Ihrer Welt.«

Er ignorierte den Seitenhieb. »Vielleicht haben Sie das. Aber falls Sie das getan haben, ist es sehr wahrscheinlich, dass Sie auch noch andere Informationen aufschnappen.«

»Informationen über Missy und den Mord an ihr?«

»Ja, kann sein.«

»Und wer hilft dann wem?«

Diesmal zögerte Quentin nicht. »Wir helfen einander, oder werden es tun.«

Hör auf ihn. Lass ihn uns helfen.

Diana zwang sich aufzustehen. »Ich muss darüber nachdenken«, teilte sie ihm mit. »Ich – das Gewitter scheint sich zu verziehen. Ich glaube, ich gehe für eine Weile in mein Cottage.« Sie machte einen Schritt von ihm weg.

Quentin hatte sich ebenfalls erhoben. »Diana? Lassen Sie am Empfang lieber Ihre Schlüsselkarte neu kodieren. Wir wissen beide, dass sie nicht funktionieren wird.«

»Woher wussten Sie …«

»Wir haben normalerweise einen höheren Anteil an elektromagnetischer Energie in unserem Körper. Das kann manche elektrischen oder magnetischen Dinge beeinflussen, vor allem solche, die wir bei uns tragen. Wie Uhren. Und Schlüsselkarten.«

Er trug keine Uhr.

Diana blickte auf ihren linken Arm – sie trug ebenfalls keine Uhr, weil sie nie eine hatte tragen können. Dann musterte sie Quentin noch einen Augenblick, bevor sie sich umdrehte und ging.

In Richtung des Empfangs.

5

Es war später Nachmittag, das Gewitter längst vorüber, als Quentin im Wintergarten Beau fand, allein an seiner Staffelei.

»Machst du Fortschritte?«, fragte der Maler.

Quentin konnte das Bild auf der Leinwand nicht erkennen und interessierte sich auch nicht sehr dafür; er schätzte Malerei und die Menschen, die sie schufen, doch im Moment waren seine Gedanken woanders.

»Ich hab keine Ahnung«, gab er offen zu. »Sie hat weder die Polizei noch die Jungs mit der Zwangsjacke gerufen – bisher. Aber sie hat auch noch nicht die Möglichkeit eingestanden, dass sie Paragnostin sein könnte.«

»Eigentlich nicht überraschend. Ein Haufen Leute hat sich viele Jahre lang bemüht, sie zu überzeugen, dass sie krank ist.«

»Ja, und das finde ich schrecklich.« Quentin verzog das Gesicht und ging zwischen den Staffeleien der Schüler auf und ab. »Man hat ihr ziemlich heftig zugesetzt.«

»Konventionelle Medizin. Die machen nur das, was sie zu kennen glauben.«

»Sie haben keine Ahnung, zumindest was uns betrifft.«

»Stimmt.« Beau beobachtete Quentin einen Moment lang, lächelte dann und wandte sich wieder seiner Leinwand zu.

»Du hast aber auch ein paar ganz schön Abgedrehte in deinem Workshop, nach dem hier zu urteilen.«

»Menschen mit Problemen. Keine Abgedrehten.«

»Nein, Beau, die sind abgedreht.« Quentin betrachtete eine Leinwand, auf der die abstrakte Darstellung einer ausgestreckten Figur in einer Art Blutlache zu sehen war. Die Figur war absurd verzerrt, und aus ihrer Brust ragte ein riesiges Messer.

Gelassen erwiderte Beau: »Das wirkt nicht so abgedreht, wenn du den Hintergrund kennst. Sein Bruder wurde bei einer Messerstecherei getötet. Während er ihn zu beschützen versuchte. Er versucht immer noch, damit zurande zu kommen. Abgesehen von Diana bemühen sich alle in diesem Kurs, mit einem speziellen traumatischen Erlebnis fertigzuwerden. Daher sind sie im klinischen Sinne nicht emotional gestört. Größtenteils ganz gewöhnliche Menschen.«

»Ah ja.« Quentin betrachtete das Bild noch eine Weile und lief dann wieder auf und ab, wobei er nur flüchtige Blicke auf die anderen Skizzen und Aquarelle warf. »Wer weiß, was ich malen würde«, murmelte er, halb zu sich selbst.

»Vermutlich die Geister in deinem Leben. Missy. Joey. Andere, die unterwegs verloren gingen. Wegen denen du dir Vorwürfe machst.«

»Ich habe meine Stunde auf der Couch in diesem Monat bereits absolviert, Beau.«

»Entschuldige.«

Quentin seufzte. »Nein, ich entschuldige mich. Ich wollte dich nicht anblaffen. Bin im Moment nur sehr frustriert. Ich möchte Diana helfen, und ich fürchte, sie wird es mich nicht mal versuchen lassen.«

»Hab Geduld.«

»Weißt du etwas, das ich nicht weiß?«

»Nein. Wir wissen beide, dass man Geduld lernen muss.«

Wieder seufzte Quentin. »Bist du nur hier, um mir solche Plattheiten zu servieren?«

Beau lachte leise. »Ich bin hier, um einen Workshop zu leiten. Komm schon, Quentin, du weißt so gut wie ich, dass es keine einfachen Abkürzungen gibt. Ihr müsst beide euren eigenen Weg finden. Ob ihr ihn getrennt geht oder zusammen – oder beides –, liegt ganz allein bei euch.«

»Himmel, du klingst genau wie Bishop.«

»Er begreift das. Miranda auch.«

»Das hat die beiden nicht davon abgehalten, letzten Herbst einzugreifen«, sagte Quentin, wobei er auf das einzige Mal anspielte, soviel er sich erinnerte, wo Bishop und seine Frau den bewussten Versuch unternommen hatten, eine tragische Zukunft zu ändern, die sie beide vorausgesehen hatten.

»Mit größter Vorsicht und nur, weil so viel auf dem Spiel stand. Sie zögern immer, offen einzugreifen, außer sie sind sich sehr, sehr sicher, dass sie dadurch eine Situation nicht verschlimmern.«

»Ich war dabei.«

»Das weiß ich. Und ich weiß, dass du das Konzept verstehst.«

»Was nicht heißt, dass ich immer damit einverstanden bin.«

»Nein. Es ist stets schwieriger, derjenige zu sein, der … persönlich betroffen ist.«

»Ja, ja. Hör mal, Diana in deinem Workshop zu unterrichten kommt mir wie eine Abkürzung vor.«

»Nein. Für sie ist es eine kritische Zeit, ein Wendepunkt in ihrem Leben. Und was andere Menschen an diesen Wendepunkten tun, ist genauso Teil unseres Weges wie wir selbst.«

Quentin dachte darüber nach und sagte schließlich: »Nimm es mir nicht übel, aber du klingst manchmal wie einer dieser Sprüche aus einem Glückskeks.«

»Das sagt Maggie auch.«

Einen Moment abgelenkt durch die Erwähnung von Beaus Halbschwester, fragte Quentin: »Haben John und sie ihre Organisation inzwischen fertig aufgebaut? Ich hab noch nichts davon gehört.«

»In etwa.«

»Also verfügen wir demnächst über eine private Organisation, die auf paragnostische Ermittlungen und Ressourcen zugeschnitten ist?«

»So ist es geplant. Wenn jemand das schaffen kann, dann John.«

»Allerdings. Und Maggie geht es gut?«

»Bestens. John ist genau der Richtige für sie.«

»Das trifft auch umgekehrt zu. Zwanzig Jahre lang habe ich versucht, ihn davon zu überzeugen, dass seine übersinnlichen Fähigkeiten wirklich existieren, und ihr gelingt das innerhalb einer oder zweier Wochen.«

»Manchmal«, meinte Beau, »nimmt einem das Verliebtsein die Scheuklappen von den Augen.«

»Wirklich, wie ein echter Glückskeks.«

Beau lächelte, hielt seinen Blick aber auf die Leinwand gerichtet.

Quentin lief wieder auf und ab. »Du bist voll ins Universum eingeklinkt, was?«

»Laut Maggie, ja.«

»Na gut. Wenn du mir schon keinen dieser schicksalhaften Fingerzeige liefern willst, kannst du mir dann wenigstens verraten, ob ich bei Diana auf der richtigen Spur bin?«

»Folgst du deinem Instinkt?«

»Ja.«

»Dann schätze ich, dass du auf der richtigen Spur bist.« Beau hielt inne und fügte dann beiläufig hinzu: »Aber du könntest deinen Sichtwinkel etwas erweitern, um mehr einzuschließen als nur Diana.«

Quentin blieb stehen und sah den anderen an. »Was meinst du damit?«

»Ich meine, dass du im Moment eine Art Tunnelblick hast.« Beau trat von der Leinwand zurück, legte die Palette auf einen Arbeitstisch und begann den Pinsel zu säubern. »Wenn du dich nur auf ein einziges Element konzentrierst, könnten dir andere, ebenso wichtige Elemente entgehen. Was würdest du im Moment tun, wenn dir Diana nicht begegnet wäre?«

»Da Cullen Ruppe heute freihat, würde ich mich vermutlich ... um die Erlaubnis bemühen, die alten Unterlagen der Lodge durchzuschauen, die in Lagerräumen und im Keller untergebracht sind. Da ich keine behördliche Genehmigung habe, um etwas zu überprüfen, was nicht als relevant für ein altes Verbrechen gilt, konnte ich nie an die archivierten Personalunterlagen, die Originalbaupläne der Gebäude und was sonst noch da unten ist herankommen.«

»Vielleicht ist es an der Zeit, erneut darum zu bitten.«

»Das mag sein«, erwiderte Quentin nach kurzem Schweigen.

»Mir wurde gesagt, dass die jetzige Geschäftsführerin der Lodge erst im letzten Herbst angefangen hat. Kennst du sie?«, fragte Beau.

»Nicht, wenn sie erst seit letztem Herbst hier ist.«

»Sie könnte zugänglicher sein als die vorherigen Geschäftsführer. Bereitwilliger, auf eine vernünftig vorgebrachte Bitte um Durchsicht alter Unterlagen einzugehen.«

»War das ein Wink mit dem Zaunpfahl, Beau?«

»Hab nur einen Vorschlag gemacht.«

»Aber mir keine Abkürzung angeboten?«

»Nein. Das ist ein Pfad, den du auch selbst eingeschlagen hättest.«

In einer plötzlichen Gefühlsaufwallung stöhnte Quentin: »Ich möchte es ein Mal, nur ein einziges Mal erleben, dass mir ein Mitglied der Einheit eine direkte Antwort gibt.«

Beaus Augenbrauen hoben sich. »Das war eine direkte Antwort.«

»Großer Gott.« Quentin ging zur Tür, blieb stehen und blickte zurück zu dem anderen. »Mein Instinkt sagt mir, dass ich Diana ein wenig Zeit lassen sollte, um über alles nachzudenken. Aber nicht zu viel Zeit. Nach dem, was sie mir vorhin erzählt hat, sind ihre Fähigkeiten stark. Stark genug, um sie zu Tode zu erschrecken. Vielleicht so stark, dass Diana sie nur schwer beherrschen kann, selbst wenn sie ihre Fähigkeiten als Realität akzeptiert. Und ich weiß nicht so viel über Medien, wie ich gerne wüsste.«

»Ich auch nicht. Aber genau wie wir anderen sind sie alle unterschiedlich, in fast jeder Hinsicht. Es gibt unterschiedliche Stärken und Schwächen. Und keine eindeutigen Regeln, fürchte ich.«

Quentins Stimme war fest. »Ich glaube, sie könnte die Fähigkeit haben, nicht nur die Tür zum Reich der Geister zu öffnen, sondern auch selbst hindurchzugehen.«

»Das könnte gefährlich werden«, erwiderte Beau warnend.

»Ja, daran habe ich kaum Zweifel. Ich befürchte, wenn ich nicht aufpasse, könnte ich sie verlieren. Ich glaube, ich brauche den Rat eines Experten.«

»Das glaube ich auch. Miranda hat ein Medium großgezogen, habe ich gehört?«

»Ihre Schwester, ja. Und sehr erfolgreich; Bonnie ist eine der am besten eingestellten Paragnosten, die ich kenne.«

»Grüß sie von mir«, bat Beau.

Den größten Teil des Nachmittags versteckte sich Diana in ihrem Cottage, aber als die Sonne hinter den Bergen verschwand, wurde sie zu ruhelos, um noch länger dortzubleiben. Sie griff nach ihrer Schultertasche, in der noch immer die Zeichnungen von Quentin und Missy steckten, zögerte einen Moment an ihrer Tür und zog sie dann ein wenig trotzig hinter sich ins Schloss.

Quentin hatte recht gehabt; bei ihrer Schlüsselkarte war eine neue Kodierung nötig gewesen.

Als Teenager war Diana einmal zufällig Zeugin eines Gesprächs zwischen einem ihrer Ärzte und ihrem Vater gewesen. Der Arzt hatte von »stärker als normalen« elektrischen Impulsen gesprochen, die bei einem EEG sichtbar geworden waren. Andere Untersuchungen hätten die »Abnormität« ebenfalls gezeigt.

Bei der Erinnerung daran, wie sie sich damals in dieser Situation gefühlt hatte, zuckte Diana immer noch zusammen.

Abnorm. Keiner der Psychiater oder Psychologen hatte dieses Wort je benutzt. Aber dieser Arzt, kühl und selbstsicher, hatte es mit absoluter Gewissheit geäußert.

Sie war abnorm. Mit ihr stimmte etwas nicht.

Oder … es war doch alles in Ordnung mit ihr.

Außersinnliche Wahrnehmungen? An diese Möglichkeit hatte sie nie gedacht. Nie war ihr in den Sinn gekommen, ihr Problem könnte von etwas rühren, das so weit außerhalb ihres Vorstellungsvermögens lag.

Und trotz allem, was Quentin gesagt hatte, hätte doch in all diesen Jahren sicherlich jemand diese Möglichkeit in Betracht gezogen, wenn es sie denn gab. Oder etwa nicht? Die vielen Ärzte und Therapeuten, all die Experten, zu denen ihr Vater sie geschleppt hatte, konnten sich doch nicht allesamt geirrt haben, oder?

Oder etwa doch?

Diana wandte der Lodge den Rücken und ging in Richtung des geometrisch angelegten Teils der Gartenanlage. Obwohl sie nicht bewusst darüber nachdachte, empfand sie die sauber beschnittenen Buchsbaumhecken, die symmetrischen, von glatt geharkten Wegen eingefassten Blumenbeete, die klassizistischen Springbrunnen als beruhigend. Das war alles so … ordentlich.

Im Gegensatz zu dem, was in ihrem Kopf vorging. Halb formulierte Gedanken, Satzfetzen, Bruchstücke, ein einziges Durcheinander. Sie konnte sich auf nichts konzentrieren, kreiste nur immer wieder um die quälende Frage, ob sie fünfundzwanzig Jahre ihres Lebens mit der vergeblichen Suche nach einem »Heilmittel« verschwendet hatte, das es gar nicht gab.

Weil sie nie krank gewesen war.

Bei einem schönen, dreistöckigen Brunnen setzte sie sich auf eine Eisenbank, überlegte kurz und verwarf dann den Impuls, ihren Skizzenblock herauszuziehen und etwas zu zeichnen. Stattdessen betrachtete sie den Brunnen und versuchte vergeblich, die Frage aus dem Kopf zu bekommen.

»Hallo.«

Diana schrak auf und sah nicht weit von sich entfernt einen kleinen Jungen stehen. Er war vielleicht acht Jahre alt, hatte ein hübsches Gesicht, helle Haare und große braune Augen.

»Hi«, sagte sie.

»Tut mir leid, dass Sie so durcheinander sind.«

Diana zwang sich zu einem Lächeln und hoffte, nicht zu furchterregend ausgesehen zu haben. »Ich hab nur einen schlechten Tag.«

Er nickte ernst. »Mein Name ist Jeremy. Jeremy Grant.«

»Hallo, Jeremy. Ich heiße Diana.« Sie hatte nie viel mit Kindern zu tun gehabt und fühlte sich diesem Jungen gegenüber ein bisschen linkisch. »Wo sind denn deine Eltern?«

Er deutete vage in Richtung des Haupthauses der Lodge. »Da hinten. Kann ich dir was zeigen, Diana?«

»Was denn?«

»Eine Stelle.« Er legte den Kopf leicht schräg, blieb weiterhin ernst. »So was wie ein Geheimnis.«

Sie wollte ihn fragen, warum er seinen Geheimplatz einer Fremden zeigen wollte, sagte aber: »Es wird bald dunkel, weißt du.«

»Ich weiß. Wir haben noch Zeit. Es ist nicht weit.«

»Na gut.« Alles war besser, als hier zu sitzen, während sich ihre Gedanken endlos im Kreis drehten, dachte sie. »Geh du voraus.« Sie stand auf und folgte Jeremy, der sie auf dem Kiesweg zum hinteren Ende des Gartens führte.

Beiläufig nahm sich Diana vor, nicht weiterzugehen, falls das Kind die Gärten verlassen wollte. Die Sonne war inzwischen ganz hinter den Bergen versunken, und es wurde zunehmend kühler. In weniger als einer Stunde würde es dunkel sein. Und sie hatte nicht vor, Verantwortung für ein Kind zu übernehmen, nicht mal an einem guten Tag.

Noch während sie das dachte, merkte sie, dass Jeremy neben einem der erhöhten Blumenbeete stehen geblieben war, damit sie ihn einholen konnte, und als sie ihn erreichte, griff er vertrauensvoll nach ihrer Hand.

»Es ist gleich da drüben«, sagte er.

Diana ließ sich von ihm weiterführen, aus dem geometrischen Garten hinaus in den englischen Garten. Hier gab es blühende Büsche und Pflanzen, an denen sich die Pfade vorbeiwanden, und das Ganze vermittelte ein natürlicheres, weniger formelles Gefühl als der andere Garten.

»Jeremy ...«

»Hier entlang.« Er führte sie zu einer Ecke, wo die Landschaftsgärtner offensichtlich eine bereits vorhandene Gesteinsformation in den Garten mit einbezogen hatten. Mehrere große Felsen ragten aus einem Bett kleinerer Steine und Kies, die Schroffheit war nur gemildert durch Moos und ein paar zähe Pflanzen, die in dem steinigen Gelände wuchsen.

»Da wollten sie einen Wasserfall anlegen«, erklärte ihr Jeremy. »Haben wahrscheinlich ihre Meinung geändert. Die Gärtner graben hier nie.«

»Kein Wunder, bei all den Steinen«, erwiderte Diana. »Wolltest du mir das zeigen?«

»Ein bisschen seitlich davon. Siehst du den Fels mit dem ganzen Moos unten? Schau dahinter.«

Plötzlich misstrauisch geworden, fragte Diana: »Da wird mich doch nichts anspringen, Jeremy? Ein Frosch oder irgendein Käfer? Die mag ich nämlich nicht.«

Er lächelte freundlich. »Nein, ich versprech's dir. Kein

Frosch oder Käfer. Da ist etwas, das du sehen musst.« Er ließ ihre Hand los. »Schau einfach hinter den Felsen.«

Diana musterte ihn eindringlich und bahnte sich dann vorsichtig einen Weg zwischen den Felsen, bis sie hinter denjenigen schauen konnte, den das Kind gemeint hatte. Zuerst hatte sie keine Ahnung, worauf sie achten sollte. Offenbar nur noch mehr Steine aus grauem Granit, die meisten davon schartig, bis auf einen, der bleicher und glatter war, abgeschliffen durch einen Fluss, nahm sie an.

»Jeremy, was …« Diana blickte zurück, überrascht, den Jungen nicht mehr zu sehen. Sie drehte sich ganz um, ließ ihren Blick über das gesamte Gelände schweifen, konnte Jeremy aber nirgends entdecken. »Der ist aber schnell«, murmelte sie und konnte sich nicht recht vorstellen, wie er es geschafft hatte, so rasch und so geräuschlos zu verschwinden.

Sie blickte wieder auf den steinigen Boden zu ihren Füßen, jetzt noch misstrauischer, ob da nicht doch eine unangenehme Überraschung auf sie wartete, wenn sie herumstocherte. Dann merkte sie, dass sich ihr Blick erneut auf den runden, glatten Stein richtete; ohne länger zu zögern, hockte sie sich hin und fasste ihn an.

Eigentlich fühlt er sich nicht wie ein Stein an, dachte sie. Als sie ihn hochheben wollte, gab ihn die kiesige Erde, die den unteren Teil festhielt, sofort frei. Und erst, als sie ihn etwas gedreht hatte, erkannte sie entsetzt, was es war.

Er fiel ihr aus den erstarrten Fingern, klapperte gegen den Fels und blieb so liegen, dass die leeren Augenhöhlen sie anstarrten und die weißen Zähne zu grinsen schienen.

Der Schädel eines Kindes.

»Sind Sie sicher?«, fragte Bishop.

»So sicher, wie ich nur sein kann«, erwiderte Quentin. »Sie hat mir überhaupt nur so viel erzählt, weil sie fast durchgedreht ist und schutzlos war. Gott weiß, ob sie mit mir noch mal darüber reden wird. Ich weiß nur, wie es für mich klang.«

»Und sie hat Ihre Hand berührt? Als sie, wie sie sagte, allein auf der Veranda war, bis auf Sie und Missy?«

»Ja. Da seien Blitze gewesen, wie Stroboskoplichter, und in denen hätte sie uns gesehen. Sie sagte, ich sei nur deshalb auch da gewesen, weil sie mich berührte und mich teilweise dorthielt. In der – wie hat sie das genannt? –, der grauen Zeit dazwischen, glaube ich, sei sie vollkommen allein dort draußen gewesen. Hätte niemanden gesehen, auch mich nicht. Oder Missy.«

»Sie haben nichts Paranormales wahrgenommen?«

»Nichts, was ich sehen oder spüren konnte.« Quentin lehnte sich gegen das Kopfende seines Bettes, das Handy am Ohr. »Aber ich merkte, dass etwas mit ihr vorging. Sie war bleich, ihre Augen waren auf einen Punkt gerichtet und die Pupillen erweitert, ihre Hand war eiskalt. Das war allerdings kurz vor Ausbruch des Gewitters, und wir wissen beide, dass Gewitter meine Sinne oft durcheinanderbringen. Ich bin dann entweder blockiert oder völlig abgelenkt.«

»Offenbar blockieren Gewitter Diana nicht.«

»Nein. Wenn überhaupt, würde ich sagen, dass auf Diana das Gegenteil zutrifft. Ist das bei Hollis nicht auch so?«, fragte er und nannte damit das einzige Medium der Special Crimes Unit.

»Ja. Sie spürt dann sehr viel mehr spirituelle Energie, und ihr Spinnensinn ist ebenfalls intensiver. Sie sagt, es sei, als lägen sämtliche Nervenenden bloß.«

»Das kann nicht angenehm sein«, stellte Quentin fest.

»Sie lernt immer noch, mit ihren Fähigkeiten umzugehen, was wirklich nicht angenehm ist. Und für Diana muss es äußerst beängstigend gewesen sein.«

»In der Tat. Sie ist eindeutig ein Medium, und ein sehr starkes dazu. Deswegen konnte sie wohl auch die Skizze von Missy zeichnen. Sie hat keine Ahnung, wie sie diese paragnostischen Eindrücke einordnen soll, daher ist es für sie ein einziges Durcheinander. Was sie fühlt, was sie denkt, was sie spürt. Himmel, vermutlich auch, was sie träumt. Wahrscheinlich ein Zustand ständiger Verwirrung. Und all die Ärzte und Medikamente und Therapien haben das alles über die Jahre für sie nur noch schlimmer gemacht.«

Bishop schwieg einen Moment, dann sagte er langsam: »Ist Ihnen klar, Quentin, dass praktisch keiner der Paragnosten mit einer solchen Vorgeschichte und Verfassung wie Diana jemals lernt, seine Fähigkeiten in das eigene Leben zu integrieren und normal zu funktionieren?«

»Keiner derjenigen, die wir kennen, das stimmt. Aber sie ist stark, Bishop. Wirklich stark. Wenn es mir gelingt, zu ihr durchzudringen, kann ich ihr helfen, das weiß ich.«

»Ich möchte nur nicht, dass Sie ... enttäuscht sind, falls es nicht klappt. So talentiert sie auch sein mögen, manchen können wir einfach nicht helfen.«

»Diana schon.«

Bishop beugte sich Quentins Entschlossenheit. »Na gut. Dann ist es nach allem, was Sie uns erzählt haben, wohl am wichtigsten, ihr Bodenhaftung zu geben. Das meine ich wörtlich.«

»Was soll das heißen?«

»Sie hat Ihnen berichtet, dass sie Missy und Sie zur selben Zeit auf der Veranda sehen konnte, weil sie Ihre Hand berührt hat, Sie teilweise dortgehalten hat. Stimmt's?«

»Ja. Aber sie begreift doch bestimmt nicht, wie ihre Fähigkeiten funktionieren, nicht nachdem all diese Ärzte ihr ein Leben lang eingeredet haben, sie sei einfach nur verrückt.«

»Das stimmt sicherlich – auf der bewussten Ebene. Doch wie wir wissen, sind unsere Fähigkeiten mit Instinkten verbunden, und es ist anzunehmen, dass ein Teil von Diana, wie tief vergraben er auch sein mag, begreift, wie sie funktionieren. Wenn sie wirklich ihre Abwehrmechanismen ausgeschaltet hatte, als sie Ihnen von der Sache erzählte, ist es sehr wahrscheinlich, dass sie die absolute Wahrheit gesagt hat. Sie war in der Lage, Sie zu sehen, als diese mediale Tür geöffnet war, weil sie Sie berührt hat. Das könnte auch die stroboskopischen Blitze erklären; da Diana durch Sie verankert war, konnte sie sich auf der anderen Seite nicht total verorten.«

Quentin verdaute das und fragte dann langsam: »Sie braucht also einen Anker? Eine Rettungsleine?«

Miranda, die bei dem Telefonat bisher nur zugehört hatte, antwortete: »Die meisten Medien, denen wir begegnet sind, brauchen das nicht; sie sind fähig, genug Kontrolle auszuüben, um ... einen Schritt zurückzutreten, gewissermaßen, wenn sie diese Tür öffnen. Um hindurchzuschauen, aber nicht hindurchzugehen. Um gefahrlos auf ihrer eigenen Seite zu bleiben. Aber ein Medium wie Diana, ungeschult und ihren eigenen starken Fähigkeiten ausgeliefert, könnte dazu eventuell nicht in der Lage sein. Ohne einen Anker.«

»Und ... was würde dann passieren? Was würde im schlimmsten Falle, wenn sie psychisch hinübergeht, diese

Tür durchschreitet, die sie geöffnet hat, ohne Anker auf der anderen Seite – was würde dann passieren?«

»Ein Medium«, erwiderte Bishop, »öffnet sich für spirituelle Energie, und wir wissen, dass ein Großteil dieser Energie negativ ist. Wut, Kummer, Verlust, Bedauern, Hass. Selbst ein starkes Medium mit guter Beherrschung ist durch diese destruktiven Energien verwundbar; ein Medium mit starken Fähigkeiten, die es aber nur mangelhaft beherrscht, könnte leicht hinübergezerrt werden in diese andere, uns nur theoretisch bekannte Dimension, die wir jedoch nicht nachweisen können.«

»Es ist ein Wunder, dass das mit Diana bisher nicht passiert ist«, meinte Quentin.

»Woher wollen Sie das wissen?«

Die Frage überraschte Quentin. »Könnte das denn bereits geschehen sein?«

»Durchaus. Vor allem, wenn sie Blackouts in ihrer Vorgeschichte hat. Nach dem zu urteilen, was sie Ihnen erzählt hat, kannte sie diese graue Zeit zwischen den Blitzen gut genug, um ihr einen Namen zu geben. Was bedeutet, dass sie schon früher dort gewesen ist, vermutlich über die Jahre sehr oft.«

Quentin tadelte sich insgeheim, weil ihm das entgangen war. »Ohne einen Anker?«

»Ihre Instinkte könnten gut genug sein, sie immer wieder auf unsere Seite zurückgezogen zu haben. Finden Sie heraus, ob sie Blackouts hatte. Wenn ja, und wenn die über die Jahre an Intensität oder Dauer zugenommen haben, dann könnte Diana einen Punkt in ihrer medialen Entwicklung erreicht haben, an dem ein Anker zu ihrer Sicherheit nötig wird. Zumindest bis sie gelernt hat, größere Kontrolle auszuüben.«

Quentins Blick wanderte abwesend durch das hübsche Zimmer. »Und ohne Anker könnte einer dieser Besuche in der grauen Zeit … dauerhaft sein? Sie käme nicht mehr zurück?«

»Das ist möglich, Quentin. Wir können es nicht mit Sicherheit sagen. Wir sind Paragnosten begegnet, die solche Schädigungen hatten, dass sie zu Katatonikern geworden waren und niemand sie mehr erreichen konnte. Bei manchen ließ sich vielleicht noch ein Flackern wahrnehmen, aber dahinter war nur … Leere. Waren das die Hüllen von Medien, die körperlich auf der anderen Seite gefangen waren? Wir wissen es nicht. Könnte Diana so ein Schicksal erleiden? Wir wissen es nicht.«

Quentin holte Luft und atmete langsam aus. »Sie machen mir ja heute richtig Mut.«

»Tut mir leid.«

Er seufzte. »Sie wussten beide, dass Diana zu diesem Zeitpunkt hier sein würde. Aber Sie haben das nicht arrangiert?«

»Nein«, erwiderte Bishop. »Ihr Arzt hatte sie bereits für einen Malworkshop im Frühjahr angemeldet. Wir haben dann nur noch Beau als Leiter eingesetzt.«

»Und ihn die Lodge als Veranstaltungsort vorschlagen lassen?« – »Ja.«

»Um ihr zu helfen?« – »Um Ihnen beiden zu helfen.«

Moment mal«, fiel Quentin plötzlich auf. »Woher wussten Sie überhaupt von Diana? Um zu wissen, dass ihr Arzt sie für den Workshop angemeldet hatte, müssen Sie sie doch – beobachtet haben?«

Es folgte ein kurzes Schweigen, dann erwiderte Bishop: »Es hat Jahre gedauert, die Einheit aufzubauen, Quentin, das wissen Sie. Und Sie wissen, dass ich am Anfang viel

Zeit damit verbracht habe, verschiedenste Berichte über paragnostische und paranormale Ereignisse zu überprüfen.«

»Welcher davon betraf Diana?«

»Ich hatte einen Vertrauensmann in einem großen psychiatrischen Forschungskrankenhaus im Nordosten. Er hat mir von Diana erzählt. Vor Jahren schon.«

»Ich nehme an, Sie haben nie versucht, sie anzuwerben.«

»Nein.«

»Warum nicht?«

»Weil sie zu der Zeit so stark unter Medikamenten stand, dass es sinnlos und möglicherweise schädlich gewesen wäre.«

»Doch Sie haben sie auf Ihrer Beobachtungsliste behalten.«

»Ja.«

»Na gut.« Quentin wandte sich dem nächsten Rätsel zu. »Aber warum waren Sie so sicher, dass sie hierherkommen musste? Hat sie eine Verbindung zur Lodge? Zu dem, was hier vor fünfundzwanzig Jahren passiert ist?«

»Sagen Sie es mir.«

»Bishop.«

»Ich versuche nicht, mich absichtlich unklar auszudrücken, Quentin. Wir wissen nicht, welche Verbindung das ist, nur dass es eine gibt. Es war vorbestimmt, dass Sie und Diana jetzt dort sind. Darüber hinaus gibt es wenig, was wir Ihnen sagen können.«

»Ist Ihnen je in den Sinn gekommen«, sagte Quentin höflich, »dass irgendwann einer von uns richtig sauer werden könnte wegen Ihres Schachspiels?«

»Ich spiele nicht Schach.«

»Reden Sie doch keinen Quatsch.«

Ein klein wenig entschuldigend gab Bishop zurück: »Wenn es je ein Spiel für mich wird, Quentin, hoffe ich aufrichtig, dass Sie mir in den Hintern treten.«

»Sie haben den Schwarzen Gürtel«, stellte Quentin klar. »Ich werde Ihnen nur in den Hintern treten können, wenn Sie das zulassen. Oder wenn ich bewaffnet bin.«

»Wie gut, dass Sie meistens bewaffnet sind.«

»Ich könnte Galen um Hilfe bitten«, meinte Quentin nachdenklich und spielte damit auf eines der geheimnisvolleren Mitglieder der Special Crimes Unit an. »So eine Gelegenheit würde der sich bestimmt nicht entgehen lassen. Ich hab so das Gefühl, dass er sich ständig fragt, wer der Stärkere ist.«

»Er weiß es«, erwiderte Bishop.

»Ach ja? Das hätte ich gerne gesehen.«

»Da gab es nichts zu sehen.« Ohne diese undeutliche Feststellung genauer zu erklären, kam Bishop wieder auf das eigentliche Thema zu sprechen. »Zurück zu Diana. Ich muss Sie ja wohl nicht darauf hinweisen, vorsichtig zu sein.«

»Sie ist wirklich stark, Bishop.«

»An einem Ort wie der Lodge, einem Ort mit einer langen und bewegten Geschichte, kann es einem Medium nur allzu leicht passieren, dass es sich, ohne es zu merken, zu der Tür zwischen unserer Welt und der Welt der Toten hingezogen fühlt. Ganz egal, wie stark Diana ist, es ist eine gefährliche Situation.«

Miranda mischte sich ein. »Es gibt noch etwas, woran Sie denken sollten, Quentin. Da Diana nicht verlässlich zwischen den gewöhnlichen Sinnen und ihren zusätzlichen unterscheiden kann, ist es durchaus möglich, dass sie diese Tür seit ihrer Ankunft schon unzählige Male geöffnet hat, ohne es zu merken. Medien sind darauf programmiert, genau das zu tun, eine Tür zur Verfügung zu stellen. Und Diana könnte sie lange genug offen gehalten haben, um etwas von dieser spirituellen Energie hindurchzulassen.«

»Sie wollen damit sagen, dass es hier vermutlich spukt.«

»Um es mal so flapsig auszudrücken.«

Bishop ergänzte: »Energie hat immer einen Zweck, denken Sie daran. Was auch immer durch diese Tür gekommen sein mag, die Diana geöffnet hat, es wird sich auf sehr spezifische Weise verhalten. Das Ziel besteht fast immer darin, Frieden zu finden, einen Schlussstrich zu ziehen, mit der Vergangenheit ins Reine zu kommen. Das zu lösen, was sie hinter der anderen Seite der Tür festhält und daran hindert weiterzugehen. Ein Medium bietet ihnen diese Gelegenheit. Und manche von ihnen könnten schon sehr lange gewartet haben.«

»Missy«, sagte Quentin.

»Missy mit ziemlicher Gewissheit, angesichts dessen, was Diana bisher erlebt hat. Was bedeutet, dass Sie die beste Chance haben, den Mord an Missy aufzuklären. Wenn Sie Diana helfen können.«

»Indem ich ihr Halt gebe.«

»Folgen Sie Ihren Instinkten«, riet Miranda. »Ihre Instinkte sind sehr gut, Quentin. Und sie braucht Ihre Hilfe.«

»Wie kann ich sie überreden, mir zu vertrauen? Ich versuche, ihr klarzumachen, dass alles, was sie die ganzen Jahre geglaubt hat, eine Lüge ist, dass sich ein Experte nach dem anderen geirrt hat, wenn auch nicht böswillig. Dass ihr eigener Vater die Situation verschlimmert hat, weil er diese eine Möglichkeit nicht in Betracht ziehen wollte. An ihrer Stelle ... zum Teufel, ich würde mir nicht glauben.«

Miranda antwortete unmittelbar, mit sehr sicherer Stimme. »Bauen Sie eine Verbindung zu ihr auf. Sie verstehen sie und das, was sie durchgemacht hat. Sie glauben ihr. Sie wissen, dass sie nicht verrückt ist. Sie braucht Ihre Gewissheit, Quentin, weil man ihr keine eigene gelassen hat.«

Quentin hörte ein leises Klopfen an der Tür und sagte rasch: »Ich tue mein Bestes. Und ich melde mich später wieder.«

»Wir werden hier sein«, erwiderte Bishop.

Quentin unterbrach die Verbindung, glitt vom Bett herunter und ging durch den Wohnbereich zur Tür. Normalerweise war er so vorsichtig, durch den Türspion zu blicken, aber sobald er den Türgriff berührte, wusste er, wer auf der anderen Seite stand.

Es war Diana, sichtlich angespannt, beide Hände in den Gurt der Schultertasche verkrampft. Ihr Gesicht war bleich, die Augen wirkten riesig, verdüstert.

Bevor Quentin etwas herausbrachte, sagte sie mit fast tonloser Stimme: »Könnten Sie mitkommen? Da … da ist etwas, das ich Ihnen zeigen möchte.«

6

Nate McDaniel schaute mit finsterem Gesicht zu, wie zwei seiner Leute in der Hitze und dem grellen Licht der großen Scheinwerfer behutsam Erde abhoben. »Man muss kein Experte sein, um zu erkennen, dass diese Leiche lange Zeit im Boden gelegen hat«, knurrte er. »Jahrelang.«

»Der Obergärtner sagt«, gab Quentin zurück, »dass der Mutterboden hier früher sehr viel höher war und der höchste Felsen nur einen halben Meter herausragte. Das muss mindestens zehn Jahre her sein. Als der Garten vor zwei Jahren bis hierher erweitert wurde, haben sie beschlossen, die Felsen mit einzubeziehen und nur ein paar robuste Pflanzen einzusetzen.«

»Was zumindest teilweise erklären könnte, warum niemand das Grab entdeckt hat.«

Quentin zog nachdenklich die Stirn in Falten. »Ich kann mich ehrlich nicht daran erinnern, hier schon mal gewesen zu sein. Es ist zu weit vom Hauptgebäude und den Ställen entfernt, dass es mich als Kind interessiert hätte. Und vor fünf Jahren, als Bishop und ich bei der Suche nach dem kleinen Mädchen geholfen haben, waren die Gärten bereits vom Personal und deinen Leuten durchkämmt worden.«

»Ja. Großer Gott, ich frage mich, was wir sonst noch übersehen haben.«

Quentin schüttelte den Kopf. »Wie viele Hektar haben die Gärten? Vielleicht zehn? Dazu der ganze Rest des Tals und die Reitwege in den Bergen. Schlimmer als eine Nadel im Heuhaufen. Wenn der Suchhund nicht ausgefallen wäre, hätte er die Leiche womöglich gefunden.«

»Mag sein.«

»Wenigstens befindet sich das Grab innerhalb des Zauns. Geschützt vor Raubtieren und Aasfressern aus den Bergen. So kann ein forensischer Experte aus den Knochen vielleicht eine Menge herauslesen.«

»Du meinst, zusätzlich zu den beiden verdammt sicheren Tatsachen, dass es sich um ein Kind handelt und dass die Todesursache höchstwahrscheinlich Enthauptung war? Man muss kein Experte sein, um das zu erkennen.«

»DNA zur Identifizierung«, sagte Quentin. »Zahnarztunterlagen sind oft unzuverlässig, wenn es um Kinder geht. Sobald das Alter der Knochenreste feststeht, müssen wir uns Proben von Familienmitgliedern aller in diesem Zeitraum als vermisst gemeldeter Kinder aus der Gegend besorgen.«

»Verdammt.« Dem müde geäußerten Fluch fügte Nate hinzu: »Und wie hat sie den Schädel noch mal gefunden?«

Quentin blickte zur Seite, wo Diana auf einer Steinbank saß und die einige Meter entfernten Arbeiten beobachtete. Sie war nicht bereit gewesen, in ihr Cottage zurückzukehren, außer um sich kurz eine Jacke zu holen, als er darauf bestanden hatte. Sie war sichtlich verstört, hatte aber nur sehr wenig gesprochen.

»Du hast gehört, was sie gesagt hat«, sagte Quentin zu dem Polizisten. »Sie ist hier spazieren gegangen, hat sich an den Felsen gelehnt – und zufällig nach unten geschaut. Vielleicht hat das Gewitter von vorhin oder eines der letzten Wochen so viel Erde und Kies weggeschwemmt, dass das, was hier vergraben war, freigelegt wurde. Die Oberfläche des Schädels unterschied sich genügend von den Steinen hier, um ihre Aufmerksamkeit zu wecken. Bei mir hat das jedenfalls sofort funktioniert.«

»Und dann ist sie zu dir gekommen.«

»Sie weiß, dass ich FBI-Agent bin.«

Nate schüttelte den Kopf, aber eher als weitere müde Geste denn als Verneinung. »Das ist alles ziemlich verrückt. Ich weiß, du hast schon immer vermutet, dass einige der vermissten Kinder auf deiner Liste ermordet wurden, aber das ist der erste Fund, der diese Vermutung bestätigt.«

»Nach meiner Liste gab es während der letzten zwanzig Jahre in der näheren Umgebung drei unaufgeklärte Fälle vermisster Kinder, oder vier, wenn du einen möglichen Ausreißer mitzählst.«

»Na gut, vielleicht hast du recht gehabt mit deiner Vermutung, dass hier etwas vor sich ging.«

»Vielleicht?«

»Quentin, wir haben einen zweifelsfreien Mord von vor fünfundzwanzig Jahren, bei dem der Mörder nie gefasst wurde. Das steht außer Frage. Und wir haben dieses Skelett, das sich als eines der vermissten Kinder herausstellen kann oder auch nicht. Aber ...«

»Es gibt weitere vermisste Kinder. Auch vermisste Erwachsene.«

»Behauptest du. Und ich sage nicht, dass ich dir nicht glaube – nur wurde bei all diesen alten Fällen, die du ausgegraben hast, nie offiziell Anzeige erstattet. Und wenn doch, gab es allen Grund zu glauben, dass sich das Verschwinden auf gewöhnliche Weise erklären ließ. Getrennt lebende Paare, wo ein Elternteil das Kind zu sich genommen hat. Ausreißer. Und dann sind da die Berge; du weißt so gut wie ich, dass es verdammt leicht ist, sich da zu verirren – und praktisch unmöglich, jemanden wiederzufinden, der sich dort oben verlaufen hat.«

»Ja, das weiß ich. Ich weiß, dass es Flüchtlinge gab – auf der Flucht vor der Justiz –, die jahrelang in diesen Bergen untergetaucht sind, trotz ausgedehnter Fahndungen. Und manche wurden nie wieder gesehen. Aber hier, in der Lodge, geht noch mehr vor sich.«

Wieder schüttelte Nate den Kopf, sagte aber: »Tja, nach dieser Sache könntest du ein besseres Argument in der Hand haben, um die Hotelleitung davon zu überzeugen, wie sinnvoll ein Blick in ihre Unterlagen wäre. Doch falls sie ablehnt, glaube ich nicht, dass ein Richter die Hotelleitung dazu zwingen wird, erst recht, wenn wir dieses Kind nicht mit der Lodge in Verbindung bringen können.«

»Er – oder sie – wurde hier vergraben. Für mich reicht das als Verbindung.«

»Ja, ja. Ich dachte mir schon, dass du das sagen würdest.« Nate seufzte, schloss den Reißverschluss seiner Jacke und fügte murmelnd hinzu: »Wann ist es denn so kalt geworden?«

»*Vor fünfundzwanzig Jahren*«, hätte Quentin antworten können, ließ es aber bleiben. Er wartete nur schweigend, während Nates Leute die Knochen freilegten, die seit Jahren in der Erde gelegen hatten.

Madison wusste, dass sie nicht im Garten sein sollte. In keinem der Gärten, jetzt, da die Polizei hier war. Ihre Mutter würde das bestimmt nicht wollen. Aber sie war zu neugierig, um sich fernzuhalten.

Und klein genug, unentdeckt durch die Gärten zu schlüpfen, bis sie sehen konnte, was da passierte.

»Sie haben Jeremy gefunden«, verkündete Becca.

Madison hielt Angelo dicht bei sich, damit er nicht zu jaulen anfing, und sagte zu ihrer Freundin: »Die graben Knochen aus.«

»Oh ja. Das ist Jeremy.«

Madison runzelte die Stirn. »Wenn er bloß Knochen ist, woher kennst du ihn dann?«

»Er ist nicht bloß Knochen. Aber das ist alles, was die sehen. Alle außer ihr.« Mit einem Kopfnicken deutete Becca auf die hübsche Dame, die da seitlich auf einer Steinbank saß.

»Sie hat Jeremy gesehen, als er nicht bloß Knochen war?«

»Ja. Er wollte, dass die ihn finden, darum hat er ihr gezeigt, wo er war.« Sie nickte, wie zu sich selbst, und fügte nachdenklich hinzu: »Er wollte wohl von hier fortgehen.«

»Aus der Lodge?«

»Er war sehr lange hier.«

Madison fragte: »Bist du auch schon lange hier, Becca?«

»Ja, ich glaube schon.« Becca schaute zu den Polizisten, die in dem grellen Licht arbeiteten. Wehmütig meinte sie: »Es war ganz in Ordnung. Ist es manchmal immer noch. Aber meistens ist es jetzt gruselig.«

»Wegen dem ... was du mir erzählt hast? Das, was dabei ist zu kommen?«

Becca nickte. »Es war schon früher hier. Und es kommt immer wieder.«

»Warum?«

»Weil sie nicht wissen, wie sie es daran hindern sollen. Sie können etwas, das sie nicht sehen, nicht aufhalten. Woran sie nicht glauben.«

»Aber du glaubst daran.«

»Muss ich doch, oder?«

Madison dachte darüber nach und drückte abwesend ihren kleinen Hund an sich, während sie die Erwachsenen bei der Arbeit beobachtete. Dann sagte sie langsam: »Die Dame, die Jeremy gesehen hat, könnte es wahrscheinlich auch sehen. Wahrscheinlich daran glauben. Meinst du nicht?«

»Vielleicht. Vielleicht könnte sie das.« Becca drehte den Kopf und blickte Madison an. »Vielleicht ist sie deswegen hier. Aber dann muss sie sich beeilen.«

»Zu recherchieren, was ein Kind vor so vielen Jahren gemacht hat … Da müssten wir aber viel Glück haben, wenn es uns gelänge, auch nur irgendwas darüber herauszufinden, wie es zu Tode gekommen ist!« Nate fluchte leise. »Und wir haben nicht die geringsten Hinweise, nichts, wovon wir ausgehen können.«

»Kann man wohl sagen.« Während er das sagte, schaute Quentin unwillkürlich zu Diana hinüber.

Nate entging das nicht. »Oder haben wir vielleicht doch ein bisschen mehr? Was steckt dahinter, Quentin? Ist sie wirklich nur über den Schädel gestolpert?«

»Sie hat mir nicht mehr darüber erzählt als dir.«

»Darüber? Und sonst? Hat sie dir sonst noch was erzählt?« Nate senkte die Stimme. »Hat sie auch die Gabe? Dieses Übersinnliche?«

Quentin war ein wenig erstaunt, dass der Polizist die Frage so offen stellte, zögerte aber kaum mit der Antwort. »In ihrem Fall ist es eher ein Fluch als eine Gabe. Und keine, mit der sie glücklich ist oder die sie effektiv zu nutzen weiß. Möglicherweise kann sie uns helfen, aber es kann genauso gut sein, dass sie sich denjenigen der Gäste anschließt, die bereits packen und abreisen.«

Etwas abgelenkt, erwiderte Nate: »Ich hörte, wie ein Gast

der Geschäftsleitung erklärte, dass er sich diese Art von Publicity nicht leisten könnte, und er klang dabei richtig nervös. Wahrscheinlich reisen die anderen aus dem gleichen Grund ab, weil sie Angst haben, mitten in einen Medienrummel hineinzugeraten. Besonders, wenn sie Geheimnisse oder … Indiskretionen … zu verbergen haben.«

»Gut möglich. Die Lodge zieht mit ihrem Ruf, diskret zu sein, viele Leute an, die einen abgeschiedenen, stressfreien Urlaub verbringen wollen. Diese Sache – und vor allem, wenn wir noch mehr finden – ist genau das, womit so ein Ruf ruiniert wird. Wenn es sich herumspricht, dass hier zwei Kinder ermordet wurden, selbst im Abstand von Jahren, werden die Medien das nicht ignorieren. Andererseits ist die Lodge so abgelegen und die Einheimischen so daran gewöhnt, sich nur um ihren eigenen Kram zu kümmern, dass ich mir nicht sicher bin, ob überhaupt etwas nach außen dringen wird. Wenigstens nicht so bald. Dazu kommt …«

»Dass die Lodge einer der größten Arbeitgeber im Umkreis ist«, beendete Nate den Satz für ihn. »Die Leute aus der Gegend haben ein begründetes Interesse daran, sich um ihre eigenen Sachen zu kümmern. Davon warst du doch schon immer überzeugt, nicht wahr?« Er blieb ganz nüchtern, statt sich angegriffen zu fühlen, weil er größtenteils selbst so dachte und als jemand, der in Leisure aufgewachsen war, die Einstellung verstand.

»Das war für mich ganz offensichtlich. Selbst nachdem ich in älteren Ausgaben der Lokalzeitung kurze Erwähnungen verschiedener *Unfälle* und unerklärlichen Verschwindens gefunden hatte, war es mir nie gelungen, das nachzuverfolgen. Niemand schien etwas zu wissen. Niemand schien sich zu erinnern oder darüber reden zu wollen. Welche Ausreden auch immer kamen, die Aussage war klar. Alles, was in oder um die Lodge passierte, ging mich nichts an. Und ich hatte nie die rechtliche Möglichkeit, Druck auszuüben.«

»Captain, kommen Sie mal eben?«

Nate und Quentin folgten der Aufforderung und traten zu den beiden Beamten, aus denen die Spurensicherungsmannschaft der Polizei von Leisure bestand.

»Wir haben was gefunden«, teilte ihnen Sally Chavez mit.

»Was anderes als Knochen?«, wollte Nate wissen.

»Ja. Sehen Sie selbst.« Sie kniete und lehnte sich zurück, damit Nate und Quentin an ihr vorbeischauen konnten.

Das Skelett, jetzt halb freigelegt und mit dem Schädel dort, wo er hingehörte, lag auf dem Rücken, die Beine gerade nach unten ausgestreckt, die Arme befanden sich an beiden Seiten.

Als hätte man die Leiche sorgfältig für ein Begräbnis zurechtgerückt. Quentin fiel dies auf, weil es ihn beunruhigte, obwohl es nicht ungewöhnlich war. Manche Mörder gaben sich besondere Mühe, wenn sie ihre Opfer verschwinden ließen, andere nicht.

Die beiden Männer entdeckten sofort, worauf Chavez sie aufmerksam machen wollte.

»Eine Uhr?« Quentin beugte sich weiter vor.

»Genau«, erwiderte Chavez. »Am rechten Handgelenk, also könnte er Linkshänder gewesen sein.«

»Er?«, fragte Nate.

»Eine Vermutung. Hauptsächlich wegen der Uhr, die für mich wie eine Herrenuhr aussieht. Nach der Größe des Skeletts zu urteilen, war es ein Kind, und das Geschlecht lässt sich bei Skelettüberresten viel schwieriger bestimmen, wenn der Tod vor der Pubertät eingetreten ist. Ich erkenne keine offensichtlichen Geschlechtsmerkmale. Dagegen kann ich Ihnen sagen, dass die Uhr zweifellos ein Armband aus einem Material hatte, das vermodert sein muss. Eindeutig kein Metall. Vermutlich auch kein Plastik; das Zeug hält ewig.«

»Das ist auch eigentlich keine Kinderuhr«, sagte Quentin. »Eher eine Erwachsenenuhr, in die er noch hineinwachsen sollte – vielleicht ein Geschenk für eine besondere Leistung.«

Nate grunzte. »Ich hab so eine bekommen, als ich Fähnleinführer bei den Pfadfindern wurde.«

»Können wir sie uns näher ansehen?«, fragte Quentin, an Chavez gewandt.

»Gleich. Ryan, machst du bitte ein paar Aufnahmen von der Uhr?«

Ihr Partner, ein schweigsamer junger Mann, legte den Pinsel beiseite, mit dem er Erde vom Fuß des Skeletts entfernt hatte, griff nach der neben ihm liegenden Kamera und knipste los.

Mit behandschuhten Händen legte Chavez vorsichtig die halb vergrabene Uhr frei, betrachtete sie kurz, ließ sie dann in einen durchsichtigen Plastikbeutel gleiten und reichte sie ihrem Captain hinauf.

»Sieht aus, als hätten wir Glück«, sagte sie.

Quentin und Nate richteten sich auf, und der Captain wiederholte: »Sieht ganz so aus. Auf der Unterseite ist eine Gravur. Wurde zum MVP, also zum wertvollsten Spieler in seiner Little-League-Mannschaft gekürt. Vor zehn Jahren.«

»Jeremy Grant.«

Beim Klang ihrer Stimme drehten sich Quentin und Nate

verblüfft nach Diana um. Sie stand ein ganzes Stück entfernt, keinesfalls nahe genug, um die Uhr sehen zu können. Ihr Gesicht war angespannt, ihre Stimme ein wenig zittrig.

»Das steht darauf, nicht wahr? Auf der Unterseite der Uhr? Sein Name ist – war – Jeremy Grant.«

Quentin machte einen Schritt auf sie zu. »Diana ...«

»Sagen Sie es mir.«

»Woher zum Teufel wussten Sie das?«, brummte Nate verblüfft.

Ihr Blick blieb auf Quentin gerichtet. »Sagen Sie es mir doch.«

Quentin war angewiesen worden, ihr Bodenhaftung zu geben, und er hatte das sichere Gefühl, dass das im Moment unbedingt nötig sei, sonst – ohne ihn als ihren körperlichen Anker – würde Diana verschwinden.

Vielleicht auf mehr als eine Weise.

Er trat zu ihr hin und nahm ihre kalte Hand in seine. »Das ist der Name auf der Uhr.« Er sprach leise, damit die anderen sie nicht hörten, blieb aber auch ganz sachlich. »Sie haben Jeremy gesehen?«

Ein kleiner Laut entfuhr ihr, kein Lachen und kein richtiges Seufzen. »Ihn gesehen? Himmel, ich habe mit ihm gesprochen.«

Stephanie Boyd, die Geschäftsführerin der Lodge, hatte alle Hände voll zu tun. Nicht nur war ein Dutzend Gäste ohne zu zögern abgereist, nachdem das Skelett in einem der Gärten gefunden worden war. Die Zurückgebliebenen hatten sich zudem lautstark über die Situation beschwert. Sie verlangten von ihr eine Bestätigung, dass es sich hierbei nur um ein einmaliges, tragisches Ereignis handelte, dass die

Polizei bald verschwunden sein und die Presse von der Sache nicht Wind bekommen würde.

Bisher waren keine Journalisten aufgetaucht, soviel sie wusste. Und sie hoffte, dass es dabei blieb. Doch das konnte sich schnell ändern.

Und jetzt auch das noch!

»Meinen Sie das wirklich ernst, Captain?«, fragte sie Nate McDaniel und gab sich alle Mühe, sich ihre Bestürzung nicht anmerken zu lassen.

»Vollkommen ernst, Miss Boyd. Tut mir leid.« Er klang sehr ernst. Und frustriert. »Die Spur mag zwar kalt sein, aber ich muss die Sache wie eine aktive Mordermittlung behandeln. Wir haben Zahnarztunterlagen angefordert, und die DNA-Analyse wird sicher bestätigen, dass es sich bei den Überresten um die Leiche von Jeremy Grant handelt, der acht Jahre alt war, als er aus der Lodge verschwand. Zehn Jahre ist das jetzt her. Sein Vater arbeitete zu der Zeit hier als Gärtner, ist aber ein paar Jahre später an Krebs gestorben. Die Mutter ist weggezogen; wir versuchen, ihren jetzigen Aufenthaltsort festzustellen.«

»Wie können Sie wissen, ob das Kind auf dem Grundstück der Lodge ermordet wurde?«, hörte sie sich protestieren. »Oder von jemandem, der in Verbindung mit der Lodge stand?«

»Er wurde im englischen Garten vergraben, Miss Boyd.«

»Der gehörte damals nicht zu den angelegten Gärten, Captain.«

»Nein, aber der Bereich befand sich innerhalb des Zauns. Auf dem Grundstück der Lodge.«

Sie lehnte sich auf ihrem Stuhl zurück und sah ihn über den Schreibtisch hinweg an. Durch seine starke physische Präsenz kam ihr das Büro noch kleiner vor als sonst. »Korrigieren Sie mich, wenn ich mich irre, aber außer der Lage des Fundorts haben Sie doch keinerlei Beweis, dass die Sache mit der Lodge in Verbindung steht.«

»Miss Boyd …«

»Nennen Sie mich Stephanie.« Trocken fügte sie hinzu: »So, wie sich das alles anhört, werden wir wohl noch einiges miteinander zu tun haben, zumindest für eine Weile.«

»Ich befürchte, ja – Stephanie. Ich möchte Jeremy Grants Mutter gerne mehr bieten können als nur die Information, dass ihr Sohn ermordet wurde.« Er hielt einen Moment inne und meinte dann: »Und ich bin Nate.«

Sie nickte ziemlich abwesend. »Wie wollen Sie denn eine Ermittlung über ein zehn Jahre altes Verbrechen durchführen? Sicherlich gibt es ein paar Angestellte, die schon seit Langem hier arbeiten und sich vielleicht an die Zeit erinnern, als der Junge verschwand. Aber Beweise? Wie wollen Sie nach all dieser Zeit überhaupt noch etwas finden?«

Nate mochte nicht zugeben, dass die beiden Asse, auf die er zählte, ein zwanghafter FBI-Agent war, der einen noch älteren Mord aufklären wollte, und ein zerbrechlicher, möglicherweise übersinnlicher Gast, der, soweit Nate das beurteilen konnte, nicht weit von einem Nervenzusammenbruch entfernt war.

Daher antwortete er nur: »Wir müssen es versuchen, Miss – Stephanie. Und es ist natürlich besser, wenn wir unsere Ermittlungen und Befragungen so diskret wie möglich durchführen. Was bedeutet, dass wir die Ermittlungen größtenteils innerhalb der Lodge abwickeln werden. Wir wollen die Angestellten ja nicht von hier aufs Polizeirevier und zurück kutschieren, nicht wahr?«

»Das hört sich ein bisschen wie eine Drohung an, Nate.«

Er hob beide Augenbrauen. »Überhaupt nicht. Zugegeben, solange ich nicht mehr Beweise in der Hand habe, dass es sich um ein hier begangenes Verbrechen handelt, habe ich keine rechtliche Möglichkeit, Sie zu zwingen, mir ein Gästezimmer oder ein Cottage oder andere angemessene Räumlichkeiten zur Verfügung zu stellen, damit ich die Befragungen in der Lodge vornehmen kann.«

»Nein, haben Sie nicht. Und nach zehn Jahren bezweifle ich, dass ein Richter Ihnen das Recht dazu geben würde.«

Nate blieb freundlich. »Ich wiederum bezweifle, dass irgendein Richter aus dem Bezirk mir verbieten würde, dieses Verbrechen zu untersuchen, vor allem, da es sich um den Mord an einem Kind handelt. Also gibt es zwei Möglichkeiten, Stephanie. Entweder lasse ich die Angestellten zu Befragungen, wie lange die auch dauern mögen, hin- und hertransportieren – in Polizeiwagen –, oder Sie stellen uns einen Raum zur Verfügung, um das, was wir tun müssen, still und diskret auf dem Grundstück der Lodge durchzuführen.«

Ihr gefiel beides nicht, aber sie wusste verdammt genau, dass ihr nichts anderes übrig blieb.

Für einen Moment vergaß sie ihre Rolle als Geschäftsführerin und fragte: »Glauben Sie wirklich, dass das Kind hier ermordet wurde?«

Nate zögerte einen Moment und antwortete dann: »Es ist noch schlimmer. Vor fünfundzwanzig Jahren wurde hier ein weiteres Kind ermordet, und es könnten noch mehr sein.«

»Wie bitte? Großer Gott.«

»Ich nehme an, davon hat man Ihnen bei Ihrer Einstellung nichts erzählt.« Das war keine Frage.

»Über die Geschichte der Lodge haben wir kaum gesprochen. Zumindest nicht über diesen Teil. Vor fünfundzwanzig Jahren? Und Sie glauben, das hat etwas miteinander zu tun? Zwei Morde, zwischen denen fünfzehn Jahre liegen?«

Nate seufzte. »Klingt weit hergeholt, das gebe ich zu. Doch man hat schon von anderen Serienmördern gehört, die über eine solche Zeitspanne gemordet haben.«

Noch erschrockener und bestürzter, wiederholte sie: »Großer Gott. Ein Serienmörder?«

»Nur eine Möglichkeit. Allerdings eine, die ich nicht außer Acht lassen kann, das sehen Sie doch ein, nicht wahr?«

»Ich sehe nur ein Hotel in den Schlagzeilen und ohne Gäste«, erwiderte sie. Dann verzog sie das Gesicht. »Entschuldigung. Ich weiß, das klingt gefühllos, vor allem, da es um tote Kinder geht. Aber ... wenn dieser Junge vor zehn Jahren ermordet wurde und seitdem nichts mehr passiert ist, dann ...«

Nate fand es schrecklich, ihr das anzutun, doch er unterbrach sie. »In den letzten fünfundzwanzig Jahren hatten wir in der Lodge und in der Umgebung drei Kinder, die an Krankheiten gestorben sind, einen gemeldeten Ausreißer, zwei sogenannte tödliche Unfälle, zwei zweifelsfreie Morde – einschließlich dem, was wir heute gefunden haben – und zwei verschwundene Kinder, deren Fälle nicht aufgeklärt werden konnten. Außerdem haben wir noch mindestens zwei Erwachsene, die spurlos verschwanden, während sie hier waren.«

Es dauerte eine ganze Minute, bis Stephanie fragen konnte: »Wie viel davon ist seit dem Tod des kleinen Jungen passiert?«

Nate ging die Fakten im Kopf durch – diejenigen, die Quentin beigesteuert hatte – und erwiderte langsam: »Ein Kind verschwand vor neun Jahren; von den Krankheitsfällen starb eines vor sechs und das andere vor acht Jahren. Und die Sache mit dem Ausreißer war vor sieben Jahren.

Also hatten wir seit Jeremy Grants Verschwinden vier tote oder vermisste Kinder.«

»Sie sagten, einige wären an Krankheiten gestorben. Können wir die nicht abziehen? Ich meine ... Sie wissen, was ich meine.«

»Ich weiß. Nein, können wir nicht. Mir wurde gesagt, dass in allen drei Fällen der gerufene Arzt eine Art Fieber als Todesursache feststellte, daher wurde die Polizei damals nicht hinzugezogen.«

»Würde das dann nicht unter natürliche Todesursachen fallen?«

»Nicht unbedingt. Wie ich erfuhr, können gewisse Gifte diesen Effekt hervorrufen.« Er hoffte, sie würde ihn nicht fragen, woher er das alles wusste.

Stephanie stützte den Ellbogen auf die Schreibunterlagen, rieb sich mit beiden Händen über das Gesicht und murmelte: »Oh, Mist!«

Nate empfand heftiges Mitgefühl für sie – nicht zuletzt deswegen, weil sie eine sehr attraktive Frau war. Er hatte immer schon etwas für braunäugige Blondinen übriggehabt, vor allem, wenn sie einen wohlgeformten, fraulichen Körper hatten, statt so absurd dünn zu sein, wie es die Mode von ihnen verlangte. Und sie trug keinen Ehe- oder Verlobungsring. Kaum waren ihm diese Gedanken durch den Kopf gegangen, rief er sich schnell in Erinnerung, dass seine erste Ehe schlimm geendet hatte und er gerne allein und ohne Bindung lebte.

So war es auch.

Er war sich fast sicher.

Aber als sie die Hände schließlich vom Gesicht nahm, stellte er unwillkürlich fest, dass ihre braunen Augen intelligent und humorvoll blickten, selbst in dieser Situation.

»Also, Sie glauben ernsthaft, Nate, dass wir es mit einem Serienmörder zu tun haben, der seit fünfundzwanzig Jahren in der Lodge oder der Umgebung sein Unwesen treibt?«

Er riss sich zusammen, zögerte und antwortete dann: »Ich glaube, dass es möglich ist. Und, um Ihr Leben noch komplizierter zu machen, Sie haben einen Gast hier, der das ebenfalls glaubt und Erfahrung mit genau solchen Angelegenheiten hat.«

Sie runzelte die Stirn. »Der FBI-Agent?«

»Sie wussten von ihm?«

»Ja. Er hat seine Waffe dabei, und als er sich eintrug, war er freundlich genug, uns darüber zu informieren und die Nummer seiner Dienstmarke zu nennen, damit wir seine Identität bestätigen konnten.«

»Was Sie getan haben?«

»Das wird immer so gemacht. Wenn jemand eine Waffe dabeihat, will ich selbstverständlich wissen, ob er dazu berechtigt ist. Daher habe ich persönlich angerufen, um mir die Identität von Agent Hayes bestätigen zu lassen.« Wieder runzelte sie die Stirn. »Ist er deswegen hier? Hat er etwa erwartet, ein Skelett in einem unserer Gärten zu finden? Mir wurde nämlich gesagt, dass er hier nur Urlaub macht.«

»Nennen Sie es einen Urlaub, der mit beruflicher Arbeit verbunden ist.« Nate seufzte. »Quentin war vor fünfundzwanzig Jahren hier, als das erste kleine Mädchen ermordet wurde. Er hat es nie vergessen. Und er wollte sich nie damit zufriedengeben, dass der Fall ungeklärt blieb. In den letzten zehn oder zwölf Jahren war er ziemlich regelmäßig in Leisure und hat nach allen Informationen gesucht, die er darüber und über andere Todes- und Vermisstenfälle in Zusammenhang mit der Lodge finden konnte.« Achselzuckend fügte Nate hinzu: »Und daher ist er wohl der Experte für all das. Hat die Fakten und Einzelheiten im Kopf.«

»Klingt wie ein Besessener.«

»Könnte man so sagen.«

Stephanie nickte leicht. »Wird er Ihnen bei den Ermittlungen zum Tod dieses Kindes helfen? Bei allen Todesfällen und den verschwundenen Personen?«

»Inoffiziell. Allerdings wird er die Möglichkeiten des FBI nutzen, um uns bei der DNA-Analyse und solchen Dingen zu helfen. Für forensische Untersuchungen, wie man sie bei der Ermittlung weit zurückliegender Verbrechen braucht, ist die Polizei von Leisure nicht genügend ausgerüstet.«

»Verstehe. Und ich habe auch verstanden, warum Sie die Ermittlungen so still wie möglich durchführen wollen. Ich brauche wohl kaum zu betonen, wie sehr ich damit einverstanden bin. Also werde ich Ihnen einen Raum für die Befragungen zur Verfügung stellen und dafür sorgen, dass Sie mit den Angestellten sprechen können, die zu der Zeit schon hier waren. Ich nehme an, ich bekomme von Ihnen eine Liste mit den entsprechenden Namen?«

»Selbstverständlich«, antwortete Nate und dachte an die arbeitsreiche Nacht, die vor ihm lag.

»Ich möchte Sie nur bitten«, fuhr Stephanie fort, »dass Sie Ihre Aktivitäten wirklich möglichst unaufdringlich halten und die Gäste nicht mehr stören als nötig.«

»Abgemacht.«

»Wann wollen Sie anfangen? Morgen früh?«

Nate nickte. »Jeremy Grant lag zehn Jahre in der Erde, daher kommt es auf eine weitere Nacht auch nicht mehr an. Die Knochenreste sind auf dem Weg zur Gerichtsmedizin. Es reicht also, wenn wir morgen früh mit den Befragungen beginnen. In Zivil, nicht in Uniform. Wir werden uns bemühen, den üblichen Ablauf hier möglichst wenig zu stören.«

»Dafür wäre ich Ihnen dankbar. Und Agent Hayes?«

»Agent Hayes wird bei Ihnen um Erlaubnis nachsuchen, alte Personalunterlagen und sonstige hier in der Lodge verwahrte Papiere durchsehen zu dürfen. Ich würde Sie bitten, ihm die Genehmigung zu erteilen.«

Sie seufzte. »Ich frage bei den Hotelbesitzern nach, aber unter den gegebenen Umständen werden sie es bestimmt gestatten.«

»Vielen Dank.« Er erhob sich und wollte das kleine Büro schon verlassen, zögerte aber noch. »Mit so etwas haben Sie sicherlich nicht gerechnet, als Sie die Stellung annahmen, Stephanie, und es tut mir leid, dass das ausgerechnet während Ihrer Zeit hier passiert.«

Sie lächelte verhalten. »Machen Sie sich um mich keine Sorgen, Nate. Ich bin Soldatenkind. Ich habe schon früh gelernt, mit dem Unerwarteten fertigzuwerden.«

Nate war versucht, sie zu fragen, ob das Unerwartete auch das Übernatürliche mit einschloss, entschied sich aber dann, es nicht zu tun.

Er würde es früh genug erfahren. Das würden sie beide.

»Sie verstehen mich nicht, Quentin.« Dianas Stimme hatte diese merkwürdige Festigkeit, die nur diejenigen aufbringen, die sich verzweifelt am letzten Rest ihrer Beherrschung festklammern. »Ich habe mit ihm gesprochen. Ich habe seine Hand gehalten – und sie war warm und fest. Aus Fleisch und Blut. Er war nicht kalt oder durchsichtig oder was ein Geist sonst noch sein sollte.«

Quentin rührte einen zusätzlichen Löffel Zucker in den Tee und drückte ihr die Tasse in die Hand. »Trinken Sie das.«

Sie starrte einen Moment auf die Tasse und schaute sich dann erstaunt um. Der Wohnraum war überraschend groß und behaglich und schloss auch eine Kochnische und einen kleinen Esstisch mit ein.

Das bequeme Plüschsofa und der breite Sessel, auf dem sie saß, waren zusammen mit einem großen quadratischen Couchtisch um einen Gaskamin herum gruppiert, über dem Kaminsims stand ein Plasmafernseher.

»Wir sind in meinem Cottage«, stellte sie fest.

»Ja. Es lag am nächsten. Trinken Sie den Tee, Diana.«

»Wie lange sind wir schon hier? Oh Gott, ich hatte doch kein Blackout, oder?«

Was, dachte Quentin, zumindest eine von Bishops Fragen beantwortet.

»Soweit ich erkennen konnte, nein«, antwortete er sachlich. »Aber Sie haben einen Schock, was ja auch kein Wunder ist. Mir wurde gesagt, bei einem Medium dauere es eine ganze Weile, sich anzupassen.«

»Ich bin kein Medium.« Doch zum ersten Mal klang ihr Protest eher trotzig als überzeugt. Quentin behielt seinen sachlichen Ton bei, obwohl das, was er zu sagen hatte, alles andere als prosaisch war. »Sie sind Jeremy Grant begegnet und haben mit ihm gesprochen, und er ist seit zehn Jahren tot. Entweder sind Sie ein Medium, oder Sie haben sich die ganze Sache eingebildet. Ich weiß verdammt gut, dass Sie sich nichts eingebildet haben, vor allem, weil Sie gar nicht wissen konnten, wessen Grab Sie gefunden haben.«

»Eine Halluzination …«

»Die hätte Ihnen wohl kaum den Namen des Jungen verraten, meinen Sie nicht? Zumindest nicht den korrekten Namen.«

Sie starrte ihn an.

»Trinken Sie den Tee, Diana.«

Nach einem kurzen Augenblick nahm sie einen Schluck von der dampfenden Flüssigkeit und verzog das Gesicht, entweder, weil der Tee so heiß, oder, weil er so süß war. »Ich ... erinnere mich nicht, hierhergekommen zu sein«, murmelte sie schließlich.

»Das liegt am Schock, wie gesagt. Nachdem Sie mir erzählt hatten, dass Sie mit Jeremy gesprochen haben, kam nichts mehr. Ich fand es am besten, Sie nach drinnen zu begleiten und Ihnen Zeit zu geben, mit all dem klarzukommen.«

»Der Polizist hat doch bestimmt Fragen.«

»Oh ja, jede Menge.«

»Und?«

»Er wird morgen mit Ihnen sprechen. Er und seine Leute werden morgen mit allen sprechen. Oder wenigstens mit denjenigen, die vor zehn Jahren schon hier waren und etwas darüber wissen könnten, was mit Jeremy Grant passiert ist.«

»Darüber weiß ich nichts.«

»Er hat Ihnen wohl nicht erzählt, wie er gestorben ist?«

Sie sah ihn verwundert an. »Nein.«

»Tja, das machen sie nie. Mein Chef sagt, damit wolle uns das Universum daran erinnern, dass nichts je einfach ist.«

Er trank von dem Kaffee, den er für sich bestellt hatte, und fügte hinzu: »Ehrlich gesagt finde ich das ziemlich beschissen. Ich meine, da hat man schon mal diese tolle – und Furcht einflößende – Fähigkeit, mit den Toten zu kommunizieren, und dann erzählen sie einem nur selten etwas, das man nicht auch selbst herausbekommen könnte.«

Diana räusperte sich. »Das scheint nicht ... besonders fair zu sein«, stimmte sie zu.

»Nein. So ist es mit den meisten paragnostischen Fähigkeiten. Sie haben Einschränkungen, genau wie die anderen fünf Sinne. Meine funktionieren zum Beispiel nie, wenn ich sie brauche. Ich kann nicht in die Zukunft sehen und erkennen, wer dieses Jahr die Weltmeisterschaft gewinnt oder ob es morgen regnen wird – nicht mal, ob es mir gelingen wird, den Fall aufzuklären, an dem ich gerade arbeite. Zum Teufel, ich kann nicht mal verlässlich den Wert einer Spielkarte voraussagen. Bei Tests, die vor Jahren zur Messung paragnostischer Fähigkeiten entwickelt wurden, schneide ich sogar unterdurchschnittlich ab.«

Aufmerksamer jetzt, sagte sie: »Und doch sind Sie ein Paragnost.«

»Ja«, stimmte er zu.

»Manchmal weiß ich Dinge einfach. Sie stehen mir nicht besonders deutlich vor Augen, und ich habe auch keine Visionen. Manchmal höre ich einfach ein schwaches Flüstern, als spräche jemand mit mir. Dann wieder … weiß ich es einfach.«

»Und Sie glauben das wirklich?«

Quentin lächelte.

»Natürlich. Ich habe in den letzten fünfundzwanzig Jahren zu viel gesehen und erlebt, um nicht daran zu glauben.«

»Fünfundzwanzig Jahre. Seit Missy starb?«

Er nickte.

»Davor konnten Sie das nicht?«

»Ich wurde nicht als aktiver Paragnost geboren.« Er blieb so sachlich wie möglich.

»Eine Theorie besagt, dass die meisten Menschen, wenn auch nicht alle, latente paragnostische Fähigkeiten besitzen, unerweckte Sinne, vielleicht übrig geblieben aus primitiveren Zeiten, als wir genau das zum Überleben brauchten. Es könnte etwas sein, von dem wir uns wegentwickelt haben, da unser Überleben als Art nicht mehr davon abhängig ist.«

»Glauben Sie das?«

»Eigentlich nicht. Ich halte es für wahrscheinlicher, dass wir uns auf die Fähigkeit hinentwickeln, unser Gehirn effektiver zu nutzen. Vielleicht wegen der zunehmenden elektromagnetischen Energie in der modernen Welt. Das ist eine tragfähige Theorie.«

Diana nickte langsam. »Klingt plausibel.«

»Klar, weil es logisch ist. Trotzdem bleiben bei den meisten Menschen die latenten zusätzlichen Sinne, die sie besitzen, unbenutzt, inaktiv. Aber für manche von uns gibt es einen Auslöser, für gewöhnlich in jungen Jahren. Ein Ereignis irgendeiner Art, das genau den richtigen elektromagnetischen Funken in unserem Gehirn zündet, um das, was dort schlummert, zu aktivieren.«

»Welche Art von Ereignis?«, fragte sie.

»Meist ein traumatisches. Entweder körperlich, wie eine schwere Verletzung, ein Schlag auf den Kopf oder ein tatsächlicher Stromschlag. Oder aber ein emotionaler oder psychischer Schock.«

»Und was war es bei Ihnen?«

»Das zuletzt Genannte.«

»Der Mord an Missy?«

»Nur teilweise.« Er holte tief Luft, fand es immer noch schwierig, darüber zu sprechen, selbst nach all diesen Jahren. »Der echte Schock setzte ein, als ich ihre Leiche fand.«

7

Diana beugte sich vor und stellte ihre Tasse vorsichtig auf den Couchtisch. »Sie … haben mir noch nicht erzählt, wie Missy gestorben ist.«

»Sie wurde erwürgt.« Quentin hielt inne und zwang sich dann, mit ruhiger Stimme weiterzusprechen. »Ich fand sie dort, wo heute der Zengarten ist, ironischerweise. Den kleinen Bach gab es damals schon, und wir hatten oft dort gespielt.«

»Haben Sie nach ihr gesucht?«

»Ja. Die Abendbrotzeit war längst vorbei, und sie hatte sich nicht wie sonst mit uns auf der Veranda zum Essen getroffen. Das war ungewöhnlich, und ich machte mir Sorgen. Mir fiel ein, wie ängstlich sie an diesem Tag gewesen war, oder besser schon seit mehreren Tagen, und wie sie versucht hatte, mir zu erzählen, was ihr solche Furcht einjagte.«

»Was hatte sie gesagt?«

»Nichts, was für mich einen Sinn ergab. Sie sagte, sie höre Dinge, besonders nachts. Und dass … da manchmal etwas anderes in ihr wäre.«

»Etwas anderes?«

»So hat sie es ausgedrückt, etwas anderes. Da wäre etwas in ihr, und es mache ein Geräusch wie ihr eigener Herzschlag.«

Dianas Brauen zogen sich leicht zusammen. »Ergibt das für Sie jetzt einen Sinn?«

»Haben Sie jemals etwas in sich gehört, das wie Ihr eigener Herzschlag klang, Diana?«

Statt die Frage direkt zu beantworten, erwiderte sie: »Sie glauben also, dass Missy übersinnlich war? Ein Medium?«

»Haben Sie selbst so etwas schon gehört?«, wiederholte er.

Sie schüttelte den Kopf. »Nein. Ich habe ... viele Dinge in mir gehört, aber nie etwas, das wie ein Herzschlag klang. Zumindest kann ich mich nicht daran erinnern.«

Jetzt runzelte Quentin die Stirn. »Aber trotzdem könnte Missy paragnostische Wahrnehmungen gehabt haben. Das könnte erklären, warum sie Dinge hörte, die sie verängstigten.«

Diana zögerte und sagte dann: »Jemand hat sie umgebracht, Quentin. Ein menschliches Wesen. Sie hatte also wohl allen Grund, sich zu fürchten.«

»Daran brauchen Sie mich nicht zu erinnern.«

»Ich meine damit ... wenn Sie die ganze Zeit nach einer außersinnlichen Erklärung gesucht haben ...«

»... mag das der Grund sein, warum ich den Mord an ihr nie aufklären konnte?« Er schüttelte den Kopf. »Ich bin Polizist, Diana. Paragnostisch veranlagt oder nicht, als Erstes werden wir darauf geschult, nach der vernünftigen, rationalen, wahrscheinlichen Erklärung zu suchen. Denn im Allgemeinen ist es das, was wir finden werden.«

»Und die gab es bei diesem Fall nicht?«

»Die Polizisten, die vor fünfundzwanzig Jahren in dem Fall ermittelt haben, fanden nicht mal einen echten Verdächtigen. Ich habe alle Ermittlungsberichte durchgesehen und jahrelang selbst ermittelt, wenn auch inoffiziell. Habe sogar Dutzende von Leuten befragt, die zu der Zeit in der Gegend waren. Und bin dabei auf nichts Neues gestoßen.«

Er holte Luft und atmete langsam wieder aus. »Missy wurde mit einem Stück Schnur erwürgt. Es stammte von einem Heuballen, der auf einem Feld lag, nur ein paar Meter von der Fundstelle ihrer Leiche entfernt. Ein Feld voll mit frischen Heuballen. Mir als Polizisten, jedem Polizisten sagt das, dass die Mordwaffe leicht erreichbar und schnell zur Hand war, was höchstwahrscheinlich bedeutet, dass der Mord impulsiv ausgeführt wurde oder jemand die Gelegenheit ergriff, statt die Tat zu planen. Irgendetwas löste seine Wut oder seine Mordlust aus, und er benützte die erste Waffe, die er greifen konnte, um sie zu töten.«

»Er?«

»Man kann davon ausgehen, dass der Mörder männlich war – ist. Frauen töten so gut wie nie Kinder, mit denen sie nicht verwandt sind, und Missys einzige Verwandte hier, ihre Mutter, arbeitete an dem Tag stundenlang in der Küche, den Berichten nach die ganze Zeit unter Aufsicht von einem Dutzend anderer Personen. Darüber hinaus deutete am Tatort nichts darauf hin, wer Missy getötet hatte oder warum.«

Diana fragte, ohne sich sicher zu sein, woher diese Frage kam: »Warum hat er überhaupt eine Schnur verwendet? Ich meine ... sie war doch nur ein kleines Mädchen. Wäre es nicht sinnvoller gewesen, die Hände zu benutzen?«

Quentin nickte leicht. »Eine Vermutung ist, dass sie wahrscheinlich von hinten mit der Schnur erwürgt wurde, weil er entweder nicht wollte, dass sie ihn sah, oder ihr nicht ins Gesicht sehen konnte, als sie starb.«

»Warum?«

»Vielleicht hätte er sich sonst selbst eingestehen müssen, dass er ein Mörder war.«

»Wie konnte er sich vormachen, keiner zu sein?«

»Ganz leicht. Die Menschen tun das dauernd, wissen Sie. Machen sich selbst etwas vor. Meist bei kleinen Sachen. Wir reden uns ein, nicht derjenige zu sein, der seine Stelle verliert, wenn unsere Firma Entlassungen vornimmt. Dass unsere Lieblingsmannschaft Chancen bei der Meisterschaft hat. Dass wir uns das schicke neue Auto, das uns so anlacht, tatsächlich leisten können.«

»Was alles weit davon entfernt ist zu leugnen, ein Mörder zu sein, wenn man jemanden erwürgt«, warf Diana ein.

»Ja, da gibt es schon noch eine Differenz. Doch ich glaube, dass der Mörder, als er nach der Schnur griff und sie um Missys Hals schlang, diesen Punkt erreicht hatte. Es mag Jahre gedauert haben, bis er so weit war, doch nun war der Zeitpunkt gekommen. Vielleicht zum ersten Mal. Ab diesem Augenblick, von diesem Tag an, war er in der Lage zu töten, ohne sich als Mörder zu betrachten.«

Quentin hatte bisher kühl und sachlich gewirkt, doch die innere Distanz brach in sich zusammen, als er mit leiser und etwas rauer Stimme fortfuhr. »Was auch immer da draußen passiert ist und was es ausgelöst hat, er brachte Missy um. Ließ sie in dem Bach liegen, eingeklemmt zwischen den Steinen, die Schnur noch um ihren Hals geschlungen.«

Er hielt einen Moment inne und fügte dann leise hinzu: »Ihre Augen waren offen. Als ich sie fand, schien sie mich direkt anzuschauen. Mich anzuflehen. Als könnte ich ihr helfen. Als hätte ich das tun sollen.«

»Quentin ...«

»Inzwischen war sie die kleine Schwester geworden, die ich nie hatte. Jemand, ohne den ich mir mein Leben nicht mehr vorstellen konnte. Und ich stand da, wie erstarrt, sah in ihre Augen und wusste, dass ich sie im Stich gelassen hatte. Als Bruder. Als Freund. Ich hatte ihr nicht zugehört.

Ich hatte sie nicht beschützt. Ich hatte ihr nicht geholfen. Ich hatte sie nicht gerettet. Es war ... als hätte mir jemand in den Bauch getreten. Alles um mich herum verblasste, wurde dunkel, bis ich nur noch sie sehen konnte. Ihre Augen. Das bleiche, bleiche Gesicht. Und die Schnur um ihren Hals, die in ihre Haut schnitt. So etwas Unbedeutendes, Gewöhnliches, das ihr Leben ausgelöscht hatte. Ein Lächeln ausgelöscht und ein Lachen für immer zum Verstummen gebracht hatte. Nur eine Schnur. Die Schnur von einem Heuballen.«

Diana war sich nicht sicher, ob sie das alles hören wollte, konnte sich aber gleichzeitig nicht erinnern, jemals so konzentriert, so klar gewesen zu sein. Da waren keine unzusammenhängenden Gedankenfetzen, kein Flüstern in ihrem Kopf. Selbst der Schock, den sie erlebt hatte, und die Furcht einflößende Gewissheit, dass sie an diesem Tag ganz gelassen mit einem Geist gesprochen hatte, waren verflogen.

Es gab nur diesen Mann und seine leise, schmerzerfüllte Stimme, die vor ihren Augen ein entsetzliches, tragisches Bild erstehen ließ, das sie so deutlich erkennen konnte, als hätte sie selbst dort gestanden und das ermordete kleine Mädchen gesehen.

Ihr langes, dunkles Haar, das sich im Wasser bewegte, als wäre sie noch lebendig, die dunklen, offenen Augen, die nach oben starrten.

»Es war ... kein Sexualverbrechen«, fuhr Quentin fort, offensichtlich mit Schwierigkeiten. »Zumindest war das das offizielle Ergebnis, und ich habe keine Beweise gefunden, die auf etwas anderes hindeuteten. Sie war vollkommen bekleidet, und an ihr oder in ihrer Nähe wurden keine Körperflüssigkeiten gefunden, obwohl wir, da sie im Wasser lag, nicht sicher sein können, ob nicht etwas von ihrer Kleidung oder von ihrem Körper weggespült worden war. Es gab keine Blutergüsse, keine Anzeichen von Quetschungen, außer dass er sie ermordet hatte. Keine Abwehrverletzungen. Nichts unter oder an ihren Fingernägeln. Keine Beweise, die dazu beigetragen hätten, ihren Mörder zu identifizieren. Wahrscheinlich ist sie im Bach oder in der Nähe gestorben; nichts deutete darauf hin, dass es anderswo geschehen sein könnte. Der Letzte, der sie lebend gesehen hat, soviel die Polizei feststellen konnte, war ich.«

Das überraschte Diana. »Sie?«

»Ja. Spät an jenem Nachmittag. Ich kam aus den Ställen zurück und traf sie dort, wo jetzt der Eingang zum Zengarten ist. Da hat sie noch mal versucht, mir zu sagen, dass sie sich fürchtete, dass hier irgendwas ... nicht richtig war. Aber ich war verschwitzt und müde und wollte nur in unser Cottage, um zu duschen. Ich dachte, sie hätte einen Albtraum gehabt oder sich etwas zusammengesponnen, aus welchem Grund auch immer.«

»Hätte es einen Grund geben können?«

Er zuckte mit den Schultern. »Weil die anderen Kinder und ich viel Zeit mit Reiten verbrachten und sie wegen ihrer Angst vor Pferden nie mitmachte. Weil der Sommer zu Ende ging und wir uns alle ein bisschen langweilten, einander ein wenig überhatten. Was auch immer. Also wimmelte ich sie ab.« Er hielt inne und ergänzte dann mit festerer Stimme: »Die Todeszeit wurde auf knapp zwei Stunden danach festgelegt.«

»Und niemand hatte sie in der Zwischenzeit gesehen?«

»Zumindest hat es niemand zugegeben. Um fair zu sein, wahrscheinlich hätte sie auch keiner bemerkt. Sie war – sie hatte es raus, an den Menschen vorbeizuschlüpfen, ohne wirklich gesehen zu werden.«

»Wie ein Geist?«

»Wie ein Geist.«

Alleine in ihrem Büro, erlaubte sich Stephanie Boyd ein paar Grimassen, während sie den Telefonhörer ans Ohr hielt. Sie war es gewohnt, ihre Gedanken und Gefühle für sich zu behalten, aber es erleichterte sie, wenigstens die Gesichtsmuskeln zu entspannen, wenn sie sich schon verbal zusammenreißen musste. Zumindest bei diesem Gesprächspartner.

Ihr Chef hatte, was kaum überraschen konnte, sehr unerfreut auf die Nachricht reagiert, dass man das Skelett eines Kindes auf dem Grundstück der Lodge gefunden hatte. Als er die Auswirkungen der bereits eingeleiteten Polizeiermittlungen erfasste, wurde seine Verärgerung noch deutlicher.

»Konnten Sie das nicht verhindern, Stephanie?«

»Wie denn?«, fragte sie und unterdrückte den Drang, sarkastisch zu werden. »Die Polizei ist gesetzlich verpflichtet, in einem Fall wie diesem zu ermitteln, und ich bin nicht ermächtigt, sie davon abzuhalten. Auf Anhieb fällt mir auch kein örtlicher Richter oder Politiker ein, der das versuchen würde, nicht, wenn es um den Tod eines Kindes geht.«

Sie holte Luft.

»Ganz abgesehen davon, dass es dem Ruf der Lodge natürlich nur noch mehr schaden könnte, wenn wir uns dagegen wehrten, die Wahrheit über diese Tragödie ans Licht zu bringen, sind wir auch moralisch dazu verpflichtet, alles nur Mögliche zu tun.«

»Natürlich. Oh, selbstverständlich.« Doug Wallace bemühte sich sehr, so zu klingen, als machte ihm der lange zurückliegende Mord an einem kleinen Jungen etwas aus. Und es gelang ihm fast. Fast.

Stephanie behielt ihren knappen und geschäftsmäßigen Ton bei. »Unter den gegebenen Umständen halte ich es für das Beste, mit den Behörden zusammenzuarbeiten. Der verantwortliche Polizeicaptain hat mir versichert, dass er alles tun wird, die Ermittlungen so diskret wie möglich durchzuführen.« Sie beschloss, den FBI-Agenten, der ja höchst inoffiziell hier war, nicht zu erwähnen.

Wallace seufzte. »Ja, das sagen sie immer.«

Stephanie hakte nach: »Und ich habe Ihre Erlaubnis, unsere Zusammenarbeit mit der Polizei auszudehnen und ihnen unsere Unterlagen zur Verfügung zu stellen?«

»Himmel. Ist das wirklich notwendig?«

Unbewusst legte Stephanie den Kopf schräg. »Gibt es irgendwelche Gründe, warum das ein Problem sein könnte, Mr Wallace?«

Er schwieg einen Augenblick. »Stephanie, Sie sind sich doch wohl dessen bewusst, dass die meisten unserer Klienten – unserer Gäste – größten Wert auf ihre Privatsphäre legen.«

»Ja, Sir.« Sie sprach nicht weiter, wartete. Nach ihrer Erfahrung führte Schweigen viel eher zum Ziel als hartnäckiges Fragen.

»Wir haben einige sehr prominente Gäste gehabt.«

»Ja, Sir.«

Wieder seufzte er ungeduldig. »Eine der Dienstleistungen, die wir anbieten, ist Diskretion, Stephanie. Darauf gründet sich der Ruf der Lodge. Das ist unsere Spezialität, sozusagen der Köder, um die Leute an einen so abgelegenen Ort zu locken. Wenn also ein prominenter Gast mit einer Begleiterin anreist, die nicht seine Ehefrau ist, respektieren wir seine Privatsphäre. Wenn eine Schauspielerin, die sich nach einer Schönheitsoperation oder dem unglücklichen

Ende einer Affäre erholen will, darauf besteht, dass ihre Anwesenheit ... nun ja ... geheim gehalten wird, kommen wir dem Wunsch nach. Wenn eine Gruppe von Geschäftsleuten einen sicheren und diskreten Rahmen verlangt, in dem sie die Zukunft ihrer Firma besprechen können, stellen wir ihn zur Verfügung.«

»Ja, Sir.« – »Verdammt, Stephanie, wir kümmern uns um unsere eigenen Angelegenheiten. Und das schlägt sich in unseren Unterlagen nieder.«

In ruhigem Ton erwiderte sie: »Sir, ich bezweifle sehr, dass irgendeine der von Ihnen beschriebenen Situationen für die Polizeiermittlungen hier von Bedeutung sein könnte; die Beamten werden sich daher auch nicht dafür interessieren.«

Wallace fluchte, und das laut. »Was ich Ihnen damit zu sagen versuche, Stephanie, ist, dass es in der Vergangenheit Dinge gegeben hat, über die es keine Unterlagen gibt. Weder offiziell noch inoffiziell.«

»Sir, mir wurde nie mitgeteilt, dass Dinge dieser Art zu meinen Pflichten gehören«, gab sie steif zurück.

»Nein, natürlich nicht. So was machen wir auch heutzutage nicht mehr«, beeilte sich Wallace zu sagen. »Wir führen ein privates Hauptbuch – von dem Sie mit Sicherheit unterrichtet sind, weil ich das selbst getan habe – für diese diskreteren Anlässe. In der Vergangenheit gab es jedoch bedauerliche Vorfälle, bei denen Angestellte der Lodge ... ähm ... zusätzliche Trinkgelder angenommen haben, um den Namen eines Gastes oder die ganze Situation vollkommen aus den Büchern zu halten.«

Leicht ergrimmt fragte sich Stephanie, in was sie da hineingeschlittert war. Sie hatte bisher gedacht, eine recht nette, ruhige Stellung innezuhaben. »Ich verstehe, Sir.«

Wallace' Ton war angespannt, aber fest. »Ich weiß nicht, wie gründlich diese Polizeibeamten unsere Bücher und andere Unterlagen durchsehen wollen oder was sie da zu finden hoffen, aber jemand, der sich mit Hotelbuchführung auskennt, würde sicherlich ein paar ... Unstimmigkeiten bemerken.«

Stephanie wusste, was er meinte. »Dinge wie Speisen und Getränke, die angeblich nicht belegten Zimmern in Rechnung gestellt wurden. Gebuchte und nicht berechnete Anwendungen in den Bädern.«

»Ja, ja, genau so was.« Wallace holte Luft. »Ich kann Ihnen versichern, dass alle Beträge gemeldet und gesetzmäßig versteuert wurden. Wir haben nur die Anonymität unserer Gäste gewahrt.«

Und Stephanie glaubte an den Osterhasen. Sie fragte sich, wie viele Geheimnisse hier wirklich verborgen waren. Und welche davon ihr eine Menge Ärger einbringen würden, sobald man sie aufdeckte.

»Ja, Sir.« Mehr konnte sie eigentlich nicht sagen, falls sie ihre Stellung nicht verlieren wollte.

Er räusperte sich. »Ich will natürlich darauf hinaus, dass die Polizei, wenn sie sich unsere Bücher genau vornimmt, möglicherweise auf Dinge stößt, die sie bei den Ermittlungen zu dem tragischen Tod dieses Kindes in sinnlose und unnötige Richtungen führen könnte.«

Unverblümt fragte sie: »Was erwarten Sie von mir, Sir?«

»Sie sind vor Ort«, versuchte Wallace sie zu überreden. »Sie können die örtliche Polizei ... lenken. Sie dazu bringen, sich nur auf Einzelheiten zu konzentrieren, die wichtig für ihre Ermittlungen sind.«

»Sie lenken, Sir?«

»Stellen Sie sich doch nicht dümmer, als Sie sind, Stephanie. Sie können dafür sorgen, dass die Polizei nicht wahllos in unseren Büchern und Unterlagen herumstöbert.«

»Ich wurde bereits gebeten, ihnen Zugang zu Personalunterlagen und historischen Dokumenten zu gewähren, die im Keller gelagert sind.«

»Ich verstehe nicht, was an denen relevant sein sollte.«

»Mir wurde versichert, dass das ein normaler Vorgang sei. Die Polizei muss wissen, wer zur Zeit des Mordes an dem Kind hier war, und da das zehn Jahre zurückliegt, brauchen sie alle Unterlagen, die sie finden können.«

»Sie müssen sich die Unterlagen zuerst ansehen, Stephanie.«

»Sir, verlangen Sie von mir, in die Ermittlungen einzugreifen?«

»Selbstverständlich nicht.« Er klang jetzt gekränkt, aber auch zermürbt. »Ich will Ihnen damit nicht nahelegen, der Polizei etwas von Wert vorzuenthalten, nur sollten Sie sich alles anschauen, bevor die Beamten es tun. Das aussortieren, was nach Ihrem gesunden Menschenverstand nicht relevant sein kann. Und benachrichtigen Sie mich, falls Sie etwas ... Ungewöhnliches finden sollten.«

»Ungewöhnliches, Sir?«

»Nur was Ihnen merkwürdig vorkommt, mehr nicht. Natürlich nichts, was mit dem Mord zu tun hat.«

Stephanie besaß gute Instinkte, und die waren gerade äußerst aktiv. Zu versuchen, die Polizei von Unstimmigkeiten in der Buchführung abzulenken, war eine Sache; selbst Dokumente zu durchstöbern, um Wallace darüber zu informieren, war etwas völlig anderes. Und höchst verdächtig.

Was würde sie seiner Meinung nach finden?

»Stephanie, ich richte ja nur die vollkommen vernünftige Bitte an Sie, im Interesse Ihrer Arbeitgeber zu handeln, das ist alles.«

Stephanie war zwar versucht, ihn auf eine genauere Erklärung seiner Absichten festzunageln, beschloss dann aber, es nicht zu tun. Zum einen neigte er dazu auszuweichen. Zum anderen wollte sie ihn wirklich nicht so sehr beunruhigen, dass er am Ende ins nächste Flugzeug sprang und von Kalifornien herdüste. Zumindest nicht, bevor sie herausgefunden hatte, worum es hier eigentlich ging.

Eines lernten Soldatenkinder schon in sehr jungen Jahren: Je mehr Informationen man in der Hand hatte, desto größer war die Wahrscheinlichkeit, dass man die bestmögliche Entscheidung traf. Keiner kann sich unbemerkt an dich heranschleichen, wenn du weißt, wo er steht.

Mit anderen Worten, schütz deine gottverdammte Flanke. Und pass auf, dass du heil hier rauskommst, wenn du schon dabei bist.

In ruhigem, aber leicht ungeduldigem Ton sagte sie: »Wie Sie wünschen, Sir. Ich schau mich da unten um und berichte Ihnen, wenn ich etwas finden sollte, das mir ungewöhnlich vorkommt. Und ich werde so eng wie möglich mit der Polizei zusammenarbeiten, um über die Ermittlungen auf dem Laufenden zu sein.«

»Gut.« Wallace klang eher argwöhnisch als zufrieden, als hätte er erkannt, dass Stephanie nicht ganz die gewünschte Melodie angestimmt hatte. »Gut. Ich erwarte regelmäßige Berichte, Stephanie. Egal, was bei der Sache herauskommt.«

»Ja, Sir.« Sie schickte einen düsteren Blick hinaus in den verhangenen Himmel. »Da das Wochenende bevorsteht, wird sich wohl bis Montag nicht viel tun. Danach werde ich Sie anrufen.«

»In Ordnung.«

Sie legte auf, lehnte sich in ihrem Stuhl zurück, legte die Füße auf den Schreibtisch und dachte über die ganze Sache nach.

Punkt eins: Es gab Unstimmigkeiten in der Buchführung der Lodge und wahrscheinlich auch in den anderen Unterlagen. Punkt zwei: Douglas Wallace, Vermögensverwalter der äußerst wohlhabenden Investorengruppe, der die Lodge gehörte, machte sich Sorgen darüber, dass der falschen Person beim Durchsehen der Unterlagen die falschen Dinge in die Finger geraten könnten. Punkt drei: Der eigentliche Grund für Wallace' Sorgen könnte etwas mit dem zehn Jahre zurückliegenden Mord an einem achtjährigen Jungen zu tun haben – oder auch nicht. Aber wie dem auch sei, Wallace hatte vor irgendetwas Angst und verbarg es nicht gut.

Was eine schlechte Nachricht war, von welcher Seite man es auch betrachtete.

Letzter Punkt: Stephanie Boyd saß auf einem Schleudersitz.

»Mist«, murmelte sie. »Ich wusste, dass diese Stellung zu gut ist, um wahr zu sein.«

»Sie dürfen sich nicht die Schuld geben«, meinte Diana.

»Mit dem Verstand weiß ich das.« Quentin hob müde die Schultern. »Ich habe mir immer wieder gesagt, ich muss die Sache loslassen und mein Leben weiterführen. Gott weiß, wie viele andere mir das auch gesagt haben. Aber ob es nun paragnostische Fähigkeiten, ein schlechtes Gewissen oder nur Instinkt war, irgendetwas in mir hat die ganzen Jahre darauf bestanden, dass ich Missys Mörder finden muss. Um sie in Frieden ruhen zu lassen. Es ist etwas, das ich tun muss. Etwas, das mir vorbestimmt ist.«

In Gedanken an das schmale Gesicht und die traurigen

Augen, die sie gesehen und gezeichnet hatte, sagte Diana langsam: »Ich wünschte, ich könnte Ihnen bestätigen, dass sie bereits in Frieden ruht. Aber ...«

»Aber das können Sie nicht. Sie haben sie gesehen, was bedeutet, dass sie immer noch – in Ermangelung eines besseren Ausdrucks – im Übergangsstadium, im Dazwischen ist. Selbst nach all den Jahren hat sie sich nicht weiterbewegen können.«

»Wohin?«

Er lächelte verhalten. »Sollte ich ›Himmel‹ sagen?«

»Ich weiß es nicht. Würde das stimmen?« – »Das ist eine Frage, die ich nicht beantworten kann. Was auch immer ich von der Zukunft weiß, sagt mir nichts über das Geisterreich. Oder über etwas, das nach diesem Leben kommt. Bisher zumindest.«

Diana nahm einen Schluck von ihrem abgekühlten Tee. »Meine Zeichnung von Missy. Die hab ich gemacht, bevor ich sie sah.«

Quentin wusste, worauf sie hinauswollte. »Das ist eine Form von automatischem Schreiben. Ihr Unterbewusstsein und Ihre paragnostischen Fähigkeiten waren sozusagen auf Autopilot.«

»Warum?«

»Dazu gibt es ein paar Theorien. Automatisches Schreiben oder Zeichnen wird fast immer durch Stress ausgelöst. Ich kenne nur zwei Paragnosten, die in der Lage sind, diese Fähigkeit willentlich abzurufen; bei allen anderen neigt sie dazu, sich zu manifestieren, weil etwas unterdrückt wird.«

Sie schaute ihn gebannt an.

»Ihre Fähigkeiten haben fast Ihr ganzes Leben lang versucht, an die Oberfläche zu gelangen. Aber vergeblich. Durch Medikamente und Therapien und ihre Verleugnung wurden sie immer wieder unterdrückt. Zurückgeschlagen, eingekerkert. Aber etwas so Starkes findet einen Weg, früher oder später, um dem zu entkommen, was es zurückhält. Vorhin erwähnten Sie Blackouts.«

Diana verzog unbehaglich das Gesicht. »Ach ja?«

»Ja. Ich schätze, die Blackouts begannen im frühen Teenageralter, in der Zeit des körperlichen und emotionalen Chaos der Pubertät. Und dass sie mit der Zeit entweder stärker geworden sind oder auftauchen, wenn Sie unter ungewöhnlichem Stress stehen.«

Widerstrebend gab sie zu: »Das Letztere.«

Quentin ließ sich nicht anmerken, wie erleichtert er über diese Information war. Wenn die Blackouts unregelmäßig und stressbedingt waren, dann war es weniger wahrscheinlich, dass Dianas Fähigkeiten zu einer Gefahr für sie wurden.

Weniger wahrscheinlich. Nicht unmöglich.

»Was bedeutet das?«, drängte sie ihn.

»Das bedeutet – oder bedeutet vermutlich –, dass Sie diese Blackouts nur haben, wenn Ihre Fähigkeiten keine andere Möglichkeit finden, sich zu befreien.«

Sie stellte ihre Tasse auf den Couchtisch, lehnte sich zurück und verschränkte die Arme über der Brust. »Okay, jetzt haben Sie es geschafft, dass ich wirklich eine Gänsehaut kriege. Das klingt so, als hätten meine sogenannten Fähigkeiten einen eigenen Verstand.«

»Energie, Diana. Ihr Gehirn ist von Natur aus dazu fähig, Energie anzuzapfen, und es muss sie auch wieder freisetzen können. Denken Sie an Dampf, der sich in einem Topf mit kochendem Wasser bildet. Wenn der Deckel fest aufliegt, kann sich der Druck verstärken, bis er zu einer zerstörerischen Kraft wird, bis das Behältnis selbst in Gefahr ist. Etwas von dem Dampf muss freigelassen werden.«

»Na gut, aber ...«

»Die Energie, die Sie anzapfen, muss ein Auslassventil finden, das haben Ihre Instinkte schon immer gewusst. Wenn Sie dieses Ventil nicht bewusst zur Verfügung stellen, indem Sie sich erlauben, solche Visionen wie heute zu erleben, wird sich Ihr Unterbewusstsein einen Weg suchen, es zu Ihrer eigenen Sicherheit zu tun. Die Blackouts.«

»Ich kann mich nicht erinnern, was dabei passiert.« Sie zögerte, fügte dann hinzu: »Aber ich ... ich bin schon an seltsamen Orten aufgewacht. Hab manchmal seltsame Dinge getan.«

»Das überrascht mich nicht. Paragnostische Blackouts sind eine extreme Reaktion, was bedeutet, dass das Energieniveau direkt davor gewaltig sein muss.«

»Und was passiert dann? Wenn ein Blackout ... ausgelöst ist?« Diana war sich nicht sicher, was stärker war, ihre Neugier oder ihre Furcht.

Quentin schüttelte den Kopf. »Das kann ich nicht genau sagen. Paragnostische Fähigkeiten sind so einzigartig wie die Individuen, die sie besitzen; die unterbewusste Freisetzung aufgestauter Energie kann fast jede Form annehmen. Was waren das für merkwürdige Situationen, in denen Sie wach geworden sind?«

»Einmal war ich mitten in einem See. Bis zur Taille.« Ein Schauder überlief sie. »Damals konnte ich noch nicht schwimmen. Inzwischen kann ich es.«

Er zog die Brauen zusammen. »Was noch?«

»Ich fuhr den Jaguar meines Vaters. Sehr schnell. Da war ich vierzehn.«

»Großer Gott.«

»Ja. Hat mich zu Tode geängstigt.«

»Als Sie aus den Blackouts kamen, hatten Sie keine Ahnung, wohin Sie wollten oder warum?«

»Nein, nur ...« Diana überlegte, wie sie es ausdrücken sollte. »Nur ... eine Art Ziehen.«

»Ziehen?«

»Ja. Als ob etwas – oder jemand, nehme ich an – mich gerufen hatte, mich zu sich zog.«

»Wo fuhren Sie hin?«

»Ich war so durcheinander, dass ich kaum bemerkte, wo ich war.«

»Denken Sie nach. Versuchen Sie sich zu erinnern.«

»Ist das wichtig?«

»Vielleicht.«

Diana konzentrierte sich, um sich an mehr zu erinnern als an die heftigen Gefühle von Angst und Panik. Was hatte sie getan? Das Auto abgebremst und nach einem Schild Ausschau gehalten, wobei ihre Hände kalt und schweißnass auf dem Steuer gelegen und das Herz laut geklopft hatte.

In der Dunkelheit vor Tagesanbruch hatte alles fremd ausgesehen, und sie hatte sich unsäglich allein gefühlt.

»Ich war auf einem Interstate Highway«, fiel ihr ein, als ein Schild in ihrem Gedächtnis aufblitzte. »Auf dem Weg nach Süden. Ich habe mehr als eine Stunde gebraucht, um ein Telefon zu finden und meinen Vater anzurufen. Er war ... ganz und gar nicht glücklich. Genauso verängstigt wie ich, so kam es mir jedenfalls vor.« Sie hielt inne und fügte dann hinzu: »In der nächsten Woche gab es eine neue Klinik. Einen neuen Arzt. Eine neue Behandlung.«

»Es tut mir so leid, Diana.«

Sie schaute ihn an. »Zum ersten Mal war ich mehr als bereit, jede Behandlung auszuprobieren, die mir die Ärzte vorschlugen. Ich war vierzehn Jahre alt, Quentin, und ich kam um fünf Uhr morgens auf einem Highway zur Besinnung, im Jaguar meines Vaters, bei einem Tempo von fast hundertdreißig Kilometern pro Stunde. Ich befürchtete, einen Selbstmordversuch gemacht zu haben. Ich glaube, mein Vater befürchtete dasselbe.«

»Und die Ärzte?«

»Ob die glaubten, ich sei selbstmordgefährdet?« Ihre Schultern hoben sich und fielen herunter. »Manche schon, über die Jahre, da bin ich mir sicher. Aber ich habe nie irgendwas gemacht, was für selbstmordgefährdete Patienten typisch ist. Nie versucht, mir die Pulsadern aufzuschneiden oder mich auf andere Weise zu verletzen. Wenn man die Blackouterlebnisse abzieht, natürlich. Ich habe keine Medikamente gehortet. Nie davon gesprochen, mich umzubringen, nie Bilder gemalt, die – bewusst oder unbewusst – auf Selbstmordabsichten hindeuteten.«

»Was ist mit den Blackouts? Treten die regelmäßig auf?«

»So viele hat es eigentlich gar nicht gegeben. Vielleicht zwei pro Jahr, und meistens komme ich danach in meinem Bett zu mir oder auf einem Sessel. Als hätte ich geschlafen. Träume gehabt, an die ich mich nie erinnern kann.«

»Das Unterbewusstsein neigt dazu, ein guter Wächter zu sein und uns vor dem zu beschützen, was wir nicht ertragen können oder müssen. Es würde mich nicht überraschen, wenn die Erkenntnis, dass Sie paragnostisch veranlagt sind, jetzt ein paar Türen öffnen würde. Kann sein, dass Sie sich an diese Träume zu erinnern beginnen. Und an die Erlebnisse.«

Das war eine beängstigende Möglichkeit, dachte Diana. Vielleicht sogar beängstigender, als sich an nichts zu erinnern. »Einer meiner Ärzte kam zu der Überzeugung, dass die Blackouts durch Abwehrreaktionen auf eines oder mehrere der mir verschriebenen Medikamente hervorgerufen wurden. Das war vor fast einem Jahr.«

»Er hat alle abgesetzt?«

Sie nickte. »Die ersten zwei Monate waren ... die Hölle. Es war ein Entzug unter Beobachtung, daher musste ich ins Krankenhaus. Mir waren so viele Medikamente verschrieben worden, um meinen Verstand zu dämpfen und mich ruhigzustellen.«

»Beruhigungsmittel«, sagte Quentin. »Angstabbauende Medikamente. Antidepressiva.«

»Ja. Als alle abgesetzt wurden, schrittweise, war es, als würde ich in den Turbogang schalten. Ich nahm zehn Kilo ab, weil ich nicht still sitzen konnte. Ich redete so schnell, dass mich niemand verstand. Ich konnte nicht schlafen und mich nur für wenige Minuten auf etwas konzentrieren. Mein Vater wollte, dass ich wieder unter Medikamente gestellt wurde, wegen des Zustands, in dem ich mich befand. Aber der Arzt, Gott segne ihn, ließ sich nicht darauf ein. Und nach den ersten zwei Wochen war mein Hirn endlich klar genug, dass auch ich standhaft bleiben konnte.«

Nach einer Weile fragte Quentin: »Wie lange davor hatten Sie die ersten Medikamente bekommen?«

Diana wollte es ihm eigentlich nicht sagen, erwiderte aber schließlich: »Die ersten wurden mir verschrieben, als ich elf war. Von da an gab es immer irgendwas, für gewöhnlich mehr als ein Medikament gleichzeitig. Aber immer irgendwas. Jetzt bin ich dreiunddreißig. Sie können es sich selber ausrechnen.«

»Mehr als zwanzig Jahre. Sie haben zwei Drittel Ihres Lebens unter Medikamenten verbracht.«

»Und habe mich dabei fast selbst verloren«, stimmte sie zu.

8

Ich glaube, das ist keine so gute Idee«, sagte Madison.
»Warum nicht?«, wollte Becca wissen. »Wir müssen etwas unternehmen, und wir haben nicht viel Zeit. Glaub mir, du würdest nicht hier sein wollen, wenn es zurückkommt.«

»Bist du sicher, dass es zurückkommen wird?«

»Natürlich bin ich sicher. Es kommt immer zurück.«

»Vielleicht diesmal …«

Becca schüttelte den Kopf. »Es wird weiterhin kommen, bis sie es aufhalten. Und sie werden es nicht aufhalten können, bis sie Bescheid wissen. Bis sie begreifen.«

Madison zögerte und sagte dann unglücklich: »Aber sie sah so verängstigt aus. Als er sie vor eine Weile verließ und sie die Tür hinter ihm abschloss. Auch wenn sie eine Erwachsene ist. Sie sah so verängstigt aus.«

»Ich weiß. Doch sie kann die Dinge hier ändern oder es wenigstens versuchen. Sie ist diejenige, auf die wir gewartet haben, da bin ich mir sicher. Sie hat Jeremy gesehen, und darauf kommt es vor allem an, daran müssen wir uns erinnern. Ich glaube, sie hat auch Missy gesehen …«

»Wer ist Missy?«

»Die hast du noch nicht kennengelernt«, antwortete Becca. »Sie ist sogar schon länger hier, als Jeremy es war. Für gewöhnlich bleibt sie jedoch in der grauen Zeit und kommt nicht oft raus, selbst wenn jemand die Tür öffnet.«

»Warum nicht? Fühlt sie sich da nicht einsam?«

»Ich nehme an. Aber sie hat mehr Angst vor dem, was hier draußen passiert. Ich nehme an, es liegt daran, dass sie wusste, was es ihr antun würde, noch bevor es passierte.«

»Wirklich?«

»Ja. Sie war was Besonderes, genau wie du. Ich nehme an, sie versucht mit aller Kraft eine Möglichkeit zu finden, es diesmal aufzuhalten.«

»Also kann sie die Lodge verlassen?«

»Nehme ich an.«

Plötzlich gereizt, sagte Madison: »Und ich nehme an, das ist ganz schön schwierig, sonst hätte sie es inzwischen schon getan.«

Becca kicherte. »Geht es dir auf die Nerven, dass ich so oft ›nehm ich an‹ sage? Meine Mama hat das immer gesagt. Ging mir auch auf die Nerven. Aber jetzt sag ich es gerne, weil es mich an sie erinnert, nehm ich an.«

Ihr Mitgefühl erwachte, und Madison fragte: »Deine Mama ist nicht hier?«

»Nicht hier in der Lodge. Sie ist auf dieser Seite der Tür, aber ich kann sie natürlich nicht sehen. Kann nicht mit ihr reden. Wir sollten nur eine kleine Weile hier bleiben, sie und mein Bruder und ich. Sie haben lange Zeit nach mir gesucht. Sie blieben länger, als sie sollten. Aber sie konnten mich natürlich nicht finden. Sie mussten nach Hause zurückkehren, früher oder später. Und das taten sie dann auch.«

»Und haben dich hiergelassen?«

»Na ja, sie konnten mich ja nicht mitnehmen. Sie konnten mich nicht sehen. Und selbst wenn sie das gekonnt hätten, gab es keine Knochen, die ich ihnen hätte zeigen können, nicht wie bei Jeremy.«

Madison betrachtete ihre neue Freundin unbehaglich. »Ich bin froh, dass es keine Knochen gibt, Becca, weil ich sie lieber nicht sehen möchte.«

»Angsthase.« – Mit fester Stimme erwiderte Madison: »Ja, das bin ich. Ich mag auch keine Käfer oder Schlangen oder sonst was Ekliges.« Sie bückte sich und hob Angelo hoch, der ein wenig zu jaulen begonnen hatte, und redete sich ein, eher ihn als sich selbst trösten zu wollen.

»Tja«, meinte Becca, »ich kann nur sagen, dass du uns lieber dabei helfen solltest, es aufzuhalten, wenn es diesmal zurückkommt. Denn wenn wir das nicht schaffen ...«

Madison wartete und beobachtete Becca, die mit besorgtem Blick zu dem mehrere Meter entfernten Cottage schaute.

»Wenn wir das nicht schaffen«, fuhr Becca leise fort, »werden sie mehr als Knochen finden. Mehr zu sehen bekommen. Viel mehr.«

Quentin ging im Wohnraum seiner Suite auf und ab, ruhelos und äußerst besorgt. Unmittelbar nachdem sie ihm erzählt hatte, dass sie den größten Teil ihres Lebens unter Medikamenten verbracht hatte, war Diana verschlossen geworden, mit ausdruckslosem Gesicht und abweisendem Blick. Nach dem Tag, der hinter ihr lag, hatte er nicht gewagt, sie zum Weiterreden zu drängen. Zumindest noch nicht.

Ehrlich gesagt war er dankbar dafür, über das nachdenken zu können, was sie ihm bisher erzählt hatte. Er wollte ihr helfen, er musste das tun. Und er konnte sich dabei auf nichts als seine Instinkte verlassen, die ihn dazu drängten, vorsichtig nachzuforschen, Fragen zu stellen, wenn sie reden wollte, und ihr die Informationsbrocken über das Paragnostische zu bieten, die sie anzunehmen bereit schien. Das war alles, woran er sich halten konnte, das und was sie ihm über ihr Leben und ihre Erfahrungen berichtete.

Eine Horrorgeschichte, wie er sie selten gehört hatte.

Zwei Drittel ihres Lebens unter Medikamenten verbracht.

Großer Gott.

Quentin fiel es schwer, nicht den Ärzten und vor allem ihrem Vater alle Schuld zu geben, weil sie nicht vorurteilslos genug gewesen waren, wenigstens die Möglichkeit in Betracht zu ziehen, dass Diana von Anfang an nichts fehlte. Aber das hatten sie nicht. Konfrontiert mit dem Unerklärlichen, mit Erlebnissen und Verhalten, das ihnen unverständlich war und sie ängstigte, hatten sie rasch gehandelt, um auf der Basis der Kenntnisse der modernen Medizin ihre »Probleme« zu »beseitigen«.

Noch vor Einsetzen der Pubertät, du meine Güte.

Und sie hatten ihr nicht viel gelassen: Jetzt war sie bloß eine bleiche, farblose, vage und leidenschaftslose Kopie der Diana, die sie ihrem Wesen nach war.

Herrje, kein Wunder, dass sie die Welt durch argwöhnische, misstrauische Augen betrachtete. Endlich von all den betäubenden Medikamenten befreit, hatte Diana zum ersten Mal seit ihrer Kindheit einen klaren Kopf. War sich zum ersten Mal ihrer Umwelt wirklich bewusst. Und nicht nur bewusst, sondern schmerzhaft wachsam, mit der Empfindsamkeit bloß liegender Nerven der meisten Paragnosten.

Sie wusste jetzt Bescheid. Egal, was sie laut oder auch nur bewusst zuzugeben bereit war, sie wusste nun, dass man sie nur halb am Leben gelassen hatte, sogar weniger als das. Wusste, dass jene, denen sie am meisten vertraut hatte, dieses Vertrauen missbraucht hatten, selbst wenn es im Namen der Liebe und Besorgnis und in bester Absicht geschehen war. Sie hatten für ihre Sicherheit gesorgt, hatten sie betäubt und willfährig gemacht. Sie hatten danach getrachtet, alle scharfen, einzigartigen Ecken abzuschlagen, die Diana ausmachten.

Damit sie gesund sein konnte. Wie jeder andere.

Ihrer Stimme konnte er das beklemmende Bewusstsein all dessen, was sie verloren hatte, anhören.

»Ich bin jetzt dreiunddreißig. Sie können es sich selber ausrechnen.«

Er dachte, es müsse wie das Erwachen aus einem Koma oder einem verschwommenen Traum gewesen sein, um dann herauszufinden, dass alles Vorherige nicht wirklich war. Die Welt hatte sich gedreht, die Zeit war weitergeschritten ... und Diana hatte Jahre verloren. Viele Jahre.

Quentin ging weiter auf und ab, sogar noch ruheloser als zuvor. Schließlich fand er sich in seinem dunklen Schlafzimmer wieder, stand am Fenster und blickte in die Nacht hinaus. Und erst da bemerkte er, dass er Dianas Cottage von hier aus sehen konnte, seine Suite im dritten Stock war hoch genug, um über die Büsche und beschnittenen Bäume zwischen der Lodge und ihrem Cottage hinwegzublicken.

Halt Wache.

Er wurde ganz still, hielt den Atem an, während er sich darauf konzentrierte, das schwache Flüstern in seinem Kopf zu vernehmen.

Du musst heute Nacht Wache halten.

Lange Augenblicke vergingen, und er holte erst wieder Luft, als er merkte, dass nichts mehr kommen würde. Nur diese eine Erkenntnis: dass er heute Nacht Wache halten musste, wegen Diana.

Vielleicht zu ihrer Sicherheit.

Von hier aus konnte er sowohl die Vordertür als auch die kleine Terrassentür erkennen, deutlich sichtbar, weil die Türen aller Cottages gut beleuchtet waren, genau wie die Wege, die sie mit dem Hauptgebäude verbanden. Aus Gründen der Bequemlichkeit der Gäste und aus Sicherheitsgründen.

Ohne dass er sich bewusst dafür entschieden hätte, konzentrierte sich Quentin. Für einen Augenblick verschwamm alles, dann trat das Cottage als scharfes Relief aus seiner Umgebung hervor. Die Tür wirkte so nahe, als könnte er die Hand ausstrecken und den Türknauf drehen.

Da er nur seine Sehkraft verstärken musste, wurden seine anderen Sinne mehr oder weniger untätig. Er hörte bloß Stille. Roch nichts. Als er die Schulter gegen den Fensterrahmen lehnte, spürte er den Kontakt nicht. Sein Geist war ruhig und still.

Bishop hatte ihn davor gewarnt, das zu tun. Nur einen Sinn auf Kosten aller anderen zu verstärken würde seinen Preis fordern, und zwar einen schmerzhaften. Quentin wusste das. Er wusste, wenn er stundenlang damit fortfuhr, würde er am nächsten Tag grauenvolle Kopfschmerzen haben, und seine Geschmacks- und Tastsinne sowie das Hören würden gedämpft sein, vielleicht den ganzen Tag über. Er wusste, dass seine Augen schmerzen würden und lichtempfindlich wären durch die Anstrengung dieser schweren Arbeit.

Außerdem bestand die Gefahr, glaubte Bishop, dass man die Fähigkeit dadurch vollkommen verlieren konnte. Zusätzlich Energie in seine Sinne zu pumpen, um sie zu verstärken, war das eine; einen oder mehrere dieser Sinne für längere Zeit abzuschalten war etwas ganz anderes. Ausgewogenheit. Es war alles eine Frage der Ausgewogenheit.

Quentin wusste das. Es war ihm egal.

Er musste über Diana wachen, daher tat er genau das. Gegen den Fensterrahmen gelehnt, sich des Raumes, in dem er war, nicht länger bewusst, wachte er.

Und wartete.

»Wenn er das bisher noch nicht getan hat, dann denkt der Mann jetzt bestimmt, dass du bekloppt bist«, murmelte Diana, als sie aus der Dusche trat und sich abtrocknete. »Hast du gut gemacht, ihm all die abscheulichen Einzelheiten zu erzählen. Jeder weiß, dass man jemanden nicht für zwei Jahrzehnte bis an die Halskrause mit Medikamenten vollpumpt, wenn er nicht eine Menge Probleme hat.«

Am schlimmsten fand sie, dass sie sich über Quentins gefühlsmäßige Reaktion nicht sicher war. Oh ja, oberflächlich war er voller Mitgefühl und Verständnis gewesen, hatte all die richtigen Dinge gesagt, hatte betont, mehr als ein halbes Leben unter Medikamenten zu verbringen bedeute nicht, dass sie krank sei. Nur, dass die Ärzte nichts begriffen hätten.

Ja, das glaubte sie gerne. Vermutlich fast genauso sehr, wie er es wirklich glaubte. Aber sie konnte nicht erkennen, was er dachte, nicht mit Sicherheit. Sie war sich ziemlich sicher, dass sie nicht sehr gut darin war, aus den Mienen anderer etwas herauszulesen, vor allem, weil ihr die Übung dazu fehlte; während sie auf ihrer Medikamentenwolke durchs Leben geschwebt war, hatten die Gedanken oder Gefühle anderer für sie anscheinend nur selten eine Rolle gespielt.

Doch jetzt spielten sie eine Rolle. Sie wusste nicht, warum, oder wollte es sich zumindest nicht eingestehen, aber es war ihr wichtig, was Quentin über sie dachte. Und er dachte gewiss, dass sie ein hoffnungslos beschädigter Mensch war. Das sollte ihr nicht weiter wehtun, denn sie hatte das ja schon immer gewusst.

Wütend auf sich selbst und so müde, dass sich ihre Gedanken noch mehr als gewöhnlich im Kreis drehten, nahm Diana eine frische Pyjamahose und ein passendes Oberteil heraus. Es war noch recht früh, aber sie brauchte Schlaf, dringend.

Sie ging in ihr hell erleuchtetes Schlafzimmer und schlug das Bett auf, setzte sich an den Bettrand und zögerte nur kurz, bevor sie die Nachttischschublade öffnete. Das Fläschchen mit dem verschreibungspflichtigen Medikament rollte bei der Bewegung der Schub- lade ein wenig hin und her. Blieb dann still liegen. Widerstrebend griff sie danach.

Dieses Medikament blieb nur für ein paar Stunden in ihrem Organismus, nur lange genug, um ihr beim Einschlafen zu helfen. Ihr Arzt hatte es ihr versprochen, ihr geschworen, und da er derjenige war, der alle anderen Medikamente abgesetzt hatte, glaubte sie ihm.

Trotzdem … das Fläschchen war noch voll.

Diana weigerte sich inzwischen, auch nur ein Aspirin zu nehmen. Selbst bei ihren zerstreuten, ruhelosen Gedanken und der Unfähigkeit, sich längere Zeit auf etwas zu konzentrieren, trotz der wund geriebenen Gefühle und fast schmerzhaft scharfen Sinne bevorzugte sie diesen Zustand gegenüber dem, was vorher gewesen war.

Sie war mehr als zwanzig Jahre durch ihr Leben getrieben. Sie wollte sich nicht mehr treiben lassen.

Aber sie musste unbedingt schlafen, und sie hatte Angst davor, was passieren würde, wenn sie es nicht tat. Also schüttelte sie zwei Tabletten in ihre Hand und spülte sie mit einem Schluck Wasser aus der Flasche auf ihrem Nachttisch hinunter.

Sie knipste die Lampe aus, legte sich ins Bett und ließ sich auf das Kissen sinken. Sie verspürte den Impuls, ans Fenster zu gehen, wie in so vielen Nächten zuvor, wehrte ihn aber mit einiger Anstrengung ab.

Schlaf. Sie brauchte Schlaf. Alles würde sicher einen Sinn ergeben, wenn sie nur schlafen konnte.

Ihre Gedanken drehten sich noch eine Weile im Kreis – sie weigerte sich, auf ihrem Wecker nachzuschauen, wie lange das anhielt –, doch allmählich beruhigten sie sich.

Und endlich schlief sie ein.

Diana öffnete die Augen und setzte sich im Bett auf, kaum überrascht darüber, sich in der grauen Zeit zu befinden.

Sie wusste, dass es noch Nacht war, auch wenn ihr Schlafzimmer von dem seltsam flachen, farblosen Zwielicht erhellt wurde, das sie wiedererkannte. Es war immer dasselbe in der grauen Zeit. Nie Dunkelheit oder Licht, nur … Grau.

Sie glaubte, stundenlang geschlafen zu haben, machte sich aber nicht die Mühe, auf den Wecker zu schauen. Er würde ihr nichts anzeigen. Zu den wirklich gespenstischen Merkmalen der grauen Zeit gehörte, dass es dort – hier – keine Zeit gab. Uhren, ob digital oder nicht, waren gesichtslos, konturlos.

Wo auch immer dieser Ort war, er lag außerhalb der Zeit, so viel hatte Diana schon herausgefunden. Gleichzeitig hatte sie das Gefühl, dass es ein Ort der Bewegung war, ein Ort zwischen der Welt der Lebenden, die sie kannte, und dem, was danach kommen würde.

Nicht das Geisterreich, von dem Quentin gesprochen hatte, nicht so ganz. Mehr wie ein Durchgang, ein Flur, der die beiden Welten verband.

Sie schlug die Decke zurück und stand auf, spürte die Kälte im Raum, eine Kälte, die sogar durch den dicken Teppich drang, sodass ihre Füße eiskalt waren. Sie hätte ihre Pantoffel oder Schuhe suchen, eine Jacke oder wenigstens den Morgenmantel überziehen sollen, machte sich aber nicht erst die Mühe. Es würde nichts ändern, das wusste sie. In der grauen Zeit war es immer kalt. Eisig kalt.

Diana verließ das Schlafzimmer, stellte mit schwachem Interesse fest, wie eintönig das Cottage ohne Farben und Schatten wirkte, fand es jedoch nicht interessant genug, um stehen zu bleiben. Sie musste woandershin.

Sie trat aus dem Cottage und verharrte auf dem Weg, der von ihrer Tür wegführte. Wartete. Die Lichter hier draußen sahen merkwürdig und stumpf aus, nicht hell, sondern nur eine bleichere Schattierung von Grau. Die Büsche und Blumen in Töpfen und Beeten um ihr Cottage herum standen unheimlich still und hatten dasselbe eindimensionale Aussehen wie die gräuliche Kopie eines Bildes, das einst lebhafte Farben besaß.

Kein Hauch bewegte das kalte Zwielicht, nur ein leicht unangenehmer Geruch lag in der Luft. Diana hatte ihn nie bestimmen können, obwohl er ihr irgendwie vertraut war. Keine Nachtgeräusche waren zu hören, kein Puls des Lebens. Das war immer so.

»Diana.«

Sie drehte sich zur Seite und sah ein kleines Mädchen auf dem Weg stehen. Ein hübsches Kind mit einem herzförmigen Gesicht, eingerahmt von Haaren, die im farblosen Grau sehr blond wirkten.

»Hallo.« Diana bemerkte den hohlen Klang ihrer Stimme, fast wie ein Echo. Anders als die Stimme des Kindes, die völlig klar war. Auch das war normal in der grauen Zeit.

»Du musst mit mir kommen«, sagte das kleine Mädchen.

Diana schüttelte leicht den Kopf, nicht ablehnend, aber ungeduldig. »Das letzte Mal, als ich einem von euch gefolgt bin, hat mich das zu einem Grab geführt.«

Das kleine Mädchen runzelte die Stirn. »Aber Jeremy war auf der anderen Seite. Deiner Seite. Du kennst den Unterschied. Und du kennst die Regeln.«

Diana kannte sie ganz genau. In der grauen Zeit funktionierten ihr Gedächtnis und ihr Verstand einwandfrei. Trotz all der unheimlichen Fremdheit war die graue Zeit ein Ort, an dem sie sich in der Gewalt hatte. Aber sie wusste auch von den Gefahren, die dort lauerten.

»Ich weiß, dass ich hier nicht sicher bin, zwischen den beiden Zeiten. Den beiden Welten.«

»Du kannst nicht lange bleiben«, stimmte das kleine Mädchen zu. »Die Tür offen zu halten ist gefährlich, das ist eine der Regeln. Und wenn du sie schließt, während du noch drinnen bist, bleibst du hier gefangen. Ich nehme nicht an, dass du das willst.«

»Nein. Das nehme ich auch nicht an.«

Das kleine Mädchen lächelte. »Dann beeilen wir uns besser.«

»Wie heißt du?«, fragte Diana, weil sie das immer tat.

»Becca.«

Diana nickte. »Na gut, Becca. Bist du diejenige, die mich gerufen hat?«

»Ja.«

»Warum?«

»Da ist etwas, das du sehen musst.« Ein weiteres Stirnrunzeln zog ihre Brauen zusammen. »Und wir müssen uns wirklich beeilen.«

»Ich habe schon Stunden in der grauen Zeit verbracht«, protestierte Diana, folgte aber trotzdem, als Becca sich umdrehte und zu den fernen Ställen vorausging.

»Ich weiß. Aber auf unserer Seite zu sein, hier in der Lodge, ist viel gefährlicher für dich. Außerdem wird er bald da sein, und er wird dich nicht bleiben lassen.«

»Er? Becca ...«

»Hier entlang. Beeil dich, Diana.«

Da sie aus langer Erfahrung wusste, dass Protest sinnlos war, folgte Diana ihrer Führerin. Sie waren immer so, nahmen sie mit an Orte, bestanden darauf, dass sie sich das anschaute, was sie ihr zeigen wollten, das tat, worum sie sie baten. Oder ihnen nur zuhörte.

Über die Jahre hatte sie vielen von ihnen zugehört. »Warum ist es gefährlicher für mich, in der grauen Zeit zu sein, während ich in der Lodge bin?«, fragte sie, hoffte, wenigstens darauf eine Antwort zu bekommen.

»Weil alles hier angefangen hat.«

»Was hat hier angefangen?«

»Alles.«

Diana fragte sich, ob sie wirklich erwartet hatte, die »Antwort« würde einen Sinn ergeben. Pech gehabt.

»Ich verstehe das nicht, Becca.«

»Ich weiß. Aber das wirst du schon noch.«

Diana machte längere Schritte, um Becca einzuholen, und folgte dem kleinen Mädchen in die erste der drei Scheunen, aus denen die Stallungen der Lodge bestanden. Sie gingen durch den langen, stillen Mittelgang, vorbei an Boxen mit ihren quer geteilten, oben offen stehenden Türen. Diana brauchte nicht hinzuschauen, um zu wissen, dass jede Box leer erscheinen würde.

Sie wusste aber auch, dass hier zwölf Pferde untergebracht waren. *Hier*, in dieser Scheune der Lodge. Nicht *hier* in der grauen Zeit.

Es hatte eine Weile gedauert, bis sie sich an solche Dinge gewöhnt hatte.

Die Abwesenheit der Tiere lag nicht daran, dass es ihnen an der Art Energie oder spiritueller Substanz mangelte, die den Tod überdauerte, glaubte Diana, sondern weil nichtmenschliche Kreaturen sich selten in der grauen Zeit aufhielten, gefangen zwischen den beiden Welten wegen Schuldgefühlen oder Wut oder Unerledigtem. Das traf nur auf Menschen zu.

»Wir sind gleich da«, sagte Becca über die Schulter.

»Becca, geht es um dich?«

»Ich habe dich doch gerufen, oder?« – »Wir wissen beide, dass das gar nichts bedeutet. Ich hatte einen Führer, der mich Dutzende Male gerufen hat, und es ging nie um ihn.«

Becca blieb stehen und blickte Diana eindringlich an. »Diesmal geht es um dich.«

»Um mich?«

»Ja.«

»Was soll das heißen?« Diana verschränkte die Arme und rieb sich die Oberarme, weil es so kalt war. Was jedoch nichts half. Das tat es nie.

»Dir war immer vorherbestimmt hierherzukommen, Diana. In die Lodge. Du bist schon dein ganzes Leben lang mit diesem Ort verbunden.«

»Wie kann das sein? Ich war noch nie hier.«

»Verbindungen.«

»Soll das einen Sinn ergeben? Für mich tut es das nicht.«

Becca schüttelte leicht den Kopf. »Manches muss so geschehen, wie es geschieht. Wann es geschieht. Glaubst du, es war Zufall, dass dieser Arzt gerade zu dem Zeitpunkt sämtliche Medikamente abgesetzt hat? Dass gerade genug Zeit war, damit dein Verstand klar wurde und die ganze Chemie aus deinem Organismus kam?«

»Gerade genug Zeit?«

»Genug Zeit für dich, um bereit zu sein, wenn du hierherkamst.«

Diana merkte, wie ihr noch kälter wurde, viel mehr als zuvor. Hier stimmte etwas nicht, war anders als sonst. Sie hatte mehr als zwanzig Jahre mit diesen Führern gesprochen, und so ... so waren die Unterhaltungen nie verlaufen.

Wie bei Jeremy und seinen Knochen war es meistens darum gegangen, dass Diana etwas für sie tat. Etwas für sie fand. Eine Information weitergab. Unerledigtes für sie zu Ende brachte. Es ging nicht um sie. Es war nie um sie gegangen.

Becca nickte, als hätte sie die unausgesprochenen Gedanken gehört. »Es fühlt sich anders an, nicht wahr? Das liegt daran, dass du wirklich hier bist, leibhaftig. Du hast das schon früher fertiggebracht, in Blackouts, aber nie im Schlaf. Wenn du geschlafen hast, war es bloß ... wie ein Traum. Nur ein Teil von dir war hier, auf dieser Seite. Die Medikamente haben meistens verhindert, dass der Rest von dir herüberkam.«

»Ich bin nicht tot«, sagte Diana langsam.

»Nein, natürlich nicht. Darum geht es nicht. Es ist Zeit, Diana. Zeit, dass du dich an die Orte zu erinnern beginnst, an die du gehst, wenn du schläfst oder einen Blackout hast.

Zeit, dass du erkennst, wozu du fähig bist. Wozu du fast dein ganzes Leben lang fähig warst. Zeit, hierherzukommen und ihm zu begegnen und die Antworten zu finden, die du brauchst. Das ist alles Teil deiner Reise.«

Verwirrt erwiderte Diana: »Aber ich werde mich nicht erinnern. Wenn ich wach bin. Ich erinnere mich nie.«

»Das lag an den Medikamenten. Sie konnten dich nicht davon abhalten, das zu tun, was du tun musstest, aber sie konnten deine Erinnerung unterdrücken. Denk darüber nach. Du hattest keinen Blackout mehr, seit die Medikamente abgesetzt wurden.«

»Die Zeichnung. Das Bild.«

»Er hat es dir erklärt. Das war anders als die Blackouts. Das war wie eine Art Tagtraum.«

Diana schwieg.

»Wenn du jetzt zulässt, dich zu erinnern, zu verstehen und daran zu glauben, wird es keine Blackouts mehr geben, Diana. Sie werden nicht mehr nötig sein. Es wird trotzdem immer noch leichter sein, die Tür zu öffnen und hierherzukommen, wenn du schläfst, aber du wirst es auch können, wenn du wach bist. Wann immer du willst. Wenn du daran glaubst.«

»So einfach ist das nicht.«

»Wirklich? Du bist schon halbwegs dort. Du hast dich an deine Träume erinnert«, sagte Becca.

»Albträume«, verbesserte Diana unwillkürlich. »Und ich erinnere mich nicht, ich … sie machen mir Angst.«

»Das sollen sie auch.«

Diese junge, ernste, freundliche Stimme ließ Diana bis ins Mark frösteln, und sie kämpfte gegen den Drang an, einen Schritt zurückzutreten. Stattdessen sagte sie: »Du hast mich gerufen. Mich hierhergebracht. Warum?«

»Um dir etwas zu zeigen. Damit du wirklich zu glauben beginnst.«

»Mir was zu zeigen?«

»Einen geheimen Ort.«

»Becca!«

»Es gibt überall Geheimnisse, Diana. Vergiss das nicht.« Sie deutete seitlich auf die geschlossene Tür der Sattelkammer. »Eines davon ist da drin. Sag ihm, er soll danach suchen. Sag ihm, es ist dort versteckt.«

»Was ist dort versteckt? Becca ...«

Das kleine Mädchen legte den Kopf schräg, mit ernstem Gesicht. »Im Speicher auch. Da oben gibt es etwas, das du sehen musst. Es ist wichtig, Diana. Es ist sehr wichtig.«

»Warum?« Sie hatte die Frage kaum ausgesprochen, als ein plötzlicher Blitz sie blinzeln ließ. Für einen Augenblick, nur einen Sekundenbruchteil, meinte sie, Heu zu riechen, glaubte, das Grau um sie herum hätte sich verändert. »Becca, warum?«, wiederholte sie rasch.

»Weil es die Wahrheit ist. Und du musst die Wahrheit erfahren. Bevor du das nicht getan hast, wirst du nicht verstehen, was hier passiert.«

Ein weiterer Blitz trug Diana den Geruch von Heu und Pferden zu, und sie sah die Neonröhren an der Decke des Stalls.

Sie spürte einen plötzlichen warmen Griff an ihrem Oberarm und erkannte sofort, was geschah, jetzt, in diesem Augenblick.

Sie wurde zurückgezogen.

»Becca, was ist die Wahrheit?«

Noch ein Blitz.

Und noch einer. Jetzt konnte sie Quentin erkennen, in den Blitzen.

Er stand direkt vor ihr.

»Das kann ich dir nicht sagen, Diana. Du musst es selbst herausfinden. Du und er. Du brauchst ihn. Weil ...«

»... es kommt«, sagte Diana, als sie die Augen öffnete.

»Was kommt?«, fragte Quentin und verstärkte den Griff um ihre nackten, eiskalten Oberarme.

Das Schnauben eines Pferdes in unmittelbarer Nähe ließ Diana zusammenfahren, und der starke, wenn auch angenehme Geruch von Heu und Pferden erfüllte plötzlich ihre Nase. Die Neonröhren unter dem Dach des Stalles erschienen ihr so hell, dass ihre Augen schmerzten. Sie überlegte kurz, ob sie die ganze Nacht brannten, bis ihr einfiel, dass Quentin sie vermutlich angeschaltet hatte, als er ihr vor Minuten – oder vielleicht Stunden – in den Stall gefolgt war.

Ihre Füße waren eiskalt. Ihr ganzer Körper war eiskalt.

»Diana, was machen Sie hier? Es ist fünf Uhr morgens.«

Sie blinzelte ihn an, einen Moment lang total verblüfft, ihr Kopf leer. Doch dann erinnerte sie sich.

Sie erinnerte sich an alles.

»Ich bin ... gefolgt«, murmelte sie.

»Wem gefolgt?«

»Ihr.«

Quentins Stirnrunzeln wurde tiefer, aber bevor er weitersprach, zog er seine Sweatshirtjacke aus. »Hier, ziehen Sie das an. Ihre Haut ist eiskalt.«

Diana blickte an sich hinunter, wurde sich ihrer sehr spärlichen Bekleidung bewusst. Das seidene Oberteil haftete an ihr wie eine zweite Haut, überließ nichts der Fantasie.

Sie spürte, wie ihr die Röte in die Wangen schoss, schlüpfte rasch in die Jacke, hüllte sich in die Wärme und den Geruch seines Körpers.

»Himmel, Ihre Füße sind fast blau«, sagte Quentin. »Der Stallmeister hatte früher immer Ersatzstiefel und manchmal auch Schuhe in der Sattelkammer, aber die wird abgeschlossen sein. Ich muss Sie in Ihr Cottage zurückbringen.«

Mehr aus Intuition als aus einer seiner Bewegungen erkannte Diana, dass er sie hochheben und tragen wollte. Sie machte einen Schritt auf die Sattelkammer zu. »Die Tür ist nicht abgeschlossen. Und wir ... wir können noch nicht gehen.«

»Warum nicht?«

Ohne zu antworten, ging Diana zur Tür, sich nur schwach bewusst, dass ihre Füße tatsächlich taub waren und sie die rauen Bodenplatten kaum spürte. Sie drehte den Türknauf und trat in die Sattelkammer, die einen Holzboden hatte.

Quentin war ihr dicht auf den Fersen geblieben und knipste das Licht an.

»Ah, gut, hier werden immer noch Ersatzsachen aufgehoben.« Er ging zur anderen Seite des großen Raumes, wo auf einem niedrigen Regalbrett Reitstiefel und mehrere Schuhpaare standen.

Diana schaute sich um. Ein geheimer Ort? Wo sollte der hier sein? Sie sah nur eine geräumige Sattelkammer, voll mit Sätteln auf Ständern und Zaumzeug und Halftern und Führzügeln an Haken, dazu zahlreiche Körbe auf Regalbrettern mit Bürsten und Kämmen und Hufkratzern und anderen Gegenständen für die Pferdepflege.

»Setzen Sie sich, Diana.« Er griff nach ihrem Arm und führte sie zu einer der beiden langen Bänke, die Rücken an Rücken in der Mitte des Raumes standen. Diana setzte sich an den Rand einer Bank, griff aber nach den Schuhen, die er in der Hand hielt, bevor er sich neben sie setzen konnte.

»Ich mach das schon. Schauen Sie sich hier drinnen um.«

Er blickte sie fragend an. »Wonach suche ich denn?«

Diana zögerte nur kurz, bevor sie antwortete: »Nach einem Geheimnis.«

Sie beugte sich hinunter, um die ziemlich neu aussehenden, aber eindeutig zu großen Laufschuhe anzuziehen, die er für sie gefunden hatte.

»Alles ziemlich offen«, bemerkte Quentin, während er sich umsah. »Außer dem Erste-Hilfe-Schränkchen da drüben kann ich nichts Abgeschlossenes entdecken. Welche Art von Geheimnis könnte hier versteckt sein?«

Diana hörte in seiner Stimme nichts Herablassendes und sah in seinem Gesicht nur aufmerksames Interesse, als sie sich aufrichtete und ihn anschaute, aber sie war immer noch zu vorsichtig, um mehr zu sagen, als sie musste, zumindest im Moment.

Nicht weil sie sich davor fürchtete, dass er sie für verrückt halten würde, sondern weil sie Angst hatte, sich selbst davon zu überzeugen, wenn sie zu reden begann.

»Diana?«

»Wieso sind Sie überhaupt hier?«, fragte sie abrupt.

Sachlich erwiderte Quentin: »Ich habe gestern Abend aus meinem Fenster geschaut und gemerkt, dass ich von dort Ihr Cottage sehen kann. Und etwas sagte mir, ich sollte Wache halten. Die kleine Stimme, die ich manchmal höre. Also habe ich das getan. Sah Sie vor einer Weile herauskommen und zu den Ställen gehen. Ich dachte, es wäre eine gute Idee, Ihnen zu folgen.«

Er hielt inne und fügte dann hinzu: »Das war kein Blackout, oder? Ihre Augen waren geschlossen. Sie sind im Schlaf gewandelt.«

»So was in der Art.«

»In der Art? Diana ...«

»Könnten Sie sich bitte weiter in dieser Sattelkammer umschauen?«

Quentin bewegte sich nicht. »Hat das etwas mit den Morden zu tun? Den Verschwundenen?«

Sie holte Luft. »Das müssen Sie mir sagen. Eine ... Führerin ... brachte mich hierher. Ein kleines Mädchen, vielleicht zwölf Jahre alt. Sagte, ihr Name sei Becca.«

Fast ohne zu zögern erwiderte Quentin: »Rebecca Morse ist vor neun Jahren aus der Lodge verschwunden. Von ihr wurde nie eine Spur gefunden.«

»Dann schätze ich, dass es etwas mit den ... den Morden zu tun hat. Weil sie mich hierhergeführt hat. In der grauen Zeit.«

»Und was hat sie Ihnen erzählt?«

»Dass es hier ein Geheimnis gebe.« Diana schaute sich in der ordentlichen, stillen Sattelkammer um. »Becca erzählte mir, dass es überall Geheimnisse gebe. Und ich solle Ihnen sagen, Sie sollten nach dem suchen, was in der Sattelkammer verborgen ist.«

»Mir? Mit Namen?«

»Nein. Sie sagte ›ihm‹. Aber sie sprach von Ihnen.« Diana fröstelte und zog die Jacke enger um sich. Sie hätte sich in all dem Stoff verloren vorkommen sollen, doch die Jacke war warm und roch angenehm nach Quentin, und das verlieh Diana ein seltsames und sehr unvertrautes Gefühl der Sicherheit. Sie wünschte, sie hätte es genießen können. »Hier drin ist irgendwas verborgen, Quentin, und wir müssen es finden.«

Immer noch ohne sich zu rühren, sagte er: »In dem Fall müssen wir Nate anrufen und mit der Geschäftsführerin der

Lodge sprechen. Bevor wir irgendwas unternehmen. Das ist Privatbesitz, Diana, und wir sind außerhalb der Öffnungszeiten und ohne Erlaubnis hier.«

»Da haben Sie verdammt recht«, kam eine grimmige Stimme von der Tür.

9

Cullen Ruppe war ein düsterer Mann in den Fünfzigern, kräftig gebaut an Armen und Schultern und mit den schmalen Hüften und muskulösen Beinen eines langjährigen Reiters. Er hielt sich auch gern, wie Quentin leise von Nate erfahren hatte, für einen hartgesottenen Burschen, weswegen er offenbar wild entschlossen war, allen das Leben schwer zu machen.

Niemand durchsuchte seine Sattelkammer, nicht ohne Erlaubnis der Geschäftsleitung oder, falls die nicht gegeben wurde, einen Durchsuchungsbefehl.

»Einen Durchsuchungsbefehl kriege ich nicht.« Nate sprach immer noch leise, als er am Eingang des langen Stallgebäudes zu Quentin trat und Ruppe mit finsterem Blick an der Tür zur Sattelkammer stehen ließ. »Nicht aufgrund der Aussage einer möglicherweise übersinnlich Begabten, die genauso gut im Schlaf gewandelt sein könnte.«

Quentin antwortete mit ebenfalls gesenkter Stimme. »Ich glaube ihr, Nate. Ich glaube, wir müssen die Sattelkammer durchsuchen.«

»Ja, ich weiß, dass du ihr glaubst. Die Frage ist, was erzähle ich Steph… äh, Miss Boyd, um sie zu überzeugen?«

»Du sagtest, sie wäre einverstanden gewesen, als du gestern Abend mit ihr gesprochen hast.«

»Schon, aber sie war nicht glücklich über die Situation. Und jetzt soll ich sie bei Tagesanbruch wecken, um mir ihre

Genehmigung für die Durchsuchung zu holen? Hör mal, was erwartest du denn wirklich, hier zu finden?«

»Ich weiß es nicht. Irgendwas, das uns dabei helfen kann herauszubekommen, wer Missy und Jeremy Grant ermordet hat – und wer weiß wie viele andere noch.«

»Du erwartest eine Menge von einer lausigen Sattelkammer, Quentin. Da gehen doch den ganzen Tag Leute ein und aus. Was könnte dort versteckt sein?«

»Ich weiß es nicht«, wiederholte Quentin. »Aber ich glaube, dass wir es herausfinden müssen.«

Nate spitzte die Lippen und schnaubte ungeduldig. Er sah müde aus, was nicht erstaunlich war; er hatte vielleicht fünf oder sechs Stunden geschlafen, bevor ihn Quentins Anruf aus dem Bett geholt hatte, aber wahrscheinlich hatte er bis lange nach Mitternacht in seinem Büro gearbeitet.

»Du verlangst von mir, dass ich mich auf ziemlich dünnes Eis begebe«, sagte er schließlich. »Wir wissen beide, dass wir bei einer gründlichen Durchsuchung des Raumes auch Bodenbretter rausreißen und hinter den Wänden nachschauen müssen. Wenn wir dann doch nichts finden, werden die Hotelbesitzer uns die Hölle heißmachen.«

»Ich weiß. Ich würde nicht darum bitten, Nate, wenn ich nicht überzeugt wäre, dass wir da drinnen etwas Lohnendes finden.« Der Polizist musterte ihn durchdringend und seufzte. »Ach, verdammt. Na gut, ich wecke Miss Boyd und werde sehen, ob mir eine vernünftige Erklärung einfällt. Irgendwelche Vorschläge?«

Quentin war mehr oder weniger daran gewöhnt, sich vernünftige Erklärungen für paragnostische »Ahnungen« oder Hinweise auszudenken, da die Mitglieder der Special Crimes Unit oft in diese Lage kamen, doch diesmal fiel ihm nichts ein. Absolut nichts von dem, was er an Informationen über die vermissten oder toten Kinder hatte, verband sie auf ungewöhnliche Weise mit diesen Stallungen. Nichts.

Keine Verbindung, kein Durchsuchungsbefehl. »Ich wünschte, ich hätte welche, aber ... tut mir leid.«

»Und ich nehme nicht an, dass Miss Brisco bereit ist, offen über dieses übersinnliche Zeug zu reden?«

»Das bezweifle ich. Sie fängt gerade erst selbst an, daran zu glauben.«

»Sie glaubt genug davon, um darauf zu bestehen, dass irgendetwas in der Sattelkammer verborgen ist. Weil ihr das ein weiterer Geist erzählt hat?«

Diana war bereits in ihr Cottage zurückgekehrt, um sich anzuziehen – auf Quentins Beharren –, bevor Nate eingetroffen war, daher hatte der Captain noch nicht mit ihr gesprochen. Über ihre ... Begegnungen, einschließlich der vom vorherigen Nachmittag. Was vermutlich der Grund war, warum er so frustriert klang.

Vermutlich.

»Der Geist eines anderen vermissten Kindes hat es ihr erzählt, Nate. Rebecca Morse. An dieses vermisste Kind wirst du dich bestimmt erinnern, weil du den Fall bearbeitet hast.«

Nate hatte die Stirn in Falten gelegt. »Ja. Ja, den hab ich bearbeitet. Sie ist eines Morgens zum Spielen in die Gärten gegangen, und es gab niemanden, der sie gesehen hat, seit sie die Veranda verließ. Wir haben keine Spur von ihr gefunden. Mein damaliger Vorgesetzter entschied, ihr Vater müsse sie entführt haben; die Eltern hatten eine hässliche Scheidung hinter sich. Wir konnten den Vater allerdings nie ausfindig machen.«

»Glaub mir, der Vater hat sie nicht entführt. Auf jeden

Fall hat sie die Lodge nie verlassen.« Quentin warf einen Blick zu Ruppe und fügte dann hinzu: »Ich warte hier, während du mit Miss Boyd sprichst, falls du nichts dagegen hast.«

»Du verdächtigst Ruppe?«

»Er war vor fünfundzwanzig Jahren hier. Und er ist jetzt hier. Mehr weiß ich nicht.« Quentin fand es auch bedenklich, dass Ruppe hier aufgetaucht war, als Diana allein und schutzlos war, wäre Quentin ihr nicht gefolgt. Vielleicht wäre der Stallmeister trotzdem keine Bedrohung für sie gewesen, aber Quentin gedachte nicht, das als gegeben hinzunehmen.

Schließlich musste ein Grund dafür bestehen, warum seine eigenen Fähigkeiten ihn hinter ihr hergeschickt hatten. Vielleicht hatte er sie nur aufwecken, aus der grauen Zeit zurückholen müssen, bevor sie zu lange dort blieb. Oder es gab für Diana eine Bedrohung aus Fleisch und Blut.

Quentin wusste es nicht. Noch nicht.

»Angesichts des wenigen, was wir haben«, sagte Nate mit einem erneuten Seufzen, »kann ich dir nicht vorwerfen, nach Strohhalmen zu greifen.«

»Ich weiß, dass er nach dem Mord an Missy befragt wurde. Ich habe die Akten gelesen.«

Er hatte sie auswendig gelernt.

»Dann weißt du auch, dass die Polizei damals bei Ruppe absolut nichts Verdächtiges finden konnte.«

»Ja, schon. Aber wie gesagt, er war damals hier. Er ist jetzt hier. Wenn schon nichts anderes, dann weiß er vielleicht etwas, von dem er selbst gar nicht ahnt, dass er es weiß.«

Nate dachte darüber nach und nickte.

»Kann sein. Das passiert oft genug. Aber stell ihm keine Fragen, Quentin, noch nicht. Er behauptet, er sei um seine übliche Zeit aufgewacht, in den Stall gegangen und habe hier zwei Gäste in seiner Sattelkammer herumstöbern sehen. Also hat er das Recht, sich aufzuregen und sauer zu sein. Machen wir die Sache nicht noch schlimmer, bevor wir einen Grund dazu haben, in Ordnung?«

Quentin nickte. »Einverstanden.« – »Geht es dir gut? Du siehst ein bisschen mitgenommen …«

Wahrscheinlich seh ich ganz furchtbar aus, dachte Quentin und verzog das Gesicht. »Kopfschmerzen. Richtig grauenvolle.« Außerdem fühlten sich seine Ohren an, als wären sie mit Watte verstopft, genau wie seine Nebenhöhlen, und seine Augen brannten und schmerzten. Er zahlte entschieden seinen Preis für die Nachtwache.

»Du solltest was dagegen einnehmen«, riet ihm Nate.

»Ja, ja, mach ich.« Quentin erwähnte gar nicht erst, dass Schmerzmittel in diesem Fall unwirksam waren. Da halfen nur Zeit und Ruhe.

Nate verschwand in Richtung des Hauptgebäudes, während sich Quentin und Ruppe über die halbe Länge des Stalles argwöhnisch beäugten. Ruppe hatte sicherlich Arbeit zu erledigen; für Stallungen zuständig zu sein, die aus drei getrennten Scheunen und mehr als dreißig Pferden bestanden, war eine Vollzeitbeschäftigung, auch wenn andere die meisten schweren Arbeiten erledigten. Die Pferde waren bereits unruhig, warteten auf ihre Morgenfütterung, stampften mit den Hufen und schnaubten leise; die Stallburschen würden jeden Moment auftauchen, um sie zu füttern und die Boxen auszumisten.

Auf dem Klemmbrett, das neben der Sattelkammer hing, waren drei Ausritte für heute eingetragen, dazu ein halbes Dutzend Unterrichtsstunden für Anfänger, die bei zukünftigen Ausritten nicht wie nasse Säcke auf den Pferderücken hängen wollten.

Ruppe hatte eindeutig keine Zeit, den ganzen Morgen herumzustehen, und erst recht nicht, sich auf ein Fingerhakeln mit den Polizisten oder Quentin einzulassen. Aber genauso offensichtlich war er eifersüchtig auf seine Autorität bedacht und wollte nicht nachgeben, bevor er von der Geschäftsleitung dazu gezwungen wurde.

Quentin kannte diesen Menschentyp, war ihm in seiner Zeit als FBI-Beamter oft genug begegnet. Er wusste auch, dass Nate recht hatte mit seiner Warnung, es sei noch nicht an der Zeit, den Stallmeister zu befragen, sosehr es ihn auch in den Fingern juckte.

Nate würde ihn vermutlich mit sanftem Nachdruck darauf hinweisen, dass wirklich keine Eile geboten sei; Missy war seit fünfundzwanzig Jahren tot, und ein paar Stunden oder Tage oder sogar Wochen würden daran nichts ändern.

Vermutlich.

Aber die Unruhe, der sich Quentin am vergangenen Abend bewusst geworden war, hatte sich an diesem Morgen abrupt in eine tiefe, kalte Vorahnung verwandelt, als Diana ihre Augen so plötzlich geöffnet und diese auf unheimliche Weise vertraute Aussage gemacht hatte.

»Es kommt.«

Und es hatte ihn seine ganze Willenskraft gekostet, ihr zu erlauben, sich von ihm zu entfernen. Zurück über die gut erleuchteten Wege in ihr Cottage zu gehen und sich umzuziehen. Denn es waren dieselben Worte, die Missy vor fünfundzwanzig Jahren zu ihm gesagt hatte.

Als er sie das letzte Mal lebend gesehen hatte.

Ellie Weeks aß ein Stück trockenes Toastbrot und trank heißen Tee, wobei sie sich nach dem schwarzen Kaffee sehnte, der ihr üblicher Wachmacher war. Aber Schwangerschaft und schwarzer Kaffee schienen nicht zusammenzupassen, wenigstens nicht bei ihr; Tee zu trinken war auf jeden Fall besser, als sich die Seele aus dem Leib zu kotzen. Außerdem hatte die Hausdame der Lodge, Mrs Kincaid, sie in den letzten Tagen ständig misstrauisch im Auge behalten, und Ellie konnte sich nicht leisten, auch nur den geringsten Verdacht zu erwecken.

Nicht schon wieder.

Alison Macon rückte im Speiseraum des Personals ihren Stuhl näher zu Ellie und flüsterte: »Hast du's schon gehört? Was gestern Abend passiert ist?«

Ellie schaute ihre Kollegin zunächst verständnislos an, nickte dann aber. »Ja. In einem der Gärten wurden ein paar alte Knochen gefunden.«

Alison war sichtlich enttäuscht, nicht die erste Überbringerin solch dramatischer Neuigkeiten zu sein, doch es gelang ihr trotzdem, ihr Flüstern theatralisch klingen zu lassen.

»Von einem Kind. Einem kleinen Jungen, hab ich gehört. Seine Uhr wurde mit ihm vergraben.«

Mit ihren eigenen Sorgen und Problemen beschäftigt, erwiderte Ellie nur: »Pech für ihn.«

»Aber Ellie, die behaupten, er sei ermordet worden!«

»Sie sagen auch, das läge schon Jahre zurück«, wies Ellie sie hin.

»Hast du denn keine Angst?«

»Warum sollte ich?«

Alison schien keine Worte zu finden, jedoch nur für einen Moment. »Hier in der Lodge könnte ein Mörder sein!«

»Ja, ja, und er könnte auch längst weg sein. Was er wahrscheinlich ist. Warum sollte er noch hier herumhängen und sich erwischen lassen?«

Mit einem sichtbaren Schauder sagte Alison: »Also, ich hab Angst.«

»Dann pass halt auf. Bleib in der Lodge. Wenn du allein nach draußen musst, verlass die Wege nicht.«

»Du hast wirklich keine Angst, stimmt's?«

»Nein.« Zumindest nicht deswegen. Irgendein gesichtsloser Mörder, der sich Jahre nach seiner Tat noch hier herumtrieb, war nichts im Vergleich zu den sehr realen Sorgen, die an Ellie nagten.

Ein Baby.

Ich kann kein Kind großziehen. Nicht alleine. Ich kann nicht abtreiben lassen. Was bleibt mir noch?

»Du bist so mutig.« Alison war voller Bewunderung.

»Wenn du das sagst.« Ellie trank ihren Tee aus, hoffte, er würde ihren Magen beruhigen, und schob den Stuhl zurück. »In einer Viertelstunde müssen wir anfangen. Ich geh noch ein bisschen an die frische Luft. Wir treffen uns dann in der Wäschekammer.«

Alison nickte abwesend, ihr Blick bereits auf ein anderes Zimmermädchen gerichtet, das vielleicht noch nichts von der Entdeckung am vorherigen Abend gehört hatte.

Ellie stand auf, blickte betont auf die Uhr, damit Mrs Kincaid es mitbekam. Ein kurzes Zögern, Überlegen, Entscheiden, dass ihr genug Zeit blieb. Dann verließ sie den Speiseraum, mit forschen Schritten, wie jemand, der ein Ziel hatte.

Der Speiseraum des Personals lag im unteren Stockwerk des Südflügels, zusammen mit den Küchen und den anderen Versorgungsräumen. In diesem Flügel befanden sich auch die wenigen kleinen Zimmer der vergleichsweise geringen Anzahl von Hausangestellten, die in der Lodge wohnten und arbeiteten.

Ellie besaß eines davon, im Moment noch. Aber nicht mehr lange, nur bis alle von dem Baby erfuhren. Wenn das geschah, saß sie auf der Straße. Mrs Kincaid war in diesen Dingen unerbittlich. Ein unverheiratetes Zimmermädchen, das schwanger wurde? Nein, das würde sie nicht zulassen. Nicht in der Lodge. Daher würde Ellie von Glück sagen können, wenn sie noch ihren Wochenlohn und eine halbe Stunde Zeit bekäme, ihre Sachen zu packen und zu verschwinden. Keine Arbeit, keine Unterkunft. Und niemand, den es auch nur einen Deut kümmerte, was mit ihr passierte.

Sie ging nicht in ihr Zimmer. Stattdessen trat sie aus einem der Personaleingänge und blieb auf der kleinen betonierten Veranda stehen. Ein Metalleimer, halb gefüllt mit Sand und Zigarettenkippen, stand gleich hinter der Tür, stummer Zeuge des üblichen Grundes, warum sich Angestellte hier aufhielten.

Aber es war niemand da, und als Ellie sich vorsichtig umschaute, konnte sie auch in der Umgebung niemanden entdecken. Sie griff in die Rocktasche ihrer Uniform und zog ihr Handy heraus. Und ein Stück Papier mit einer in zittriger Handschrift notierten Telefonnummer.

Diese Nummer war nicht leicht zu bekommen gewesen. Kontaktinformationen der Gäste – der besonderen Gäste – wurden in einem verschlossenen Schubfach im Schreibtisch der Geschäftsführerin aufbewahrt. Jeder wusste das. Na ja, jeder, der so neugierig war wie Ellie und Grund hatte, sich über diese geheimniskrämerischen VIPs Gedanken zu machen. Guten Grund.

Seit der erste Schwangerschaftstest positiv ausgefallen war, hatte Ellie viel zu viel freie Zeit damit verbracht, in der Nähe des Geschäftsleitungsbüros herumzulungern. Das war einer der Gründe, warum Mrs Kincaid sie jetzt so scharf beobachtete, da sich Ellie nicht im Verwaltungstrakt des Hotels aufzuhalten hatte, außer beim Hindurchgehen.

Sie war oft dort durchgekommen. Zum Glück hatte sich ihr die Gelegenheit geboten, bevor Mrs Kincaid so misstrauisch wurde. Und ihr Glück hatte angehalten, als Miss Boyd ihre Bürotür geschlossen, aber nicht verriegelt gelassen hatte.

Die Schublade war allerdings abgeschlossen gewesen, doch Verzweiflung und Panik hatten Ellie offenbar magische Kräfte verliehen, denn es war ihr gelungen, das Ding mit einer Metallnagelfeile zu öffnen.

Und ohne sichtbare Spuren. Hoffte sie.

Ellie verschwendete einige kostbare Minuten mit der Überlegung, ob dieses Wunder eine Veränderung ihres Glücks ankündigte, atmete dann tief durch und tippte die Nummer in ihr Handy.

Sie erreichte seine Voicemail, womit sie gerechnet hatte, und hinterließ eine sorgfältig formulierte Nachricht, die sie die halbe Nacht lang eingeübt hatte.

»Hallo, hier ist Ellie. Von der Lodge. Tut mir leid, Sie anrufen zu müssen – ich weiß, ich hab versprochen, das nicht zu tun. Aber es ist was passiert, und ich muss unbedingt mit Ihnen reden. Ich will Ihnen keinen Ärger machen, ehrlich. Aber es ist etwas, das Sie wissen sollten. Könnten Sie mich daher bitte zurückrufen?«

Sie hielt sich nicht damit auf, ihre Handynummer zu nennen, da sie wusste, dass die automatisch mit der Nachricht aufgezeichnet werden würde. Stattdessen fügte sie bloß noch hinzu: »Es ist wichtig. Danke.« Und beendete den Anruf.

So. Jetzt war der Ball in seinem Spielfeld.

Und sie konnte nur noch warten.

»Ich mache denen keinen Vorwurf, dass sie mir nicht glauben«, sagte Diana zu Quentin, während sie Nate McDaniel, Cullen Ruppe und Stephanie Boyd beobachtete, die angespannt vor der Sattelkammer standen. Ruppe wehrte sich wütend gegen das Eindringen in sein Reich, Nate verteidigte die Durchsuchung, die er gesetzlich weder rechtfertigen noch vernünftig begründen konnte, und die Geschäftsführerin der Lodge war sichtlich verärgert und frustriert über die ganze Sache.

Seufzend fuhr Diana fort: »Jetzt, im hellen Tageslicht, glaube ich es ja kaum selbst.«

Quentin überraschte das nicht. Ihm war klar, dass sie weiterhin darum kämpfte, die lebenslange Beeinflussung zu überwinden, wie dramatisch die Geisterbegegnungen bisher auch verlaufen waren. Solche radikalen Sinnesänderungen geschahen selten rasch oder einfach.

»Allerdings gibt es einen Unterschied«, sagte er zu ihr. »Diesmal erinnern Sie sich daran, was passiert ist. Stimmt's?«

»Wenn es tatsächlich passiert ist. Mir kommt das alles wie ein Traum vor. Und vielleicht war es einer. Vielleicht bin ich nur im Schlaf gewandelt.«

Statt mit ihr zu streiten, fragte Quentin: »Empfinden Sie das so? Wie einen Traum? Oder hatten Sie das Gefühl, an einem Ort zu sein, den Sie schon früher aufgesucht hatten?«

Sie schwieg.

»Diana?«

»Träume geben einem manchmal dieses Gefühl, das wissen wir beide. Sie kommen einem vertraut vor, selbst wenn sie sich ... von den meisten Träumen unterscheiden.«

»Gab es da Schatten?«

Das überraschte Diana, und sie sah ihn an. »Wie bitte?«

»Gab es Schatten?« Sein Ton blieb sachlich, sein Blick hielt sie fest. »Wenn in dieser Welt Licht ist, dann ist auch Schatten. Sogar in der Dunkelheit gibt es Schatten, Bereiche in dunklerem Schwarz. Es gibt Tiefe, Dimensionen. Das sind Qualitäten, die wir mit unserer Welt verbinden. Mit ihrer Substanz, ihrer Realität. Haben Sie das letzte Nacht gefühlt und gesehen? Waren da Schatten?«

Diana steckte die Hände tiefer in die Taschen ihrer leichten Windjacke und fragte sich, ob ihr je wieder warm werden würde. Die Sonne war inzwischen aufgegangen, die Luft erwärmte sich. Sie müsste die Wärme eigentlich spüren, tat es aber nicht.

Und woher konnte er von den fehlenden Schatten in der grauen Welt wissen? Hatte sie ihm das erzählt? Sie konnte sich nicht daran erinnern.

Er wartete geduldig, und schließlich antwortete sie. »Nein. Keine Schatten. Keine Dimensionen. Keine Dunkelheit, kein Licht. Nur Grau.«

»In dem Sie mit Rebecca allein waren.«

»Es könnte ein Traum gewesen sein.«

»Es war real, Diana. Ein wirklicher Ort, getrennt von diesem hier. Selbst wenn Sie es nicht zugeben wollen, irgendwo tief in Ihrem Inneren müssen Sie das wissen.« Ohne auf ihre Antwort zu warten, fügte er nachdenklich hinzu: »Offensichtlich sind Sie schon sehr oft dort gewesen. Ich frage mich, warum Sie sich diesmal daran erinnern.«

»Weil die Medikamente aus meinem Organismus verschwunden sind.« Sie verzog das Gesicht, wünschte, sie hätte ihm nicht geantwortet.

Aber Quentin nickte. »Das ergibt einen Sinn.«

»Nichts von all dem ergibt einen Sinn.«

»Natürlich tut es das, wenn man von der einfachen Tatsache ausgeht, dass Sie paragnostische Fähigkeiten besitzen.«

»Und dass es ein Dasein nach dem Tod gibt. Vergessen Sie diesen Teil nicht.« Sie wollte ironisch klingen, fand aber, dass sie sich nur angespannt anhörte.

»Oh, das ist eine Tatsache.« Quentin blieb völlig ruhig. »Ich habe viel zu viel gesehen, um etwas anderes zu glauben.«

»Ich wünschte, ich könnte das auch glauben«, murmelte sie.

Quentin wünschte das ebenfalls. Das würde, dachte er, die ganze Sache zumindest etwas einfacher machen. Unbewusst rieb er sich den Nacken, bis er Dianas Blick auf sich spürte.

»Kopfschmerzen?«, fragte sie.

Er nickte nur, wollte nicht erklären, dass er sich mit den schmerzhaften Auswirkungen seiner Nachtwache herumplagte.

Sie musterte ihn. »Geben Sie mir Ihre rechte Hand«, bat sie.

Quentin kam der Aufforderung nach. Noch immer waren seine Sinne gedämpft, und er spürte kaum die kühle Berührung ihrer Hände, als sie seine Rechte mit der Handfläche nach oben drehte. Ihr Daumen bewegte sich nahe der Mitte seiner Handfläche, massierte sie langsam in einem kleinen Kreis.

»Einer meiner Ärzte«, erklärte sie, »konnte das sehr gut. Er sagte, es sei eine Form der Akupressur, seine persönliche Variante. Ich bin oft mit Kopfschmerzen aufgewacht, bis er mir das beigebracht hat.«

Quentin wollte ihr gerade sagen, dass weder Akupunktur noch Akupressur je die geringste Wirkung auf seine Kopfschmerzen gehabt hatten, als plötzlich das Pochen in seinem Kopf nachließ, seine Augen nicht mehr brannten und er tatsächlich ein Knacken in den Ohren hörte, mit dem sie sich öffneten.

Und er wurde sich ihrer Berührung so abrupt bewusst, als hätte sich seine ganze Konzentration auf ihre Hände gerichtet.

»Angeblich soll es blockierte Energiekanäle öffnen«, sagte sie, ihr Ton ein bisschen reumütig. »New-Age-Geschwafel, nehme ich an, aber ...«

»Na, so was«, entfuhr es ihm.

»Besser?«

»Viel besser. Der Schmerz ist weg.«

»Gut.« Einen Augenblick lang wirkte sie unsicher, ließ dann seine Hand los und schob ihre Hände zurück in die Jackentaschen. »Das freut mich.«

Obwohl sie ihn nicht mehr berührte, blieb er sich ihrer so bewusst, dass es fast greifbar war, als hätte sie etwas von ihrer eigenen Energie übertragen, um seine Schmerzen zu lindern, wobei ein schwacher Eindruck der Energieverbindung zwischen ihnen zurückblieb. Er spürte es so stark, dass er die Verbindung beinahe sehen konnte.

War sie denn auch noch eine Heilerin? Das wäre nichts Einzigartiges unter Paragnosten; Mirandas Schwester Bonnie war sowohl ein starkes Medium als auch eine erstaunliche Heilerin. Und es ergab angesichts der Theorien und Erfahrungen der Special Crimes Unit einen Sinn. Von einem Gehirn, das darauf gepolt war, sich auf bestimmte Energiesignaturen des Todes und dessen, was dahinterlag, einzustellen, konnte man durchaus auch erwarten, eine Affinität für die Energiesignatur des Lebens zu haben – und möglicherweise in der Lage zu sein, diese Energie in einen Heilprozess zu übertragen.

»Sie starren mich an«, sagte Diana.

Quentin überlegte schweigend, entschied dann aber, dass es im Moment nicht wichtig war, Diana mitzuteilen, sie sei möglicherweise auch eine Heilerin; es könnte sogar ihre allmähliche Anerkennung ihrer paragnostischen Fähigkeiten beeinträchtigen. Daher erwiderte er nur: »Wenn ich nächstes Mal rasende Kopfschmerzen haben, weiß ich, an wen ich mich wenden muss. Vielen Dank.«

»Keine Ursache.«

Er fragte sich, was sie wohl dachte, schloss alles andere um sich herum aus und konzentrierte sich noch mehr auf sie. Das fiel ihm erstaunlich leicht.

Noch stärker als am vorherigen Morgen im Aussichtsturm war er sich ihres Duftes, dem Schimmern ihres Haares und der goldenen Flecken in ihren Augen bewusst. Ihres Atems. Ihres …

»Ihnen ist kalt«, stellte er fest.

Diana warf ihm einen raschen Blick zu, zögerte einen Moment und erwiderte dann: »Das ist noch so was in der grauen Zeit. Es ist kalt da.«

»Ihnen fällt immer mehr ein, nicht wahr?«

Sie nickte langsam. »Es – ich bin anders in der grauen Zeit. Ich fühle mich wohl, sogar selbstsicher. Wenn ich dort bin, verstehe ich alles. Wenn ich dort bin, habe ich keine Zweifel.«

»Sie sind in beiden Welten derselbe Mensch, Diana. Nur durften Sie in dieser Welt nichts erforschen und nicht verstehen, wer Sie sind. Die Medikamente haben das verhindert.«

»Aber ich nehme doch jetzt keine mehr«, murmelte sie.

Quentin wollte das Gespräch fortsetzen, wurde jedoch unterbrochen, als Cullen Ruppe wütend zur anderen Seite der Scheune stapfte und Nate und Stephanie Boyd sich umdrehten und auf sie beide zukamen.

Der Polizist triumphierte innerlich, ließ es sich aber nicht anmerken. Nicht sehr.

Die Geschäftsführerin wirkte eher resigniert. »Tja, er ist nicht glücklich darüber«, teilte sie ihnen mit. »Wie viel wollen Sie wetten, dass er noch vor Tagesende eine Gehaltserhöhung verlangt?«

Diana schüttelte den Kopf. »Das tut mir wirklich alles sehr leid.«

»Er kommt schon drüber weg«, erwiderte Stephanie. »Außerdem ist es mir lieber, wenn niemand daran zweifelt, dass die Lodge nach der Entdeckung der Knochenreste dieses Kindes volle Kooperationsbereitschaft bei den Ermittlungen zeigt.«

Unbehaglich meinte Diana: »Es könnte keinen Zusammenhang haben. Ich meine – ich glaube zwar, dass es den gibt. Doch ich kann es nicht beweisen. Und ich bin mir nicht sicher, was wir finden werden. Oder ob wir überhaupt etwas finden. Es ist nur ... ich glaube nur ...« Sie warf Quentin einen frustrierten Blick zu. »Sagen Sie etwas, verdammt.«

»Willkommen in meiner Welt.«

Stephanie blickte neugierig zwischen beiden hin und her. »Nach dem, was Nate mir erzählt hat, gehört diese Ahnung von Ihnen ins Reich des Übersinnlichen?«

Mit erhobener Braue sah Quentin den Polizisten an, der darauf nur trocken sagte: »Na ja, mir fiel nichts anderes ein. Entweder musste ich mit der Wahrheit rausrücken, oder wir hätten die Sattelkammer nicht durchsuchen dürfen.«

»Ich ziehe die Wahrheit bei Weitem vor«, verkündete Quentin. »So abwegig sie auch oft klingen mag.«

»Ich fand es auch sehr abwegig«, gestand Stephanie. »Aber ich fand auch die Entdeckung eines kindlichen Skeletts in unseren Gärten abwegig. Und meiner Erfahrung nach sind abwegige Dinge oft auf die eine oder andere Weise miteinander verbunden.«

»Meiner Erfahrung nach auch«, stimmte Quentin zu.

»Also schauen wir mal, ob es hier eine Verbindung gibt. Als Geschäftsführerin der Lodge erteile ich Captain McDaniel hiermit die Genehmigung, die Sattelkammer zu durchsuchen – mit Unterstützung eines jeden, den er dabei für notwendig und geeignet hält. Ich bitte Sie nur darum, nichts zu zerstören, was dem Hotel gehört, erlaube Ihnen aber, Wände zu öffnen oder Bodenbretter zu entfernen, solange das vorsichtig geschieht.«

»Was viel mehr ist, als wir hätten erwarten dürfen«, sagte Quentin anerkennend. »Vielen Dank, Miss Boyd.«

»Stephanie. Gern geschehen. Sie finden da drinnen irgendwo einen Werkzeugkasten, den Sie benutzen können. Außerdem haben Sie meine Erlaubnis, Agent Hayes, alle Personalpapiere und sonstigen Unterlagen durchzusehen, die im Keller der Lodge verstaut sind.«

Quentin wollte sie gerade bitten, die Förmlichkeit fallen zu lassen, als sich Diana einmischte.

»Und im Speicher?«, fragte sie. Stephanie schien leicht überrascht, zuckte jedoch die Schultern. »Ich bezweifle, dass Sie da etwas Nützliches finden werden; soweit ich das beurteilen kann, sind da oben nur alte Möbel, ausrangierte Gegenstände und jahrzehntealte Fundsachen. Aber machen Sie nur. Stöbern Sie, so viel Sie wollen. Ich bitte Sie bloß darum, ohne meine ausdrückliche Erlaubnis absolut nichts aus der Sattelkammer, dem Keller oder dem Speicher zu entfernen.«

»Abgemacht«, sagte Quentin.

»Gut. Dann legen Sie mal los. Ich muss für eine Weile zurück ins Hauptgebäude, aber ich komme wieder. Außer Sie finden ganz schnell heraus, dass es in der Sattelkammer nichts von Interesse für Sie gibt.«

Nate sah auf die Uhr. »Uns bleiben zwei Stunden, bevor jemand die Sättel und das Zaumzeug aus der Sattelkammer braucht, richtig?«

Stephanie nickte. »Und Cullen ist gebeten worden, mit seinen täglichen Arbeiten fortzufahren, statt da drin rumzustehen und Sie zu bewachen. Ich würde die Zeit nützen, wenn ich Sie wäre.« Sie hob die Hand zu einem lässigen Gruß und ging.

»Ich denke, wir sollten auf die Dame hören«, meinte Nate. »Quentin, ich nehme an, du möchtest lieber, dass wir die Suche selber durchführen?«

»Ja. Wir können deine Leute immer noch hinzuziehen, wenn wir etwas finden.«

»Sie sind sich anscheinend sehr sicher, dass wir etwas finden werden«, murmelte Diana.

»Ich weiß es.« Und plötzlich stimmte das. Quentin wusste ohne jeden Zweifel, dass sie in dieser alten Scheune etwas finden würden, etwas Wichtiges. Aber diesmal war es kein Flüstern in seinem Kopf, das ihm das mitteilte. Es war ein Echo des frostigen Vorgefühls, das er schon vor einiger Zeit empfunden hatte.

Es kommt. Er wusste nicht, was es war, noch nicht. Er wusste nur, dass es das Gleiche war, was er in dem Kindheitssommer vor fünfundzwanzig Jahren gespürt hatte. Was Bishop hier vor fünf Jahren gespürt hatte. Und was Diana auf irgendeine Weise vor wenigen Stunden berührt hatte.

Etwas Altes und Dunkles und Kaltes. Etwas Böses.

Es war nahe. Und zum ersten Mal konnte er es spüren.

Nate McDaniel hatte sich für die Suche eingesetzt, weil Quentin ihn darum gebeten hatte. Aber er hatte nie wirklich erwartet, etwas zu finden.

Was es umso ironischer erscheinen ließ, dass er derjenige war, der es fand.

Die oberflächliche Durchsuchung des ziemlich großen, offenen Raumes war rasch und einfach erledigt. Und hatte, wie erwartet, nichts erbracht. Dann war es an der Zeit, auf der Suche nach einer hohlen Stelle die verputzten Lattenwände abzuklopfen, was Nate und Quentin am selben Punkt begannen und dann in entgegengesetzten Richtungen rund um den Raum fortführten. Zum Klopfen benutzten sie Schraubenziehergriffe.

»Könnten die nicht noch mehr Sättel hier drin unterbringen?«, fragte Nate genervt, als er sich strecken musste, um über einen hinwegzureichen, der an einem fast kopfhohen, in der Wand befestigten Sattelbaum hing.

»Der Raum heißt nicht umsonst Sattelkammer«, erinnerte ihn Quentin trocken.

»In diesem Stall steht vielleicht ein Dutzend Pferde, und ich habe noch nie gesehen, dass sie mehr als einen Sattel gleichzeitig tragen. Hier drinnen müssen mindestens dreißig Sättel sein.«

»So was sammelt sich mit der Zeit an«, erklärte Diana.

»Sättel von unterschiedlicher Größe für unterschiedliche Pferde, Veränderungen im Stil, unterschiedliche Vorlieben der verschiedenen Reiter. Dazu alles, was kaputtgegangen ist und nie repariert wurde. Jede Sattelkammer, die ich bisher gesehen habe, sah genau wie diese aus.«

Erstaunt hörte Quentin auf zu klopfen.

»Aus irgendeinem Grund hätte ich nicht erwartet, dass Sie Reiterin sind.«

»Oh doch.« Sie führte es nicht näher aus.

Mit leicht gerunzelter Stirn schaute er sie an. Sie stand mitten im Raum, ließ den Blick fast träge von Sattel zu Sattel wandern, von Zaumzeug zu Trensen zu Halftern. Jeder, der sie beobachtete, hätte annehmen können, dass sie sich langweilte, kaum auf die um sie herum vorgehende Suche achtete, sogar tagträumte.

Aber Quentin erkannte den Ausdruck. Er hatte es bei vielen Paragnosten in Augenblicken der Ruhe gesehen, dieses nach innen gerichtete, fast meditative Warten. Die halb bewusste Bemühung, die anderen fünf Sinne zum Schweigen zu bringen, damit die zusätzlichen gehört werden konnten.

Da sie nicht geschult war, wusste er nicht, ob jemand anderes ihr helfen konnte, sich zu konzentrieren, oder ob das nur eine Störung sein würde. Er entschied sich, es zu wagen.

»Diana?« – »Hm?«

»Was hören Sie?«

»Wasser. Tropfendes Wasser.«

»Wo?« – »Unter uns.«

Bevor Quentin weitere Fragen stellen konnte, unterbrach Nate die Stille mit einem überraschten Ausruf.

»Ach du meine Güte!«

Quentin drehte sich um und sah, dass es dem Polizisten gelungen war, einen der schweren, auf dem Boden stehenden Sattelbäume ein ganzes Stück zur Seite zu schieben, vermutlich, um besser an die Wand dahinter zu kommen.

Er blickte auf den Boden.

»Was ist?« Quentin ging zu ihm.

»Entweder spinne ich, oder ich habe hier eine Seite einer Falltür vor mir.«

»Du machst Witze.«

»Schau doch selbst.« Nate ging in die Knie und fuhr mit dem Finger an einem deutlich sichtbaren Spalt in den scheinbar durchgehenden Bodenbrettern entlang. »Hier. Der Rand war durch das Unterteil des Sattelbaums verborgen. Und ich wette, wenn wir das andere Gestell da verschieben, werden wir die Scharniere finden.«

Die beiden Sattelbäume standen in einer schlecht erreichbaren Ecke, beide überhäuft mit mehreren alten Sätteln und modrig riechenden Satteldecken, was es, zusammen mit vielen Spinnweben, offensichtlich machte, dass sie nicht zu dem üblichen Zubehör des Betriebs in diesem Raum gehörten.

Gut möglich, dass sie seit Jahren nicht mehr verschoben worden waren.

Diana trat zu den beiden Männern und sah schweigend zu, wie Quentin und Nate die beiden schweren Sattelbäume vorsichtig aus dem Weg schoben.

Es war tatsächlich eine Falltür, die Scharniere, die unter dem zweiten Sattelbaum verborgen gewesen waren, aus dickem Eisen. Einen Griff gab es nicht, aber als Quentin den Schraubenzieher unter den Rand gegenüber den Scharnieren zwängte, ließ sich die Tür leicht anheben.

Sie sahen alle die raue, runde Öffnung im Boden unter

der Falltür, breit genug für einen großen Mann. Sie sahen auch alle die schwere Eisenleiter, die anscheinend mit Bolzen im Granitgestein befestigt war und in der Dunkelheit verschwand.

Und sie spürten und rochen eine Welle feuchter und frostiger Luft, die heraufwehte, sobald die Tür geöffnet worden war.

»Wasser«, murmelte Diana. »Tropfendes Wasser.«

10

Ich weiß nicht, was da vor sich geht«, sagte Mrs Kincaid zu Stephanie, »aber ich bin sicher, dass mit dem Mädchen irgendwas nicht stimmt, Miss Boyd.«

Stephanie nahm einen Schluck von ihrem starken schwarzen Kaffee und wünschte, ihr wäre heute Morgen noch eine weitere Stunde Schlaf vergönnt gewesen. Sie konnte den Morgen generell nicht leiden, und dieser stellte sich als besonders übel heraus.

»Was erwarten Sie von mir, Mrs Kincaid?«, fragte sie in knappem, aber freundlichem Ton. »Ellie Weeks hat nichts angestellt. Bisher zumindest nicht. Sicherlich nichts, was eine Verwarnung meinerseits rechtfertigt.«

»Das ist mir klar, Miss Boyd«, erwiderte die Hausdame steif. »Und es ist natürlich an mir, solche Verwarnungen auszusprechen. Ich hielt es nur für das Beste, Sie zu informieren.«

Über was zu informieren?, wollte Stephanie fragen. Aber sie ließ es. Stattdessen sagte sie: »Ich weiß das zu schätzen, Mrs Kincaid. Und ich verlasse mich darauf, dass Sie das auch weiterhin tun.«

»Selbstverständlich.«

Stephanie nickte. »Schön. Im Übrigen wollte ich Ihnen noch mitteilen, dass die Polizei darum gebeten hat, alte Unterlagen und historische Dokumente durchsehen zu dürfen, die im Keller gelagert sind, wie auch auf dem Speicher nachzuschauen, also seien Sie nicht beunruhigt, wenn Sie einen von ihnen oder Agent Hayes in Bereichen des Hotels finden, die normalerweise den Gästen nicht zugänglich sind.«

Die Hausdame runzelte die Stirn. »Dem Speicher?« »Gibt es da ein Problem? Ich weiß nicht, was sie auf dem Speicher zu finden erwarten.«

»Ich auch nicht, aber da sie im Todesfall eines Kindes hier auf dem Gelände der Lodge ermitteln, kann ich ihnen natürlich den Zugang zu bestimmten Bereichen nicht verwehren.«

»Nein, natürlich nicht.« Aber das Stirnrunzeln der Hausdame blieb bestehen. »Ich hoffe, Sie erinnern sie daran, Miss Boyd, dass sowohl der Speicher als auch der Keller nur zum Lagern benutzt und daher nicht regelmäßig gesäubert oder gelüftet werden.«

Stephanie fand es doch erstaunlich, wie sehr manche Leute meinten, ihren Arbeitsbereich verteidigen zu müssen.

Zuerst Cullen Ruppe unten bei den Ställen, der sich gegen die Durchsuchung seiner Sattelkammer wehrte, und jetzt Mrs Kincaid, die wegen Staub im Keller und im Speicher um ihren Ruf fürchtete.

Bemüht, eher besänftigend als herablassend zu klingen, erwiderte Stephanie: »Ich bin sicher, dass sie dafür Verständnis haben, Mrs Kincaid.«

»Das hoffe ich, Miss Boyd.« Die Hausdame erhob sich und wandte sich zur Tür, zögerte dann und blickte zurück zu Stephanie hinter dem großen Schreibtisch. In einem seltenen Augenblick der Redseligkeit sagte sie: »Ich bin schon sehr lange hier, wissen Sie. Länger als alle anderen Angestellten. Und meine Mutter hat vor mir hier gearbeitet, ebenfalls als Hausdame.«

Stephanie war erstaunt. »Das wusste ich nicht.«

Mrs Kincaid nickte. »Dieser Agent Hayes – der war schon als Kind hier, zusammen mit seinen Eltern. Vor fünfundzwanzig Jahren. Ich erinnere mich an ihn.«

Da eine Hausdame selten direkten Kontakt mit den Gästen hatte, war Stephanie noch erstaunter. »Nach so vielen Jahren?«

Wieder nickte Mrs Kincaid. »Das war ein schlimmer Sommer, keiner, den ich je vergessen würde. Eine unserer Küchenhilfen hatte eine kleine Tochter, die ermordet wurde. Die Polizei hat nie herausgefunden, wer sie umgebracht hat.« Sie hielt inne und fügte dann hinzu: »Er war mit ihr befreundet. Agent Hayes. Man sagte, er wäre der Letzte gewesen, der die arme kleine Missy lebend gesehen hatte. Außer dem Mörder, natürlich.«

Stephanie wusste nicht, was sie dazu sagen sollte.

Auf das Thema zurückkommend, das sie ins Büro geführt hatte, fuhr die Hausdame fort: »Ich behalte Ellie im Auge, Miss Boyd. Sie brauchen sich darüber keine Sorgen zu machen.«

»Gut.« Stephanie gedachte nicht, Mrs Kincaid daran zu erinnern, dass die Beobachtung des Mädchens ihre eigene Idee gewesen war.

Anscheinend zufrieden, verließ die Hausdame das Büro und schloss leise die Tür hinter sich.

Stephanie seufzte, trank ihren Kaffee aus, stand auf und beschloss, zu den Stallungen zurückzugehen und zu schauen, ob die Durchsuchung der Sattelkammer irgendwas ergeben hatte.

Sie hatte das Gefühl, dass dem so war.

Ein sehr schlechtes Gefühl.

Nate weigerte sich, jemandem zu erlauben, die Leiter hinabzusteigen, bevor die angeforderte Verstärkung eingetroffen war.

»Kommt gar nicht infrage«, teilte er Quentin mit, »dass du da ohne mich runtergehst. Was bedeutet, dass keiner von uns runtersteigt, bevor ich jemanden hierhabe, der uns den Rücken deckt.«

Diana war sich ziemlich sicher, dass Quentin über die Verzögerung nicht glücklich war, obwohl er sich bereitwillig einverstanden erklärt hatte. Über ihre eigenen Empfindungen zu dem Thema war sie sich allerdings vollkommen sicher.

Sie wollte auf keinen Fall da runter.

Nicht, dass einer der beiden gesagt oder angedeutet hatte, sie solle es tun, aber sie wusste es. Sie wusste, dass es ihr vorherbestimmt war zu sehen, was sich da unten befand, genau wie Quentin. Dass sie die Leiter hinab und in die Dunkelheit steigen musste.

Zitternd vergrub sie die Hände tiefer in den Jackentaschen. Warum war ihr immer noch so kalt?

Nate sah auf die Uhr. »Hört zu, es wird eine gute halbe Stunde oder mehr dauern, bis meine Leute hier sind. Geht ihr doch frühstücken. Ich warte hier.«

»Du hast auch noch nicht gefrühstückt«, erwiderte Quentin.

»Ja, ja. Schick jemanden mit einer großen Kanne Kaffee und einem Eiersandwich raus, dann bin ich zufrieden.«

Von der Tür der Sattelkammer aus sagte Stephanie Boyd: »Das kann ich erledigen.« Ihr Blick lag auf der geöffneten Falltür, und sie fügte ungläubig hinzu: »Sie haben was gefunden?«

Quentin griff nach Dianas Arm und führte sie hinaus, während Stephanie die Sattelkammer betrat.

»Wir haben tatsächlich etwas gefunden. Nate, wenn du auch nur daran denkst, die Leiter ohne mich runterzusteigen ...«

»Mach ich nicht, mach ich nicht. Geht frühstücken.«

»Es gibt eine Leiter?« Stephanie war noch ungläubiger.

Unwillkürlich trat ein gequältes Lächeln auf Dianas Gesicht, als sie die Sattelkammer verlassen hatten und außer Hörweite waren. »Warum habe ich das untrügliche Gefühl, dass sie auch nicht die Leiter hinabsteigen will?«

Quentin musste etwas aus ihrer Stimme herausgehört haben, weil er sofort fragte: »Und was ist mit Ihnen?«

»Ich denke nicht, nein.«

»Warum nicht? Spüren Sie da etwas?« Diana holte tief Luft und atmete langsam wieder aus, dabei rückte sie ein wenig zur Seite, um ihren Arm aus Quentins leichtem Griff zu befreien. »Da ist ein schwarzes Loch im Boden, Quentin. Sieht nicht sehr einladend aus. Meine gewöhnlichen fünf Sinne sagen mir das.«

Er machte sich nicht die Mühe, sie daran zu erinnern, dass die Kenntnis über dieses schwarze Loch ihr zu verdanken war. Stattdessen meinte er: »Sie brauchen mir nicht zu sagen, dass Sie viel glücklicher gewesen wären, wenn wir da drin nichts gefunden hätten.«

Das überraschte sie, und sie warf ihm einen hastigen Blick zu.

»Damit Sie sich erneut einreden könnten, Sie hätten sich das alles nur eingebildet«, erklärte er.

Diana fiel nichts zu ihrer Verteidigung ein, daher wechselte sie das Thema. »Was kann ein altes Loch im Boden denn schon mit ermordeten Kindern zu tun haben?«

»Ich habe keine Ahnung«, gab er zu.

»Wenn Sie seit Jahren hier ermittelt haben, wie konnte Ihnen das entgehen?«

»Ich habe nicht hier ermittelt – leider«, erwiderte Quentin. »Zumindest nicht hier vor Ort, und nicht weiter zurück als fünfundzwanzig Jahre. Ich habe das Gefühl, dass das, was wir gefunden haben, wesentlich älter ist.«

»Die Falltür? Oder das Loch selbst?«

»Beides, würde ich sagen. Die Scheune steht seit etwa hundert Jahren da, sie gehört zu den allerersten Gebäuden. Das weiß ich von einer Postkarte, die im Andenkenladen verkauft wird und auf der das Hotel um 1902 abgebildet ist, direkt nachdem es gebaut wurde.«

»Sie glauben, das Loch wurde ... ausgehoben ..., bevor die Scheune gebaut wurde?«

»Wahrscheinlich. Es wäre äußerst schwierig gewesen, es innerhalb der Sattelkammer auszuschachten. Sie haben den Boden gesehen; wenn es keine natürliche Öffnung war, muss sich jemand zumindest teilweise durch den Granit gebohrt oder gesprengt haben. Es könnte mal ein alter Brunnen gewesen sein, das käme von der Form her hin. Vielleicht ist er ausgetrocknet, oder das Wasser war schlecht und konnte nicht mehr verwendet werden.«

»Was ist mit der Leiter?«

»In einem Brunnen habe ich noch nie eine gesehen, nicht mal in einem alten. Für mich sieht es aus, als wäre das Loch zu einem anderen Zweck benützt worden.«

»Was bedeutet, wir werden mehr als nur Wasser am Boden finden.«

»Höchstwahrscheinlich.«

Diana schüttelte den Kopf. »Die Scharniere haben nicht gequietscht. Ist Ihnen das aufgefallen?«

»Ja. Alte Eisenscharniere, die keinen Rost angesetzt hatten und nicht quietschten. Also muss sich jemand um die Falltür gekümmert haben.«

»Sie war verborgen.«

»Aber so, dass man die Sattelbäume mit wenig Mühe beiseiteschieben konnte.«

»Warum?«, wollte Diana wissen und hörte die zunehmende Anspannung in ihrer Stimme.

»Wir können nur raten, bis wir gesehen haben, was da unten ist.«

»Und keiner von Ihnen hat – als Kind – die Falltür entdeckt?«

Mit einem raschen Blick sah sie, wie er die Brauen zusammenzog.

»Nicht, dass ich mich erinnern kann«, erwiderte er. Schweigend setzten sie ihren Weg zum Hauptgebäude fort. Es war immer noch sehr früh, aber die üblichen Frühaufsteher waren schon unterwegs: Gärtner und Hausmeister, jemand planschte im Schwimmbecken, ein anderer übte seinen Aufschlag auf dem Tennisplatz.

Ein morgendlicher Jogger kam mit einem abwesenden Nicken an ihnen vorbei, den Blick bereits auf die Berge gerichtet, deren gewundene Pfade Wanderer und Jogger herausforderten.

Für die meisten Gäste war es nur ein weiterer Morgen, wie gewöhnlich bestimmt durch Gewohnheiten und Rituale.

Diana hätte gern gewusst, wie sie sich wohl anfühlte, diese Normalität.

Als sie die Veranda betraten, konnten sie sich den Tisch für das Frühstück aussuchen. Erst zwei waren besetzt, einer von einem jungen Paar und der andere von dem kleinen

Mädchen, das Diana wiedererkannte – war das erst gestern Morgen gewesen?

Es kam ihr wie Wochen vor, seit sie mit Quentin im Aussichtsturm gestanden und auf das kleine Mädchen mit ihrem Hund hinuntergeschaut hatte.

Jetzt lag der Hund auf dem Schoß des Mädchens, das Diana ein schüchternes, flüchtiges Lächeln zuwarf und dann seinen schlafenden Gefährten weiterstreichelte.

»Sie ist früh auf«, murmelte Diana.

»Schon wieder«, stimmte Quentin zu. Er deutete auf einen Tisch nicht weit von ihrem gestrigen entfernt, und sie setzten sich. »Bisher habe ich nur sie und ein weiteres Kind gesehen, einen kleinen Jungen. Hier und da ein paar Teenager. Wie gesagt, die Lodge ist kein typisches Familienhotel.« Eine Kellnerin näherte sich ihnen mit einem strahlenden »Guten Morgen« und der Kaffeekanne, womit ihr Gespräch für einen Moment unterbrochen wurde. Sie ließen sich Kaffee einschenken und bestellten Frühstück, ohne in die Speisekarte zu schauen.

Diana legte ihre Hände um die heiße Tasse, sich erneut ihres Fröstelns bewusst, das ihr so schwer verständlich war. Die Sonne schien auf die Veranda, auf ihren Tisch. Die Luft war warm und duftete nach Blumen, vermischt mit dem schärferen Geruch nach gebratenem Speck.

Es war über zwei Stunden her, seit sie aus der grauen Zeit gekommen war. Warum war ihr immer noch so kalt?

»Diana?«

Widerstrebend blickte sie auf.

»Was beunruhigt Sie?«

Ein kleines Lachen entwich ihr.

Quentin lächelte: »Stimmt, das war eine dumme Frage.« Bevor ihm eine bessere Formulierung einfiel, wechselte

Diana das Thema. »Sie sagten, Sie könnten sich nicht erinnern, ob einer von Ihnen in jenem Sommer die Falltür entdeckt hätte.«

»Das stimmt.«

»Ich schätze … ich hatte angenommen, dass Ihre Erinnerungen an den Sommer sehr lebendig sind. Dass Sie sich an alles erinnern würden, weil der Mord an Missy so traumatisch war.«

Quentin blickte in seinen Kaffee und schien zu überlegen. »Eine verständliche Annahme. Und ich weiß nicht, warum dem nicht so ist. Einige Dinge heben sich natürlich heraus, sind mir so deutlich wie Schnappschüsse im Gedächtnis. Doch andere …« Er schüttelte den Kopf. »Es gibt Lücken, die ich nicht so richtig erklären kann. Eine Art Verschwommenheit meiner Erinnerungen.«

»Vielleicht wegen des Schocks, Missy gefunden zu haben«, meinte Diana. – »Kann sein.«

»Sie waren noch sehr jung, Quentin. Und es ist fünfundzwanzig Jahre her.«

»Ja, schon. Trotzdem sollte ich mich an mehr erinnern, und die Erinnerungen sollten klarer sein.« Er zuckte die Schultern. »Wenn es möglich wäre, mich zu hypnotisieren, könnte ich an die Erinnerungen herankommen. Aber da das nicht geht …«

»Sie können nicht hypnotisiert werden?«

»Nein. Und Sie auch nicht.« Er trank von seinem Kaffee. »Menschen mit paragnostischen Fähigkeiten gehören alle zu dem Prozentanteil, der nicht hypnotisiert werden kann. Niemand weiß, warum.«

Mit gewissem Nachdruck sagte Diana: »Ich würde gerne ein einziges Mal behaupten können, dass Sie sich bei etwas irren. Was mich angeht.«

»Es tut mir leid.«

»Nein, tut es Ihnen nicht.«

»Na gut, Sie haben recht. Ich weiß, wie schwer das alles für Sie ist, Diana. Ich verstehe das, wirklich. Aber Sie müssen zugeben, dass es ein bisschen dickköpfig ist, weiterhin das Paranormale abzustreiten, wenn Sie es so regelmäßig erleben.«

»Das denken Sie?«

»Nur ein wenig.«

»Tja, entschuldigen Sie, dass ich mehr als vierundzwanzig Stunden brauche, um mich an die Vorstellung zu gewöhnen.«

Quentin lachte leise. »Habe verstanden. Ich kann manchmal ziemlich ungeduldig sein.«

»Ach, wirklich?«

»Entschuldigen Sie, Diana. Ich versuche mich zu bessern. Und daran zu denken, dass alles neu für Sie ist.«

»Ich nehme an, für Sie war es leicht zu akzeptieren?«

Er zögerte und verzog das Gesicht. »Es war ziemlich leicht für mich, das Vorhandensein meiner Fähigkeiten zu akzeptieren. Aber es machte mein Leben nicht einfacher, als mir aufging, dass ich anders bin. Vor allem, da mein Vater als Ingenieur wenig Verständnis für alles hatte, was nicht wissenschaftlich gewogen, gemessen und analysiert werden konnte. Er ist eigentlich immer noch so. Er war nicht sehr glücklich, dass ich nach meinem Juraexamen zur Polizei ging, aber wir sprechen nach wie vor miteinander. Was schon eine ganze Menge ist, schätze ich.«

»Und Ihre Mutter?«

»Meine Mutter denkt, ich wandele auf dem Wasser.« Er grinste. »Da ich ihr einziges Kind bin, kann ich nichts falsch machen. Aber … ich glaube, sie fand es gespenstisch, wenn ich ihr sagte, dass das Telefon gleich klingeln oder mein Vater einen unerwarteten Bonus bekommen würde, solche Sachen. Inzwischen reden wir kaum noch darüber.«

»Das muss Sie einsam gemacht haben.«

Er dachte darüber nach. »In gewisser Weise. Zumindest für eine ganze Weile. Doch bei der Special Crimes Unit ein Zuhause zu finden, wo das Paranormale die Regel statt die Ausnahme ist, hat alles verändert. Die meisten in unserem Team fühlen sich zum ersten Mal in ihrem Leben nicht isoliert und allein.«

Das glaubte Diana gerne. »Wissen Ihre Eltern, dass Sie bei der Special Crimes Unit sind?«

»Ja. Aber sie wissen nicht, was das wirklich Spezielle an dieser Einheit ist.«

»Also … haben sie sich nie richtig mit dem abgefunden, was ein sehr großer Teil Ihres Lebens ist.«

»Nein. Und das wird Ihr Vater wahrscheinlich auch nicht, wenn es das ist, woran Sie gerade denken.« Diana wollte erneut ihre Gereiztheit darüber ausdrücken, dass er ihre Unsicherheit so rasch erfasste, doch dann ließ sie es bleiben. Sie begnügte sich mit einem Seufzen, das er ohne Schwierigkeiten würde deuten können, wandte den Blick ab und ließ ihn über die Veranda schweifen.

Zu ihrer Überraschung waren jetzt mehrere Tische besetzt.

Waren sie das wirklich?

Die Frau in dem viktorianischen Kleid, die sie am Tag zuvor gesehen hatte, saß allein an einem Tisch und hob wieder leicht die Teetasse, als sie Dianas Blick auf sich spürte. Nicht weit entfernt saß ein Mann an einem anderen Tisch, er hob sich mit seiner groben Arbeitskleidung und dem bärtigen Gesicht stark von den üblichen Hotelgästen oder Angestellten ab; auch er schaute zu Diana und nickte etwas brüsk, als sie ihn ansah.

Diana riss ihren Blick von ihm los, nur um zwei kleine Kinder an einem anderen Tisch sitzen zu sehen. Zwei Jungen, die beide in einem Stil gekleidet waren, den sie vage als zu einer anderen Zeit gehörend erkannte. Beide sahen sie ernst an.

Sich nur schwach der Tatsache bewusst, dass Quentin mit der Kellnerin sprach, schaute Diana zu dem Tisch, der ihrem am nächsten stand, sah eine hochgewachsene Frau in einer sehr altmodischen Schwesternuniform aufstehen und einen Schritt auf sie zumachen.

»Hilf uns«, sagte die Frau.

»Hilf uns«, wiederholten die kleinen Jungen.

»Es ist Zeit«, knurrte der Arbeiter.

»Diana?«

Sie zuckte zusammen. »Was ist?«

Er deutete auf ihren Tisch, wo jetzt das Frühstück aufgedeckt war.

»Oh. Ja, gut.« Heimlich sah sie noch mal zu den Tischen in der Nähe, an denen die Menschen aus dem Jenseits gesessen hatten und die jetzt leer waren. »Gut.« Einesteils wollte sie Quentin erzählen, was sie gesehen hatte, doch ein anderer Teil von ihr zweifelte bereits daran und stellte es infrage.

Hatte sie die Leute wirklich gesehen? Waren sie wirklich Geister gewesen? Und wenn ja, was wollten sie dann von ihr? Wie sollte sie ihnen helfen können? Was erwarteten sie von ihr?

»Ist alles in Ordnung, Diana?«

Sie trank einen Schluck Kaffee und versuchte nachzudenken. Zu entscheiden. »Nur … kalt. Mir ist nur kalt, mehr nicht.«

»Vielleicht hilft die warme Mahlzeit.«

»Ja. Ja, vielleicht.« Sie würde es ihm erzählen müssen, das wusste sie. Früher oder später. Und vielleicht konnte er das alles rational erklären, vielleicht würde er ihr eine logische Begründung liefern, warum ihr plötzlich, nach zwei friedlichen Wochen hier in der Lodge, ständig Geister begegneten.

Nate wollte auf keinen Fall, dass die Presse aufmerksam wurde, daher hatte er nur zwei seiner Detectives als Verstärkung angefordert. Stephanie erklärte er, das wären die beiden, die sowieso schon eingeteilt worden waren, ihm später bei der Befragung des Personals zu helfen. Daher trafen Zeke Pruitt und Kerri Shehan in Zivilfahrzeugen ein und begaben sich, wie befohlen, ohne großes Aufsehen zu den Stallungen.

Doch beide zeigten beträchtliches Erstaunen, als sie die Falltür erblickten und das, was darunterlag.

»Das ist ja ein dolles Ding«, bemerkte Pruitt beinahe bewundernd und meinte damit vermutlich die Anstrengungen, die sicherlich auf das Anlegen des Schachts verwendet worden waren.

Shehan, die die Bedeutung eher zu erfassen schien, sagte zu Nate: »Könnte uns das helfen, einige der Rätsel von Agent Hayes' Liste zu erklären?«

»Sie haben sich damit beschäftigt?«, fragte Nate, ohne wirklich überrascht zu sein. Kerri Shehan war seine gescheiteste Beamtin, und mehr als einmal hatte er voll schlechtem Gewissen gedacht, dass ihre Fähigkeiten in dieser kleinen, für gewöhnlich so friedlichen Stadt vergeudet wurden.

Jetzt war er sehr froh, sie nicht ermutigt zu haben, sich woanders um einen besseren Posten zu bewerben. Er hatte das Gefühl, alles an Intelligenz zu brauchen, was er bekommen konnte.

Zeke Pruitt, in mittlerem Alter und völlig zufrieden mit der meist banalen Arbeit, die für die wenigen Detectives in Leisure anfiel, stöhnte, bevor seine Partnerin die Frage ihres Captains beantworten konnte. »Sie saß schon im Morgengrauen an ihrem Schreibtisch, hockte über dem Zeug aus der historischen Datenbank und hat sich alle möglichen Zeitungsnachrufe aus dem ganzen Staat auf den Bildschirm geholt. Zeug über die Lodge und deren Geschichte, sogar örtliche Legenden. Hat mich nicht mal meinen Kaffee austrinken lassen, bevor sie es mir laut vorgelesen hat.«

Er beäugte neugierig die Falltür. »Muss allerdings zugeben, dass das hier all die alten Geschichten über Vermisste aus dieser Gegend ein bisschen interessanter macht.«

»Wir wissen noch nicht, ob es da irgendwelche Verbindungen gibt«, teilte Nate ihnen mit.

»Wie wurde sie überhaupt gefunden?«, fragte Shehan mit Blick auf die Sattelbäume, die offensichtlich beiseitegerückt worden waren.

»Durch Glück«, erwiderte Nate fest, als Quentin und Diana in die Sattelkammer kamen.

Keiner stellte die Aussage infrage. Auch Stephanie nicht, die hinter ihnen eintrat und sie gerade noch mitbekam.

An Nate gewandt, sagte sie: »Gut, Cullen ist darüber unterrichtet worden, dass seine Sattelkammer nicht betreten werden darf, bevor ihm etwas anderes mitgeteilt wird. Er ist nicht glücklich darüber, aber er hat seine Befehle. Sollten Pferde aus diesem Stall benötig werden, kommen sie zum Striegeln und Satteln in einen der anderen Ställe.« Sie blickte zur Falltür. »Immer vorausgesetzt, dass es sich hierbei nicht um einen aufgelassenen Brunnen oder sonst etwas Harmloses handelt.«

»Dann schauen wir mal. Nicht nötig, dieses ganze Zeug – ich meine die Sättel und so – aus dem Weg zu räumen, wenn es nicht sein muss.« Nate nahm eine der starken Taschenlampen, die seine Detectives mitgebracht hatten, und richtete den Lichtstrahl durch die Falltür nach unten.

Da in der Ecke wenig Platz war, kam keiner und schaute ihm über die Schulter, aber es war zu spüren, dass alle im Raum die Luft anhielten, um seinen Urteilsspruch zu hören.

Er ließ sie nicht warten und richtete sich gleich wieder auf. »Das ist kein Brunnen. Zeke, helfen Sie mir, hier etwas mehr Platz zu machen, ja?«

»Was hast du gesehen?«, fragte Quentin, während der stämmige Detective Nate half, die schweren Sattelbäume weiter von der Falltür zurückzuziehen.

»Der Schacht führt ungefähr sechs Meter gerade nach unten und wird dann anscheinend fast waagerecht. Nach Westen, auf die Berge zu.«

»Ein Tunnel?«, fragte Stephanie ungläubig.

»Vielleicht. Allerdings ist mir gerade etwas eingefallen. In den Jahren, bevor die Lodge gebaut wurde, gab es eine Menge Bergbau in der Gegend, hat uns zumindest unser Geschichtslehrer in der Highschool erzählt. Ich glaube, in diesem Tal wurde nicht allzu viel abgebaut, aber wir sind nahe genug dran, dass es sich hierbei ursprünglich um einen Luftschacht handeln könnte.«

»Und niemand hat ihn bemerkt, als die Scheune gebaut wurde?«, meinte Stephanie zweifelnd.

»Sie gehen davon aus, dass die Falltür später eingefügt wurde«, sagte Nate. »Was natürlich sein könnte. Oder sie war schon immer da. Gibt es Originalbaupläne für diese Scheune?«

Sie verzog das Gesicht. »Keine Ahnung. Hat man damals überhaupt Baupläne für Scheunen angefertigt? Ich meine – sind sie nicht einfach ... hochgezogen worden?«

Nate hob die Augenbraue. »Eine Scheune wie diese? Ich wette, da gab es Baupläne.«

Mit einem Seufzer erwiderte Stephanie: »Tja, dann wird Agent Hayes sie vielleicht im Keller finden.«

»Ich werde auf jeden Fall nachschauen«, meinte er. »Und mein Name ist Quentin.« Er wartete auf ihr Nicken und sagte dann zu Nate: »Ich weiß nicht genug über Bergbau – ganz gleich, ob modernen oder historischen –, um dir zu widersprechen; mein Vater ist der Ingenieur in der Familie. Aber führen Luftschächte nicht normalerweise von Haupttunneln zur Oberfläche hinauf?«

»Ja, wenn es ein geplanter Schacht ist. Die Bergleute haben allerdings auch natürliche Schächte oder Felsspalten oder auch alte Brunnen verwendet – was gerade zur Hand war. So hat es uns wenigstens dieser Lehrer erklärt. Es war sein Hobby, alte Minen und Höhlen zu erforschen, darüber hat er ständig geredet und uns zu Tode gelangweilt.«

»Manches ist offensichtlich doch hängen geblieben«, meinte Stephanie.

»Ja. Wer konnte schon wissen, was man davon eines Tages noch brauchen könnte?« Nate betrachtete die freigeräumte Fläche um die Falltür. »Zeke, Sie und Kerri bleiben erst mal oben; sorgen Sie dafür, dass niemand hier reinkommt. Quentin, wenn du so weit bist, nimm dir eine Taschenlampe.«

»Ich komme auch mit«, hörte Diana sich sagen. Sie hatte immer noch die Hände in den Jackentaschen, nach wie vor so durchgefroren, dass es sie Anstrengung kostete, nicht zu zittern.

»Mist«, brummte Nate, aber eher resigniert als ablehnend. Fragend blickte er auf Quentin.

Quentin warf einen Blick auf Diana, doch obwohl sie dem auswich, nickte er dem Polizisten zu. »Ich glaube, sie muss nach dort unten. Und mehr noch, ich glaube, wir brauchen sie.«

Bewundernd meinte Stephanie zu Diana: »Sie sind ganz schön mutig, Diana. Ich bin auch total neugierig, aber mich würde man selbst mit vorgehaltener Pistole nicht da runterbringen.« Sie setzte sich auf die lange Bank, als wollte sie es sich gemütlich machen. »Ich warte hier, bis Sie zurückkommen. Und ich muss Sie sicher nicht daran erinnern, dass Sie auf eigenes Risiko da runtersteigen.«

»Wir haben es vernommen.« Quentin ließ sich von Pruitt eine Taschenlampe geben und machte sich bereit, Nate die Leiter hinabzufolgen. Er hielt nur noch inne, um Diana nachdrücklich zu fragen: »Sind Sie sich wirklich sicher?«

»Ja.« Sie war sich sicher, aber das machte die Sache nicht weniger beängstigend. Und es trug nicht dazu bei, sie zu wärmen, als sie ihre kalten Hände auf die kalte Eisenleiter legte und den beiden Männern in den kalten Schacht folgte.

Mit Angelo auf den Fersen ging Madison durch die Gärten in Richtung der Ställe, bog aber stattdessen in den englischen Garten ab.

»Sie würden uns sowieso nicht in die erste Scheune lassen«, erklärte sie ihrem kleinen Hund. »Becca sagt, er ist den ganzen Tag für Gäste geschlossen. Vielleicht sogar länger. Also brauchst du nicht so zu tun, als hättest du keine Angst vor den Pferden.«

Angelo blickte aufmerksam zu ihr hoch, mit aufgerichteten Ohren und wedelndem Schwanz.

Aber er schaute weniger glücklich, als Madison den Weg einschlug, der zu einem kleinen Pavillon in der Ferne führte.

Er winselte kläglich.

»Allmählich gehst du mir auf die Nerven, Angelo«, beschwerte sie sich. »Becca will sich mit mir in dem Pavillon treffen, also gehen wir dorthin. Das hab ich dir doch gesagt.«

Der kleine Hund zögerte, blieb sogar kurz stehen, als seine Herrin weiterging, und beeilte sich dann mit hängenden Ohren und eingekniffenem Schwanz, sie einzuholen.

»Ich mag Becca«, informierte sie ihn und sah sich genötigt, ihre Freundin zu verteidigen. »Mit ihr zusammen zu sein macht Spaß. Und sie kennt sich hier aus. Außerdem weißt du so gut wie ich, dass wir in ernste Schwierigkeiten kommen könnten, wenn Becca uns nicht vor den bösen Sachen warnen würde.«

Angelo hielt sich eng an sie, machte keinen Mucks, war aber offensichtlich immer noch ängstlich.

Madison richtete ihre Aufmerksamkeit nach vorne und beschleunigte ihren Schritt, als sie Becca in der Mitte des weiß gestrichenen Pavillons auf sie warten sah.

»Hallo«, rief sie.

Becca wartete, bis Madison und Angelo sie erreicht hatten, bevor sie antwortete.

»Selber hallo. Hast du gefrühstückt?«

»Klar. Pfannkuchen. War sehr lecker.«

Becca nickte langsam. Sie schien zu zögern und sagte dann: »Sie haben die Tür gefunden.«

»Das hast du doch gewusst.«

»Ja. Die Sache ist nur … ich habe Diana vielleicht zu früh nach da unten gelockt.«

11

Als sie den Boden des senkrechten Schachtes erreichten, entdeckten sie, dass da tatsächlich ein grob ausgehauener Tunnel war, der sich mehrere Meter lang leicht nach unten senkte, dann flacher wurde und fast direkt nach Westen führte. Quentin, der Größte von ihnen, konnte gerade noch aufrecht stehen, aber der Tunnel war schmal, und sie mussten hintereinander gehen. Die Taschenlampen gaben genug Licht, ließen jedoch seltsame Schatten über die rauen Tunnelwände huschen.

Der Steinboden war an manchen Stellen rutschig, an anderen praktisch trocken, sodass sie beim Gehen aufpassen mussten. Die Luft war feucht und unangenehm frostig. Es roch beunruhigend nach alter Erde und abgestandenem Wasser und der Modrigkeit eines Ortes, der zu lange verschlossen gewesen war und in Dunkelheit gelegen hatte.

»Trotzdem ist die Luft einigermaßen frisch, vor allem für diese Tiefe«, bemerkte Quentin mit leiser Stimme, da die harten Tunnelwände, wie sie rasch entdeckt hatten, alle Geräusche zurückwarfen.

»Was bedeutet, dass es irgendwo eine weitere Öffnung zur Oberfläche geben muss«, gab Nate zurück.

»Zwangsläufig«, stimmte Quentin zu. Seine Finger fassten Dianas fester. Er hatte nach ihrer Hand gegriffen, als sie den Fuß der Leiter erreichten, und obwohl er nichts gesagt hatte, war er beunruhigt darüber, wie kalt sich die Hand anfühlte.

Er machte sich Sorgen um Diana.

»Mir geht's gut«, murmelte sie in diesem Moment. Sie war einen halben Schritt hinter ihm, aber er konnte ihr Gesicht sehen, als er rasch über die Schulter schaute. In dem wenigen Licht, das von den Taschenlampen zurückfiel, wirkte ihr Gesicht fast geisterhaft bleich.

Und mehr, als dass er es sah, spürte er diese nach innen gerichtete Aufmerksamkeit, das stille Warten auf was auch immer kommen würde. Bewusst oder unbewusst, sie setzte ihre Fähigkeiten ein. Vermutlich, dachte er, spürt sie deswegen auch meine Sorge um sie.

Vermutlich.

»Sind Sie sich sicher?«, fragte er.

»Mir geht's gut«, wiederholte sie. »Hören Sie.«

Es dauerte noch einen Moment, aber dann hörte er es, das Tropfen und leise Gurgeln und Spritzen von Wasser vor ihnen.

»Ich glaube, er wird breiter ...«, setzte Nate an und brach plötzlich ab, als sich der Tunnel tatsächlich sehr abrupt weitete. Zu einer Art Höhle, wie es aussah.

Sofort hatten sie das Gefühl eines weiten Raums um sich herum, und als Nate seine Taschenlampe in einem Bogen schwenkte, erkannten sie, dass sie am Eingang einer Höhle standen, die über zwanzig Meter breit und gute sechs Meter hoch sein musste. Sie konnten schmale Eingänge zu mindestens drei anderen Durchgängen sehen, die von der Höhle wegführten.

Außerdem sahen sie das Wasser, das sie bisher nur gehört hatten, einen Bach, der reißend durch einen Kanal zu ihrer Rechten schoss, sich um mehrere Felsbrocken in der Höhle schlängelte und dann irgendwo auf der anderen Seite verschwand.

Die Höhle hatte ein völlig natürliches Aussehen, sie war vielleicht schon vor einer Ewigkeit entstanden, als der schmale Bach noch ein kraftvoller Untergrundfluss gewesen war.

Nate sprach als Erster, fragte Quentin: »Wie weit sind wir deiner Meinung nach von der Scheune entfernt?«

»Fünfzig Meter, in etwa.«

»Direkt am Anfang der Berge. Großer Gott, ich wusste, dass es in Kentucky den Mammuthöhlen-Nationalpark gibt, mit jeder Menge natürlicher Höhlen und Tunnel, aber ich hatte keine Ahnung, dass wir so was auch in Leisure haben könnten.«

»Du hast diesem Lehrer wirklich gut zugehört«, meinte Quentin abwesend, wobei er das Licht seiner Taschenlampe langsamer durch die Höhle wandern ließ.

»Hab ich wohl. Aber, Quentin, wenn das hier natürlich ist und keine Mine, warum wurde es dann verschwiegen? Touristen bezahlen gutes Geld, um sich so was anzuschauen.«

»Vielleicht, weil der einzige Zugang aus senkrechten Schächten wie dem besteht, den wir hinuntergestiegen sind. Es ist eine Sache, Touristen einzuladen, eine hübsche große Höhle zu betreten, aber eine ganz andere, von ihnen zu verlangen, eine sechs Meter hohe Leiter hinunterzuklettern und sich dann über eine Länge von fünfzig Metern durch einen sehr engen Tunnel zu quetschen, um zu der hübschen großen Höhle zu kommen. Wir sind alle nicht klaustrophobisch; ich wette, in dem Tunnel, durch den wir gekommen sind, bekämen die meisten Leute Platzangst.«

»Das mag gut sein«, gab Nate zu. »Trotzdem würde man doch denken, dass die Einheimischen hiervon wüssten, und ich schwöre, ich habe nie ein Wort darüber gehört.«

»Sie wollten nicht, dass Sie es hören«, murmelte Diana.

Die beiden Männer schauten sie an, und Quentin richtete seine Taschenlampe vorsichtig auf ihr Gesicht, schirmte sie ab, um Diana nicht zu blenden. In dem unheimlichen, indirekten Licht lag ihr Gesicht halb im Schatten, die Flächen und Kanten ausgeprägt und doch seltsam unvertraut.

Für einen kurzen Moment hatte Quentin das Gefühl, jemand anderen anzuschauen.

»Diana?«

»Sie mussten Schweigen darüber bewahren«, fuhr sie fort, ihre Stimme leise, fast träumerisch und eindeutig anders als sonst. »Sie hatten die Lodge bereits gebaut, so viel Geld und Zeit darauf verwendet. Sie durften nicht zulassen, dass das alles umsonst war. Als die ersten Morde passierten, als ihnen klar wurde, was hier lebte, was sich hier nährte, mussten sie … ihre Investition schützen. Und in jener Zeit nahmen Männer das Gesetz selbst in die Hand.«

»Was haben sie getan?«, fragte Quentin leise.

»Sie haben ihn gejagt. Und als sie ihn erwischten, haben sie ihn hierhergebracht. Ihn unter der Erde eingesperrt. Damit er hier starb. Allein.«

»Ihn?« Nates Stimme war so argwöhnisch, dass sie ein wenig zitterte. »Diana, von wem reden Sie?«

Sie legte den Kopf leicht schräg, als lauschte sie einer sanften, fernen Stimme. »Er war böse. Er bewegte sich wie ein Mensch und redete wie ein Mensch, aber er war etwas anderes. Etwas, das sich von Entsetzen nährte. Etwas ohne Seele.«

Quentin packte ihre Hand fester, befürchtete, Diana für immer zu verlieren, wenn er sie losließ, da er das beängstigende Gefühl hatte, dass ein Teil von ihr bereits woanders war, im Hier und Jetzt nur durch den körperlichen Kontakt ihrer verschränkten Hände festgehalten.

Er wollte dem ein Ende bereiten, wollte Diana von dort zurückholen, wo sich der abwesende Teil von ihr befand, aber sämtliche Instinkte warnten ihn davor. Noch nicht. Das hier, was immer es sein mochte, war wichtig. Es war etwas, das sie ihm sagen musste. Etwas, auf das er hören musste.

»Es kommt.« Er hatte nicht auf Missy gehört. Auf Diana würde er hören.

»Sie dachten, er wäre ein Tier, also sperrten sie ihn wie ein Tier in einen Käfig«, murmelte sie. »Sie hatten keine Ahnung ... wozu er wirklich fähig war. Keine Ahnung, dass seine Wut ihm die Stärke geben würde weiterzumachen. Sie hatten keine Ahnung, dass der Tod ihn nicht aufhalten würde. Sie zerstörten das Fleisch, aber das setzte nur das Böse frei.«

Mit immer noch leiser Stimme fragte Quentin: »Wer waren sie, Diana?«

Sie schaute ihn an, schien ihn zum ersten Mal wahrzunehmen, obwohl ihre Augen immer noch diesen eigenartig flachen Schimmer hatten. »Sie haben die Lodge gebaut. Nur eine Handvoll Männer, reiche Männer. Sie hatten nicht geplant, daraus einen Ort der Geheimnisse zu machen, aber er wurde dazu. Nach jener Nacht, als sie einen Mörder lebendig begruben und schworen, nie ein Wort darüber zu sagen.

Doch die Menschen aus der Gegend ... manche wussten davon. Es gab Geschichten. Die gibt es immer. Ein Flüstern hier, eine Frage dort. Dann vergingen Jahre, Jahrzehnte, und es wurde zur Legende. Zum Aberglauben. Und fast alle vergaßen, was diese Berge durchstreift hatte – und in ihnen lebendig begraben worden war.«

Abrupt betrat sie die Höhle, bewegte sich mit der Sicherheit von jemandem, der wusste, wohin er wollte.

»Was soll das denn?«, murmelte Nate.

»Finden wir es heraus«, erwiderte Quentin, hielt immer noch Dianas Hand und leuchtete ihr mit der Taschenlampe.

»Ich sage dir, mir stehen die Haare zu Berge.« Nate hatte die Hand an seine Waffe gelegt.

Quentin wusste, wie Nate zumute war. Es hatte etwas fast unerträglich Gruseliges, in dieser dunklen, feuchten unterirdischen Höhle zu sein und Dianas sanfte, ruhige Stimme von entsetzlichen vergangenen Ereignissen erzählen zu hören, die einem Schauer über den Rücken jagten. Das lag nicht so sehr an dem, was sie sagte, sondern wie sie es sagte, mit dieser freundlichen, fast … kindlichen Stimme.

Ein noch stärkeres Frösteln überlief Quentin, als er das erkannte, als er plötzlich begriff, dass es nicht Diana war, der sie zugehört hatten.

Als die Stimme, die aus ihr kam, eine vertraute Saite so tief in seinem Inneren anschlug, dass es ihm wie ein Eissplitter ins Herz drang.

Bevor er darauf reagieren konnte, bevor er auch nur versuchen konnte, die Trance zu durchbrechen, in der sie sich befand, führte Diana sie in einen der Tunnel auf der anderen Seite der Höhle. Er war nur kurz und öffnete sich gleich darauf zu einer weiteren, kleineren Höhle. Und noch bevor ihre Taschenlampen ihnen zeigen konnten, was sich darin befand, roch Quentin es. Der uralte Gestank von Verwesung, von vergossenem Blut und verfaultem Fleisch und vermoderten Knochen.

Tod.

»Großer Gott«, hauchte Nate.

»Hierher bringt er einige von ihnen«, sagte Diana mit dieser freundlichen, kindlichen Stimme, die jetzt traurig und nachdenklich war. »Sie sterben, wo er gestorben ist.«

Quentin ließ die Taschenlampe fallen, um Diana aufzufangen, die plötzlich zusammensackte, und als die Lampe über den Boden rollte und an einen Felsen prallte, beleuchtete der grelle Lichtstrahl einen grinsenden menschlichen Schädel, der seitlich neben einem wirren Knochenhaufen lag.

Von ihrem Standort beim Pavillon aus beobachtete Madison besorgt, wie der große, blonde Mann Diana aus der Scheune und den Weg entlang zur Lodge trug.

»Geht es ihr gut?«

Becca schüttelte langsam den Kopf. »Ich weiß es nicht. Ich dachte, sie wäre bereit, aber ... vielleicht nicht.«

»Hat es sie erwischt?«

»Nein. Nein, es braucht sie. Genau wie wir sie brauchen. Aber es weiß noch nicht, was sie ist. Wir müssen es ihr begreiflich machen, damit sie uns helfen kann. Bevor es herausbekommt, was wir machen, und uns aufzuhalten versucht. Deswegen hielt Missy das für die beste Möglichkeit.«

»Was war die beste Möglichkeit?«

»Durch Diana zu sprechen.«

Madison sah sie fragend an. »Wie konnte sie das machen?«

»Diana kann uns sehen, das weißt du. Kann Türen für uns öffnen, damit wir auf diese Seite kommen können. Sie kann auch in die graue Zeit gelangen. Sie kann die Stimme für eine von uns sein, wenn wir mit jemandem auf dieser

Seite sprechen müssen. Aber das Besondere an ihr ist, dass sie ganz hinüberkommen kann.«

»Du meinst ...«

»Ich meine, sie kann mit den Toten wandeln.«

»Obwohl sie am Leben ist?«

Becca nickte. »Das ist sehr, sehr gefährlich für sie. Vor allem jetzt, wo sie noch nicht versteht, wozu sie fähig ist. Sie könnte den Weg verlieren, könnte in unserer Welt oder in der grauen Zeit dazwischen gefangen bleiben.«

»Was würde dann passieren?«

»Sie wäre eine von uns. Sie wäre auch tot. Oder so gut wie tot.«

Wieder fröstelte Madison, wünschte, sie hätte eine Jacke angezogen, wusste aber, dass es keine Rolle gespielt hätte. »Dann sollte sie das nicht tun, Becca. Sie sollte nicht hinübergehen. Jemand sollte sie warnen, damit sie auch keinen Versuch wagt.«

»Ja. Du hast wahrscheinlich recht. Es ist nur ... sobald sie die Sache mit Missy herausfindet, sobald sie diesen Teil davon begreift, wird sie es vermutlich trotzdem versuchen. Und vielleicht soll sie das auch.«

»Vielleicht?«

»Na ja, ich weiß es nicht genau.« Beccas Stirn legte sich in Falten. »Kann sein, dass genau das nötig ist. Damit sie es bekämpfen kann. Ihm so entgegentreten kann, wie es noch nie jemandem gelungen ist. Damit es ein für alle Mal vernichtet werden kann.«

»Ist es dort? Auf der anderen Seite? Du hast mir nicht erzählt, dass es tot ist, Becca.«

»Ein Teil von ihm ist gestorben. Ein Teil von ihm lebt immer noch. Und das ist der Teil, den sie nicht sehen können, der Teil, gegen den wir kämpfen müssen. Wir haben lange gewartet, bis wir stark genug waren. Und bis wir das hatten, was wir am meisten brauchten: jemanden, der uns hilft, gegen es zu kämpfen. Jemanden, der stark genug ist, die richtige Tür zu öffnen.«

»Diana?«

»Diana. Wenn sie kann. Wenn er ihr helfen kann.«

»Ich habe ein Team forensischer Anthropologen angefordert«, teilte Nate Stephanie mit und klang dabei so müde, wie er sich fühlte. »Gott weiß, wie lange diese Knochen schon da unten liegen, aber wir müssen so viel wie möglich darüber herausbekommen.«

Sie schob ihm die Kaffeetasse über den Schreibtisch zu und schenkte sich selbst welchen ein, erstaunt darüber, wie ruhig ihre Hand war. »Und Sie haben keine Ahnung, wie ausgedehnt diese Höhlen und Tunnel sein könnten?«

»Nicht die geringste. Als Diana zusammenbrach, ging es erst mal darum, sie da rauszubringen, daher haben wir nicht weiter nachgeforscht. Ich habe mit der Taschenlampe in zwei der anderen Eingänge geleuchtet, und es sah aus, als führten sie zu längeren Tunneln, aber dazu muss man wieder da runter.« Er schüttelte den Kopf. »Ehrlich gesagt, darauf könnte ich gern verzichten.«

»Das kann ich Ihnen nicht verdenken«, murmelte Stephanie.

Er seufzte. »Ich weiß nicht, ob das überhaupt was für die Polizei ist. Als ich Quentin vor ein paar Minuten auf dem Handy angerufen habe, sagte er, es gebe eine FBI-Einheit, die darauf spezialisiert sei, unterirdische Tunnel zu erforschen und zu kartieren. Sagte, er würde sich mit denen in Verbindung setzen.« Nate hielt inne und fügte dann sarkastisch hinzu: »Ich habe beschlossen, ihn nicht zu fragen, warum es so eine Einheit überhaupt gibt.«

Stephanie dachte darüber nach. »Kommt einem schon seltsam vor, was?«

»Ja.«

»Hm. Wie geht es Diana?«

»Sie schläft, hat er gesagt. Ist wohl eher ohnmächtig, nehme ich an. Aber offensichtlich ist das normal nach so einem Erlebnis. *Normal.* Großer Gott.«

»Was ist da unten mit ihr passiert?«

»Keine Ahnung. Ich kann Ihnen nur sagen, dass ich das unheimliche Gefühl hatte, jemand anderes würde Diana benutzen, um mit uns zu reden.«

»Jemand anderes? Wer?«

»Was weiß denn ich. Aber es klang wie ein Kind.«

Stephanie griff nach ihrer Kaffeetasse und nahm einen raschen Schluck. »Also, jetzt wird mir unheimlich.«

»Das wundert mich nicht.« Er seufzte erneut. »Quentin hat das ganz schön mitgenommen, das kann ich Ihnen sagen. Und ich bin mir ziemlich sicher, dass den kaum etwas erschüttern kann. Ich glaube, er hat Dinge gesehen, die Ihnen und mir jahrelang Albträume bereiten würden.«

Einige Minuten lang tranken sie schweigend, beide nachdenklich, dann sagte Stephanie langsam: »Es gehört zu meinen Aufgaben, mir Sorgen um den Ruf der Lodge zu machen. Aber offen gesagt, ich denke, was immer da unten in diesen Höhlen ist, muss ans Tageslicht – ganz egal, was danach passiert.«

Nate war sowohl erleichtert als auch beeindruckt. »Sie könnten Ihre Stellung verlieren«, warf er ein. »Ich meine, Ihre Chefs werden überhaupt nicht glücklich sein, dass Polizisten und Bundesbeamte durch diese Höhlen kriechen, vor allem, wenn sie die Knochen nach oben bringen, die wir da unten gefunden haben. Dann gibt es nicht die geringste Hoffnung mehr, darüber Stillschweigen zu bewahren.«

Stephanie verzog das Gesicht. »Wissen Sie was, das ist mir egal. Nach allem, was ich in den letzten paar Tagen über das Hotel erfahren habe, gewöhne ich mich allmählich an den Gedanken, lieber woanders arbeiten zu wollen.«

»Aber bitte nicht zu weit weg«, hörte Nate sich sagen. Und merkte, wie seine Ohren heiß wurden, als sie ihn anlächelte.

»Schauen wir mal. In der Zwischenzeit sollten Sie meine Befugnisse nutzen, solange ich sie noch habe. Ich werde schriftlich bestätigen, dass das Forensikerteam und Quentins Höhlenforscher vom FBI da unten alles machen können, was sie für nötig halten. Ich werde, als Geschäftsführerin der Lodge, ebenfalls meine schriftliche Erlaubnis geben, alle historischen Dokumente und hier gelagerten Papiere gründlich zu durchsuchen.«

»Danke.« Er bemühte sich, nicht darüber nachzudenken, ob sein allzu offensichtliches Interesse an ihr wohl erwidert wurde.

»Ich habe meine Leute auf dem Revier bereits angewiesen, alle öffentlichen historischen Dokumente durchzusehen, die wir über die Lodge und die Gegend hier finden können. Außerdem sollen sie sämtliche Akten über unaufgeklärtes Verschwinden und fragwürdige Todesfälle heraussuchen. Quentin und ich werden Kopien von allem bekommen.«

»Glauben Sie wirklich, dass das alles zusammenhängt? Dass da ein mysteriöses ... Etwas ... am Werk ist?«

»Himmel, ich weiß nicht, was ich glauben soll. Wir wissen, dass hier mindestens zwei Morde begangen wurden. Wir sind auf etwas gestoßen, das sich als ein Netzwerk aus Tunneln und Höhlen herausstellen könnte, wobei eine davon menschliche Skelettreste enthält. Ich weiß nicht, ob Quentin recht hatte, die ganzen Jahre von diesem Ort besessen zu sein. Ich weiß nicht, ob er übersinnliche Wahrnehmungen hat, ob Diana sie hat.«

Er schaute finster.

»Kann gut sein, dass ein Bär oder ein Wolfsrudel für all die Knochen da unten in der Höhle verantwortlich ist und dass der Mörder der beiden Kinder sich längst aus dem Staub gemacht hat.«

»Nur glauben Sie das eigentlich nicht.«

Er erwiderte ihren festen Blick und seufzte. »Nein. Nein, ich glaube das eigentlich nicht. Ich war nie sehr fantasiereich, aber was ich da unten gespürt habe, war etwas Unnatürliches. Selbst der Geruch war sowohl fremd als auch seltsam vertraut, wie etwas, das ich nur in Träumen wahrnehme. Albträumen. Als könnte mein Bewusstsein es nicht verstehen, ein tieferer Teil von mir jedoch schon.«

»Ihr Instinkt, vielleicht.«

»Mag sein. Ich hatte das Gefühl zu wissen, was da unten war, aber es nicht wissen zu wollen – falls das für Sie einen Sinn ergibt.«

»Ich weiß nicht, ob irgendwas davon einen Sinn ergibt, aber ja, ich glaube, ich weiß, was Sie meinen.«

Sie seufzte.

»Bisher deutet alles, was wir gefunden oder zu finden geglaubt haben, darauf hin, dass hier in der Vergangenheit eine Art Mörder sein Unwesen getrieben hat.«

»Ja.«

»Gibt es also einen Grund, meine Gäste zu warnen? Irgendeinen Grund dafür, dass in der Gegenwart eine Gefahr besteht?«

Nate zögerte. »Ehrlich, ich weiß es nicht. Meine Ausbildung und meine Erfahrung sagen Nein.«

»Aber?«

»Aber ... eine Menge alter Verbrechen scheint gerade ans Licht zu kommen, und meine Erfahrung sagt mir auch, das bedeutet, dass sich etwas geändert hat. Vielleicht liegt es einfach daran, dass Quentin wieder hier ist und auf Antworten drängt, genau in dem Moment, wo Diana mit dieser Fähigkeit auftaucht, irgendwie das zu enthüllen, was all die Jahre verborgen war. Vielleicht ist es nur ... genau der richtige Zeitpunkt.«

»Aber?«, wiederholte Stephanie ihre Frage.

Nate dachte an die durchdringende Kälte, die er da unten in den Höhlen gespürt hatte, und schüttelte den Kopf. »Nichts, worauf ich den Finger legen kann. Sicherlich nichts, was konkret genug ist, Ihnen eine Warnung an Ihre Gäste zu empfehlen oder auch nur vorzuschlagen, sie zu warnen.«

Stephanie kaute nachdenklich auf ihrer Unterlippe. »Und ich will keine Panik auslösen – oder eine Massenflucht. Doch ich glaube, ich verstärke die Sicherheitsmaßnahmen auf dem Grundstück. Kann ja nichts schaden.«

»Nein«, stimmte Nate zu. »Das kann nichts schaden.«

Quentin stand an der Tür zu Dianas Schlafzimmer, betrachtete sie und versicherte sich, dass sie immer noch tief schlief.

Er hatte ihr nur die Schuhe ausgezogen und sie mit einer leichten Wolldecke zugedeckt, und sie lag noch genauso auf dem Bett, wie er sie vor mehr als zwei Stunden zurückgelassen hatte.

Ihm war bekannt, dass es nicht ungewöhnlich war, nach einem extremen oder ausgedehnten Einsatz paragnostischer Fähigkeiten jede Menge Schlaf zu brauchen, und sein gesunder Menschenverstand sagte ihm, dass das Kanalisieren des Geistes eines vor fünfundzwanzig Jahren ermordeten kleinen Mädchens enorme Anstrengung erfordert haben musste.

Trotzdem fiel es Quentin schwer, sich von der Tür zu entfernen. Er wollte Diana nicht allein lassen, nicht mal, um ins Nebenzimmer zu gehen. Sie machte mit Sicherheit eine Feuertaufe durch, was ihre Fähigkeiten betraf, und er wollte es ihr erleichtern; zu wissen, dass er das nicht konnte, war frustrierend und seltsam schmerzhaft.

Schließlich kehrte er in den Wohnraum ihres Cottage zurück und setzte sich an seinen Laptop. Da in der Lodge großer Wert auf Dienstleistung gelegt wurde, stand ein schneller Internetzugang zur Verfügung – und freundliche Angestellte, die ihm den Computer aus seiner Suite geholt und hierhergebracht hatten.

Nate war ebenfalls so freundlich gewesen, ihm Zugang zu diversen Datenbanken zu gestatten, und zum ersten Mal ging Quentin viel weiter zurück als fünfundzwanzig Jahre.

»Sie haben die Lodge gebaut.« Was Diana da unten in der Höhle gesagt hatte, gab ihm einen Ausgangspunkt, den er nie zuvor gehabt hatte, und Quentin gedachte, das zu seinem Vorteil zu nutzen. Er musste alle zur Verfügung stehenden Informationen über die Erbauer der Lodge finden und über den Mörder, den sie der Gerechtigkeit zugeführt hatten – ihrer eigenen, unerbittlichen Gerechtigkeit.

Er musste die Wahrheit finden, für Diana genauso sehr wie für sich.

Er musste es verstehen.

»Es gab also tatsächlich einen Mörder?« Diana stellte ihre Kaffeetasse auf den Couchtisch. Nach einer heißen Dusche, einer warmen Mahlzeit und viel heißem Kaffee fühlte sie sich endlich wieder wie sie selbst.

Oder, genauer gesagt, sie fühlte sich stärker und seltsam konzentriert, was nicht ihrem üblichen Selbst entsprach, aber mit Sicherheit besser war.

Quentin deutete auf den Block, den er mit Notizen gefüllt hatte. »Nach den Informationen, die Nates Leute zur Verfügung gestellt haben, und nach dem, was ich Zeitungsnachrufen und anderen historischen Datenbanken entnehmen konnte, begannen Ende 1880 Menschen aus dieser Gegend zu verschwinden. Vielleicht drei oder vier pro Jahr, im Durchschnitt. Wenn man bedenkt, wie rau das Gelände war – und ist – und wie schwierig das Reisen in jener Zeit war, galt das nicht als ungewöhnlich. Menschen verirrten sich in diesen Bergen. Verletzten sich und starben, bevor sie jemand finden konnte. So was passiert.«

Diana nickte.

»Die Stadt Leisure gab es noch kaum, und sie verfügte auch nicht über nennenswerte Polizeikräfte«, fuhr Quentin fort. »Man hielt die Polizei nicht für notwendig; die Leute, die sich hier ansiedelten, waren zäh und selbstgenügsam und wurden für gewöhnlich allein mit ihren Problemen fertig. Wenn man so denkt, ruft man nicht die Polizei, sondern greift eher zur Schrotflinte und …«

»… regelt die Sache selbst«, beendete Diana den Satz. »Was die Erbauer der Lodge getan haben?«

Quentin nickte. »Aus dem wenigen, was ich finden konnte, geht das nicht ganz klar hervor, aber ich glaube, dass während des Baus zwei Menschen verschwanden – doch diesmal wurden Leichen gefunden. Offensichtlich ermordet. Man ging allgemein davon aus, dass Raub das Motiv war, vor allem da das, was wir später Fremdenmorde und dann Serienmorde nannten, zu der Zeit praktisch unbekannt war. Dann verschwand ein Kind.«

»Und wer würde ein Kind rauben?«, sagte Diana langsam.

»Genau. Dadurch entstand genug Angst und Wut, dass die Männer, die all ihr Geld in dieses Land und in die Lodge gesteckt hatten, beschlossen, einen Pinkerton-Detektiv zu beauftragen, der die Sache aufklären sollte, bevor ihnen die Arbeiter davonliefen.«

»Ich wusste nicht, dass die Pinkertons auch nach Mördern suchten.«

»Im Allgemeinen gehörte das nicht zu ihrem Fachbereich, aber offensichtlich war der damit beauftragte Mann ein guter Spurenleser, wie sie das nannten. Über die Sache liegen zwar so gut wie keine offiziellen Berichte vor, doch ich habe zwei Briefe in der historischen Datenbank des Bundesstaats gefunden, geschrieben von Leuten, die zu der Zeit hier waren. Vor allem einer der Bauarbeiter hat in einem Brief an seine Schwester ausführlich über die Jagd nach dem Mörder berichtet. Man kann gut erkennen, dass es sein Gewissen belastete.«

»Weil es keinen Prozess gab?«, riet Diana.

»Keinen Prozess, keine Verhaftung, überhaupt nichts Offizielles. Der Pinkerton-Mann fand genug Hinweise, um den Mörder bis zu einem Schuppen in den Bergen zu verfolgen.« Quentin hielt inne. »Den gibt es immer noch, glaube ich, ein altes Steingebäude. Ich habe es vor fünf Jahren gesehen.«

Diana fragte ihn nicht weiter danach. »Also hat der Pinkerton-Mann den Mörder dort aufgespürt. Und ...«

»Und er ging zusammen mit einer kleinen Gruppe vertrauensvoller Arbeiter und dem Bauleiter da rauf, und sie schnappten sich den Kerl. Der übrigens Samuel Barton hieß. Sie hatten bereits beschlossen, dass es zu viel Aufmerksamkeit erregen würde, den Mann zu hängen, und die übereinstimmende Meinung war, Erschießen sei zu gut für ihn.«

»Daher haben sie ihn in den Schacht geworfen?«

»Ja, so in etwa. Der Schacht war bei den Grabungsarbeiten für die Stallungen entdeckt worden, und die Leiter war angebracht worden, weil jemand gemeint hatte, man könnte die Höhlen zur Lagerung benutzen. Aber der Tunnel war so lang und schmal, dass es sich als zu mühevoll erwies, etwas dort hinunterzubringen. Die Höhle eignete sich jedoch ganz prima als Gefängniszelle.«

»Hatten sie vor, ihn da unten sterben zu lassen?«, wollte Diana wissen.

»Ich weiß nicht, was sie vorhatten, doch sie müssen gewusst haben, dass er sterben würde. Die Männer waren so wütend auf ihn, dass sie ihn bei der Gefangennahme fast zu Brei schlugen. Sie warfen ihn in den Schacht und verriegelten die Falltür. Er muss gewusst haben, dass niemand in Hörweite ihm helfen würde. Vielleicht ist er nur den Tunneln gefolgt und hat gehofft, einen anderen Ausgang zu finden.«

»Aber da war keiner.«

»Das ist strittig. Nach dem Mann zu urteilen, der den Brief schrieb, kam Barton nur bis zu der großen Höhle, in der wir waren. Der Mann hatte ein so schlechtes Gewissen, dass er etwa eine Woche später selbst heimlich hinabstieg. Er fand die Leiche in der Höhle. Und ließ sie dort liegen.«

Diana holte Luft und beendete die Geschichte. »Der Pinkerton-Mann und der Bauleiter versicherten den anderen, dass man das … Problem … beseitigt hätte. Die Morde hörten auf. Und die Lodge wurde fertig gebaut.«

Quentin nickte. »Das ist es in etwa. Außer dass die Morde eigentlich nicht aufhörten, nur für eine Weile. Zumindest glaube ich das. Denn es verschwanden weitere Menschen in diesen Bergen. Nicht viele, nur ein paar pro Jahr. Reisende, Leute, die hier durchkamen. Saisonarbeiter. Menschen, die größtenteils lange nicht vermisst wurden. Der Unterschied war nur, dass man keine Leichen mehr fand.«

»Bis zum Mord an Missy?«

Wieder nickte er.

»Quentin … Sie wollen damit doch nicht behaupten, dass es all die Jahre derselbe Mörder war. Oder?«

»Sie haben das gesagt«, erinnerte er sie. »Unten in den Höhlen.«

Sie erinnerte sich.

So beängstigend es auch war, sie erinnerte sich wieder an alles. Aber … »Was auch immer Missy wissen mag, ich weiß nur, was ich gesagt habe. Ich meine, ich verstehe nicht, wieso es derselbe Mörder sein konnte. Wie ein Toter mehr als hundert Jahre nach seinem Tod immer noch morden konnte. Und ich verstehe nicht, falls das irgendwie stimmt, warum sich sein Verhalten mit Missy änderte. Wenn etwas so lange erfolgreich jagt und tötet, ändert es seine Vorgehensweise nicht. Oder?«

»Im Prinzip nicht.« Quentin war ein zu guter Profiler, um daran nicht gedacht zu haben, und bot eine Möglichkeit an. »Es sei denn, etwas von außen erzwang die Veränderung.«

»Was denn?«

»Spirituelle Energie hat ihre eigene Logik, Diana. Sie kann in unserer Welt nur vorübergehend existieren, und das auch nur, wenn ihr eine Tür zur Verfügung steht oder wenn die Energie selbst stark genug ist, sich den Weg zu erzwingen.«

»Sie wollen damit sagen, dass der Geist dieses Mörders stark genug war herüberzukommen, stark genug, um zu morden?« Diana war ein wenig erstaunt, dass sie nicht ungläubiger klang.

»Ich schätze, dass es tötete, indem es – in Ermangelung eines besseren Ausdrucks – von einer anderen Person Besitz ergriff. Höchstwahrscheinlich von jemandem, der anfällig für so etwas war. Geistig oder emotional labil oder auf irgendeine Weise körperlich geschwächt. Der Mörder ergriff von dieser Person Besitz und … benutzte ihren Körper für eine Weile. Genoss ihr Entsetzen und ihre Verwirrung. Zwang die Person sogar, jemanden umzubringen.«

»Quentin …«

»Das könnte die Zeit zwischen seinem Verschwinden und den Todesfällen erklären. Es musste eine Ruhepause einlegen, nachdem es so viel von seiner Energie verbraucht hatte, aber die Pausen waren nicht gleich lang, weil die benötigte Energiemenge davon abhing, ob es bloß von jemandem Besitz ergriff oder ihn benutzte, um körperlich zu töten.«

»Bloß?«, war alles, was sie herausbrachte.

»Es ist möglich, Diana. Es ist mit ziemlicher Sicherheit möglich, dass die zurückgelassene spirituelle Energie, nachdem Samuel Barton lebendig begraben wurde, genug Wut enthielt, genug Böses, um ungehindert weiterzutöten und seine Verbrechen in all den Jahren erfolgreich zu verbergen. Zumindest gelang ihm das, bis er Missy umbrachte. Bis er jemanden umbrachte, der fähig war, ihn irgendwie davon abzuhalten, seine Leiche auf dieselbe Weise zu verbergen, wie er alle anderen verborgen oder vergraben hatte.«

12

Wie denn?«, fragte Diana. »Wie konnte ein kleines Mädchen das schaffen? Was hätte sie tun können, wenn er sie nicht ermordet hätte?«

»Ich weiß es nicht. Noch nicht. Aber ich weiß, dass sich etwas verändert hat, als Missy starb. Ich spüre es.«

Diana wusste nicht, welche Argumente sie gegen seine Gewissheit vorbringen konnte. Sie wusste nicht mal, ob sie das tun sollte. Daher sagte sie nur: »Wir haben viel mehr Fragen als Antworten.«

»Ja, das ist mir klar.«

»Korrigieren Sie mich, falls ich mich irre, aber wir werden über Jeremys Überreste oder die Knochen unten in der Höhle noch eine Weile nichts Neues erfahren.«

»Vielleicht noch ziemlich lange. Forensische Untersuchungen dauern ihre Zeit, vor allem, wenn es sich um Skelettreste handelt.«

Nach kurzem Zögern fuhr sie fort. »Ich habe das Gefühl, dass hier etwas passieren wird, und zwar bald. Etwas Schlimmes. Ich ... ich habe es Ihnen bisher nicht erzählt, aber ich habe noch andere Geister gesehen. Menschen, die offensichtlich zu einer anderen Zeit gelebt haben. Zwei Frauen, einen Mann, zwei kleine Jungen. Nicht in der grauen Zeit, sondern hier, und sie sahen lebendig aus. Wie Jeremy. Baten mich, ihnen zu helfen. Und einer sagte etwas darüber, dass es Zeit wäre. Sie hatten etwas Eindringliches an sich, etwas Drängendes, das ich spüren konnte.«

Quentin fragte nicht nach, warum sie ihm das erst jetzt berichtete.

»Ich nehme an, diese Leute haben Ihnen nicht erzählt, wie Sie helfen könnten.«

»Nein.« Diana stand auf. »Aber Becca sagte mir, da sei etwas in der Sattelkammer, und sie hatte recht. Sie erwähnte ebenfalls, es sei etwas auf dem Speicher, das ich sehen müsste. Das mir helfen würde zu verstehen.«

Quentin lächelte. Ob sie wohl spürte, wie viel mehr Stärke sie ausstrahlte, seit sie aufgewacht war? Er wusste nicht, woran das lag. Vielleicht weil sie Missy da unten in den Höhlen eine Stimme verliehen hatte. Jetzt schien es Diana jedenfalls möglich zu sein, sich von ihren Zweifeln zu befreien. Sie hatte aufgehört, gegen das Vorhandensein ihrer Fähigkeiten zu protestieren; sie wollte Antworten.

»Ich hatte mich schon gewundert, warum Sie Stephanie so betont nach dem Speicher gefragt haben.«

»Jetzt wissen Sie es. Sollen wir?«

Rasch verschloss Quentin seinen Laptop und die Notizen in der Computertasche, da er aus Gewohnheit vorsichtig war. Dann ging er mit Diana zurück zum Hauptgebäude.

Erst als sie die Treppe zum Speicher hinaufstiegen, fragte er: »Rebecca war wohl nicht sehr präzise in ihren Angaben über das, was Sie sich auf dem Speicher anschauen sollen?«

»Nein. Wie Sie schon sagten, sie scheinen nie sehr präzise zu sein, wenn es hilfreich wäre.«

»Sie?«

»Die Führer. Geister, nehme ich an.«

»Schön zu hören, dass Sie sich mit deren Realität abgefunden haben«, meinte Quentin.

Diana entschlüpfte ein kleines Lachen. »Realität? Ich bin

mir nicht sicher, ob ich noch weiß, was das ist. Genau genommen bin ich mir nicht sicher, ob ich das je wusste.«

»Sie wissen es. Sie müssen nur sich selbst trauen.«

»Verzeihen Sie, aber das klingt sehr nach dem Psychogebrabbel, das ich mir jahrelang anhören musste.«

»Es gibt einen entscheidenden Unterschied.« Quentin griff beim Hinaufsteigen nach ihrer Hand. »Ich weiß verdammt gut, dass Sie nicht krank und nicht verrückt sind, und ich werde nie versuchen, Sie vom Gegenteil zu überzeugen. Sie können mir vertrauen. Und Sie können sich selbst vertrauen, wissen Sie.«

»Kann ich das wirklich? Woher wissen Sie das?«

»Diana, das, was Sie in den letzten zwei Tagen durchgemacht haben, hätte die Hälfte Paragnosten, die ich kenne, in einen Schockzustand oder ein Koma versetzt.« Er nickte, als sie ihm einen Blick zuwarf. »Sie sind wesentlich stärker, als Ihnen klar ist.«

»Ich hoffe, Sie haben recht«, murmelte sie.

Ein paar Minuten später erreichten sie den Speicher, und als sie sich in dem großen, vollgestopften Raum umschauten, hoffte Diana wirklich, dass er recht hatte.

Denn es würde viel Kraft und Energie kosten, hier oben alles zu durchsuchen, ganz abgesehen davon, mit Unerwartetem, auf das sie stoßen konnten, fertigzuwerden.

»Verdammt.« Sie seufzte. »Warum kann nicht mal irgendwas einfach sein?«

»Das Universum meint es nicht gut mit uns.« Auch Quentin seufzte. »Sollen wir eine Münze werfen oder an zwei verschiedenen Seiten anfangen und uns zur Mitte durcharbeiten?«

»Sie sind der Seher«, erwiderte sie, nur leicht ironisch. »Warum sehen Sie nicht, wo wir anfangen sollen?«

»So funktioniert das nicht.«

»Das dachte ich mir fast.« Diana schaute sich um, bewunderte abwesend die Schönheit der Buntglasfenster, erhellt vom nachmittäglichen Sonnenlicht. Bunte Strahlen drangen herein, fast blendend, dachte sie, sodass ein Stapel alter Schrankkoffer in dem recht gut erkennbaren Mittelgang wie unter einem Scheinwerfer zu leuchten schien.

Scheinwerfer. »Oder es kann vielleicht doch ganz einfach sein«, murmelte sie.

Quentin folgte ihrem Blick. »Sieh an, sieh an. Fast so gut wie ein Zeichen, was?«

»Sie klingen etwas zweifelnd.«

»In der Regel misstraue ich Zeichen. Sie neigen dazu, mir Richtungen zu weisen, die ich wahrscheinlich meiden sollte.«

Diana hob die Augenbrauen und wartete.

»Das ist Ihr Zeichen«, sagte er. »Also los.«

Während sie sich zu den gestapelten Schrankkoffern vorarbeiteten, meinte Diana leicht reumütig: »Ich kann mich nicht entscheiden, ob ich Ihnen das alles zum Vorwurf machen oder nur froh sein soll, dass Sie hier sind, um mich zu lotsen.«

»Ich stimme für Letzteres.«

»Das dachte ich mir.«

»Wie ich von Anfang an gesagt habe, wir sind beide aus einem bestimmten Grund hier. Wir brauchen beide Antworten.«

Sie erreichten die Schrankkoffer. Diana musterte sie und fragte ein bisschen zögernd: »Ja, aber wie lauten die Fragen? Sie wollen wissen, wer Missy getötet hat, und ich will wissen, ob ich bekloppt bin?«

»Wir haben bereits festgestellt, dass Sie das nicht sind.«

»Welche Antwort brauche ich dann?«

»Vielleicht diejenige, von der Rebecca gesagt hat, dass sie hier oben zu finden ist.« Quentin packte den Griff des obersten Koffers. »Schauen wir mal, ob das Ding so schwer ist, wie es aussieht.«

Zum Glück war es das nicht, und es gelang ihnen, die drei Koffer nebeneinander in den Gang zu legen. Sie waren nicht verschlossen, und als alle drei Deckel geöffnet waren, blickten Diana und Quentin nachdenklich auf ein ziemlich ungeordnetes Chaos.

»Na toll.« Wieder seufzte Diana. »In dem hier scheinen hauptsächlich alte Kleider zu liegen.« Sie zog eine Federboa heraus, die sich in ihren Fingern mehr oder weniger auflöste, und musste niesen. »Hauptsächlich.«

»Gesundheit. In dem hier und in dem in der Mitte sind auch alte Kleider, aber …«

Er kniete sich hin und zog eine zerdrückte Schachtel aus dem hinteren Koffer. »Aber wir haben auch etwas, das wie Briefe, Rechnungen, Quittungen aussieht. Dazu mindestens zwei Hauptbücher und Tagebücher. Du meine Güte. Es wird Stunden dauern, das alles durchzusehen.«

»Machen Sie keine Witze.« Diana kniete sich vor den mittleren Koffer und nahm ein Album heraus, das fast zerfiel. Sie blätterte ein wenig darin. »Das wird Ihnen gefallen. Jede Menge Fotos von der Lodge. Auf manchen ist sie noch im Bau.«

»Prima. Legen Sie sie beiseite, damit wir sie mit nach unten nehmen können, ja? Wir holen uns Stephanies Erlaubnis, die Sachen an einem bequemeren Ort durchschauen zu dürfen. Das Licht hier oben ist zwar farbenprächtig, für ein genaueres Sichten jedoch nicht sonderlich geeignet.«

»Das stimmt allerdings.«

Diana legte das Album neben sich, zusammen mit einem weiteren, das sie in dem Koffer fand. Dann griff sie nach einer alten Schachtel, auf der FUNDSACHEN stand. Sie öffnete die Schachtel, entdeckte ein wenig Modeschmuck, mehrere Haarspangen und Kämme, einen mit Perlen bestickten Geldbeutel, weitere kleine Gegenstände und eine Anzahl loser Fotos. Sie hob die Fotos hoch, um zu sehen, was darunterlag, und eines rutschte zur Seite. In dem strahlenden, farbigen Licht, das auf die Schachtel fiel, schien das alte Schwarz-Weiß-Foto zu glühen.

Diana griff nach dem Foto, wobei ihr die Schachtel aus der Hand glitt und zurück in den Koffer fiel. Sie sah, wie ihre Finger zitterten, was sie jedoch nicht wunderte.

»Was ist das?«, fragte Quentin. Er rutschte ein wenig näher, schaute auf das Foto in ihrer Hand und schnappte überrascht nach Luft. »Das ist Missy.«

Das Mädchen saß auf der Vorderstufe eines nicht erkennbaren Hauses, bekleidet mit Sommershorts, das lange dunkle Haar in der Mitte gescheitelt und mit Schleifen hinter jedem Ohr zurückgebunden. Sie lächelte, eine Hand ausgestreckt zu einem großen Hund, der neben ihr hockte.

Und auf der anderen Seite …

Dianas Finger berührten leicht das Bild des kleinen Mädchens auf der anderen Seite des Hundes. Auch dieses Kind war sommerlich gekleidet, aber sein helles Haar war viel kürzer und nicht so ordentlich, sein Lächeln weniger schüchtern als das von Missy.

»Sie kommt mir bekannt vor«, meinte Quentin. Dann fluchte er innerlich, als er Diana anschaute.

»Mein Vater hat dieses Foto in seinem Geldbeutel«, sagte sie langsam. »Aber nur das halbe.« Wieder berührte sie das

Bild des blonden kleinen Mädchens. »Diese Hälfte. Die Hälfte, auf der ich drauf bin.«

»Sie können gerne diese Lounge benutzen«, teilte Stephanie Quentin mit. »Auch wenn das Hotel voll ist, hält sich hier nur selten jemand auf, und bei all den vorzeitigen Abreisen, die wir seit gestern hatten ...« Sie schaute durch den hübsch möblierten, im dritten Stock gelegenen Raum zu Diana, die am Fenster stand und über die Gärten blickte, und fügte mit gesenkter Stimme hinzu: »Geht es ihr gut?« Über das Foto, das sie gefunden hatten, wusste Stephanie nicht mehr, als dass es auf eine Verwandtschaft zwischen Diana und einem der hier in der Lodge ermordeten Kinder hinweisen könnte; nach weiteren Einzelheiten hatte sie nicht gefragt.

»Ich weiß es nicht«, antwortete er aufrichtig. »Die letzten vierundzwanzig Stunden waren ... Himmel, ›heftig‹ ist noch zu schwach ausgedrückt. Ihr gesamtes Leben hat sich verändert.« Er schüttelte den Kopf. »Ich weiß nicht, was jetzt passiert.«

Stephanie musterte ihn unsicher. »Sollten Sie das nicht wissen? Ich meine, gehört das nicht zu Ihrem übersinnlichen Job, die Zukunft vorauszusehen?«

Quentin machte sich nicht die Mühe, wieder mal zu erklären, dass er nie etwas *sah*. Stattdessen sagte er nur: »Die Ironie ist mir nicht verborgen geblieben, glauben Sie mir. Mit zwei kleinen Ausnahmen haben mich meine Fähigkeiten ziemlich im Stich gelassen, seit ich hierhergekommen bin. Vielleicht liegt es daran, dass sich mir durch meine Konzentration auf die Vergangenheit die Zukunft entzieht. Zumindest sagt das mein Chef, und der hat für gewöhnlich recht.«

»Ich kann nicht behaupten, irgendwas davon zu verstehen«, erwiderte Stephanie offen. »Hören Sie, soll ich Ihnen Kaffee raufbringen lassen? Es sieht so aus, als hätten Sie beide hier noch eine Weile zu tun.«

»Das wäre prima, vielen Dank.«

»Kommt sofort. Viel Glück dabei, etwas Hilfreiches zu finden.« Mit einem Kopfnicken deutete sie auf die beiden Kartons, die Quentin mit ihrer Erlaubnis vom Speicher heruntergebracht hatte.

Die Lounge konnte mit Falttüren zum Flur hin geschlossen werden, doch Quentin ließ sie offen, nachdem Stephanie gegangen war. Die Lodge wirkte tatsächlich wie ausgestorben, und er bezweifelte, dass Diana und er durch Gäste, die zufällig hereinschlenderten, unterbrochen oder gestört werden würden.

Vorsichtig näherte er sich Diana, voller Besorgnis, weil sie kaum noch gesprochen hatte, seit sie das Foto gefunden hatten. Sie hielt es immer noch in der Hand, starrte es aber nicht mehr an und hatte ihren Blick aus dem Fenster gerichtet.

Bevor Quentin etwas herausbrachte, sagte sie mit vollkommen gefasster Stimme: »Sie hatten recht damit, wissen Sie, dass Karten mit Magnetstreifen, die ich bei mir trage, nie lange funktionieren.«

Er wusste, dass sie auf etwas hinauswollte, also ging er auf ihre Bemerkung ein. »Ja, etwas an unseren elektromagnetischen Feldern wirkt sich darauf aus.«

»Bei den Schlüsselkarten geht es schneller als bei Kreditkarten.«

»Wahrscheinlich, weil sie sowieso nur für eine gewisse Zeit haltbar sind und viel öfter neu kodiert oder magnetisiert werden müssen.«

Sie nickte langsam.

»Also ist die magnetische Information auf Kreditkarten dazu gedacht, länger zu halten, und daher widerstandsfähiger gegen Interferenzen.«

»So lautet unsere Theorie.«

»Und Handys? Bei mir funktionieren sie nur eine Woche oder zwei, dann sind sie einfach tot. Die Handyfirmen können sich das nicht erklären. Ich habe schließlich aufgehört, Handys zu benutzen.«

»Genau dasselbe. Unser elektromagnetisches Feld stört alles Magnetische oder Elektronische, vor allem bei den Dingen, die wir bei uns haben oder am Körper tragen.«

»Sie tragen ein Handy.« Es war deutlich sichtbar, steckte in einem Gürtelhalter.

»Wir haben herausgefunden, dass Gummiumhüllungen sie zu schützen scheinen, zumindest eine Weile. Trotzdem entladen sich die Akkus schneller als normal, aber wenigstens können wir die Handys so über einen einigermaßen vernünftigen Zeitraum verwenden.«

»Ah ja. So ist das.« Sie hielt inne. »Würden Sie mir bitte Ihr Handy leihen?«

»Natürlich.« Er machte das Handy vom Gürtel los und begriff allmählich, worauf sie hinauswollte. Er wusste nicht, ob es eine gute Idee war, aber ihm fiel auch kein Argument ein, auf das sie jetzt wohl hören würde.

Diana betrachtete die Schutzhülle mit so etwas wie beiläufiger Neugier, öffnete sie, tippte eine Nummer ein und murmelte: »Ein Ferngespräch, tut mir leid. Nach Übersee, weil ich glaube, dass er in seinem Londoner Büro ist. So werden Steuergelder verschwendet.«

Ohne darauf einzugehen, erwiderte er: »Ich kann rausgehen, wenn Sie allein sein wollen.«

Zum ersten Mal blickte sie ihn an. »Nein. Es wäre mir lieber, wenn Sie blieben.«

Quentin nickte, war aber immer noch beunruhigt. Das seltsame, matte Schimmern in ihren Augen, das er unten in den Höhlen bemerkt hatte, war zurückgekehrt, und die Unbewegtheit ihres Gesichts deutete auf etwas Erstarrtes. Etwas, das bei der ersten falschen Berührung zerbrechen könnte.

Diana richtete den Blick wieder auf das Fenster, als sie auf die Verbindung wartete, und sprach dann ins Handy: »Hallo, Sherry, ich bin's, Diana. Ist er beschäftigt? Ich muss mit ihm sprechen. Danke.«

»Arbeitet er noch so spät?«, fragte Quentin, der rasch die Zeitdifferenz ausgerechnet hatte.

»Er arbeitet ständig, sieben Tage in der Woche«, antwortete Diana. »Und er zahlt seinen Assistenten den doppelten Überstundensatz, damit sie sechs Tage arbeiten.«

Quentin fragte sich, ob das schon immer so gewesen war oder ob Dianas Vater sich in die Arbeit geflüchtet hatte, nachdem zuerst bei seiner Frau und dann bei seiner Tochter scheinbar unlösbare geistige Probleme aufgetaucht waren. Aber bevor er die Frage formulieren konnte, meldete sich Dianas Vater.

Elliot Brisco, stellte sich heraus, hatte eine dieser durchdringenden, kraftvollen Stimmen, die an Handys deutlich zu vernehmen sind, so deutlich, dass Quentin beide Seiten des Gesprächs mitbekam.

Andererseits hatte Quentin vielleicht automatisch seine Spinnensinne eingeschaltet, um mit besonderer Aufmerksamkeit zuhören zu können.

»Diana? Wo zum Teufel steckst du?«

»Hallo, Dad. Wie geht's dir?«

»Ich hab mir Sorgen um dich gemacht, Diana, und das weißt du verdammt gut. Dein merkwürdiger Arzt hat sich geweigert, meine Fragen zu beantworten, und ...«

»Ich habe ihn gebeten, dir nicht zu sagen, wo ich bin, und ich bitte dich, das zu respektieren. Außerdem steht es mir gesetzlich zu, dass meine medizinischen Informationen vertraulich behandelt werden. Und der Richter hat entschieden, dass ich fähig bin, meine eigenen Entscheidungen zu treffen.«

Diese kurze Bemerkung über eine Gerichtsentscheidung verriet Quentin eine Menge. Diana hatte eindeutig um ihre Unabhängigkeit gekämpft, wahrscheinlich sofort, nachdem die Medikamente aus ihrem Organismus verschwunden waren. Und genauso offensichtlich hatte ihr Vater die Kontrolle über ihr Leben nicht bereitwillig abgegeben.

»Du warst den größten Teil deines Lebens krank«, sagte er jetzt, mit Schärfe in der Stimme. »Und ich soll mir keine Sorgen machen, wenn du plötzlich alle Medikamente absetzt und Gott weiß wohin verschwindest?«

»Ich bin nicht verschwunden, Dad. Ich hab dir doch gesagt, dass ich eine andere Therapieform ausprobieren würde.«

»Und du hast von mir erwartet, dass ich dazu keine Fragen stelle? Himmel, Diana, bei all den Spinnern und dem New-Age-Blödsinn, der da angeboten wird, hättest du dich auf allen möglichen bescheuerten Quatsch einlassen können, der sich als Therapie ausgibt. LSD galt auch mal als therapeutisch, erinnerst du dich?«

»Diesmal keine Drogen«, erwiderte sie. »Ich rauche nichts. Ich trinke nichts. Es ist ein künstlerischer Workshop, Dad, mehr nicht. Ich habe ... meine Dämonen gemalt.«

Elliot Brisco gab einen Laut von sich, der für Quentin

entweder auf Unglauben oder schwindende Geduld hinwies. »Malen? Was zum Teufel soll das denn bewirken?«

»Es hat schon eine Menge bewirkt. Sicherlich mehr, als ich erwartet hatte.« Diana holte Luft und atmete langsam wieder aus, wie um die Beherrschung zu bewahren. »Ich bin in der Lodge, Dad. In Tennessee. Klingelt da was bei dir?«

»Die Lodge. Du bist in der Lodge.« Plötzlich klang die Stimme ihres Vaters ganz matt, und in dieser Mattheit hörte oder spürte Quentin etwas, das sehr an Furcht erinnerte.

»Ja.« Diana legte den Kopf ein wenig schräg, als hätte sie es auch gehört, hob dann die Hand mit dem alten Foto. »Und ich habe hier etwas gefunden, nach dem ich nicht gesucht hatte. Ein altes Foto von zwei kleinen Mädchen. Sie sehen sich eigentlich nicht ähnlich ... und tun es doch. Wenn man sie genau anschaut, wird einem klar, dass sie ... Schwestern sein könnten.«

»Diana ...«

»Es ist das Foto, das du in deinem Geldbeutel hast, Dad. Zumindest einen Teil davon. Sag mir, wurde die andere Seite abgerissen oder nur zurückgeknickt, außer Sichtweite? Hast du sie aus deinem Leben herausgerissen oder sie nur weggesteckt, damit du sie nicht sehen musstest?«

Schweigen. Dianas Stimme war ruhig, aber erbarmungslos. »Glaubst du nicht, es wäre an der Zeit, dass du mir von Missy erzählst?«

Beau Rafferty entließ seine Schüler für diesen Tag, und als sie gegangen waren, sammelte er die benutzten Kohlestifte und Farbkreiden ein und verstaute sie ordentlich in Schachteln und Dosen. Dann ging er von Staffelei zu Staffelei und deckte sorgfältig die großen Skizzenblöcke ab, damit die Arbeiten seiner Schüler nicht für alle sichtbar waren.

Mit einem kurzen Stirnrunzeln blickte er auf, als ein tiefes Donnergrollen erklang, und kehrte dann zu seinem Arbeitstisch zurück, um ein paar Pinsel zu säubern und die Tuschkästen wegzuräumen. Dabei überlegte er immer noch hin und her, doch ein weiteres fernes Donnergrollen brachte ihn zu einer Entscheidung. Er suchte kurz unter der Unordnung auf dem Arbeitstisch und fand schließlich sein Handy.

Die Nummer war gespeichert, daher brauchte er nur eine Taste zu drücken. Und es wurde noch vor dem zweiten Läuten abgenommen.

»Ja.«

»Es kommt eine Gewitter«, sagte Beau.

»Frühling in den Bergen. Das typische Wetter.«

»Stimmt. Ich hab mich nur gefragt, ob Sie das wussten. Im Voraus wussten.«

»Ich kenne Tennessee«, erwiderte Bishop.

»Was man kaum als Antwort werten kann«, meinte Beau bedächtig.

»Ach ja?«

Beau seufzte. »Tja, ich kann nicht behaupten, man hätte mich nicht gewarnt.«

»Wovor?«

»Vor Ihnen, Yoda.«

»Laut Maggie sind Sie der Zenmeister, nicht ich.«

»Mag sein, aber so, wie Sie das machen, mein Lieber, hat es etwas Gruseliges.«

Statt darauf zu antworten, sagte Bishop nur: »Ich wollte Sie sowieso fragen, ob Ihnen Ihr erster offizieller Einsatz für die Special Crimes Unit gefällt.«

»In gewissen Momenten«, erwiderte Beau und akzeptierte trübselig den Themenwechsel. »Ich glaube jedenfalls, dass ich einigen der Schüler helfen konnte. Betrachten Sie das als ein Plus?«

»Damit hatte ich gerechnet.« Bishops Stimme war leichte Belustigung anzuhören. »Wenn sich jemand wie Sie der Einheit anschließt, Beau, geht es hauptsächlich darum, dass Sie das tun, was Sie am besten können – malen und anderen helfen. Was Sie daneben für mich noch tun, ist nur ein Bonus.«

»Ah ja. Sie haben sich also bei diesem Einsatz nicht direkt auf meine paragnostischen Fähigkeiten verlassen, was?«

Sofort änderte sich Bishops Stimme. »Warum? Was haben Sie gesehen?«

Beau ging um den Arbeitstisch herum zur hinteren Ecke und dem Platz, an dem Dianas Staffelei stand. Da sie heute anderweitig beschäftig war, hatte er seine eigene »Ölkleckserei« dort aufgestellt und daran gearbeitet, bevor seine Schüler eintrafen. – »Beau?«

»Zuerst dachte ich, es läge an mir«, berichtete er im Plauderton. »Weil ich auf Dianas Staffelei an einem Bild gearbeitet habe. Aber dann fiel mir ein, dass ihr großer Skizzenblock noch hier war, unter meiner Leinwand. Und da es von dort kommt, glaube ich nicht, dass ich es war.«

»Wovon sprechen Sie, Beau?«

Der Maler hob sein halb fertiges Ölbild von der Staffelei und stellte es beiseite, öffnete den großen Skizzenblock und blätterte die Seiten um. »Also, sie hat die Seite aus ihrem Skizzenblock gerissen. Mir fiel später auf, dass sie fehlt. Daher sollte sie überhaupt nicht hier sein.«

»Ihre Skizze von Missy?«

»Ja. Sie ist wieder da, Bishop. Oder etwas, das dem Original sehr ähnlich sieht.« Beau trat zurück, betrachtete den geöffneten Skizzenblock und die Zeichnung darauf, in Kohle – bis auf den leuchtend roten Schnitt, der die Figur des kleinen Mädchens verunstaltete und immer noch langsam von dem Blatt herab auf die Lappen tropfte, die Beau vor einiger Zeit unter die Staffelei gelegt hatte.

»Und sie blutet.«

»Erzähl mir von meiner Schwester«, sagte Diana.

Ein langes Schweigen entstand, das Diana geduldig abwartete, bis Elliot Brisco endlich antwortete.

»Ich denke nicht daran, mit dir am Telefon darüber zu sprechen. Ich bin hier fast fertig und fliege am Montag in die Staaten zurück. Dann können wir reden. Fahr nach Hause, Diana.«

Quentin spürte und sah gleichzeitig, wie Diana ein wenig zusammensackte, nicht, weil die Anspannung nachließ, sondern als wäre ihr ein neues Gewicht auf die Schultern gelegt worden.

»Nach Hause, um mir weitere Lügen anzuhören? Wohl kaum. Ich bleibe hier, Dad. Ich werde die Antworten selber finden.«

»Du weißt nicht, was du sagst. Was du tust. Fahr nach Hause. Fahr nach Hause, und ich verspreche dir, dass wir reden werden.«

Diana holte wieder Luft, und diesmal klang es angestrengt, während die Starre in ihrem Gesicht zu zerspringen begann. »Mehr als dreißig Jahre. Du hattest genug Zeit, mir die Wahrheit über Missy zu erzählen, darüber, wer sie war. Da muss ich mich schon fragen, worüber du mich noch belogen hast, Dad.«

»Diana …«

Sie unterbrach die Verbindung, schnitt ihrem Vater einfach das Wort ab und reichte Quentin das Handy, ohne ihn anzuschauen. Aber ihre gemurmelten Worte waren an ihn gerichtet. »Irgendwie will es mir scheinen, als hätte diese Geschichte kein glückliches Ende, nicht wahr?«

Automatisch steckte er das Handy wieder in den Gürtelhalter und griff nach Dianas Arm, hatte erneut das beunruhigende Gefühl, sie könnte ihm entgleiten. »Sie kennen die Geschichte nicht, Diana – wir kennen sie beide nicht.«

»Er hat nicht bestritten, dass Missy meine Schwester ist. Wenn es nicht stimmen würde, hätte er etwas gesagt.«

»Vielleicht. Aber es könnte trotzdem eine vernünftige Erklärung dafür geben.«

Sie drehte den Kopf und begegnete seinem eindringlichen Blick mit einem fast flehenden. »Wirklich? Wie könnte die lauten, Quentin? Warum sollte ein Vater die Existenz einer weiteren Tochter verschweigen? Warum habe ich in all den Jahren kein Foto von ihr gefunden, bis auf dieses hier?« Erneut hielt sie das Foto hoch. »Warum kann ich mich nicht an sie erinnern?« Quentin beantwortete die letzte Frage, weil ihm nur darauf eine Antwort einfiel. »Sie erinnern sich an vieles aus Ihrem Leben nicht, das haben Sie mir selbst erzählt. Die Drogen, Diana, die Medikamente.«

Bei dem Geräusch fernen Donnergrollens runzelte sie flüchtig die Stirn, und er spürte, wie sie sich verspannte, aber ihr Blick blieb auf ihn gerichtet. »Ja, die Medikamente. Vielleicht hat sich mein Vater auch dafür zu verantworten. Denn wenn er mich wegen Missy belügen konnte … hat er vielleicht auch noch wegen anderem gelogen. Vielleicht war es gelogen, dass ich krank war.«

»Das muss keine absichtliche Lüge gewesen sein.« Quentin spielte den Advocatus Diaboli, weil er es tun musste, weil er wusste, wie gefährlich es für Diana war, so plötzlich alles Vertrauen in ihren Vater zu verlieren. »Nach allem, was Sie mir über Ihre Kindheit erzählt haben, hatte er jeden Grund zu glauben, dass Sie etwas Ungewöhnliches durchmachten. Er hat nur am falschen Ort nach Antworten, nach Behandlungen gesucht.«

»Oder er wusste Bescheid. Er wusste es und hat sich nach Kräften bemüht, mich betäubt und ahnungslos zu halten.«

»Warum sollte er das tun?«

»Damit ich mich nicht an Missy erinnere.«

Ein weiteres, diesmal lauteres Donnergrollen veranlasste Quentin, Diana vom Fenster wegzuziehen und zu einem der Sofas zu führen, neben denen die Kartons vom Speicher standen. Er setzte sich neben sie, verfluchte im Stillen das heraufziehende Gewitter, weil es ihn nervös und unruhig machte, und war sich nur allzu bewusst, dass seine Sinne dadurch unzuverlässig wurden. Es war, als würde jemand an einer Stereoanlage willkürlich die Lautstärke verändern, sodass seine Sinne im einen Moment gedämpft wurden und im nächsten »laut« in sein Bewusstsein dröhnten.

Das war, milde ausgedrückt, störend, und er musste alle Disziplin, die er über die Jahre erlernt und erworben hatte, zu Hilfe nehmen, um sich auf Diana und das, worüber sie sprachen, zu konzentrieren.

»Diana, hören Sie mir zu. Soweit ich herausfinden konnte, sind Missy und ihre Mutter in die Lodge gekommen, als Missy ungefähr drei Jahre alt war. Sie können nicht viel älter sein. Wann sind Sie dreiunddreißig geworden?«

»Im letzten September.«

Er nickte. »Wenn Missy noch lebte, wäre sie dieses Jahr

im Juli dreiunddreißig. Angenommen, Sie beide wären tatsächlich Schwestern, dann wären Sie nur zehn Monate älter gewesen als Missy und nicht mehr als vier Jahre alt, als – als Missy hierherzog. Wie viele Menschen erinnern sich denn überhaupt an diese frühen Jahre ihres Lebens?«

»An eine Schwester sollte ich mich wohl erinnern.« Sie schaute auf das Foto.

»Dessen können Sie sich nicht sicher sein, Diana. Nicht ohne weitere Informationen.«

Ihr Blick wanderte zu den Kartons. »Vielleicht finden wir darin etwas.«

»Mag sein. Aber machen Sie sich keine zu großen Hoffnungen. Alles, was Missy und ihre Mutter besaßen, wurde vor Jahren durch das Feuer im Nordflügel zerstört. Ein bloßer Zufall, dass dieses Foto überlebt hat.« Nur glaubte er nicht an Zufälle. Es gab immer einen Grund. Immer.

Während ihm unzusammenhängende Gedanken durch den Kopf schossen, blickte Diana Quentin mit einem plötzlichen Hoffnungsschimmer in den Augen an. »Missys Mutter, Quentin, was ist mit ihrer Mutter passiert?«

Er wollte ihr nicht noch mehr verstörende Nachrichten liefern, doch ihm blieb keine andere Wahl. »Sie verschwand kurz nach dem Brand. Es ist mir nie gelungen, sie aufzuspüren.«

»Und wann war das? Vor wie vielen Jahren?«

»Als das Feuer ausbrach, war Missy noch kein ganzes Jahr tot. Also vor etwa vierundzwanzig Jahren.«

»Wie sah sie aus?«

Quentin musste nur kurz überlegen. »Sehr ähnlich wie Missy. Dunkles Haar, große dunkle Augen, ovales Gesicht. Durchschnittliche Größe. Eher dünn, soweit ich mich erinnere. Vielleicht sogar zerbrechlich.«

»Sind Sie sich sicher?«

»Ich habe sie noch lebhaft im Gedächtnis, Diana.« Er sah, wie sich die Hoffnung in ihren Augen in Verwirrung verwandelte. »Was ist los?«

»Das ist nicht meine Mutter.«

13

Meine Mutter war rothaarig, genau wie ich«, sagte Diana. »Hochgewachsen, athletisch. An ihr war nichts Zerbrechliches; das ist einer der Gründe, warum mich ihre Krankheit so verwundert hat, denn auf allen Fotos sah sie so gesund aus. So stark.«

Nach kurzer Überlegung meinte Quentin: »Derselbe Vater, unterschiedliche Mütter?«

»Eine Halbschwester?« Diana dachte darüber nach und befreite abwesend ihren Arm aus Quentins Griff, um sich die Schläfe zu reiben. Ihr ganzer Kopf schmerzte, machte ihr das Denken schwer. »Mag sein. Soweit ich weiß, hat mein Vater nie wieder geheiratet, nachdem meine Mutter starb. Aber er könnte zwischendurch eine Beziehung gehabt haben, nehme ich an.«

Quentin zögerte und sagte dann: »Sie haben mir erzählt, dass Sie noch sehr klein waren, als Ihre Mutter starb. Wie alt waren Sie?«

»Ich war vier.« Sie nickte, bevor er sie auf das Offensichtliche hinweisen konnte. »Ja, daran habe ich auch schon gedacht. Wenn Missy nur zehn Monate jünger war als ich, muss sie geboren worden sein, als meine Mutter noch lebte. Selbst vor meiner Geburt war sie immer wieder im Krankenhaus gewesen, aber es wurde mit jedem Jahr schlimmer. Was bedeutet, dass mein Vater etwas mit einer anderen Frau hatte, während meine Mutter im Krankenhaus lag.«

»Das wissen wir nicht, Diana. Wir wissen letztlich nichts Genaues. Nur, dass wir ein gemeinsames Foto von Ihnen und Missy gefunden haben und dass Ihr Vater – völlig unvorbereitet auf Ihre Frage – die Verwandtschaft zwischen Missy und Ihnen nicht abgestritten hat. Mehr haben wir nicht.«

»Sie klingen wie ein Anwalt«, murmelte sie.

»Auf dem Papier bin ich das auch. Und Polizeibeamter. Hören Sie, ich will damit ja nur sagen, dass wir nichts voraussetzen können. Wenn ich eines im Leben gelernt habe, dann, dass jede Situation immer viel komplizierter ist, als sie zuerst wirkt. Immer.«

Diana spürte und hörte gleichzeitig den Donner von den Bergen herabrollen und rieb fester an ihrer Schläfe, wünschte sich, das Pochen würde aufhören, und fragte sich, warum Quentins Stimme plötzlich so fern klang. »Wir werden vermutlich nicht lange von Annahmen ausgehen müssen«, sagte sie. »Wie ich meinen Vater kenne, taucht der am Sonntagabend hier auf. Spätestens Montag.«

»Macht Ihnen das was aus?«

»Mir bleibt ja wohl kaum eine Wahl. Es ist ein öffentliches Hotel.«

»So habe ich es nicht gemeint.«

Das wusste sie. »Wenn ich ihm schon gegenübertreten muss, dann kann es genauso gut hier und jetzt sein. Ich will die Wahrheit wissen. Ich habe es satt, mich ... nicht zu erinnern. Nichts zu wissen.«

»Das kommt schon. Sie schaffen das. Wir schaffen das.«

»Ja.« Sie blickte auf das Foto in ihrer Hand, rieb sich immer noch die Schläfe. »Im Moment habe ich das Gefühl, mitten in einer schlechten Seifenoper gelandet zu sein, ohne eine Ahnung, worauf das Ganze hinausläuft. Schwestern, die im Kindesalter getrennt wurden, eine davon ermordet und nun ein ruheloser Geist. Eine Mutter, die im Irrenhaus starb. Ein verlogener, ehebrecherischer Vater. Ein altes viktorianisches Hotel voller Geister. Und ein FBI-Agent, der glaubt, ausgerechnet ich könnte all dem einen Sinn verleihen.«

»Das glaube ich wirklich.« Donner rollte und krachte, jetzt laut, und Blitze zuckten herab.

Das Foto verschwamm ein wenig und wurde wieder schärfer. Und Diana schnappte nach Luft, hätte schwören können, dass Missys Abbild die Hand von dem Hund nahm und sie ausstreckte, als winkte sie jemanden zu sich. Die Person hinter dem Fotoapparat. Oder ihre ältere Schwester.

»Diana ...«

Bevor er sie berühren konnte, zuckte sie vor der Bewegung zurück, die sie mehr spürte als sah, und murmelte: »Nein. Nicht.« Sie wandte ihren Blick nicht von dem Foto ab.

»Was ist?«, wollte er mit angespannter Stimme wissen.

Lass nicht zu, dass er dich berührt. Jetzt nicht. Diesmal nicht.

Die Stimme war zu vertraut, das Drängen darin zu wirklich, als dass Diana es hätte missachten können, und ohne überhaupt darüber nachzudenken, hörte sie sich zu Quentin sagen: »Fassen Sie mich nicht an. Da ist etwas, das ich ... Berühren Sie mich einfach nicht. Warten Sie.«

Sekunden nachdem sie den Befehl ausgesprochen hatte, zuckte ein greller Blitz, und Diana fand sich abrupt in der grauen Zeit wieder.

Allein.

Ellie Weeks hatte nicht geglaubt, noch nervöser werden zu können als während ihres Anrufs, aber nach allem, was in und um die Lodge passierte, war sie überzeugt, dass sie sich zu Tode erschrecken würde, wenn auch nur jemand in ihrer Nähe »Buh« sagte. Natürlich würde es jeden zum Bibbern bringen, von dieser alten Schreckschraube Kincaid mit Adleraugen beobachtet zu werden, und der Rest kam sicherlich von den Schwangerschaftshormonen, aber trotzdem.

Allmählich fand sie, dass es gar nicht so schlecht wäre, hier rausgeworfen zu werden. Vorausgesetzt, man wusste, wo man hinkonnte.

Zum zehnten Mal überprüfte sie ihr Handy, nur um sicher zu sein, dass Funkkontakt bestand und ihr kein Anruf entgangen war. Und wie bei den anderen neun Malen zeigte ihr das Display, dass sie Funkkontakt hatte und keine Anrufe erfolgt waren.

»Mist«, murmelte sie leise.

»Ellie!«

Sie zuckte zusammen und drehte sich um. Da stand Mrs Kincaid. Ellie wusste, dass man ihr das schlechte Gewissen ansah, konnte aber nichts dagegen tun. So unauffällig wie möglich ließ sie das Handy in ihre Uniformtasche gleiten. Dem Personal war nicht erlaubt, im Dienst Handys bei sich zu tragen.

»Ja, Ma'am?«

»Ich dachte, ich hätte dir aufgetragen, die Orchideensuite fertig zu machen. Morgen kommt ein sehr wichtiger Gast.«

Sehr wichtige Gäste reisen hier dauernd an, dachte Ellie. Aber ihre schwache Neugier, wer das jetzt wieder sein könnte, verwandelte sich in etwas anderes, als sie plötzlich überlegte, ob dieser Gast aufgrund ihres Anrufs kam.

Konnte er so rasch herkommen? Würde er das tun?

»Ja, Ma'am.« Sie bemühte sich, keine Hoffnung durchklingen zu lassen, und fragte so gleichgültig wie möglich: »Ein Gast, der schon einmal hier war?«

Mrs Kincaid betrachtete sie stirnrunzelnd.

Rasch fuhr Ellie fort: »Ich meinte ja nur, ob es jemand ist, von dem wir wissen, dass er eine bestimmte Seife oder zusätzliche Handtücher haben möchte – oder so was in der Art.«

Immer noch mit gerunzelter Stirn erwiderte die Hausdame: »Der Gast war tatsächlich schon mal hier. Schau gefälligst auf deinem Arbeitsblatt nach, Ellie. Seine Vorlieben sind darauf notiert, wie immer.«

»Oh ja, Ma'am. Tut mir leid. Bin heute wohl etwas zerstreut.«

»Das merke ich«, blaffte Mrs Kincaid. »Bleib mit den Gedanken bei der Arbeit, wenn du deine Stellung behalten willst.«

Ellie nickte und lief eilig los, um ihren Karren zu holen, mit vor Aufregung ängstlich klopfendem Herzen. War er das? Kam er her, nachdem er ihre Nachricht erhalten hatte, vielleicht weil er wusste oder erraten hatte, was sie ihm mitteilen musste?

Ihr Arbeitsblatt war, wie üblich, rätselhaft. Zum Verrücktwerden. Keine Namen. Der Gast, der am folgenden Tag die Orchideensuite beziehen würde, wollte aus Allergiegründen keine frischen Blumen oder parfümierte Seife und verlangte zusätzliche Handtücher und Kopfkissen.

Was ihr gar nichts sagte. Ellie hatte vor seinem letzten Besuch sein Zimmer nicht hergerichtet. Das hatte ihre Freundin Alison gemacht.

Ellie brauchte nur ein paar Minuten, um ihren Karren in den Dienstaufzug zu schieben und in ihrem Stockwerk anzulangen – das wegen der Abreisen größtenteils leer war. Ob es nun an der ziemlich unaufdringlichen Anwesenheit der Polizei oder an dem allgemeinen Unbehagen über die merkwürdigen Vorgänge hier lag – eine ganze Reihe von Gästen hatte beschlossen, ihren Aufenthalt abzukürzen.

Was Ellie nichts ausmachte. Sie schloss die Tür zur Orchideensuite auf, wobei sie in der Eile das automatische Anklopfen vergaß, das ihnen als eiserne Regel von Mrs Kincaid eingeprägt worden war – selbst wenn man wusste, dass das Zimmer leer war.

In der Lodge wurden Privatsphäre und Diskretion garantiert. Schnell zog sie das Bett ab und zerrte den Staubsauger mitten ins Zimmer, nur damit es aussah, als hätte sie hier drinnen gearbeitet. Und es war bloßer Zufall, dass sie, als sie sich zur Tür umdrehte, in dem zuckenden Blitzstrahl etwas Metallisches blinken sah, das der dicke Teppich normalerweise verborgen hätte.

Ellie zögerte, war aber zu neugierig, um nicht nach dem zu suchen, was sie da hatte blinken sehen.

Ein Medaillon.

Das Medaillon.

Dasselbe verdammte Ding, das sie schon mal gefunden hatte, genau in diesem Zimmer.

»Du bist bei den Fundsachen«, murmelte sie und blickte erstaunt auf das, was da in ihrer Hand lag. »Ich hab dich selbst hingebracht. Ich hab dich in einen Umschlag gesteckt und bei den Fundsachen abgegeben. Also … wie bist du wieder hierhergekommen?«

Es war ein Rätsel und verblüffend, doch Ellie hatte im Moment Wichtigeres im Sinn und tat es zunächst mit einem Schulterzucken ab. Sie ließ das Medaillon in ihre Uniformtasche gleiten und missachtete damit noch eine von Mrs

Kincaids eisernen Regeln, weil sie keine Zeit hatte, das Ding in einen Umschlag zu stecken.

Außerdem hatte das beim letzten Mal ja offensichtlich auch nicht funktioniert.

Sie überprüfte den leeren und sehr stillen Flur und machte sich auf die Suche nach ihrer Freundin.

Trotz des zuckenden Blitzes von vorhin war sich Ellie nur vage bewusst, dass da draußen wieder ein Gewitter tobte. Sie war schon lange genug hier, um mit den Frühlingsgewittern, die von den Bergen herabrollten, vertraut zu ein, und da sie ja nicht hinausmusste, schenkte sie dem immer stärker werdenden Donnerkrachen keine Beachtung.

Wo arbeitete Alison heute? Hatte sie nicht etwas vom Nordflügel gesagt? Ja, weil sie unglücklich über die Einteilung gewesen war; sie gehörte zu den Angestellten, die sich leicht einen Schrecken einjagen ließen, und war überzeugt davon, dass es in der Lodge spukte. Vor allem im Nordflügel.

Ellie hatte sich nie davon anstecken lassen, da sie überhaupt kein Interesse an Geistern hatte. Selbst wenn es welche geben sollte, waren sie tot, also weshalb sich darum Gedanken machen? Schließlich konnte ein Geist niemandem was antun.

Trotzdem war sich Ellie, als sie durch Flure und Treppen hinaufschlich, des merkwürdigen Impulses bewusst, über ihre Schulter zurückzuschauen. Sie hatte die Lodge nur selten so verlassen erlebt, womöglich lag es daran. Oder vielleicht war sie heute nur ungewöhnlich schreckhaft, ungewöhnlich ängstlich.

Vermutlich wieder diese Schwangerschaftshormone.

Sie hatte bereits zwei Stockwerke des Nordflügels erfolglos abgesucht. Natürlich hatte sie nicht an jede Tür geklopft, sondern nur nach Alisons Karren geschaut. Aber er war nirgends zu sehen, und als Ellie noch eine weitere Treppe hinaufstieg, fühlte sie sich schon genauso müde wie ungeduldig.

Sie wurde inzwischen so schnell müde, verdammt. Und das versprach nichts Gutes, wenn sie ihren Zustand noch länger vor Mrs Kincaids Adleraugen verbergen wollte.

»Er muss kommen«, murmelte sie, als sie um die nächste Ecke bog. »Er muss einfach.«

»Wer muss kommen?«

Beinahe zu Tode erschrocken, starrte Ellie jemanden an, der hier nichts zu suchen hatte.

»Ich … ich rede nur mit mir selbst«, erwiderte sie hastig und fügte, bevor dazu eine Rückfrage kommen konnte, hinzu: »Was machen Sie denn hier oben?«

»Ich habe auf dich gewartet«, antwortete er.

Diana schaute sich in der stillen, völlig geräuschlosen Lounge um, wie immer nur wenig an dieser Eigentümlichkeit interessiert. Die kräftigen viktorianischen Farben waren verschwunden, die Muster der Stoffe und Tapeten gedämpft und verschwommen. Es gab keine Blitze, die vor den blanken, silbrig schimmernden Fenstern gezuckt hätten. Kein Donner grollte. Alles war grau und still und kalt.

Diana wusste, dass Quentin nach wie vor neben ihr saß, aber als sie den Kopf drehte, war er nicht da. Und einen Moment lang war sie von Entsetzen erfüllt bei der Frage, ob sie diesmal fähig sein würde, ihren Weg aus der grauen Zeit herauszufinden.

»Es wird schwerer sein«, sagte eine freundliche Stimme. »Du bist jetzt tiefer drin. Tut mir leid. Es muss so sein.«

Diana schaute zur Tür und erschrak nur ein klein wenig

beim Anblick der Schwester, die sie nie gekannt hatte. Genauso dünn, bleich und geisterhaft, wie sie auf der Veranda erschienen war, sprach sie diesmal mit einer viel älteren und weiseren Stimme, als es ihren Lebensjahren entsprochen hätte. Ihr ovales Gesicht war ernst.

»Missy.« Wie immer klang Dianas eigene Stimme fremd und hohl in ihren Ohren. Sie wünschte, sie könnte etwas anderes als Traurigkeit für diese unbekannte Schwester empfinden, aber genau das empfand sie. Traurigkeit. Weil Missy um ihr Leben und Diana um ihre Schwester betrogen worden war.

Missy nickte zustimmend und sagte: »Wir haben nicht viel Zeit.«

»Hier gibt es *gar keine Zeit*«, erwiderte Diana. »So viel habe ich herausbekommen.«

»Ja, aber er ist bei dir. Auf der anderen Seite der Tür, die du geöffnet hast. Er wird nicht lange warten, bevor er ... sich einmischt. Er fürchtet um dich.«

»Fürchtet, dass ich hier ... gefangen bleibe.« – »Ja.«

»Werde ich das?«

»Ich weiß es nicht. Ich weiß nur, dass du hier sein musst und jetzt die beste Zeit dafür ist. Während des Gewitters. Solche Gewitter setzen eine Menge Energie frei, Energie, die dir hilft. Bitte, Diana, komm mit mir.«

Entschlossen, sich die Kontrolle nicht ganz entreißen zu lassen, statt wie eine Marionette mitgezogen zu werden, sagte Diana: »Verrate mir eins. Bist du meine Schwester?«

Missy zögerte nicht. »Ja.«

»Warum kann ich mich dann nicht an dich erinnern?«

Missy trat einen Schritt zurück und wandte sich der Tür zu. »Komm mit mir, Diana.«

Diana war nicht überrascht, dass ihre zweite Frage unbeantwortet blieb; es erstaunte sie nur, dass das bei der ersten nicht passiert war. Sie stand auf und folgte Missy aus dem Zimmer. »Bewege ich mich wirklich?«, fragte sie sich laut. »Oder sitze ich noch hier bei Quentin?«

Missy bewegte sich geräuschlos den grauen Flur entlang zur Treppe.

»Diesmal bist du nur im Geist hier.«

Was die üblichere Art war, wenn sie die graue Zeit betrat, wie Diana wusste. Nur zu oft war sie nach so einer »Reise« in ihrem Bett oder auf einem Sessel aufgewacht. Trotzdem hatte sie eine Frage.

»Warum? Heute Morgen war es anders.«

»Heute Morgen musste ich durch dich sprechen, damit er und der andere Polizist mich hören konnten. Dich körperlich durch die Tür zu bringen war der erste Schritt. Danach warst du auf gewisse Weise ... verbunden. Du hast den Unterschied gespürt.«

»Mir war kalt. Mir wurde danach gar nicht wieder warm.«

»Ja. Das tut mir leid, aber ich brauchte die Verbindung für später. Für die Höhle. Damit ich durch dich sprechen konnte. Das hat dir viel abverlangt. Mehr, als ich erwartet hatte. Es tut mir wirklich leid.«

Diana nahm die Entschuldigung an, doch je weiter sie sich von Quentin entfernte, desto besorgter wurde sie. »Wohin gehen wir?«

»Da ist etwas, das ich dir zeigen muss.«

In Erinnerung an Quentins ironische Bemerkung über die wenig hilfsbereite Rolle, die Geister oft spielten, wenn es zu viele Fragen und zu wenige Antworten gab, fragte Diana: »Warum kannst du mir nicht einfach sagen, wer dich ermordet hat?«

Zu ihrer Überraschung kam von Missy eine Antwort. Zumindest eine Art von Antwort.

»Weil das Wissen, wer mich ermordet hat, dir nicht helfen würde. Oder Quentin.«

Zum ersten Mal hatte sie Quentins Namen ausgesprochen, was Diana einen merkwürdigen Stich versetzte, den sie nicht hätte erklären können. »Es würde ihm helfen. Es … hat ihn all die Jahre verfolgt.«

»Ich weiß.«

»Willst du denn nicht, dass er Frieden findet? Willst du nicht, dass er all das hinter sich lässt und mit seinem Leben fortfährt?«

»Doch.« Missy blieb stehen und sah Diana durch den kalten, grauen Flur an. »Ich konnte nicht zu ihm durchdringen, in all der Zeit, die er hier verbracht hat. Ich konnte ihn nicht erreichen. Selbst als er schon einmal ein anderes Medium mitgebracht hat, um es zu versuchen.«

»Davon hat er mir nichts erzählt.«

»Das war vor langer Zeit.«

»Woher weißt du das? Hier vergeht die Zeit nicht.« Missy lächelte schwach. »Weil er jünger war. Jünger und sehr ungeduldig und entschlossen. Ich konnte ihn von hier aus immer sehen. Ich konnte ihn nur nicht erreichen.« Ihre dünnen Schultern hoben und senkten sich in einem Achselzucken.

»Du kannst ihn jetzt erreichen. Durch mich. Warum erzählst du ihm dann nicht, was er wissen will? Warum gibst du ihm nicht seinen Frieden?«

»Es ist nicht an mir, ihm seinen Frieden zu geben.«

»Das stimmt nicht.«

»Diana, Quentin gibt sich die Schuld dafür, mich nicht beschützt zu haben. Mich nicht gerettet zu haben. Aber er gibt sich vor allem die Schuld, weil er tief in seinem Inneren wusste, was hier nicht stimmte. Oder zumindest, dass etwas nicht stimmte. Er konnte es spüren, genau wie ich es spüren konnte. Ein Seher zu sein ist etwas, womit er geboren wurde, und nicht etwas, das an dem Tag entstand, als er mich fand. Der Schock hat es nur geweckt.«

»Missy ...«

»Er konnte spüren, was hier nicht stimmte, doch er konnte nicht daran glauben. Er war älter als ich, vielleicht lag es daran. Vielleicht aber auch nur daran, dass ihm nie jemand erklärt hatte, warum er anders war, und er deswegen beschloss, nicht so zu sein. Beschloss, wie jeder andere zu sein. Beschloss, nicht auf diese Gefühle zu achten, die er sich nicht erklären konnte. Sein Verstand riet ihm, das zu ignorieren, was er spürte, seine Sinne anzuzweifeln. Er hörte auf seinen Verstand, genauso wie du die ganzen Jahre auf die Ärzte gehört hast.«

»Das war anders.«

»Nein, es war genau dasselbe. Du wusstest, dass du nicht verrückt bist. Du wusstest, dass du nicht krank bist. Trotzdem hast du auf sie gehört. Weil du dich tief in deinem Inneren mehr vor der Wahrheit gefürchtet hast.«

»Ich weiß nicht, was du meinst.«

»Du weißt, du hast es immer gewusst, dass die Wand zwischen den Lebenden und den Toten nichts Festes ist. Du hast gewusst, dass du Türen öffnen und uns herüberlassen kannst. Du hast gewusst, dass du durch diese Türen auf unsere Seite kommen kannst. Du hast gewusst, dass du mit uns wandeln kannst.«

Missy hielt einen Augenblick inne und fügte dann hinzu: »Du hast immer Angst davor gehabt, hier gefangen zu sein, wie die Menschen, die du im Krankenhaus sahst, als wir Mommy besuchten. Du wusstest, was ich wusste. Dass sie nur lebende Körper ohne Seele waren.«

Diana merkte, wie ihr die Kehle eng wurde, spürte die vertrauten Tentakel eisigen Entsetzens, die sich tief in sie einkrallten. Die durch Missys Worte ausgelöste Erinnerung kam plötzlich und war unglaublich lebendig. Sie wurde fast dreißig Jahre zurückversetzt, ihre kleine Hand im Griff ihres Vaters, ihre kurzen Beinchen, die Schritt zu halten versuchten, während er sie durch einen sehr langen Flur führte. Ein Flur mit Türen zu beiden Seiten, manche offen, manche geschlossen. Hinter einigen der geschlossenen Türen herrschte Stille; hinter anderen hörte sie ein gelegentliches Lachen oder Schluchzen, und hinter einer ein seltsames, trauriges Wimmern. Durch die offenen Türen sah sie Betten, in denen Menschen saßen, die lasen oder Fernsehen schauten.

In anderen Betten lagen sie nur still und stumm da, und neben ihnen piepsten Maschinen. Die meisten schliefen bloß oder waren bewusstlos, das wusste sie. Selbst damals wusste sie das.

Manche waren nicht mehr da. Ihre Körper lagen dort und atmeten, ihr Herzschlag wurde von den piepsenden Maschinen aufgezeichnet, aber die Menschen, die sich einst in diesen Körpern befunden hatten, waren fort. Und sie würden nie zurückkommen.

Diana hatte das gewusst, mit absoluter Gewissheit. Über die Fähigkeit eines kleines Kindes, dieses Wissen mitzuteilen, über alle Worte, alle Vernunft hinaus hatte sie genau gewusst, was mit diesen Menschen passiert war. Jemand hatte eine Tür geöffnet, vielleicht sogar die Menschen selber. Und jetzt saßen sie auf der anderen Seite fest, waren unfähig, in ihr körperliches Selbst zurückzukehren.

Dianas Entsetzen war tief und wortlos gewesen, doch das war nichts im Vergleich zu dem, was sie empfunden hatte, als ihr Vater sie schließlich in eines der Zimmer hineinführte. Als sie ihre Mutter still und stumm im Bett hatte liegen sehen. Als sie die Maschinen leise hatte piepsen hören.

Als sie begriff.

»Diana?«

Sie blinzelte und blickte in Missys junges, ernstes Gesicht. »Mein Gott. Das ist also mit ihr passiert. Sie war … fort. Bevor Daddy oder die Ärzte es überhaupt merkten, lange bevor sie es aussprachen, bevor ihr Körper schließlich aufgab, war sie bereits fort.«

»Ja.«

»Ich habe mich … warum habe ich mich nicht daran erinnert?«

»Du hattest zu viel Angst vor der Erinnerung.«

Diesmal verstand Diana. »Weil ich wusste, dass ich dasselbe tun konnte wie sie.«

Missy nickte. »Du hattest Angst, es nicht beherrschen zu können, dich auf dieser Seite zu verlieren, genau wie sie. Und damals konntest du es auch noch nicht beherrschen. Du warst zu klein, du wusstest nicht, wie. Und sie war nicht da, konnte dir nicht helfen, es zu verstehen. Niemand war da. Damals nicht.«

»Bis jetzt.«

»Weil du nicht mehr durch Medikamente betäubt wirst. Und er ist hier, damit du siehst und erkennst, was da ist. Um dir zu helfen, es zu verstehen. Das war für dich notwendig. Aber du hast immer noch Angst. Deswegen streitest du dich mit ihm, wenn er darüber reden will.«

»Ich habe ja schließlich auch allen Grund, Angst zu haben, oder? Du hast selbst gesagt, du wüsstest nicht, ob ich am Ende auf dieser Seite gefangen sein würde. Denn wir wissen beide, dass es möglich ist, daher …«

»Es gibt Schlimmeres, als hier gefangen zu sein, Diana.«

Da-dum.

Da-dum.

Es war eher ein Gefühl als ein Geräusch und erschreckend an diesem grauen Ort der Stille und Geräuschlosigkeit.

Quentin hatte sie gefragt, ob sie jemals etwas wie einen Herzschlag in sich gehört oder gespürt hatte, und Diana hatte das abgestritten, weil sie sich nicht daran erinnern konnte. Doch jetzt erkannte sie es sofort. Sie erinnerte sich daran, ein Echo aus ihrer Kindheit und irgendwo in ihr, das tiefer saß als ein Instinkt.

Sie kannte es.

Da-dum.

Da-dum.

Es war riesig und dunkel und roch nach feuchter Erde und faulen Eiern. Es war so kalt, dass es brannte, und die Schwärze verschluckte jedes Licht. Und es war … unausweichlich. Uralt. Jenseits jeder Macht. So überwältigend, dass sie sich schwach und zu Tode verängstigt fühlte.

Da-dum.

Da-dum.

»Es kommt«, sagte Missy. »Und es hat bereits wieder getötet.«

»Du meinst ihn, oder? Diesen Mörder.«

»Er hat aufgehört, ein Mensch zu sein, noch bevor sie ihn lebendig begraben haben. Jetzt ist da nur noch … es. Und du weißt, was es ist.«

Allerdings. Das war dieses entsetzliche Ding. Sie wusste es.

»Wie wird es diesmal aussehen?«, flüsterte sie. »Von wem wird es Besitz ergreifen?«

»Es sieht fast immer wie jemand aus, dem wir vertrauen, nicht wahr?«

Missy drehte sich wieder um und ging auf dem langen, grauen Flur voran.

»Hier entlang. Beeil dich, Diana.«

Da sie sonst nichts tun konnte, folgte Diana ihr, voller Angst davor, was kommen würde, und beunruhigt über den wachsenden Abstand zwischen dem Teil von ihr, der diese Reise unternahm, und dem Teil, der bei Quentin zurückgeblieben war. Eine Angst, die nur noch stärker wurde, als sie merkte, dass sie diesen Flur nicht kannte und keine Ahnung hatte, wie sie den Weg zu Quentin zurückfinden sollte.

Quentin ging ruhelos in der Lounge auf und ab, wobei er Diana immer wieder anschaute. Ihre Augen waren geschlossen, ihr Gesicht friedlich, und wenn er es nicht besser gewusst hätte, dann hätte er angenommen, sie schliefe.

Doch sie schlief nicht.

Ein Kellner vom Zimmerservice hatte den von Stephanie georderten Kaffee gebracht, aber er stand unberührt auf dem Tablett. Quentin wollte keinen Kaffee, hätte etwas Stärkeres brauchen können. Etwas viel Stärkeres.

»Fassen Sie mich nicht an. Da ist etwas, das ich tun muss ... Berühren Sie mich einfach nicht. Warten Sie.«

Warten. Nur warten. Wie lange sollte er warten? Wie lange war es gefahrlos für sie, dort zu sein ... wo immer das war?

Sie befand sich in der grauen Zeit, nahm er an. Er war sich nicht sicher, wodurch das ausgelöst worden war, außer vielleicht durch eine Kombination aus Dianas aufgewühltem emotionalem Zustand nach dem, was sie über Missy erfahren hatte, und dem Grollen des Gewitters.

Wahrscheinlich das, dachte er. Das Gewitter brachte jedenfalls bei ihm alle Sinne durcheinander, und im Vergleich zu dem, was während des letzten Gewitters passiert war, hatte dieses zweifellos die Fähigkeiten Dianas verstärkt.

Seine eigenen, unzuverlässigen Sinne waren es, die ihn davon abhielten, jetzt die Hand nach ihr auszustrecken, sie zu berühren, zu verankern. Noch mehr als bei einem Gewitter fühlte er sich fast abgeschnitten von den Sinneswahrnehmungen, an die sein Körper und sein Geist gewöhnt waren. Alles war gedämpft, fern, außerhalb seiner Reichweite.

Nur eines wusste er mit Sicherheit: Das, was Diana tat, war gefährlich. Und notwendig.

Daran kam er nicht vorbei, an dieser starken Gewissheit, dass sie es tun musste, dass es wichtig war. Und dass er es bedauern würde, wenn er sich einmischte, wenn er sie von dort zurückzerrte, wo sie in diesem Augenblick sein musste.

Die Frage war, konnte er überhaupt seiner eigenen, tiefsten Gewissheit trauen? Konnte er seinen Instinkten trauen?

Denn falls er das nicht konnte und zu lange damit wartete, bevor er sie zurückholte … könnte sie bereits außerhalb seiner oder der Reichweite jedes anderen sein.

»Sie hat das früher auch schon getan«, hörte er sich murmeln. »Seit Jahren, seit Jahrzehnten. Damals war ich nicht da, und sie ist ohne meine Hilfe zurückgekommen. Ohne irgendeine Hilfe. Sie kann es auch jetzt schaffen.«

Wenn sie so stark war, wie er glaubte. Wenn sie stark genug war.

Quentin konnte diesen Zustand nicht ausstehen. Er konnte es nicht ertragen, warten zu müssen, dabeistehen zu müssen und nichts tun zu können, außer sich Sorgen zu machen. In der Vergangenheit war er mehr als einmal dazu gezwungen worden und argwöhnte sogar, dass Bishop ihn von Zeit zu Zeit absichtlich in diese Lage gebracht hatte, um ihn Geduld zu lehren.

Konfrontiert mit Quentins Verdacht, hatte Bishop es nicht abgestritten. Aber er hatte den Verdacht auch nicht bestätigt.

Also das Übliche.

Falls jedoch eine Lektion beabsichtigt gewesen war, hatte Quentin die noch zu lernen. Es ging ihm gegen seine tiefsten Instinkte, seine Natur, jemand anderem die aktive Rolle zu überlassen, während er Daumen drehend warten musste. Vor allem, wenn diese Person, trotz ihrer Stärke, angeschlagen und zerbrechlich und jemand war, der ihm am Herzen lag …

Ein lauter Donnerschlag hallte fast ohrenbetäubend, der grelle Blitz blendete so sehr, dass Quentin für einen Augenblick fast vollkommen im Dunkeln und plötzlich allein in seinem Kopf war. Außer …

Jetzt. Beeil dich. Bevor es zu spät ist.

Das Gewitter hatte seine Sinne so verwirrt, dass es ihn wunderte, dieses Flüstern im Kopf vernehmen zu können. Oder vielleicht flüsterte es schon eine ganze Weile, und er hatte es nur nicht gehört.

Voll Furcht, dass er zu lange gewartet hatte, eilte Quentin zurück zu Diana und griff nach ihrer kalten Hand, umklammerte sie fest.

Nichts. Keine Reaktion. Sie saß da, still und schweigend, die Augen geschlossen, das Gesicht friedlich.

Noch nie war von ihm verlangt worden, jemandes Rettungsleine zu sein, doch Quentin hatte vor langer Zeit gelernt, dass der Verstand bemerkenswerte Dinge fertigbringt, wenn er richtig motiviert und angespannt wird.

Er konzentrierte sich, schloss grimmig die Ablenkung durch das Gewitter aus und richtete seinen gesamten Willen darauf, Diana zu erreichen und sie zu sich zurückzuholen.

14

Wohin bringst du mich, Missy?« Dianas Unbehagen verstärkte sich, schwoll an, und sie hatte das plötzliche, beängstigende Gefühl, dass dieser Geist, der ihre Schwester sein sollte, viel weniger wohlwollend war, als Diana angenommen hatte.

»Da ist etwas, das ich dir zeigen muss.«

»Warum kannst du mir nicht einfach sagen, was ich deiner Meinung nach wissen sollte?« Diana schaute sich um, versuchte zu ergründen, wo im Hotel sie sich befanden. Aber der Flur war eigentümlich formlos in der grauen Zeit – sogar mehr als gewöhnlich – und schien sich endlos zu dehnen. »Hier stimmt was nicht«, fügte sie hinzu, bevor Missy antworten konnten. »Das sieht …«

»Es gibt etwas, das Quentin vergessen hat.« Missy überging sowohl die Frage wie auch die Bemerkung.

»Was denn?«

»Weil das mit mir passiert ist, denkt er, es geht um Kinder.«

Diana hörte nur halb zu, denn Missy war beim Sprechen um eine Ecke gebogen, und Diana sah plötzlich eine grüne Tür vor sich. Es war der einzige Farbfleck, den sie in der grauen Zeit je gesehen hatte.

»Du musst dich an das hier erinnern, Diana. An diese Tür.«

»Warum?« Diana bemühte sich, klar zu denken, doch es wurde immer schwieriger.

»Weil du hier sicher sein wirst. Wenn es wichtig ist, wenn du einen sicheren Ort brauchst, dann komm hierher.«

»Ich dachte, in der grauen Zeit wären alle Orte gleich.«

»Nicht der hier. Das ist ein besonderer Ort, in deiner Zeit wie auch in dieser. Er ist geschützt. Vergiss das nicht.«

Diana wollte weitere Fragen stellen, aber Missy fuhr einfach fort.

»Hör mir zu, Diana. Quentin hat immer geglaubt, es ginge um Kinder, aber darum geht es nicht. Kinder sind die leichtesten Opfer, da sie oft verletzlich und ungeschützt sind. Leichte Beute. Es ernährt sich von Furcht. Du erinnerst dich an das Entsetzen eines Kindes, nicht wahr, Diana?«

Dianas Lippen fühlten sich seltsam steif und sehr kalt an, als sie murmelte: »Ja. Ich erinnere mich.«

»Es geht nicht um die Kinder. Es geht nicht mal um mich. Es geht um Bestrafung. Es geht um Verurteilung. Er wurde verurteilt. Und bestraft.«

Wieder wollte Diana fragen, wollte all das besser verstehen. Aber bevor sie etwas sagen konnte, hörten und spürten sie es beide.

Da-dum.

Da-dum.

Da-dum!

Missys Gesicht veränderte sich, wurde besorgt. »Du musst gehen. Jetzt. Es kann auch herüberkommen, Diana, vergiss das nicht. Und der Geist eines Mediums kann der verletzlichste von allen sein. Wenn es dich findet ...«

»Ich versteh das nicht, Missy.«

»Das wirst du.« Missy griff nach Dianas Hand, die kleine Kinderhand erstaunlich warm. »Vergiss die grüne Tür nicht. Aber geh jetzt zurück. Stell die Verbindung zu Quentin her.«

Diana wusste nicht, ob ihr das gelingen würde, weil sich ihr Geist träge und kalt anfühlte und ihr jede Anstrengung zu viel war. Aber die Wärme von Missys Hand schien die Kälte etwas zu vertreiben …

Da-dum!

Da-dum!

Sie spürte den Boden unter sich erzittern, wie von unermesslich schweren Schritten, und das Grau um sie herum schien dunkler zu werden, in Schwarz überzugehen. Sie versuchte die geistige Verbindung herzustellen, dachte an Quentin, wollte bei ihm sein.

Ein greller Blitz zuckte, dann noch einer, und dazwischen wurde das Grau dunkler und dunkler.

»Beeil dich«, sagte Missy. »Es ist …«

»… hier.« Diana öffnete die Augen.

»Großer Gott, tu mir das nie wieder an!«, rief Quentin.

Sie drehte den Kopf und betrachtete ihn, ein bisschen betäubt und mehr als verwirrt. Er hielt ihre Hand; seine fühlte sich warm und kräftig an, und wieder verspürte sie dieses unvertraute Gefühl der Sicherheit.

Sicherheit. Sie war in Sicherheit. Für den Moment.

»Alles in Ordnung?«, wollte er besorgt wissen.

»Ich glaube schon.«

Er atmete tief durch, sichtbar erleichtert. Ihre Hand ließ er nicht los. »Noch ein Besuch in der grauen Zeit?«

Diana nickte langsam.

»Ein weiterer Führer?«

»Missy.«

Das überraschte ihn. »Sie haben mit ihr gesprochen?«

»Ja.«

»Und?«

Diana erzählte ihm von der grünen Tür und Missys Warnung, dass es diesem »Es« nicht um Kinder gehe, sondern um Bestrafung und Verurteilung.

»Ich kann mich an keine grüne Tür in der Lodge erinnern«, sagte er.

»Ich auch nicht.«

»Aber dort soll sich ein sicherer Ort für Sie befinden?« Diana versuchte, sich genau an Missys Worte zu erinnern. »Ich glaube schon. Sie sagte was davon, dass es ein geschützter Ort sei, sowohl hier wie auch in der grauen Zeit.«

Quentins Ton wurde grimmig. »Wenn Missy Ihnen einen sicheren Ort gezeigt hat, muss das heißen, sie glaubt, dass Sie einen brauchen werden.«

Eiskalt fuhr es über Dianas Rücken. »Wird wohl so sein.«

»Und sie sagte, es ginge um Verurteilung, um Bestrafung?«

»Ja. Weil er verurteilt und bestraft wurde. Dieser Mörder.«

»Samuel Barton.«

»Ja.«

Quentin dachte einige Augenblicke darüber nach. »Was noch?«

Sie wusste nicht, ob er seine zusätzlichen Sinne anwandte oder ob ihr Gesicht für ihn ein offenes Buch war, aber es war klar, dass sie antworten musste. Daher erzählte sie ihm, was Missy gesagt hatte – über Dianas tiefste Ängste, über ihre Befürchtung, nicht mit ihren Fähigkeiten umgehen zu können und zwischen zwei Welten gefangen zu werden, über ihr Entsetzen über das, was mit ihrer Mutter passiert war. Und erst da kam Diana noch etwas anderes in Erinnerung.

»Mein Gott. Sie sagte, ›als wir Mommy besuchten‹. Dass

ich Angst vor den Menschen im Krankenhaus hatte, den Menschen ohne Seelen, als wir Mommy besuchten. Quentin … Missy war keine Halbschwester. Wir hatten denselben Vater und dieselbe Mutter.«

Stephanie hätte es nie laut zugegeben, aber der Hauptgrund, warum sie Ransom Padgett bat, sie in den Keller zu begleiten, war nicht die Hilfe, die sie beim Hinauftragen der Akten und Kartons brauchte. Sie wollte nur nicht allein dort unten sein.

Natürlich stellte er ihr keine Fragen.

Er benutzte einen der vielen Schlüssel an seinem Ring, um die Kellertür aufzuschließen, ging dann über die gut beleuchtete Treppe voran und sagte über seine Schulter: »Ich muss Sie warnen, Miss Boyd – da unten was zu finden ist verdammt schwer. Ich hab der Geschäftsleitung schon vor Jahren vorgeschlagen, da unten auszumisten, doch man wollte nicht auf mich hören. Brauchen die auch nicht, weil ich ja bloß hier arbeite. Aber trotzdem.«

Stephanie hörte nur mit halbem Ohr zu, schaute sich um, als sie den Fuß der Treppe erreichten, und kam sich jetzt ein bisschen dämlich vor. Der Keller war genauso gut beleuchtet wie die Treppe, und obwohl alles vollgestellt war, schien doch eine gewisse Ordnung zu herrschen.

In einem kleineren, teilweise abgeteilten Bereich in der Nähe der Treppe entdeckte sie Dutzende großer Aktenschränke, auf denen sich vollgestopfte Kartons häuften, ein stummer Beweis dafür, dass die Schränke zweifellos randvoll waren und man weitere Unterbringungsmöglichkeiten gebraucht hatte.

Na toll. Wirklich toll. Ich werde Wochen hier unten verbringen.

Seufzend schaute sie sich in dem Teil des Kellerraums um, den man vom Fuß der Treppe aus sehen konnte.

Eine Abteilung enthielt unbenutzte Möbel, wahrscheinlich reparaturbedürftig oder vielleicht nur aussortiert, weil sie in Stil und Geschmack nicht mehr zeitgemäß waren, auf Tischen aufgestapelte Stühle und hier und da gegen Staub abgedeckte Polstermöbel. In einer anderen Abteilung standen Kartons, deren große Etiketten darauf hinwiesen, dass sie mit altem Bettzeug und Vorhängen gefüllt waren.

Dann gab es eine Abteilung mit Regalen, auf denen eine erstaunliche Sammlung altmodischer Küchengeräte lag, Seite an Seite mit Stapeln alter Zeitschriften und Zeitungen. Und an den Regalen lehnten Dutzende großer, gerahmter Drucke, hier verstaut, weil sie wohl ebenfalls nicht mehr dem Geschmack der Zeit entsprachen.

»Mein Gott«, murmelte sie. »Haben die denn überhaupt nichts weggeworfen?«

»Offensichtlich nicht«, erwiderte Padgett leicht entrüstet. »Hätten sie aber machen sollen. Gibt genügend Wohltätigkeitsvereine, die sich über diesen Plunder freuen würden, und das Stoffzeug ist nach all den Jahren garantiert vermodert und von Motten zerfressen. Weiter hinten liegt ein ganzer Stapel Teppiche, die sicher mal ein Vermögen gekostet haben. Jetzt ist nicht mehr viel davon übrig.« Er zuckte die Schultern. »Wenn oben im Hotel was gebraucht wird, kaufen sie es immer neu, daher kapier ich nicht, warum das alte und kaputte Zeug hier unten landet.«

»Für schlechte Zeiten, nehm ich an.«

Sie horchten beide auf, als ein so gewaltiger und lauter Donnerschlag krachte, dass der Boden unter ihren Füßen zitterte, und Padgett sah sie mit erhobenen Augenbrauen an.

Stephanie musste lachen. »Also, ich denk nicht dran, mir deswegen Gedanken zu machen. Ich hab jedenfalls nicht vor, mich um was anderes als den Papierkram zu kümmern. Wobei ich sagen muss, dass es hier viel weniger abschreckend aussieht, als ich erwartet hatte, trotz all des Durcheinanders. Zumindest scheinen die Unterlagen ziemlich geordnet und nur an einer Stelle untergebracht zu sein.«

Padgett warf ihr einen mitleidigen Blick zu und bedeutete ihr dann, ihm in Richtung der aufgetürmten Möbel zu folgen. »Einer der vorherigen Geschäftsführer hatte die blendende Idee, die ganzen alten Unterlagen der Lodge an einer Stelle zusammenzufassen, nett und ordentlich und übersichtlich, statt dort gestapelt zu sein, wo Platz auf dem Boden und in den Regalen war. Das meiste wurde schließlich umgeräumt, raus aus den verschiedenen Ecken dieses Kellers. Aber nicht alles.«

Stephanie folgte ihm um die Möbel herum und unterdrückte ein Stöhnen, als sie in einer ziemlich dunklen Ecke aufgestapelte Hauptbücher und Aktenkartons und sogar einige alte zugeschnürte Schrankkoffer sah.

»Ach du meine Güte«, murmelte sie.

»Hier ist das Licht nicht so toll«, bemerkte Padgett. »Soll ich den ganzen Kram zurück zur Treppe schaffen? Dort könnten Sie wenigstens erkennen, was Sie sich da anschauen. Vorausgesetzt, Sie wollen mit dem hier anfangen.« Sein Gesicht verriet deutlich, dass er hoffte, sie würde zu den Aktenschränken zurückkehren, die sie offensichtlich für lange Zeit beschäftigen würden.

Stephanie zögerte kurz. »Ich nehme an, dass sich hier die ältesten Unterlagen befinden, stimmt's?«

»Ja, wahrscheinlich. Früher lagen die in dieser Ecke noch weiter verstreut, und die Kartons waren bis zu den

Möbeln gestapelt, daher sind die ältesten Sachen vermutlich da hinten an der Wand.« Er beäugte Stephanie. »Ich bin schon seit Ewigkeiten hier. Wenn ich wüsste, wonach Sie suchen, könnte ich Ihnen vielleicht helfen, die Suche abzukürzen.«

Energisch erwiderte sie: »Tja, das weiß ich selbst nicht so genau. Aber da Sie Ihre Hilfe angeboten haben, könnten Sie ja damit anfangen, die Sachen näher zur Treppe zu bringen. Ich weiß nicht, wie viel Zeit mir bleibt, bevor die nächste Krise ausbricht, daher sollte ich bis dahin so viel wie möglich erledigen.«

»Ja, Ma'am.«

Stephanie wandte sich ab und kehrte in den »geordneten« Bereich nahe der Treppe zurück, atmete tief durch und öffnete aufs Geratewohl den ersten Aktenschrank, um mit ihrer Suche zu beginnen. Sie hatte keine Ahnung, wonach sie suchte.

Aber sie hatte das dumpfe Gefühl, es zu wissen, wenn sie es fand.

»Mit der hier bin ich durch.« Quentin stellte den größeren der beiden Kartons beiseite.

»Irgendwas Hilfreiches?«

»Bisher nicht. Ein paar interessante Briefe vom Beginn des letzten Jahrhunderts, geschrieben von Gästen und Angestellten, aber nichts, was auf unaufgeklärtes Verschwinden oder andere mysteriöse Ereignisse hindeutet.«

Diana zeigte auf die alten Fotos, die vor ihr auf dem Couchtisch aufgestapelt lagen. »Bei denen ist es dasselbe, mehr oder weniger. Ich habe alle Fotoalben und losen Fotos durchgesehen. Interessante Aufnahmen, die meisten ohne Datum auf der Rückseite, jedoch nichts Alarmierendes.«

»Tja, das Universum macht es einem nie leicht.«

»Ist mir auch schon aufgefallen.« Sie schüttelte den Kopf. »Vielleicht gibt es da sonst nichts, und ich sollte nur dieses eine Foto finden.«

Es lag abseits auf dem Couchtisch, in Griffweite von Diana, und sie betrachtete es oft. Das Foto von zwei kleinen Mädchen mit Hund, für alle Zeit eingefroren.

»Könnte sein«, stimmte Quentin zu. »Zeichen und Omen.«

»Suchen wir denn nach so etwas?«

»Wer weiß. Bishop nennt sie Wegweiser und sagt, viele von uns gingen an ihnen vorbei, ohne sie zu bemerken. Was wahrscheinlich stimmt. Ich meine, die meisten Menschen sind zu sehr damit beschäftigt, einfach nur durch den Tag zu kommen, um auf Fingerzeige aus dem Universum zu achten.«

»Und wie sehen diese Wegweiser laut Bishop aus?«

Da Diana ihn gebeten hatte, ihr von der Special Crimes Unit zu erzählen, während sie die Sachen vom Speicher durchschauten, war Quentin dieser Bitte nachgekommen. Sie wollte nicht mehr über das Erlebnis sprechen, das vom Gewitter ausgelöst worden war, brauchte offenbar Zeit, um damit fertigzuwerden, und es widerstrebte ihm, sie zu drängen, obwohl ihm immer noch Fragen und Gedanken im Kopf herumwirbelten.

Stattdessen hatte er von der Einheit erzählt, während das Gewitter sich allmählich beruhigte und sie sich durch die vom Speicher mitgebrachten Sachen arbeiteten. Er entwarf flüchtige Bilder von einigen seiner Kollegen und berichtete von den interessanteren Geschichten, mit denen die Einheit zu tun gehabt hatte.

Er war sich nicht sicher, ob sie ihm überhaupt zuhörte,

und vermutete fast, dass sie nur das Geräusch einer anderen Stimme, das Gefühl einer anderen Person im Raum haben wollte und mit ihren eigenen Gedanken meilenweit entfernt war. Aber er hatte gern die Chance ergriffen, über die Einheit zu reden, hatte das Gefühl, es sei wichtig für sie, von Dingen zu hören, die ihre eigenen paragnostischen Erlebnisse im Vergleich ganz gewöhnlich wirken ließen.

Wie es schien, hatte sie wenigstens etwas von dem gehört, was er berichtet hatte.

»Zeichen und Omen. Sie können wie alles Mögliche aussehen, das ist das Vertrackte daran«, antwortete er ihr. »Je gewöhnlicher, desto eher sind sie womöglich alles andere als das. Zum Beispiel …«, er griff nach dem letzten Karton, den er durchschauen musste, und kramte daraus eine alte Zigarrenkiste hervor, »… das hier. Die dritte Schachtel mit Fundsachen, auf die wir gestoßen sind, oder?«

»Mindestens.«

»Und da drin ist genau solches Zeug wie in den anderen.« Er öffnete die Zigarrenkiste und betrachtete den Inhalt. »Schmuckstücke, ein Feuerzeug, diverse Schlüssel, Kämme und Haarspangen, ein Füllhalter, eine Hasenpfote, Nagelknipser, Münzen – größtenteils Plunder. Aber wer weiß, ob nicht eines davon ein Wegweiser ist? Ein Zeichen oder Omen, das in dieser gewöhnlichen kleinen Kiste liegt und darauf wartet, jemandes Aufmerksamkeit zu wecken? Könnte gut sein.«

»In einer Zigarrenkiste mit altem Plunder?«

»Sie wissen, wie man so sagt: Der Plunder des einen ist der Schatz eines anderen.« Quentin wiegte den Kopf. »Dabei geht es natürlich nicht um den eigentlichen Wert. Wie gesagt – jedes Zeichen neigt dazu, etwas Gewöhnliches zu sein. Auf den ersten Blick. Oder sogar auf den zweiten.«

Diana hielt die Hand hin, und als Quentin ihr die Kiste gab, schaute sie den Inhalt fast beiläufig durch. »Ich würde sagen, dieses Zeug sieht ziemlich gewöhnlich aus. Wie sollen wir Zeichen und … Omen … erkennen, wenn es nur durchschnittliche, alltägliche Dinge sind? Was sagt Ihr Bishop dazu?«

»Tja, was typisch Rätselhaftes. Er meint, man solle auf alles achten, und die wichtigen Teile würden sich irgendwann von selbst bemerkbar machen.«

»Ich schätze, das Universum lässt sich nicht gern in die Karten blicken.«

»Anscheinend nicht.« Quentin zögerte und meinte dann vorsichtig: »Wenn Ihr Vater wirklich herkommt, sollte er uns zumindest einige aufschlussreiche Antworten geben können.«

Diana blickte immer noch in die Zigarrenkiste auf ihrem Schoß. »Das ist noch sehr die Frage. Und selbst wenn er es tut, wird er dann wahrheitsgemäß antworten?«

»Sie glauben, er wird trotz allem versuchen, die Lüge aufrechtzuerhalten?«

»Das hängt davon ab, warum er überhaupt damit angefangen hat, nicht wahr? Und eigentlich haben wir ja auch nicht viel. Ein Foto von zwei kleinen Mädchen. Soviel Sie in all den Jahren erfahren haben, hat Missy hier mit ihrer Mutter gelebt. Etwas anderes können wir nicht beweisen, oder?«

»Nein«, gab Quentin zu. »Nicht mit den Informationen, die ich bisher gefunden habe. Es gab nie einen Hinweis, weder von Missy noch aus einer anderen Quelle, der darauf hindeutete, dass Laura Turner nicht ihre leibliche Mutter war. Bei der Akte zu den ursprünglichen Polizeiermittlungen liegt sogar eine Fotokopie von Missys Geburtsurkunde. Der angeblichen, zumindest. Geboren als Missy Turner, Tochter von Laura, in Knoxville, Tennessee. Vater unbekannt.«

»Sind Sie nie auf die Idee gekommen, dass es eine Fälschung sein könnte?«

»Vor etwa zehn Jahren bin ich sogar so weit gegangen, die Originale der Krankenhauseintragungen zu überprüfen, und in denen wurde ein Kind namens Missy Turner aufgeführt, geboren von einer Laura Turner an dem entsprechenden Datum wie auf der Geburtsurkunde. Ich hatte keinen Grund, noch tiefer zu graben.«

Diana nickte, entgegnete aber: »Als Missy das mit Mommy sagte, klang das so natürlich, dass ich überzeugt bin, sie meinte genau das. Dass wir beide unsere Mutter besucht haben.«

»Ich glaube Ihnen. Und ich kann mir keinen Grund vorstellen, warum Missy Sie belügen sollte. Aber zu beweisen, dass Missy und Sie denselben Vater und dieselbe Mutter haben, wird nicht leicht sein, wenn Ihr Vater, aus welchen Gründen auch immer, diese Tatsache vertuscht hat. Das vermuten Sie doch, nicht wahr? Dass er es absichtlich getan hat?«

Diana wählte ihre Worte sorgfältig. »Mein Vater ist ein sehr mächtiger Mann. Nicht nur finanziell, obwohl er viel Geld hat. Er hat echte Macht. Politische Verbindungen, sogar international; sowohl sein Vater als auch sein Großvater waren Botschafter. Und seine Firma, das Familienunternehmen, besitzt Anteile an allem Möglichen, von modernster Technologie bis zu Diamantenminen. Und Büros auf der ganzen Welt.«

Quentin nickte. »Wenn er also … ein Geheimnis verbergen wollte …«

»Hätte er dafür Himmel und Hölle in Bewegung setzen können. Und es wäre verborgen geblieben.«

»Realistisch gesehen hätten wir also kaum eine Chance, dieses Geheimnis ans Licht zu bringen.«

»Nein. Und ihn zu überzeugen, jetzt davon zu reden, wird nicht leicht sein, nach all diesen Jahren. Er wird kaum bereit sein, sich meine ... Erlebnisse anzuhören, ganz zu schweigen davon, sie zu glauben. Ja, er ist sogar durchaus fähig, alles, was ich ihm erzähle, gegen mich zu verwenden. Die Wahnideen von jemandem, der offensichtlich in medizinische Obhut gehört. Er will, dass ich wieder unter die Fuchtel seiner handverlesenen Ärzte komme, vollgepumpt mit Medikamenten, bis ich aufhöre, selbstständig zu denken.«

»Warum?«

Sie blickte zu Quentin auf, ehrlich verblüfft. »Warum?«

»Ja. Warum würde er das wollen? Welches Geheimnis würde solche extremen Maßnahmen erfordern?«

»Vielleicht, dass er die Existenz einer Schwester vor mir verborgen hat?«

Auch Quentin wählte seine Worte sorgfältig. »Offensichtlich wissen wir vieles darüber nicht. Damit will ich nur sagen, wir können nichts voraussetzen, bevor wir keine weiteren Informationen haben. Dass Ihnen Missys Existenz verschwiegen wurde und man Sie so viele Jahre unter medizinische Aufsicht gestellt hat, könnte auf verschiedene Situationen zurückzuführen sein, die überhaupt nichts miteinander zu tun haben.«

»Aber eigentlich glauben Sie das nicht.«

Quentin seufzte. »Nein. Doch ich behaupte trotzdem, dass wir ohne weitere Fakten nichts voraussetzen können.«

Diana schaute wieder in die alte Zigarettenkiste auf ihrem Schoß und fummelte abwesend an einem protzigen Modeschmuckohrring herum. »Quentin … meine Mutter ist in einer Irrenanstalt gestorben, und wenn Missys und meine eigenen Erinnerungen stimmen, hatten sowohl ihre Krankheit wie auch ihr Tod etwas mit paragnostischen Fähigkeiten zu tun, die sie nicht beherrschen konnte.«

»Wir wussten immer, dass das möglich war«, gab er widerstrebend zu.

»Fähigkeiten, von denen mein Vater vermutlich glaubte, sie wären nur … Symptome einer ominösen Geisteskrankheit.«

»Auch das ist möglich. Vielleicht sogar wahrscheinlich. Die Medizin, vor allem vor fünfundzwanzig oder dreißig Jahren, neigte dazu, alles, was sie nicht erklären konnte, als Krankheit einzustufen.«

»Was soll ich ihm also sagen, wenn er herkommt? Dass ich … mit den Toten wandeln kann und auf einer dieser Reisen dem Geist meiner Schwester begegnet bin? Was meinen Sie, wie er darauf reagieren wird?«

Madison war froh, dass das Gewitter endlich vorüber war. Diese Gewitter schienen ihr bei jedem Mal mehr zuzusetzen, und der arme kleine Angelo zitterte wie Espenlaub.

»Es ist vorbei«, beruhigte sie ihren Hund.

Er jaulte leise und blickte zu ihr auf. Gewitter verschreckten ihn immer, doch seine Furchtsamkeit hatte sich schon seit einer ganzen Weile stetig verstärkt.

»Es ist wirklich vorbei«, versicherte sie ihm. »Zumindest das Gewitter. Und alles andere … wird auch bald vorbei sein. Ich versprech's dir.«

Angelo setzte sich mit einem seltsam menschlichen Seufzen, und es gelang ihm, dabei noch mehr Unbehagen auszudrücken.

Madison schaute sich im Spielzimmer um, wo Angelo und sie das Gewitter abgewartet hatten; abgesehen von ihnen war niemand im Spielzimmer. Das ganze Hotel war unheimlich leer und hallte regelrecht.

»Es ist da«, sagte Becca von der Tür.

Eigentlich war Madison nicht überrascht, aber sie machte sich Sorgen und versuchte nicht, ihr ängstliches Zittern zu verbergen. »Du hast gesagt, Diana sei noch nicht bereit.«

»Ihr wird nichts anderes übrig bleiben, nicht wahr?«

»Und wenn sie es doch nicht ist?«

»Ich nehme an, dass er ihr helfen wird.«

Madison beugte sich hinab, hob ihren kleinen Hund hoch und streichelte ihn, damit er mit seinem unbehaglichen Jaulen aufhörte. »Trotzdem, wenn es da ist ... werden schlimme Dinge passieren, oder?«

»Für gewöhnlich schon. Wenn es da ist, meine ich.«

»Werden sie noch mehr Knochen finden, Becca?«

Becca drehte leicht den Kopf, als lauschte sie auf ein fernes Geräusch. Leise erwiderte sie: »Nein, diesmal werden es keine Knochen sein. Diesmal nicht.«

»Diana, niemand wird Sie in ein Irrenhaus sperren oder Sie gegen Ihren Willen unter Medikamente setzen, egal, wie Ihr Vater reagiert. Das verspreche ich.«

Ihr Mund zuckte. »Werden Sie ihm erzählen, dass Sie ein Seher sind? Dass das FBI eine komplette offizielle Einheit besitzt, die aus Menschen mit übersinnlichen Begabungen besteht?«

»Das ist kein Geheimnis.« Er lächelte schwach. »Wir tun

unser Bestes, um übermäßige Publicity zu vermeiden, aber viele Leute in diesem Land wissen von der Special Crimes Unit. Manche hoch angesehene, einflussreiche Leute. Wenn er Ihnen oder mir nicht glauben will, kann ich Ihrem Vater eine ganze Reihe unanfechtbarer Referenzen vorlegen, Menschen, die bereitwillig mit ihm über ihre paragnostischen Erfahrungen sprechen werden. Ob er ihnen nun glaubt oder nicht, er wird es ernst nehmen müssen.«

»Zumindest ernst genug, um nicht die Männer mit der Zwangsjacke zum Einsperren seiner Tochter zu rufen?«

»Das wird nicht passieren.«

»Sie klingen so sicher.«

»Ich bin mir sicher. Glauben Sie mir.«

Diana glaubte ihm auch beinahe. Aber sie kannte ihren Vater, und ihre Besorgnis ließ kaum nach. Trotzdem gelang es ihr, die Frage für den Moment beiseitezuschieben, um Quentin eine weitere zu stellen.

»Gibt es irgendwas Interessantes in dem letzten Karton?« Da sie bisher nichts Zusätzliches aufweisen konnten, fragte sie sich, ob der einzige »Wegweiser«, den sie hatten finden sollen, das Foto von zwei anscheinend ganz normalen kleinen Mädchen war.

Wobei dieser Wegweiser Diana weiß Gott in eine völlig unvorhergesehene Richtung ihres Lebens schickte, eine, die ihr noch vor wenigen Tagen unglaublich vorgekommen wäre.

Quentin griff in den Karton, holte etwas heraus, das wie ein altes Tagebuch aussah, und blätterte darin herum. »Sieh an, sieh an. Das hier würde ich durchaus als interessant bezeichnen.«

Sein nüchterner Ton ließ Diana aufhorchen. »Was ist das?«

»Wenn ich mich nicht irre, hat hier jemand fein säuberlich Hotelgeheimnisse notiert.«

»Wie bitte?« Diana erhob sich, ging um den Couchtisch herum und setzte sich neben Quentin aufs Sofa.

»Schauen Sie sich das an. Die Daten haben keine bestimmte Reihenfolge; auf dieser Seite steht ein Eintrag von 1976 und auf der gegenüberliegenden Seite einer von 1998.« Er deutete auf die zuerst genannte Seite und las laut vor: »›Senator Ryan hat diesmal seine Geliebte mitgebracht. Wir wurden alle angehalten, sie Mrs Ryan zu nennen, aber wir wissen es besser.‹ Und so geht es weiter. Klingt irgendwie …«

»Niederträchtig«, meinte Diana.

»Ich wollte ›missgünstig‹ sagen.«

»Das auch.« Diana las den mit 1998 datierten Eintrag. »Hier steht genau solches Zeug. Eine Schauspielerin, die herkam, um trocken zu werden … ein Senator mit einem Kokainproblem … und etwas, das wie ein mitgehörter Streit zwischen einer Ehefrau und ihrem untreuen Gatten aussieht.«

»Ich schätze, das hat jemand vom Hauspersonal geschrieben.«

»Oder es demjenigen berichtet, der dies schrieb.« Diana griff hinüber und blätterte weitere Seiten um, wobei sie immer lange genug innehielt, damit sie beide schweigend ein paar Zeilen auf jeder Seite lesen konnten. »Und das ist die Art von Geheimnissen, die das Hauspersonal leicht erfahren konnte, weil Zimmermädchen und Hausmeister oft anwesend sind und selten bemerkt werden. Sie kriegen mit, was da abläuft, selbst hinter geschlossenen Türen. Geliebte, Alkoholismus, Streit zwischen Ehepaaren, Spielsucht. Die minderjährige Tochter eines Politikers, hierhergeschickt, um heimlich ein Kind zur Welt zu bringen. Und schauen Sie sich das an – ein Thronfolger aus Europa, der vor zwanzig Jahren fast einen Monat hier verbrachte, während seine Eltern sich in aller Stille bemühten, ihm ein paar hässliche rechtliche Probleme vom Hals zu schaffen.«

»Das waren noch Zeiten«, murmelte Quentin.

»Ja, vieles davon würde inzwischen kaum noch Aufsehen erregen. Außer in den Boulevardzeitungen, schätze ich. Aber abgesehen von dem, was hier steht, schauen Sie mal, wie es geschrieben wurde. Sehen Sie, wie sich die Handschrift verändert? Was war das – eine Art Wettstreit, bei dem das Tagebuch herumgereicht wurde und jeder aufschrieb, was er wusste? Ich bin ja ein großer Fan von Verschwörungstheorien, aber welchen Sinn ergibt das?«

»Keinen.«

»Nein. Und hier ist ein Datum von 1960. Mehr als vierzig Jahre? Welchen Zweck sollte es haben, dieses Tagebuch so lange aufzuheben? Ist denn überhaupt schon jemand so lange hier?«

»Die Hausdame, Mrs Kincaid, ist schon ihr ganzes Leben hier«, erwiderte Quentin. »Vor ihr war ihre Mutter Hausdame. 1960 kann Mrs Kincaid nicht mehr als zehn Jahre alt gewesen sein.«

»Das sieht nicht nach der Handschrift eines Kindes aus.«

Wie die meisten aus Bishops Team besaß Quentin auch Fachkenntnisse auf zahllosen anderen Gebieten und war in der Lage, Dianas Aussage zu bestätigen. »Ich weiß genug von Handschriftenanalyse, um mir dessen sicher zu sein. Nicht von einem Kind geschrieben und nicht von einer einzelnen Person. Aber einige dieser Einträge weisen deutlich auf Personen mit gewissen Problemen hin.«

»Sie haben vorhin ›missgünstig‹ gesagt.«

Er nickte, sah sich eine der Seiten genauer an. »Ja. Neidisch, missgünstig, abwertend.«

Nach einem Augenblick sagte Diana leise: »Es geht um Verurteilung. Es geht um Bestrafung. Vielleicht hat sich das, was von Samuel Barton übrig blieb, zum Richter und Geschworenen erhoben.«

15

Ja, nur …« Quentin blätterte die Seiten durch. »Soweit ich weiß, steht keiner dieser Namen mit einem der Vermissten oder Toten in Verbindung.«

Seufzend lehnte sich Diana auf dem Sofa zurück.

»Verdammt, ich dachte, wir würden dadurch vorankommen. Irgendwie. Aber das ist nur ein weiteres Puzzlestück, nicht wahr? Ein Tagebuch voller Geheimnisse, geschrieben von Gott weiß wie vielen verschiedenen Menschen über eine Zeitspanne von vierzig Jahren.«

»Wenn das ein Wegweiser ist, dann ein verdammt rätselhafter«, stimmte Quentin zu.

»Und warum lag es auf dem Speicher?«, fragte Diana. »Der neueste Eintrag war der aus dem Jahr 1998, und falls das Datum stimmt, muss das Tagebuch erst vor ein paar Jahren auf dem Speicher gelandet sein.«

»Außer es wurde die ganze Zeit dort aufgehoben«, meinte Quentin. »Es lag in einem der alten Schrankkoffer, die über hundert Jahre alt sein müssen, daher war es leicht zu finden. Leicht, es nicht aus dem Auge zu verlieren. Nach Stephanies Auskunft wird der Speicher vielleicht ein oder zweimal im Jahr gelüftet und abgestaubt, aber sonst tut sich da nichts, also konnte derjenige, der es da versteckt hat, ziemlich sicher sein, dass es nicht gefunden wurde.«

»Das ist genauso möglich wie alles andere.« Diana seufzte zustimmend. »Aber ich kapiere immer noch nicht, wie –

und warum – so viele unterschiedliche Leute die Einträge weiterführten.«

»Weil sie«, ertönte Stephanies Stimme in ziemlich grimmigem Ton von der Tür her, »dafür Geld bekamen. Eine Menge Geld.«

Alison Macon wäre die Erste gewesen, die fröhlich zugegeben hätte, nicht das beste Zimmermädchen der Welt zu sein. Noch nicht mal das beste in der Lodge. Arbeit gehörte nicht zu ihren Lieblingsbeschäftigungen, und Zimmermädchen zu sein war schwere Arbeit – vor allem, wenn von ihr erwartet wurde, Mrs Kincaids hohen Maßstäben gerecht zu werden.

Da sie ein gewitztes Mädchen war, hatte Alison sich einiges ausgedacht, womit sich ihre Arbeit abkürzen und sogar angenehmer gestalten ließ. Das meiste war harmlos, brachte niemanden um ein sauberes oder bequemes Zimmer. Was war schon dabei, wenn sie die unbenutzten Handtücher nicht gegen die »frischen« austauschte, wie Mrs Kincaid verlangte; die Handtücher waren schließlich noch sauber.

Und man musste doch auch die Blumen nicht wegwerfen, wenn sie nur frisches Wasser in der Vase brauchten. Und wozu eine Badewanne schrubben, die eindeutig nicht benutzt worden war, seit Alison sie das letzte Mal gesäubert hatte.

Das Ergebnis dieser Abkürzungen war, dass Alison hier und da ein bisschen Zeit für sich selber herausschlug. Zeit, um hinauszuschlüpfen und eine der wenigen Zigaretten zu rauchen, die sie sich zugestand. Zeit, morgens eine halbe Stunde länger zu schlafen und vielleicht sogar ein erfrischendes Nachmittagsschläfchen zu halten.

Vor allem aber Zeit, hinauszuschleichen und sich mit ihrem Freund Eric Beck zu treffen, wenn er mal eine halbe Stunde von seinem Chef unten in den Ställen fortkam.

Wie ihre Freundin Ellie hatte Alison ein verbotenes Handy dabei, um die Treffen leichter verabreden zu können.

An diesem späten Freitagnachmittag erledigte Alison ihre Arbeit in Rekordzeit, wobei es ihr half, dass fast alle Zimmer auf ihrem Stockwerk leer standen und nur wenige neue Gäste über das Wochenende anreisen würden. Als daher ihr nur auf Vibration gestelltes Handy einen Anruf signalisierte, konnte sie den Treffpunkt gleich ausmachen.

Aber sie schrak zusammen, als sie direkt vor der Seitentür, die sie immer benutzte, auf Eric stieß.

»Was tust du hier? Wenn Mrs Kincaid dich sieht …«

»Wird sie nicht. Hör zu, ich hab nicht viel Zeit, weil sich durch das verdammte Gewitter von vorhin eine meiner Reitstunden verschoben hat.« Eric führte Reiter oft in die Berge, gab jedoch auch gelegentlich die von der Lodge angebotenen Reitstunden für Anfänger.

»Will denn so spät noch jemand reiten?«, fragte sie und ließ sich um die Ecke und einen schmalen Weg entlang zu dem Gebüsch führen, wo sie sich eigentlich hatten treffen wollen.

»Vielleicht grade mal drei«, brummte er. »Ich hab Cullen gesagt, dass es sich dafür kaum lohnt, die Pferde zu satteln, aber er kam mir wieder mit dem alten Leitspruch, dass die Lodge immer dafür da ist, die Gäste zu unterhalten.«

»Na ja, dafür ist die Lodge ja schließlich berühmt«, sagte Alison. Plötzlich beunruhigt, fügte sie hinzu: »Vielleicht sollten wir es lieber lassen, Eric.«

»Mein Termin hat sich verschoben, und ich habe Pause.«

Alison hatte ihm nicht erzählt, dass ihre »Pausen« eher inoffiziell waren, und sie wollte ihm das jetzt nicht gestehen. Von den Angestellten der Lodge war Eric der am besten aussehende Junggeselle unter dreißig, und sie staunte nach wie vor darüber, dass gerade sie sich ihn hatte angeln können.

Nun ja, halbwegs angeln können. Es war nichts Offizielles.

»Niemand wird sich darüber beschweren, dass wir unsere Pausen machen.« Er zog sie weiter mit sich.

Seine Begierde fachte ihre eigene an, verstärkt durch das schadenfrohe Bewusstsein, Mrs Kincaid eins ausgewischt zu haben. Keine Beziehungen unter den Angestellten – ja, klar doch.

»Na gut, aber wir sollten uns besser beeilen«, meinte sie.

Er grinste sie über die Schulter an. »Wann haben wir das nicht getan?«

Alison wollte ihm gerade eine witzige Antwort geben, als Eric unvermutet stolperte, vornüberfiel und sie mit sich riss. Sie landeten in einem Knäuel auf dem Boden, und Alisons atemloses Lachen wurde mit brutaler Plötzlichkeit abgeschnitten, als sie sah, worüber sie gefallen waren.

Sie schrie und konnte nicht mehr aufhören.

Die Leiche von Ellie Weeks lag ausgestreckt direkt hinter der überwachsenen Laube, ihre Hand zwischen ein paar bunten Blumen, die vermutlich vor langer Zeit hier gepflanzt worden und ebenso lange in Vergessenheit geraten waren.

Ihre Zimmermädchenuniform war ordentlich, ihr Haar in ihrem üblichen und kindlich hoch befestigten Pferdeschwanz frisiert. Aber eine geflochtene Lederschnur schnitt tief in ihre Kehle, das Gesicht darüber war gefleckt, ihre Augen weit aufgerissen, und die Zunge hing ihr aus dem offenen Mund.

Die großen hellen Scheinwerfer, die das Gebiet erleuchteten, damit die Polizei auch nach Einbruch der Dunkelheit weiterarbeiten konnte, verliehen der ganzen Szenerie einen grellen, fast bühnenartigen Glanz. Die junge Frau dort hätte eine Pose einnehmen können, als spielte sie bloß die Rolle des Mordopfers und stünde unverletzt auf, sobald der Vorhang fiel.

Nur würde sie das nicht tun.

»Es ist da«, sagte Diana leise.

Quentin griff nach ihrer Hand. »Diesmal werden wir ihm Einhalt gebieten.«

»Das wissen Sie nicht.«

»Ich glaube daran.«

»Ich wünschte, ich könnte das auch.«

Nate schaute die beiden neugierig an, sagte dann aber: »Anscheinend war das hier ein beliebter Treffpunkt für junge Liebespaare. Nicht weit vom Hauptgebäude, aber mehr oder weniger abgeschirmt von dem Bereich, den die Gäste benutzten. Dieser Teil gehörte zum ursprünglichen Garten, doch man hat die Hecken hoch wachsen lassen, um die beiden Gartenschuppen zu verbergen.«

»Das da ist kein Gartenschuppen.« Diana blickte zu dem kleinen Häuschen in der Nähe, das eindeutig für etwas anderes gedacht war, als ein prosaischer Schuppen zu sein. Es war auf traurige Weise hübsch, selbst mit der abblätternden Farbe und den wenigen, ausgebleichten Plastikblumen, die aus den alten Blumenkästen hingen.

Diana spürte es beim Hinsehen, sogar noch mehr als beim

Anblick der Leiche des jungen Zimmermädchens. All ihre Sinne und ihr Instinkt sagten ihr, dass etwas nicht stimmte mit dem Haus, dass da etwas Dunkles war.

Stephanie, immer noch bleich und offensichtlich schockiert über den Mord, warf ein: »Nach dem, was mir mitgeteilt wurde, war das mal ein Spielhaus. Für die Kinder der Gäste. Ich weiß nicht, warum es nicht mehr benutzt wird.«

»Ich schon«, murmelte Diana. »Ich auch«, sagte Quentin.

Etwas erstaunt fragte sie ihn: »Sie erinnern sich?«

»Jetzt, ja.« Er blickte Nate in die Augen, der mit erhobenen Brauen wartete. »In dem Sommer, als Missy ermordet wurde, Wochen bevor sie starb, hatten wir uns angewöhnt, das Spielhaus als eine Art Klubhaus, als Treffpunkt zu benützen. Damals war hier noch nicht alles so zugewachsen, aber im Allgemeinen wurde dieser Bereich nicht von den Gästen benutzt, und uns gefiel die Illusion der Heimlichkeit.«

Nate nickte. »Gut. Und?«

»Und … wir gingen eines Morgens alle hierher, in einer Art losen Gruppe. Missy lief voraus und war als Erste durch die Tür. Wir hörten sie schreien und rannten ihr nach.« Er schüttelte leicht den Kopf. »Das Innere des Spielhauses war voller Blut. Jemand hatte zwei Kaninchen und einen Fuchs abgeschlachtet und die Teile überall verstreut.«

»Ich kann mich nicht erinnern, einen Bericht darüber gesehen zu haben«, meinte Nate.

»Ich kann mich nicht erinnern, einen Polizisten gesehen zu haben.« Quentin zuckte die Schultern. »Ich nehme an, dass die damalige Geschäftsleitung der Lodge beschlossen hat, die Polizei nicht zu rufen, und ich schätze, dass unsere Eltern damit einverstanden waren. Sie hielten es vermutlich alle für einen schlechten Scherz oder Streich. Das

Spielhaus wurde gesäubert und sogar neu gestrichen. Aber keiner von uns wollte es jemals wieder betreten. Vielleicht empfanden die Kinder, die nach uns kamen, das genauso.«

Immer noch mit hochgezogenen Brauen fragte Nate Diana: »Quentin war damals hier; woher wissen Sie, was passiert ist?«

Sie antwortete bereitwillig. »Ich habe davon geträumt. Als ich herkam und bevor ich Quentin kennenlernte, hatte ich fast jede Nacht Albträume. Nach dem Aufwachen konnte ich mich nur an weniges davon erinnern. Aber als ich vor ein paar Minuten das Spielhaus sah, fiel mir einer der Träume wieder ein. Es war, als wäre ich … Missy. Rannte fröhlich zum Spielhaus, öffnete die Tür. Und sah es. All das Blut, die … Fetzen. Versuchte zu schreien, brachte aber zuerst nichts heraus.«

Quentins Finger schlossen sich fester um ihre.

»Diana …«

»Drinnen gab es einen kleinen Tisch mit Stühlen«, fuhr sie mit ruhiger Stimme fort, den Blick auf das Spielhaus gerichtet. »Wer auch immer das war … hatte die abgeschlagenen Köpfe der Kaninchen und des Fuchses in die Mitte des Tisches gelegt. Sorgsam ausgerichtet. Wie einen Tafelaufsatz.«

»Großer Gott«, stöhnte Nate. »Quentin, war das …?«

»Ja. Genauso sah es aus. Fast rituell. Vielleicht hat das die Eltern noch mehr verschreckt und dazu beigetragen, dass alle den Mund hielten und der Sache nicht weiter nachgehen wollten. Ich habe so was schon erlebt.« Zu Diana gewandt fügte er hinzu: »Missy hat daran sehr schwer getragen. Nach dem Morgen war sie nie mehr dieselbe.«

Nate schien nach Worten zu suchen. »Sie behaupten also,

Diana, dass Sie davon geträumt haben, weil Missy, die Ihre Schwester gewesen sein könnte, dabei war?«

»Nehme ich an«, erwiderte sie. »Vielleicht waren viele meiner Albträume hier tatsächlich die meiner Schwester. Wenn sie in dem Sommer so verängstigt war, wie Quentin es in Erinnerung hat.«

»Das ist nicht ungewöhnlich, Nate«, ergänzte Quentin. »Solche Fähigkeiten sind oft erblich, und eine Blutsverwandtschaft zwischen Missy und Diana könnte dazu beigetragen haben, eine mediale Verbindung herzustellen, die die Trennung überdauert hat.«

»Und auch den Tod einer von ihnen?«

»Es sind schon seltsamere Dinge passiert, glaub mir.« Er wollte momentan nicht zugeben, dass Diana und er glaubten, hier und jetzt würde etwas noch viel Seltsameres geschehen; zumindest nicht, solange sie nicht mehr vorzuweisen hatten als die ein Jahrhundert alte Geschichte eines gefangenen und bestraften Mörders.

Nate schüttelte den Kopf. »Also hört mal, ich weiß, wir haben in den letzten Tagen eine Menge merkwürdiger Sachen gesehen, und mir ist klar, dass ihr beide glaubt, das meiste stände miteinander in Verbindung. Aber das hier« – er deutete auf die ausgestreckte Leiche nur ein paar Meter entfernt – »ist ein Mord. Kein erinnerter Albtraum. Keine zehn Jahre toten, vergrabenen Knochen, keine Überreste, die möglicherweise von Tieren in einer Höhle zurückgelassen wurden, sondern das Opfer eines Mörders aus Fleisch und Blut, ein Opfer, das noch vor zwei Stunden gelebt hat. Jemand hat dieses Mädchen erwürgt, und meine Aufgabe ist es, den Täter zu finden und den Dreckskerl dingfest zu machen. Bei allem gehörigen Respekt, das ist das Einzige, woran ich jetzt denke.«

Und alles, woran ich denken will, verkündete sein Ton.

Niemand widersprach. Niemand konnte widersprechen.

Quentin griff auf seine eher praktischen Erfahrungen als Ermittler zurück und fragte: »Hast du von dem Paar, das die Leiche gefunden hat, irgendwas Hilfreiches erfahren?«

»Von ihr hauptsächlich Hysterisches, und er hatte einen Schock. Sie sind im wahrsten Sinne über die Leiche gestolpert. Ich glaube nicht, dass die beiden etwas wissen. Sie haben niemanden gesehen oder gehört, sagten sie.«

»Was vermutlich zutrifft; wenn sie sich heimlich hier trafen, haben sie bestimmt auf ihre Umgebung geachtet.«

»Keine Beziehungen zwischen dem Personal. Das ist eine von Mrs Kincaids Regeln«, mischte sich Stephanie ein. Sie schaute zu Nate und vermied offenkundig einen weiteren Blick auf Ellie Weeks' Leiche. »Was auch immer davon zu halten ist. Mrs Kincaid hatte Ellie unter Beobachtung. Sie glaubte, das Mädchen führte irgendwas im Schilde.«

»Was denn?«

»Ich habe keine Ahnung, und falls die Hausdame es wusste, war sie nicht bereit, es mir zu sagen.«

»Ich werde mit ihr reden.« Nate machte sich eine Notiz, blickte dann zur Leiche und sah einen Moment lang seinen beiden Spurensicherungsbeamten bei der Arbeit zu.

»Meine Leute haben Aussagen des restlichen Personals und der wenigen verbliebenen Gäste aufgenommen. Bisher ist dabei nur herausgekommen, dass eines der anderen Zimmermädchen sah, wie Ellie in der Lodge mit einem Mann sprach. Das war vor mindestens zwei Stunden, also kommt es zeitlich hin. Und nach der Beschreibung war es Cullen Ruppe.«

»Interessant, wie wir immer wieder auf ihn kommen«, meinte Quentin.

»Ja, ist mir auch schon aufgefallen. Wird Zeit, mit ihm zu reden, glaube ich.«

Quentin nickte und runzelte leicht die Stirn. »Er wurde während des Gewitters mit ihr gesehen. Aber ihre Kleidung ist trocken, oder?«

»Ja, außer dort, wo der Stoff den Boden berührt.«

»Dann wurde sie vor nicht mehr als einer Stunde hierhergebracht, nachdem der Regen aufgehört hat.«

»Du glaubst, dass sie woanders ermordet wurde?«, wollte Nate wissen.

»Würde ich sagen. Der Untergrund hier sieht fast unberührt aus, und sie hat sich sicher gewehrt.« Quentins Stimme klang distanziert, aber an seinem Kinn spannte sich ein Muskel. »Das Gras ist so dicht, dass deine Spurensicherung keine Fußabdrücke finden wird. Falls er also nicht äußerst dumm oder nachlässig war und irgendwas Hilfreiches für seine Identifizierung hat fallen lassen …«

»Sie wurde im Hauptgebäude erwürgt und dann hinausgetragen, ohne dass jemand es gesehen hat?« Stephanie schüttelte den Kopf. »Ist das denn überhaupt möglich?«

»Sie wären erstaunt, was alles möglich ist«, erwiderte Quentin.

»Ich suche nach einem Motiv«, sagte Nate zu ihr. »Welchen Grund könnte jemand haben, dieses Mädchen umzubringen? Vielleicht kann Ihre Mrs Kincaid mir da weiterhelfen.«

»Mag sein. Sie scheint fast alles zu wissen, was hier vorgeht. Was mich auf diese andere Sache bringt.« Stephanie schaute zu Quentin und wartete auf sein Nicken, bevor sie es Nate erzählte.

»Offenbar wurden die meisten vorherigen Geschäftsführer der Lodge dafür bezahlt, all die … ähm … Indiskretionen aufzuzeichnen, die hier stattfanden und verheimlicht wurden. Während die Gäste glaubten, ihre Geheimnisse wären in diskreten, sicheren Händen – und dafür Unsummen bezahlten –, wurde über alles Buch geführt.«

Nate war sich nicht sicher, ob das irgendetwas mit seiner Mordermittlung zu tun hatte, fand es aber trotzdem interessant. »Und auch benutzt?«

»Das fragen wir uns alle«, meinte Quentin. »Es ergibt keinen Sinn, diese Berichte aufzuheben, wenn man sie nicht verwenden will. Daher lautet die Frage, welcher Plan steckte dahinter?«

»Erpressung?«

»Könnte sein. Oder eine Rückversicherung, wenn irgendwo Einfluss gebraucht wurde. Manchmal ist Wissen mehr wert als Gold.«

Cullen Ruppe war auch unter allerbesten Umständen kein freundlicher Mann. Er arbeitete aus einem bestimmten Grund mit Pferden: weil er nicht gern mit Menschen zu tun hatte. Leider hatte er bisher keine Arbeit gefunden, die Menschen völlig ausschloss.

Vor allem, wenn es Ärger gab.

»Ich hab Ihnen schon gesagt«, knurrte er den Polizisten an, »dass ich heute nicht im Hauptgebäude war. Bis Sie mich hier raufgerufen haben.« Sie befanden sich in einer der Lounges im ersten Stock, die als recht komfortabler Verhörraum diente.

Wenn man auf einem eleganten Sofa saß, mit einer silbernen Kaffeekanne auf dem Tisch vor einem, fühlte man sich jedenfalls nicht so leicht unter Druck oder in Abwehr.

McDaniel schaute betont in seine Notizen und meinte milde: »Komisch. Ich habe die Aussage einer Zeugin, die

Sie hier oben gesehen hat. Sie ist sich sogar verdammt sicher, dass sie gesehen hat, wie Sie mit Ellie Weeks sprachen. Und das kann nur ein paar Minuten vor Ellies Erdrosselung gewesen sein. Mit einer geflochtenen Lederschnur aus einem der Ställe.«

Cullen achtete darauf, dass sein Gesicht ausdruckslos blieb, und schaute den Polizisten offen an. Die anderen beiden, die seitlich saßen, beachtete er nicht, obwohl er sich ihrer deutlich bewusst war. Er war sich ihrer sogar schon lange bewusst, längst bevor sie im Morgengrauen in seine Sattelkammer eingedrungen waren und ein altes Geheimnis entdeckt hatten.

Ruhig sagte er: »Die Zeugin hat sich geirrt. Ich war nicht hier oben.«

»Sie ist sich sicher, dass Sie es waren.«

»Sie irrt. So was passiert.«

»Ich habe niemanden gefunden, der Sie in der fraglichen Zeit unten in den Ställen gesehen hat, obwohl Sie behaupten, dort gewesen zu sein, Cullen.«

»Pferde geben keine redseligen Zeugen ab. Tut mir leid.«

»Was bedeutet, dass Sie kein Alibi haben.«

Cullen zuckte die Schultern. »Wenn Sie einen Grund finden können, warum ich das Mädchen getötet habe – und glauben, ich wäre dämlich genug, dazu eine meiner eigenen Lederschnüre zu benutzen –, dann verhaften Sie mich.«

McDaniel ging nicht darauf ein und versuchte es mit einer anderen Gangart. »Noch so was Komisches. Diese Falltür in Ihrer Sattelkammer.«

»Ist nicht meine Sattelkammer, gehört der Lodge. Und wir wissen beide, dass die Tür schon eingebaut wurde, lange bevor Sie oder ich auf der Welt waren.«

»Sie sind die Leiter nie hinabgestiegen? Waren nie unten in den Höhlen?«

Cullen zögerte und fluchte innerlich. Jeder wusste heutzutage von Beweisspuren, von DNA und all dem. Der menschliche Körper hatte die hässliche Angewohnheit, bei jedem Schritt Schuppen und Haare und wer weiß was sonst noch abzustoßen.

Und etwas wusste, dass er, Cullen, mehr als einmal in die Erde hinuntergestiegen war.

Er wünschte, er würde es wagen, die beiden seitlich Sitzenden anzuschauen, würde es wagen, sie zu fragen, ob sie wüssten, was hier vorging, ob sie es verstanden. Weil dieser Bulle es nicht tat, so viel war sicher. Er verstand nicht, und nicht zu verstehen konnte eine Menge Menschen töten, und Schlimmeres.

Viel Schlimmeres.

»Cullen? Waren Sie in diesen Höhlen?«

Eine glatte Lüge, die ihm später vielleicht zur Falle wurde, konnte er nicht riskieren. Daher antwortete er beiläufig: »Vielleicht vor langer Zeit. Ich habe hier früher schon mal gearbeitet, wissen Sie.«

»Ja, ich weiß. Vor fünfundzwanzig Jahren. Sie haben hier gearbeitet, als Missy Turner ermordet wurde.«

Darauf war er vorbereitet. »Stimmt. Und ich war damals auf dem Ausbildungsplatz, habe den ganzen Nachmittag und bis in den Abend mit jungen Pferden gearbeitet. Zusammen mit einem Trainingsassistenten und zwei Gästen. Das hat die Polizei schnell genug herausgefunden. Ich wusste nicht mal, dass das kleine Mädchen ermordet worden war, bis ich die ganzen Polizeisirenen hörte.«

McDaniel blätterte mit gespitzten Lippen in seinen Notizen.

Cullen wollte ihn anknurren, mit dem Blödsinn aufzuhören, wagte aber auch das nicht. Er war sich nicht sicher, ob er recht hatte, nicht vollkommen, nicht so, dass er es auf die Bibel hätte schwören können, und falls sich herausstellte, dass er sich irrte, brauchte er einen Ausweg aus dem Schlamassel. Einen Bullen zu verärgern – einen der beiden, und vor allem den vom FBI – könnte sich als Fehler erweisen. Als großer Fehler.

Es wurde spät. Später Abend und einfach ... spät. Er konnte seine Uhr ticken hören, und er hatte seit Jahren keine tickende Uhr mehr getragen.

»Nicht lange danach haben Sie die Lodge verlassen, glaube ich.«

»Monate später.«

»Nach dem Brand.« Wieder konzentrierte sich Cullen darauf, gleichmäßig zu atmen. Normal zu atmen. »Ja. Nach dem Brand.«

»Wir haben nie so richtig herausbekommen, wie das Feuer ausgebrochen ist«, sinnierte McDaniel. »Haben Sie eine Idee?«

»Nein. Was ich auch damals den Polizisten gesagt habe. Die haben offensichtlich auf Brandstiftung getippt, aber ich hatte keinen Grund, das Hotel abzufackeln.«

»Wahrscheinlich nicht. Und Sie sind gegangen, weil ...?«

»Weil ich woanders hinwollte.« Er beließ es dabei und sah McDaniel trotzig in die Augen.

Der Bulle blinzelte nicht. »Schön, dann frage ich Sie etwas anderes, Cullen. Wie gut kannten Sie Laura Turner?«

Cullen zuckte die Schultern. »Sie gehörte zum Hauspersonal, ich zum Stallpersonal. Die beiden Bereiche haben heute nicht viel miteinander zu tun und hatten das damals erst recht nicht.«

»Sie haben hier beide mehrere Jahre gelebt; wollen Sie mir erzählen, dass Sie sie überhaupt nicht kannten?«

»Hab ich nicht gesagt. Hab nur gesagt, dass wir damals nichts miteinander zu tun hatten. Ich kannte ihren Namen, wusste, wer sie war, man hat sich gegrüßt. Wusste, dass sie ein Kind hat. Mehr eigentlich nicht.«

»Waren Sie auf der Beerdigung ihrer Tochter?«

Darauf war Cullen nicht vorbereitet, und er musste sich zusammenreißen, um ruhig antworten zu können. »Das ganze Personal war da.«

»Um ihr die letzte Ehre zu erweisen, nehme ich an.«

»Ja. Ja, deswegen.«

McDaniel nickte, und als wäre das ein Signal, stand der vom FBI von dem Platz neben der schweigenden Rothaarigen an seiner Seite auf und setzte sich auf den anderen Sessel, Cullen gegenüber.

»Erweisen Sie ihr immer noch die letzte Ehre?«, fragte er beiläufig.

»Ich weiß nicht, wovon Sie reden.«

»Natürlich wissen Sie das, Cullen. Aus einer Ahnung heraus habe ich Captain McDaniel gebeten, für mich etwas zu überprüfen, bevor wir Sie hier heraufgerufen haben. Und es stellte sich heraus, dass der Friedhofswärter Ihre Besuche definitiv bemerkt hat. Einmal pro Woche, seit Sie wieder in der Lodge arbeiten. Sie besuchen Missys Grab und lassen jedes Mal eine einzelne Blume dort.«

Eine Ahnung. Eine gottverdammte Ahnung, dachte Cullen.

Er merkte, dass er in zwei äußerst scharfe blaue Augen blickte, und rang schweigend mit sich, bevor er erneut beschloss, den Mund zu halten. Er konnte sich keine Fehleinschätzung leisten, konnte nicht riskieren, eingesperrt zu werden, bevor es beendet war.

Denn es musste beendet werden. Diesmal.

Trotzdem musste er etwas sagen, musste zumindest kooperativ erscheinen, sonst würden sie ihn doch einsperren. Ein Teil der Wahrheit, dachte er, ist besser als gar nichts.

»Na gut, ich besuche ihr Grab. Und ich kannte Laura Turner und ihre Tochter etwas besser, als ich behauptet habe.« Er sah, dass das den FBI-Mann überraschte, und nutzte diesen Vorteil, um das »Gespräch« in die von ihm gewünschte Richtung zu lenken.

»Ich wusste, dass das kleine Mädchen nicht hierhergehörte. Hätte nie herkommen sollen. Und vor allem nicht hier sterben sollen. Keiner aus der Lodge geht je an ihr Grab. Das hat mir der Friedhofswärter erzählt. Also geh ich. Und leg ihr was Hübsches aufs Grab.«

Langsam sagte der FBI-Mann: »Was meinen Sie damit, dass sie nie hätte herkommen sollen?«

Cullen zögerte sichtbar und bemühte sich dabei, widerstrebend zu wirken. »Ich hab da was mitgehört, ja? Etwas, das mir klarmachte, dass Lauras eigenes kleines Mädchen gestorben war – und dass sie Missy ihren rechtmäßigen Eltern gestohlen hatte.«

Die stumme Rothaarige bewegte sich plötzlich, verließ ihren Sessel und setzte sich zu Cullen aufs Sofa. Ihr Gesicht war bleich, die grünen Augen ängstlich, und als er seinen Kopf drehte, um ihrem Blick zu begegnen, verspürte Cullen eine augenblickliche, überraschende Gewissheit.

Das ist es also. Deswegen ist sie hier. Sein Herzschlag beschleunigte sich, und er musste erneut darum kämpfen, ruhig zu bleiben.

»Sind Sie sich dessen sicher?«, fragte sie mit zitternder Stimme. »Dass sie entführt, ihren richtigen Eltern gestohlen wurde?«

»Ziemlich sicher.«

Der FBI-Mann sagte: »Missy hat nie ein Wort davon gesagt oder auch nur angedeutet, dass Laura nicht ihre richtige Mutter war.«

Cullen gelang ein Schulterzucken. »Sie war ja erst zwei, als Laura sie zu sich nahm. Als Sie damals in dem Sommer herkamen, hatte sie wahrscheinlich vergessen, dass sie woanders hingehörte.«

Die Augen des FBI-Mannes verengten sich. »Sie erinnern sich an mich?«

»Natürlich erinnere ich mich. Sie konnten jedes Pferd reiten, das wir hatten, selbst die ungebärdigen, und Sie hatten nie was dagegen, sie hinterher zu putzen und zu striegeln. Nicht so ein arroganter kleiner Bengel wie die meisten anderen. Und ich glaube, Sie waren derjenige, dem die anderen in dem Sommer gefolgt sind. Diese Bande, mit der Sie mehr Zeit bei den Ställen verbracht haben als sonst wo.« Wieder zuckte Cullen die Schultern. »Und ihr habt Missy allein spielen lassen, meistens wenigstens.«

Er hatte halbwegs erwartet, den FBI-Mann damit hochzubringen, aber es war klar, dass der Jüngere zu lange Polizist gewesen war, um so etwas an sich herankommen zu lassen. Andererseits wusste er vielleicht, dass Cullen es absichtlich gesagt hatte.

»Ja, sie machte sich nichts aus Pferden. Was mich fragen lässt, wieso Sie Missy überhaupt so gut kannten.«

»Mir stellt sich da noch eine andere Frage«, warf McDaniel in dem etwas zu lauten Ton eines Mannes ein, der gezwungen war, gegen seinen Willen zu schweigen. »Ich frage mich, warum Sie zum Teufel nach dem Mord an Missy kein Wort darüber gesagt haben, dass sie entführt worden war. Ist Ihnen nicht aufgegangen, dass es eine wichtige Information sein könnte?«

Cullen sah ihn an und erwiderte kühl: »Tatsache ist, dass ich was gesagt habe. Zum Polizeichef. Eine Aussage gemacht und unterschrieben habe, wie es sich gehört. Also war es der Polizei bekannt. Sie wusste, dass Missy ein entführtes Kind war.«

Es war fast Mitternacht, als Nate den Hörer in der Lounge auflegte und sich zu Quentin umdrehte. »Tja, der Chef war nicht erfreut. Ich hab ihn geweckt.«

»Wie kann er überhaupt schlafen, nach allem, was passiert ist?«, wollte Stephanie wissen. Sie war in den Raum gekommen, als Cullen ging, und von den anderen auf den neuesten Stand gebracht worden.

»Ganz einfach. Er steht sechs Monate vor der Pensionierung.«

Quentin kam auf das eigentliche Thema zurück und fragte: »Was ist mit Ruppes Aussage?«

»Der Chef bestreitet, dass es die je gegeben hat.« Nate seufzte schwer. »Aber entweder hast du mich mit deinen Verschwörungstheorien angesteckt und ich bilde mir das ein, oder meine Frage hat ihn ziemlich aus der Fassung gebracht.«

»Was glaubst du? Aus dem Bauch heraus.«

»Er war aus der Fassung. Wenn ich wetten würde, dann würde ich darauf setzen, dass Cullen Ruppe genau diese Aussage gemacht hat, wie er behauptet – und dass die Aussage und alle weiteren Informationen darüber aus irgendeinem Grund vernichtet wurden.«

»Warum um alles in der Welt sollte Ihr Chef das getan haben?«, fragte Stephanie.

»Geheimnisse«, antwortete Diana. Sie saß immer noch dort auf dem Sofa, wo sie sich vorher neben Cullen gesetzt hatte. »Jemand wollte, dass das Geheimnis von Missys Entführung im Dunkeln bliebe.«

Stirnrunzelnd sagte Stephanie: »Ich nehme an, jemand, der mit der Lodge zu tun hatte, könnte das gewollt haben. Ich meine, wenn Laura Turner gestört genug war, ein Kind zu entführen und hier all die Jahre zu leben, wirft das auf denjenigen, der sie eingestellt hat, kein gutes Licht. Aber eine Aussage zu unterdrücken … selbst wenn sie für den Mord an Missy nicht relevant war, hätte man aufgrund der Information doch Ermittlungen aufnehmen müssen. Da muss schon jemand kräftig mit der Peitsche geknallt oder sehr viel Zuckerbrot verteilt haben, um den Polizeichef zu so etwas zu bewegen.«

»Mein Vater könnte das getan haben.«

16

Alle Blicke richteten sich auf Diana. Nate reagierte als Erster. »Wenn wir davon ausgehen, dass Missy aus Ihrer Familie entführt wurde, Diana, dann wäre Ihr Vater wohl der Letzte, den wir verdächtigen können, Beweise dafür unterdrückt zu haben. Er kann nicht gewusst haben, wer sie entführt hat, ganz zu schweigen davon, wo sie war, sonst hätte er sie doch zurückgeholt.«

»Das mag schon stimmen. Aber angenommen, mein Vater fand es erst heraus, nachdem Missy ermordet wurde?«

»Wie denn?« Nate schüttelte den Kopf. »Cullen behauptet, er hätte nie erfahren, zu wem Missy wirklich gehörte, und selbst wenn seine Aussage ursprünglich nicht unterdrückt wurde, hätte niemand sonst von ihrem Tod benachrichtigt werden können. Und Quentin hat mehr als einmal darauf hingewiesen, dass die Medien kaum etwas darüber veröffentlich haben. In der Presse war kein einziges Foto, auf dem Ihre Eltern sie hätten erkennen können, selbst wenn die Geschichte außerhalb dieses Bezirks in die Nachrichten gekommen wäre.«

Diana befürchtete nach wie vor, paranoid zu klingen, aber Quentin ermutigte sie immer wieder, an sich selbst zu glauben, an ihre Gefühle und Intuitionen, und genau das versuchte sie zu tun.

Sie wusste nicht, wer Missy ermordet hatte, war sich jedoch vollkommen sicher, dass ihr Vater bei der nachfolgenden Ermittlung die Hand im Spiel gehabt hatte und für die Unterdrückung der Fakten und Informationen verantwortlich war.

Kein Wunder, dass Quentin in all der Zeit Missys Mörder nicht auf die Spur gekommen war.

Bemüht, ihrer Stimme einen gleichmäßigen Ton zu geben, sagte sie: »Ich weiß nicht, wie es passiert ist. Aber eines habe ich gemerkt.« Sie schaute Quentin an. »Als ich mit Dad telefonierte und ich ihm erzählte, wo ich bin, reagierte er. Er war überrascht, beunruhigt, vielleicht sogar verängstigt. Weil ich hier bin, in der Lodge. Das hat ihm einen Schock versetzt. Und warum sollte es das, wenn es hier nicht etwas gibt, das er weiterhin vor mir verbergen will?«

»Geheimnisse«, murmelte Quentin. »Zumindest wusste Ihr Vater von der Lodge. War er jemals hier?«

»Wir könnten in den Unterlagen nachschauen«, warf Stephanie ein.

Doch Diana schüttelte den Kopf. »Dad mag solche Urlaubshotels nicht, mochte sie noch nie. Wenn er auf Reisen ist, steigt er entweder in Penthouse-Hotelsuiten in der Innenstadt ab oder mietet für die Dauer seines Aufenthalts ein Haus oder eine Wohnung. So was wie die Lodge, meilenweit außerhalb, umgeben von Bergen und Landschaft, wäre nach seiner Vorstellung die Hölle.«

Quentin nahm das mit einem Nicken zur Kenntnis. »Die Lodge ist sehr bekannt, er könnte also leicht davon gehört haben. Aber er reagierte, wie Sie sagten, sehr heftig darauf, dass Sie hier sind, und dafür muss es einen Grund geben.«

Er überlegte kurz.

»Cullen hat seinen Angaben zufolge mitbekommen, dass Lauras eigenes Kind gestorben war und sie Missy entführt hatte. Meine Frage ist, mit wem hat sie gesprochen, als er das Gespräch belauschte?«

Nate verzog das Gesicht. »Ich hab dich an der Stelle unterbrochen, nicht wahr? Tut mir leid.«

»Macht nichts. Nachdem er uns von der Aussage erzählt hatte, wurde er wortkarg, und ich habe das Gefühl, dass er nur das berichtet hat, was er uns wissen lassen wollte. Mit weiteren Fragen hätten wir nichts mehr aus ihm herausgekriegt. Zumindest heute Abend nicht.«

»Ich frage mich«, meinte Diana, »ob er das Gespräch vor oder nach Missys Ermordung belauscht hat. Dazu hat er nichts gesagt.«

»Spielt das eine Rolle?«, fragte Stephanie.

»Könnte sein«, antwortete Quentin. »Wenn Laura gestört genug war, ein Kind zu entführen und als ihr eigenes auszugeben, könnte Missys Ermordung Lauras Labilität noch verstärkt haben. In dem Zustand hätte sie allen möglichen Leuten von Missys Herkunft erzählen können.«

Nate fragte: »Kannst du dich erinnern, wie sich Laura nach dem Mord verhalten hat?«

»Nicht so richtig. Damals gehörte ein Arzt zum Personal, und ich habe die verschwommene Erinnerung, dass er sie unter Beruhigungsmitteln hielt, wenigstens bis zur Beerdigung. Wir reisten ein paar Wochen später ab. Ich erinnere mich, Laura bei der Beerdigung gesehen zu haben, aber danach nicht mehr.«

Etwas zögernd sagte Diana: »Sie hat das Geheimnis um Missys Entführung lange Zeit, viele Jahre lang für sich behalten. Mir kommt es wahrscheinlicher vor, dass sie erst nach Missys Ermordung darüber gesprochen hat.«

Nate machte sich Notizen auf dem kleinen schwarzen Block, den er bei sich trug. »Ich werde Cullen fragen. Ich will auf jeden Fall noch mal mit dem Mann reden.«

Stephanie, die auf der Armlehne eines Sessels saß,

rutschte ein wenig zur Seite. »Bei dem Gedanken, dass er Blumen auf Missys Grab legt, krieg ich eine Gänsehaut. Machen Mörder so was nicht?«

»Manchmal schon«, erwiderte Quentin. »Aber in diesem Fall nicht, glaube ich. Außerdem stimmt das, was er über sein Alibi gesagt hat. Er kann Missy nicht ermordet haben.«

Nate schaute zu Quentin. »Ich wollte dich übrigens schon vorhin fragen, was es mit dieser *Ahnung* auf sich hatte. Soviel ich mich erinnern kann, hast du vorher noch nie Fragen wegen Missys Grab gestellt.«

»Ich weiß. Eine kleine Stimme verriet mir, dass jetzt der richtige Zeitpunkt wäre. Ich habe gelernt, auf die kleine Stimme zu hören.« Er schüttelte den Kopf. »Das passierte, als du uns erzähltest, das andere Zimmermädchen habe Cullen als den Mann identifiziert, den sie mit Ellie Weeks reden sah. Bis dahin war ich an Cullen nur interessiert, weil er vor fünfundzwanzig Jahren hier war. Und weil wir die Falltür in seiner Sattelkammer gefunden haben.«

»Und du glaubst immer noch, dass zwischen allem eine Verbindung besteht?«

Quentin nickte, ohne zu zögern.

Grimmig verkündete Nate: »Tja, ob dem nun so ist oder nicht, dieser Mord wird verdammt noch mal nicht unaufgeklärt bleiben.« Er schaute auf die Uhr. »Mist. Schon nach Mitternacht. Nachdem Sally und Ryan mit der Spurensuche am Fundort fertig waren, habe ich die Leiche abtransportieren lassen; inzwischen wird sie im Leichenschauhaus des Hospitals sein. Der Leichenbeschauer wollte eine vorläufige Untersuchung vornehmen, aber ich will, dass die Autopsie in der staatlichen Pathologie durchgeführt wird.«

»Und ich wette, bei denen staut es sich«, meinte Quentin.

»Es wird etwas dauern«, gab Nate zu. »Dafür werden sie

jedoch gründlich sein. Und genau das will ich. In der Zwischenzeit können wir uns mit den forensischen Beweisen beschäftigen, die mein Spurensuchteam gefunden hat, und mit den vielen Fragen, die wir weiß Gott haben.«

»Ja«, stimmte Quentin zu. »Fragen haben wir genug.«

»Captain, ist Ihnen klar, dass ich in ein paar Stunden aufstehen muss?« Die Stimme der Hausdame war eisig.

Nate ließ sich nicht einschüchtern.

»Eines Ihrer Zimmermädchen wurde vor einigen Stunden brutal ermordet, Mrs Kincaid; ich gehe doch davon aus, dass Sie auf jede erdenkbare Weise dazu beitragen wollen, den Mörder zu fassen.«

Genauso unberührt von seinem Ton wie er von ihrem, blaffte sie: »Es wäre noch früh genug gewesen, Ihre Fragen am Morgen zu stellen; von hier läuft niemand weg.«

»Trotzdem wird es Ihnen sicher nichts ausmachen, noch heute Abend ein paar Fragen zu beantworten.« Nate legte betont seinen Block auf den blitzsauberen Hackklotz neben dem Herd in der Mitte der großen Küche und blätterte die Seiten um, bis er die früher gemachten Notizen fand.

Mrs Kincaid verschränkte die Arme über ihrem stattlichen Busen und blieb auf der anderen Seite der Kücheninsel stehen. Sie hatte weder vorgeschlagen, in einen anderen Raum zu gehen, noch, es sich in diesem hier bequemer zu machen.

»Also?«

Nate ließ sich nicht drängen und wollte nicht zugeben, dass er insgeheim die große, leere Küche sehr kalt und sogar ein bisschen unheimlich fand, vor allem so spät in der Nacht. Er schaute auf seine Notizen und fragte: »Sie haben Miss Boyd darüber informiert, dass Ellie Weeks irgendetwas im Schilde führte, nicht wahr?« »Ja.« – »Welchen Verdacht hatten Sie?«

»Ich kann keine Gedanken lesen, Captain. Aber ich habe lange genug mit jungen Mädchen gearbeitet, um zu wissen, wenn bei einer etwas nicht stimmt, und bei Ellie war das so.«

»Sie haben sie also beobachtet?«

»Ich habe sie natürlich im Auge behalten.«

»Hat sie irgendwas Besonderes getan, das Ihren Verdacht geweckt hat?«

»Ich habe sie bei Miss Boyds Büro herumlungern sehen. Da hatte sie im Dienst nichts zu suchen.«

»Vielleicht kam sie auf dem Weg zu einem anderen Teil des Hotels nur dort vorbei.«

»Das hat sie auch gesagt.«

»Sie haben ihr nicht geglaubt?«

»Ich weiß, wann ich belogen werde.«

Nate fand das fraglich, hakte aber nicht nach. »Was noch?«

»Sie schlüpfte bei jeder Gelegenheit auf die Raucherveranda hinaus.«

»Und das war verdächtig?«

»Sie rauchte nicht.«

»Was hat sie Ihrer Meinung nach denn dann dort gemacht?«

»Vermutlich ihr Handy benutzt. Den Zimmermädchen ist nicht erlaubt, im Dienst Handys bei sich zu haben, aber manche haben sie heimlich dabei und benutzen sie trotzdem. Um ihren Freund anzurufen.«

»Das kommt mir recht unschuldig vor«, bemerkte Nate und machte sich eine Notiz, nach dem Handy zu suchen.

»Ellie hatte keinen Freund.« Mrs Kincaid lächelte dünn. »Wenigstens hier nicht.« – »Was bedeutet?«

»Dass sie dumm genug gewesen sein könnte, sich mit einem unserer Gäste einzulassen. Was natürlich verboten ist. Sie wäre sofort entlassen worden, wenn ich einen Beweis dafür gehabt hätte.«

»Und deswegen haben Sie Ellie beobachtet? Um den Beweis zu finden?«

»Sie hätte sich früher oder später verraten. Das tun sie alle.«

Nate runzelte die Stirn. »So was ist schon vorher passiert? Dass sich Zimmermädchen mit Gästen eingelassen haben?«

»Tja, Männer sind und bleiben eben Männer, nicht wahr, Captain?«

In Gedanken mit dieser alten Doppelmoral beschäftigt, fragte Nate: »Warum werfen Sie es dann den Zimmermädchen vor?«

»Weil sie nicht dafür bezahlt werden, den Gästen ... Unterhaltung ... zu bieten. So ein Hotel ist die Lodge nicht.« Mrs Kincaid richtete sich noch steifer auf. »Ich habe Ihnen gesagt, wann ich Ellie zum letzten Mal gesehen habe und worüber wir dabei gesprochen haben. Wenn Sie weitere Fragen haben, Captain, können Sie mir die sicher auch morgen früh stellen. Ich gehe ins Bett.«

Nate hielt sie nicht auf. Er sah ihr kurz nach, schaute sich dann in der makellosen, merkwürdig sterilen Küche um und verspürte ein Schaudern, das er sich nicht erklären konnte.

Obwohl ihm die Frage in den Sinn kam, ob der Geist eines ermordeten Zimmermädchens versuchte, seine Aufmerksamkeit zu erlangen.

»Blödsinn«, murmelte er, aber ohne viel Nachdruck. Ohne den geringsten Nachdruck.

»Sie war nicht sehr groß, oder?«

Quentin wandte sich auf dem Sofa etwas zur Seite, um Diana besser anschauen zu können. Sie beugte sich vor, die Ellbogen auf die Knie gestützt, den Blick auf den kalten Kamin in der Nähe gerichtet.

Bis auf sie beide war die Lounge leer, und obwohl es fast ein Uhr morgens war, hatte keiner von ihnen vorgeschlagen, für heute Schluss zu machen.

»Ellie, meinen Sie?«

Diana nickte, sah ihn immer noch nicht an. »Sie war nicht sehr groß. Und kann nicht mehr als … was? Zweiundzwanzig? Dreiundzwanzig gewesen sein.«

»Ungefähr.«

»Wir haben kaum über sie gesprochen. Ich meine, sie lag da, tot. Nur ein paar Meter entfernt. Und wir haben fast gar nicht über sie gesprochen.«

»Wir haben alle an sie gedacht. Das wissen Sie.«

»Kann sein.«

Quentin holte Luft und atmete langsam aus. »Ohne ein gewisses Maß an innerer Distanz können Polizisten ihre Arbeit nicht leisten. Nicht für längere Zeit.«

»Aber welche Entschuldigung hatte ich?«

»Das ist keine Entschuldigung, Diana, nur der Lauf der Dinge. Der Tod ist immer um uns. Wir lernen alle, damit so gut wie möglich fertigzuwerden, manchmal nur von Augenblick zu Augenblick. Doch gerade Sie sollten wissen, dass es kein Ende ist. Kein absolutes Ende.«

Sie drehte den Kopf und schaute ihn stirnrunzelnd an. »Daran hatte ich nicht gedacht … aber deswegen sollte ich den Tod wohl anders empfinden, nicht wahr? Weil ich weiß, dass es danach eine Art von Existenz gibt. Weil ich weiß, dass wir nicht einfach … aufhören.«

»Vielleicht werden Sie es eines Tages anders empfinden.«

»Warum heute noch nicht?«

Quentin zögerte. »Es ist viel passiert, in sehr kurzer Zeit. Sie haben vermutlich noch nicht mal angefangen, das zu verdauen.«

»Wie ist es mit Ihnen?« Zuerst überraschte ihn die Frage, aber dann nicht mehr so sehr.

»Sie wundern sich, warum ich Sie nicht genauer über Missy ausgefragt habe.«

»Sie haben so viele Jahre damit verbracht, über sie nachzudenken. Daran gearbeitet, ihre Ermordung aufzuklären. Sind immer und immer wieder alle Fakten durchgegangen. Sie waren davon besessen.«

»Stimmt. War ich.«

»Daher bin ich tatsächlich überrascht, dass Sie nicht mehr über sie wissen wollten.«

»Was könnte ich schon fragen? Ob sie noch genauso aussieht? Ich weiß, dass sie das tut. Ob sie glücklich ist? Ich weiß, sie ist es nicht. Ob sie mir helfen wird, den Mord an ihr aufzuklären? Ich weiß, sie wird es nicht tun.«

»Sie sagte … es würde mir nicht helfen zu erfahren, wer sie ermordet hat. Es würde Ihnen nicht helfen. Ich weiß nicht, was sie damit gemeint hat. Tut mir leid.«

»Ist schon in Ordnung.«

Diana schüttelte den Kopf.

»Ist es nicht. Weil Sie jetzt hier sind. Und Missy hier ist. Jedenfalls in gewissem Sinne nicht so weit weg, da ich hier bin. Sie ist fast nahe genug, um sie zu berühren. Ich habe sie berührt. Ich habe ihre Hand gefasst, und sie war … erstaunlich warm. Und dann habe ich die Augen geöffnet, und es war Ihre Hand, die ich hielt.«

Quentin schwieg, sah sie nur an.

»Wir sind miteinander verbunden, wir drei, nicht wahr? Ich bin blutsmäßig mit Missy verbunden, und Sie sind durch das, was vor fünfundzwanzig Jahren passiert ist, mit uns verbunden.«

»Es ist noch ein bisschen komplizierter«, sagte er schließlich.

»Wirklich? Wieso?«

»Weil wir leben und Missy tot ist.« Diana dachte darüber nach. »Das verstehe ich nicht.«

»Ich weiß. Um neben allem anderen auch noch das zu verdauen, blieb Ihnen bisher kaum die Zeit oder die emotionale Kraft.«

Wieder legte sich ihre Stirn in Falten. »Ist da etwas zwischen uns? Zwischen Ihnen und mir?«

»Was glauben Sie? Nein – was fühlen Sie?«

Ein kleines Lachen entschlüpfte ihr. »Ich fühle mich ... wund. Überladen. Taub in der einen Minute und in der nächsten mir unglaublich bewusst über alles um mich herum. Ich habe oft Angst. Bin besorgt. Und verwirrt. Aber nicht in der grauen Zeit. Ist das nicht merkwürdig? In der grauen Zeit fühle ich mich ruhig und selbstsicher. Als zöge ich bequeme Jeans an, die ich schon so lange getragen habe, dass sie fast ein Teil von mir sind.«

Quentin nickte. »Weil Sie dann eingeklinkt sind, verbunden mit Ihren Fähigkeiten. Zentriert, ausgeglichen. Ganz.«

»Und wenn ich hier bin? In der Alltagswelt der Lebenden? Warum kann ich dann nicht zentriert sein? Warum kann ich dann nicht ausgeglichen und ganz sein?«

»Das können Sie. Das werden Sie. Aber es braucht Zeit, Diana. Sie haben inzwischen eine Menge gelernt, sind jedoch durch die Medikamente und Therapien um sehr viel Zeit betrogen worden. Sie ... müssen noch vieles aufholen.«

»Mit meinem Bewusstsein.«

Wieder nickte Quentin. »Ihr Unterbewusstsein hat offensichtlich seit Jahren gelernt. Vielleicht Ihr ganzes Leben lang. In Träumen. Während dieser Blackouts.«

»Ich dachte immer, dass ich in den Träumen und den Blackouts ... die Kontrolle über mich verliere«, murmelte sie, halb zu sich selbst. »Aber es war genau das Gegenteil, nicht wahr?«

Quentin spürte Gefahr in dieser Frage, hätte jedoch nicht sagen können, wieso.

»Vielleicht. Auf einer gewissen Ebene. Doch trotz Ihrer Begabung ist das nicht Ihr natürlicher Zustand, Diana.«

»Wirklich?«

»Nein, selbstverständlich nicht. Wir existieren in der ... Alltagswelt der Lebenden. Dort gehören wir hin, körperlich und emotional. Das, woran wir uns anschließen, um unsere Fähigkeiten zu benutzen, ist ein Ort, den wir besuchen, kein Ort, an dem wir leben.«

Sie schaute ihn an, als wollte sie eine weitere Frage stellen, sagte jedoch nur: »Sie werden wohl recht haben.«

Wieder verspürte Quentin ein Unbehagen, ohne zu wissen, wieso. Die kleine Stimme, die er manchmal hörte, schwieg, und trotzdem hatte er das Gefühl, dass etwas nicht so ganz stimmte.

»Geht es Ihnen gut?«, fragte er.

»Ich bin müde.« Sie lächelte schwach. »Es ... war ein langer Tag.«

»Ja. Hören Sie, bevor wir nicht wissen, was hier los ist, wäre es mir lieber, wenn Sie die Nacht nicht in Ihrem Cottage verbringen. Sie könnten doch in meinem Bett schlafen, und ich lege mich auf das Sofa im Wohnraum.«

Sie protestierte nicht sofort, meinte nur: »Nate lässt das Grundstück von Polizisten bewachen.«

»Ich weiß. Trotzdem.«

»Es gibt genügend leere Zimmer hier im Hauptgebäude.«

Ruhig wiederholte er: »Ich weiß.«

Diana musterte ihn, ließ einen langen Augenblick vergehen, dann nickte sie. »Na gut. Danke.«

Und erst ein paar Minuten später, als sie in seiner Suite waren und Diana die Tür zum Schlafzimmer schließen wollte, kam sie auf das Thema zurück, das sie vorher angeschnitten hatten.

»Es ist etwas zwischen uns.«

Momentan war eine Tür zwischen ihnen. Eine Tür, die sie gleich schließen würde.

Er schaute sie an, wollte mehr sagen, als er sollte.

Nicht jetzt. Noch nicht. Sie hatte so viel durchgemacht, und ihre Worte sagten ihm, dass sie zu verwirrt und verstört war, um mit noch mehr fertigzuwerden.

Daher sagte er nur: »Es war immer etwas zwischen uns, Diana. Versuchen Sie, ein wenig Schlaf zu finden.«

Zuerst schien sie das infrage stellen zu wollen, doch dann nickte sie nur und murmelte: »Gute Nacht.« Und schloss die Tür.

Diana wusste nicht, ob es funktionieren würde. Trotz der Kontrolle, die sie manchmal in der grauen Zeit zu haben schien, hatte sie, soweit sie wusste, den … Prozess noch nie selbst in Gang gesetzt. Stets war sie von einem oder mehreren Führern gerufen, ja herbeizitiert worden. Mitten im

Schlaf oder in einem der beängstigenden Blackouts, ohne auch nur gefragt zu werden.

Oder, wie im letzten Fall, von der Stimme in ihrem Kopf, die, wie sie jetzt glaubte, vermutlich immer Missy gewesen war.

Was hieß, sie hatte keine Ahnung, wie sie allein und ohne Hilfe eine Tür zu diesem Totenreich schaffen oder öffnen sollte.

Aber sie musste es versuchen. Weil sich von den zahllosen Rätseln und Fragen dieses Tages eine Frage abhob, die sie verfolgte.

Sie musste wenigstens versuchen, die Antwort zu finden.

Quentin würde es nicht gutheißen, das wusste sie. Und sie wusste auch, dass sie seine mutmaßliche Missbilligung nicht geringschätzen sollte, aus dem einfachen Grund, dass er in paragnostischen Dingen viel erfahrener war als sie – zumindest im bewussten Zustand – und höchstwahrscheinlich wusste, wann etwas Paranormales nicht versucht werden sollte.

Deswegen hatte sie ihm nichts davon erzählt, dass sie es probieren wollte.

Sie machte es sich auf dem Bett bequem, lag auf der zurückgeschlagenen Bettdecke, aufgestützt durch zusätzliche Kopfkissen. Sie löschte alle Lichter bis auf die Nachttischlampe, sodass der Raum nur sanft beleuchtet war.

Noch als sie die Augen schloss und sich entspannte, war sich Diana des nagenden Gefühls bewusst, dass es bestimmt nicht ungefährlich war, diesen Versuch so kurz nach einem grausamen Mord zu wagen.

Auch das konnte sie nicht davon abhalten.

Da sie nicht wusste, was sie sonst tun sollte, atmete sie

gleichmäßig und konzentrierte sich darauf, ganz schlaff zu werden. Muskel für Muskel, Glied um Glied. Dann, als sie sich so entspannt wie möglich fühlte, versuchte sie sich eine Tür vorzustellen. Zu ihrem Erstaunen ging das ganz leicht, und die Tür formte sich vor ihrem inneren Auge, als stünde sie direkt davor.

Nur bemerkte sie mit wachsender Beunruhigung, dass diese Tür grün war.

Diana zögerte, aber am Ende war ihr Bedürfnis, die Antwort auf diese drängende Frage zu finden, sogar stärker als ihr Selbsterhaltungstrieb. Sie griff nach dem Türknauf, verwundert darüber, ihn zu »fühlen«, als wäre er echt.

Sie öffnete die Tür und trat hindurch in die graue Zeit. Ein langer Flur erstreckte sich vor ihr, kalt und grau und so gut wie formlos.

Wieder zögerte Diana, hielt immer noch die Tür auf, drehte sich halb um und schaute zurück. Geisterhaft sah sie Quentins Schlafzimmer, die warm schimmernde Lampe auf dem Nachttisch, die zurückgeschlagene Decke und die aufgestapelten Kissen auf dem Bett.

Dem leeren Bett.

»Ich bin hier«, hörte sie sich murmeln, ihre Stimme in der grauen Zeit wie immer hohl. »Ich bin körperlich hier.«

Damit hatte sie nicht gerechnet.

»Das ist keine gute Idee.«

Erschreckt drehte sich Diana rasch zum Flur zurück, und der Türknauf glitt ihr aus der Hand. Vor ihr stand das kleine Mädchen, das sie zu den Ställen geführt hatte. Becca.

»Du solltest nicht hier sein, noch nicht«, sagte Becca.

Diana schaute zurück und sah, dass die grüne Tür hinter ihr geschlossen war. »Solange ich mich daran erinnere, wo die Tür ist, kann ich zurückgehen.«

Becca schüttelte den Kopf. »So funktioniert das hier nicht. Die Tür wird nicht an derselben Stelle sein. Dieser Ort wird nicht an derselben Stelle sein.«

»Ich bin nicht in der Stimmung für weitere Rätsel, Becca.«

Das kleine Mädchen stieß einen Seufzer aus. »Das ist kein Rätsel, es ist so, wie die Dinge sind. Du wirst dich erinnern, wenn du daran denkst. Du hast die Tür gemacht, also trägst du sie mit dir. In etwa.«

»Dann werde ich sie finden, wenn ich es eilig habe, oder?«

»Ich hoffe.«

Diana redete sich ein, dass ihr Frösteln ausschließlich mit der üblichen Kälte der grauen Zeit zu tun hatte statt mit den offensichtlichen Zweifeln des Kindes.

»Wo ist Missy?«, fragte sie Becca.

Becca legte den Kopf schräg, als lauschte sie auf ein fernes Geräusch. »Du solltest wirklich nicht hier sein, Diana. Ellies Ermordung war nur der Anfang. Es weiß jetzt von dir. Und es will dich.«

»Warum?«, fragte Diana mit bemüht ruhiger Stimme.

»Weil du die Geheimnisse findest. Du hast Jeremys Knochen gefunden. Du hast die Falltür und die Höhlen gefunden. Du hast das Foto von dir und Missy gefunden.«

»Aber das sind doch nur – Stücke des Puzzles.«

»Und du hast sie fast alle beisammen. Du wirst uns helfen können, es diesmal aufzuhalten.« Ihre Gewissheit geriet ins Schwanken. »Glaube ich.«

Das beruhigte Diana nicht sonderlich. »Hör zu, Becca, ich muss mit Missy sprechen.«

»Missy ist nicht mehr hier.«

17

Diana fröstelte stärker. »Was meinst du damit?«

»Ich meine, sie ist nicht hier. Als du beim letzten Mal die Tür geöffnet hast, als sie deine Hand hielt, hat sie die graue Zeit verlassen und ist mit dir zurückgekehrt.«

»Warum?«

»Weil sie irgendwas machen muss, nehme ich an.«

Langsam sagte Diana: »Ich habe sie nicht gesehen. Als ich wieder bei Quentin war, habe ich sie nicht gesehen.«

»Manchmal wollen wir nicht gesehen werden, selbst nicht von einem Medium. Außerdem warst du traurig, nehme ich an. Wegen der Erinnerung an deine Mama und all das.«

»Du weißt davon?«

Becca nickte. »Ja. Missy hat's mir erzählt.«

»Weißt du ...« Diana räusperte sich. »Weißt du, warum unsere Mutter auf dieser Seite der Tür gefangen war?«

»Deshalb bist du hergekommen, stimmt's? Und zwar vollständig, in Fleisch und Blut. Du hast dich zu sehr angestrengt. Weil es dir so viel bedeutet. Weil du wissen musst, was mit deiner Mama passiert ist.«

»Antworte mir, Becca. Weißt du, was mit ihr passiert ist? Weißt du, wo sie ist?«

Becca drehte sich um und ging den Flur entlang.

Sofort folgte ihr Diana. »Becca ...«

»Entfern dich nicht zu weit von der Tür, Diana.«

Diana zögerte, schaute zurück. Aber die grüne Tür war

noch da. Sie folgte dem kleinen Mädchen weiter. »Ich bin euch Führern mein ganzes Leben lang gefolgt«, sagte sie nicht ohne Bitterkeit. »Immer nur folgen, immer das tun, was ihr von mir verlangtet. Verdammt, diesmal brauche *ich* etwas. Warum könnt ihr mir zur Abwechslung nicht auch mal helfen?«

»Wir haben dir die ganze Zeit geholfen, Diana.«

»Na klar doch. Habt mich mitten in einem See stehen oder mit dem Auto meines Vaters über einen Highway rasen lassen ...«

»Das waren wir nicht.«

»Was meinst du damit, das wart ihr nicht? Ich hatte einen Blackout und ...«

»Die Medikamente waren zu stark. Sie haben dich zurückgezerrt, bevor du gehen solltest.«

Diana fand das nicht sonderlich beruhigend. »Und nur weil ich nach den meisten Blackouts zu Hause aufgewacht bin, bedeutet das nicht, dass ich die ganze Zeit dort war, nehme ich an?«

»Na ja, es ist sehr hilfreich für uns, jemanden zu haben, der in Fleisch und Blut herüberkommen kann«, sagte Becca. »Die meisten Medien können uns kaum sehen oder mit uns sprechen, und noch viel weniger mit uns wandeln.«

»Wenn wir schon dabei sind«, fragte Diana, »wohin gehen wir überhaupt?« Die Worte waren kaum aus ihrem Mund, als sie abrupt stehen blieb, vorübergehend desorientiert, weil Becca und sie nicht mehr in dem langen Flur waren. Stattdessen standen sie auf dem Rasen vor dem Wintergarten.

Sie waren immer noch in der grauen Zeit, was bedeutete, dass der Garten so reglos wie ein Foto war, verschwommen, eindimensional und farblos, woran die Laternen nichts änderten.

Becca war ebenfalls stehen geblieben und drehte sich zu ihr um. »Da du schon mal hier bist, müssen wir es wagen. Da ist etwas, das du sehen musst.«

»Oh Gott, nicht schon wieder«, stöhnte Diana. »Ich hab dir gesagt, dass ich diesmal selber eine Frage habe.«

»Dann kann er sie dir vielleicht beantworten.«

»Er? Welcher er?«

Becca deutete mit einem Kopfnicken auf den Wintergarten. »Da drinnen.«

Diana hätte wieder protestiert, aber im nächsten Augenblick war ihre kindliche Führerin verschwunden, und Diana stand alleine da. »Mist.« Da ihr nichts anderes übrig blieb, betrat sie den Wintergarten.

Aus irgendeinem Grund war sie nicht überrascht, dass der Malworkshop auf dieser Seite der Tür sichtbare Spuren hinterlassen hatte.

Da standen die Bilder auf ihren Staffeleien – nur dass es ziemlich viele zu sein schienen, ein ganzer Bilderwald. Diana bahnte sich langsam einen Weg, schaute sich dabei jedes Bild an und merkte, wie ihre Kopfhaut unangenehm zu kribbeln begann.

Das waren nicht die Bilder, an die sie sich aus dem Workshop erinnerte. Sie hatten Gewalt ausgedrückt, Dinge, die einem gestörten Geist entsprangen, ja ... aber sie waren nichts gewesen im Vergleich zu dem, was sie hier sah.

Die Bilder kündeten eines nach dem anderen von äußerstem Entsetzen. Grausig verzerrte Gesichter. Gewaltsam verdrehte Körper. Verheerende Explosionen. Verstümmelnde Waffen. Krankheit, Hungersnot, Folter.

Und symbolische wie auch realistische Darstellungen

von Furcht. Dunkelheit, durch die Blitze zuckten. Spinnen, Schlangen. Unheimliche Gassen. Einsame, verlassene Landstraßen. Ein zerbrochenes Fenster. Eine im Spinnennetz gefangene Fliege.

Diana blieb schließlich vor einem Bild stehen, das ihr entsetzlich vertraut vorkam. Ein dunkles, düsteres Gelass, winzig, luftlos, vielleicht ein Schrank. Und in der hintersten Ecke, die Arme fest um die hochgezogenen Knie geschlungen, saß ein kleines Mädchen mit langem dunklem Haar und einem tränenüberströmten Gesicht.

»Erstaunlich, wie leicht es ist, sie zu erkennen, nicht wahr? Die kleine Gestalt in der dunklen Ecke. Es könnte jeder sein. Aber es kann nur Missy sein.«

Diana trat rasch zur Seite, damit sie über das Bild hinausblicken konnte. »Sie? Was zum Teufel machen Sie hier?«

»Auf Sie warten«, antwortete Beau.

Nate wusste, dass er nach Hause und ins Bett gehen sollte, damit er am Morgen – später am Morgen – frisch wieder anfangen konnte, aber er wusste auch, dass er zu ruhelos war, um Schlaf zu finden. Auf dem Revier erwartete ihn jede Menge Papierkram, doch das war noch weniger verlockend, weswegen er nicht sonderlich erstaunt war, sich in der Nähe von Stephanies leicht geöffneter Bürotür wiederzufinden.

Sie saß an ihrem Schreibtisch, über ein, wie er dachte, uncharakteristisches Durcheinander von Papieren gebeugt.

»Sie arbeiten aber noch spät«, sagte er von der Tür aus.

Stephanie zuckte zusammen, schaute auf und lächelte dann. »Arbeit würde ich das nicht direkt nennen. Oder zumindest keine Arbeit, für die ich bezahlt werde. Ich wollte diese alten Unterlagen weiter durchschauen und sehen, ob ich was Brauchbares finden kann.«

»Ich könnte auch irgendwer gewesen sein, wissen Sie.« Er schob die Tür weiter auf. »Der sich an Sie anschleicht ...« Etwas verlegen brach er ab, weil die Tür beim Aufschieben laut quietschte.

Stephanie grinste und hob einen Papierstapel an, unter dem eine schimmernde 45er Automatik zum Vorschein kam. »Ich bin schnell, vor allem mit diesem Adrenalinschub. Wenn ich Ihre Stimme nicht erkannt hätte, dann hätten Sie in die Mündung geschaut, bevor Sie auch nur in die Nähe des Schreibtisches gekommen wären.«

Nate setzte sich auf den Besucherstuhl. »Das ist ja gut und schön – aber kennen Sie sich mit dem Ding überhaupt aus?«

»Natürlich. Und ich habe auch einen Waffenschein dafür.« Nüchtern fügte sie hinzu: »Ich glaube, unsere nächtliche Wachmannschaft ist recht gut, vor allem, da Ihre Leute ja zusätzlich Streife gehen, doch solange hier ein Mörder frei herumläuft, gehe ich kein Risiko ein. Soldatenkind, Sie erinnern sich?«

»Ich erinnere mich. Und mir geht's dadurch ein bisschen besser bei dem Gedanken, dass Sie hier nachts alleine arbeiten. Aber nur ein bisschen.« Er hielt inne. »Ihnen ist klar, dass dieser Mörder wahrscheinlich jemand ist, den Sie kennen? Oder zumindest ein bekanntes Gesicht hat?«

»Das ist mir auch schon in den Kopf gekommen. An einem Ort wie der Lodge, mit all ihrer viktorianischen Pracht, könnte man sich leicht einbilden, dass nur ein von außen eingedrungener Wahnsinniger unseren guten Namen mit etwas so Abscheulichem wie Mord befleckt hat.«

Er hob die Augenbrauen.

In nicht ganz so sarkastischem Ton fuhr Stephanie fort: »Nur dass dieser Ort noch nie unbefleckt war, nicht wahr?«

»Laut Quentin nicht.«

»Und nach allem zu urteilen, was ich bisher in den Unterlagen gefunden habe. Wussten Sie, dass der erste auf diesem Grundstück verzeichnete Todesfall bereits beim Bau des Hotels geschehen ist?«

»Ja, einer meiner Leute hat das in einer historischen Datenbank gefunden. Nicht so ungewöhnlich für eine Baustelle, besonders vor über hundert Jahren.«

»Schon, aber dieser Mann ist nicht von einem Gerüst gestürzt oder von herabfallenden Steinen erschlagen worden oder sonst was in der Art. Der örtliche Arzt hat damals schriftlich festgehalten, dass das Opfer vor Angst gestorben ist.«

»Vor Angst? Wovor hat er sich gefürchtet?«

»Niemand konnte das sagen. Sie kamen eines Morgens früh zur Arbeit, und da lag er, direkt neben dem Schuppen des Vorarbeiters. Keine Schnittwunden, keine Blutergüsse. Damals waren sie noch nicht so weit, hier Wachmannschaften einzusetzen; die brauchten sie ja auch kaum. Auf jeden Fall hatte keiner was gesehen.«

»Vor Angst gestorben. An Herzschlag?«, fragte Nate.

»Der Arzt hat angegeben, dass das Herz des Mannes zu schlagen aufgehört hatte – aber es lag weder eine Herzkrankheit vor, noch war es vergrößert, nichts von dem, was man damals als Anzeichen für Herzprobleme betrachtete. Und anscheinend sah er zu Tode erschrocken aus. Sein Gesicht war in einem Ausdruck äußersten Entsetzens erstarrt.«

Nate schwieg nachdenklich.

»Das ist noch nicht alles«, fuhr Stephanie fort. »Ein weiteres halbes Dutzend Männer starb während des Baus der Lodge und der Ställe. Und alle diese Todesfälle waren … ein bisschen seltsam. Männer, die als trittsicher galten, stürzten. Geschickte Männer hatten Unfälle mit Werkzeugen. Gesunde Männer wurden ganz plötzlich schwer krank.«

»Und nachdem die Bauarbeiten beendet waren?«

»Tja, da werden die Berichte ein bisschen vage.« Sie zuckte die Schultern. »Ich kenne mich mit dem Führen von Unterlagen gut genug aus, um beurteilen zu können, dass alles, was ich bisher über Krankheiten, plötzliches Verschwinden und Todesfälle gefunden habe, nur mit dem absoluten Minimum an Einzelheiten, fast gleichgültig notiert wurde.«

»Was wollen Sie damit sagen?«

»Dass von Anfang an jede schlechte Nachricht über die Lodge – vor allem was Todesfälle auf dem Grundstück betrifft – stark heruntergespielt wurde.«

»Ist das für ein Hotel nicht zu erwarten?«

»Bis zu einem gewissen Punkt, ja. Aber jedes durchschnittliche Hotel würde im Falle von Verschwinden, Todesfällen oder sogar der Ermordung eines seiner Gäste Unterlagen bis zum Gehtnichtmehr haben. Polizeiberichte, Berichte der Sicherheitsleute, Arztberichte. Jedes nur denkbare Stück Papier, mit dem das Hotel und seine sämtlichen Angestellten von jedem Verdacht befreit würden.«

»Was für die Lodge nicht zutrifft.«

»Wie gesagt. Wenn Sie mich fragen, hat jemand schon sehr früh entschieden, wie mit schlechten Nachrichten umzugehen ist. Und egal, ob das zur Gewohnheit oder zur eisernen Regel wurde, so ist damit von dem Punkt an verfahren worden.«

»Keine Unterlagen.«

»Keine Unterlagen und nur die knappste Erwähnung eines Vorfalls. Name, Datum, viel mehr nicht. Für gewöhnlich fast versteckt unter den normalen Tagesberichten.«

Nate legte seinen Unterarm auf ihren Schreibtisch und trommelte abwesend mit den Fingern auf der Tischplatte.

»Dank Quentins Besessenheit weiß ich, über wie viele Vermisste und Todesfälle aus den letzten fünfundzwanzig Jahren wir reden. Was ist mit der Zeit davor? Wie viele sind das?«

»Oh, Himmel, es wird Wochen dauern, bis ich Ihnen das sagen kann. Ich bin ja gerade erst bei 1925.«

»Na gut. Wie viele bis 1925?« Stephanie holte Luft. »Wenn man die Fälle während der Bauzeit mitrechnet, sind es bis 1925 über ein Dutzend, die auf dem Grundstück der Lodge verzeichnet wurden.«

Erst nach einer ganzen Weile fragte Nate schließlich: »Und wie viele davon waren verdächtig?«

»Meiner Meinung nach – alle, Nate. Alle.«

»Sind Sie tot?«, fragte Diana ungläubig.

Beau lächelte. »Nein.«

Unsicher trat sie einen Schritt näher. »Sind Sie ein Medium?«

»Nein.«

Diana betrachtete die grauen Staffeleien um sich herum, mit ihren grauen Leinwänden, bemalt in verschiedenen Grautönen. Sie blickte auf die grauen Pflanzen hier und dort im Wintergarten, auf ihr eigenes graues Selbst und dann zu ihm. Auch grau. Alles war grau.

»Dann frage ich Sie erneut. Was zum Teufel machen Sie hier?«

»Wie ich schon sagte. Ich habe auf Sie gewartet.«

»Wissen Sie, wo wir sind, Beau?«

»Ich glaube, Sie nennen es die graue Zeit.«

»Wie nennen Sie es?«

Er schaute sich wie mit sanfter Neugier um und erwiderte: »Ihr Name passt. Ein interessanter Ort. Oder – eine Zeit.«

»Hier wandeln nur die Toten.«

»Sie doch auch.«

»Ich bin ein Medium.« Sie verstummte erstaunt, und Beau lächelte wieder.

»Haben Sie das zum ersten Mal ausgesprochen?«

»Wahrscheinlich. Zumindest habe ich es zum ersten Mal so gemeint.«

»Das wird leichter werden«, versicherte er ihr. »Nicht so überraschend. Sogar ganz gewöhnlich, nach einer Weile.«

Diana schüttelte den Kopf. »Lassen wir das. Ich verstehe immer noch nicht, wie Sie hier sein können.«

»Das ist ein Kniff, den ich raushabe. Meine Schwester sagt, ich sei ... sehr verbunden mit dem Universum.«

»Soll das eine Erklärung sein?«

»Vermutlich nicht. Diana, es spielt eigentlich keine Rolle, wie ich es geschafft habe, hier zu sein. Wichtig ist nur, dass Sie sehen, was ich Ihnen zeigen muss, und hören, was ich Ihnen zu erzählen habe.«

»Sie klingen wie einer der Führer«, murmelte sie.

»Entschuldigung.« Er drehte sich um, bedeutete ihr zu folgen und ging voraus in die hintere Ecke, in der ihre Staffelei stand.

Ihre Staffelei. Ihr Skizzenblock. Und ihre Zeichnung von Missy, obwohl sie wusste, dass sich diese Zeichnung in ihrer Schultertasche im Cottage befand. Aber erstaunlicher war der quer über die Skizze verlaufende grellrote Schnitt, der feucht glitzerte und tatsächlich immer noch auf einige Lappen unter der Staffelei tropfte.

Scharlachrot. Nicht grau.

Wie die grüne Tür war das eine Farbe, die sie sehen konnte.

»Warum?«, fragte sie, sich irgendwie sicher, dass sie die Frage nicht näher zu erklären brauchte.

»Wegweiser«, erwiderte er. »Die gibt es auch in der grauen Zeit. Dinge, auf die man achten muss. Dinge, an die man sich erinnern soll, damit man den Weg findet. Nur sind sie hier ein bisschen besser zu erkennen.«

Diana dachte darüber nach. »Die grüne Tür verstehe ich, weil sie der Rückweg ist. Der Weg hinaus. Aber das hier?«

Beau trat zurück und machte ihr ein Zeichen, näher an die Staffelei heranzutreten.

Sie folgte der Aufforderung und betrachtete die Skizze, die genauso aussah wie die von ihr gezeichnete. Den roten Schnitt, der über Missys zarte Gestalt verlief. Das Scharlachrot, das vom Rand des Papiers … herabzubluten schien. Fast als …

Diana trat einen weiteren Schritt vor und beugte sich etwas hinab, schaute sich die grellrote Entstellung der Skizze genauer an. Es war nicht leicht zu erkennen, da das Scharlachrot (Farbe? Blut?) verlaufen war, die Umrisse verzerrt hatte. Waren das Buchstaben?

»Zuerst war es nicht sehr deutlich«, sagte Beau hinter ihr. »Ich hab nur auf den farbigen Schnitt geachtet. Dann tauchten langsam die Buchstaben auf. Da wusste ich, dass Sie das sehen müssen.«

Abwesend erwiderte sie: »Warum haben Sie es mir nicht auf der anderen Seite der Tür gezeigt, außerhalb der grauen Zeit? Dort ist es auch zu sehen, oder?«

»Es ist da. Aber nur der farbige Schnitt, nicht die Buchstaben. Jemand hat mir vorgeschlagen, es mir in der grauen Zeit anzusehen, um zu erkennen, was es wirklich ist.«

»Jemand?«

»Bishop.«

Diana war nicht überrascht. »Ich hätte wissen sollen, dass Sie zu diesem Team gehören. Er erwartete, dass Sie eine Warnung entdecken würden, oder?«

»Ich glaube schon. Und er sagte, dass Sie sie sehen müssten. Er sagte auch, dass es heute Nacht geschehen würde, was mich erstaunt hat. Nach dem Tag, den Sie hinter sich haben, hätte ich nicht gedacht, dass Sie es so bald versuchen würden.«

Diana richtete sich seufzend auf. »Ich nehme nicht an, dass er Ihnen Anweisungen für mich gegeben hat?«

»Nein. Das tut er in Fällen wie diesem selten.«

»Erstaunlich, dass es tatsächlich Fälle wie diesen gibt. Ich habe die ganze Zeit geglaubt, dass ich völlig allein wäre.«

»Das sind Sie nicht.«

»Ja. Langsam kapiere ich das. Ich hoffe nur, es ist noch nicht zu spät.«

»Wenn Ihnen das hilft«, sagte Beau, »mein Fenster zum Universum verrät mir, dass Quentin Ihr Ass ist.«

»Auch das habe ich allmählich kapiert.« Sie holte Luft. »Aber das, was ich als Nächstes tun muss, wird ihm nicht gefallen.«

»Sie wissen es?«

Diana nickte.

»Jetzt, ja. Nachdem ich das hier gesehen habe … fallen mir meine ganzen Albträume wieder ein. All die Botschaften, die Missy mir zu senden versucht hat, seit ich hier bin. Selbst bevor ich herkam. Sie hat mich die ganze Zeit darauf vorbereitet. Wusste, dass ich kommen würde. Wusste, dass auch Quentin hier sein würde. Sie war … sehr geduldig.«

»Manches muss so geschehen, wie es geschieht. Auf seine eigene Weise und zu seiner eigenen Zeit.«

»Es ist schon die reinste Ironie, dass ich das an einem Ort ohne Zeit erfahren muss.«

»Solange Sie es überhaupt erfahren.«

Diana seufzte erneut. »Hat Ihnen schon mal jemand gesagt, dass Sie wie ein Glückskeks-Spruch klingen?«

»Kommt mir irgendwie bekannt vor.«

»Das wundert mich nicht. Und ich nehme nicht an, dass Sie mir die eine Frage beantworten können, wegen der ich hergekommen bin?«

»Tut mir leid.«

»Auch die Antwort wird erst zu ihrer eigenen Zeit erfolgen?«

»Ja. Bis dahin müssen Sie sich über andere Dinge Sorgen machen, Diana. Sie sind bereits zu lange hier.«

»Ich weiß.« Die Kälte war ihr bis in die Knochen gedrungen, und sie fühlte sich steif, fast schwerfällig. Sogar ihre Gedanken begannen ihr zu entgleiten.

»Gehen Sie zurück. Sofort.«

Diana schaute sich um und sagte: »Ich bin weit weg von der Tür.«

»Diana …«

»Weit weg. Und ich glaube …«

Da-dum.

Da-dum.

»Ich glaube, es sucht nach mir.«

Beau wurde mit der Plötzlichkeit eines Menschen wach, der aus einem Albtraum hochschreckt, was der Wahrheit sehr nahe kam. Er musste sich schnell bewegen, und doch fühlte sich sein Körper steif und kalt an, und als er aus dem Bett stieg und zur Tür wankte, wurde er sich auf einmal wieder mit tiefer Dankbarkeit der farbigen, dreidimensionalen Welt um ihn herum bewusst.

Dumm für einen Künstler, so eine Gedächtnisstütze zu brauchen, aber ein Besuch in der grauen Zeit hatte ihm sicherlich jeden Hang dazu ausgetrieben, diese warme und lebendige Welt für selbstverständlich zu halten.

Selbst sein Hyazinthenzimmer, das ihm beim Eintreffen in der Lodge für seinen Geschmack ein wenig überladen vorgekommen war, sah jetzt nur noch erfreulich und wohltuend aus, während er sich stolpernd zur Tür bewegte.

Himmel, er fühlte sich, als hätte er einen Berg erklommen. Mit Säcken von Zement auf dem Rücken. Wild klopfendes Herz, weiche Knie, schwach wie ein Kind. In seinen mehr als dreißig Jahren paragnostischer Erfahrungen, manche davon wirklich furchtbar, war er beim Wachwerden noch nie so ausgelaugt gewesen.

Ob Quentin überhaupt eine Ahnung hatte, wie stark Diana wirklich war?

Er musste durch einen langen Flur und eine Treppe hinauf, um Quentins Suite zu erreichen, und erst an der Tür hatte er das Gefühl, wieder einigermaßen normal zu funktionieren. Allerdings war er immer noch durchgefroren. Bis auf die Knochen.

Er stützte sich mit der Hand am Türrahmen ab und fand, dass »normal« vielleicht doch reichlich übertrieben war. Bevor er anklopfen konnte, wurde die Tür aufgerissen, und Quentin stand vor ihm. Er war angezogen, hellwach und angespannt und sprach mit Beau, als setzte er eine Unterhaltung fort.

»Sie ist in der grauen Zeit.«

»Ja. Und ich bin mir nicht sicher, ob sie allein hinausfinden kann.«

»Großer Gott. Warum zum Teufel hast du nicht …«

»Ich konnte nichts machen. War wie eine Art Traumwandeln, ich war nicht körperlich da. Und es ist eindeutig ihr Bereich, nicht meiner.«

Quentin stellte das nicht infrage. »Wo war sie? Entsprechend zu unserer Seite, meine ich.«

»Im Wintergarten. Aber ich weiß nicht, ob sie da noch ist. Wenn ihre Instinkte gut sind, sucht sie nach einem Versteck. Dieses Etwas, das hier die ganzen Morde begangen hat – ich glaube, es ist hinter ihr her.«

»Ich hätte sie nicht allein lassen sollen. Verdammt, sie kann dieses Ding nicht ohne Hilfe bekämpfen.«

»Ich glaube, sie wusste nicht mal, dass es heute Nacht passieren würde; sie wollte nur die Antwort auf eine Frage. Aber sie war schon zu lange in der grauen Zeit, vor allem hier, und das hat sie geschwächt. Glaub mir, ich weiß, wovon ich spreche.« Nach wie vor stützte er sich mit der Hand am Türrahmen ab.

Erst jetzt schien Quentin den Zustand des Malers zu bemerken. »Du siehst nicht gut aus.«

»Das wird schon wieder. Such du nach Diana. Dein Kumpel von der Polizei ist noch hier. Ich sag ihm Bescheid, damit er seine Leute alarmiert.«

»Was sollte das nützen? Ich bin mir nicht sicher, ob ich sie diesmal sehen kann – ich hab nicht mal mitgekriegt, wie sie gegangen ist, und ich war auf und hellwach.«

»Ellie Weeks wurde, wie alle anderen Opfer, von einem Mörder aus Fleisch und Blut getötet. Wer auch immer die Fäden von der anderen Seite zieht, dieser Mörder ist auf unserer Seite der Tür – und wenn er Diana jagt, ist er sichtbar.«

Quentin starrte ihn kurz an, lief dann ins Zimmer zurück und holte seine Waffe. Während er sie hinten in den Bund seiner Jeans steckte, erwiderte er: »Und er jagt Diana, weil ihm nur der Geist eines starken Mediums etwas geben kann, das er noch nie besessen hat.«

Beau nickte. »Einen permanenten Rückweg, eine Möglichkeit, wieder körperlich zu leben. Und Diana weiß das, weil Missy sie gewarnt hat.«

Nachdem sie sich mit so viel Mühe aus dem Dämmerzustand der Medikamente freigekämpft und schließlich ihre Fähigkeiten akzeptiert hatte, war Verstecken das Letzte, was Diana in den Sinn gekommen wäre. Aber …

Du musst es tun. Lass nicht zu, dass es dich findet. Noch nicht.

Es gab einen Plan, und Diana verstand ihn, wenn auch nur in Umrissen. Sie begriff allerdings genau, dass sie nicht stark genug war, sich allein zur Wehr zu setzen, nicht jetzt, nicht auf dieser Seite der Tür. Das wäre ein Kampf, den sie verlieren würde.

Versteck dich. Diese Stimme in ihrem Kopf war fast wie ihr Herzschlag, so vertraut wie ihre eigenen Gedanken. Und doch getrennt von ihr, ganz eindeutig. Etwas, das sie ihr ganzes Leben lang vernommen, auf das sie gehört hatte.

Oder es versucht hatte, durch den Medikamentennebel.

»Dad wird sich für vieles verantworten müssen«, murmelte sie, stolperte aus dem Wintergarten und auf das Hauptgebäude zu.

Er tat das, was er für das Beste hielt.

»Er hatte Angst. Das hab ich schon kapiert.«

Er hat versucht, dein Leben zu retten. Er hatte mich verloren. Und Mommy. Er wollte dich nicht auch noch verlieren.

»Da hätte es bessere Möglichkeiten gegeben.«

Das wusste er nicht. Er glaubte, wenn du nichts über mich erfährst, würde es weniger wehtun, als zu wissen, dass ich gelebt habe und entführt wurde – und dann gestorben bin.

»Also kam er her und hat dafür bezahlt, dass alles vertuscht wurde, stimmt's? Und dann hat er mich mit Medikamenten vollgepumpt, damit ich mich nicht erinnerte, nichts über meine Fähigkeiten mitbekam, ganz zu schweigen davon, sie bewusst zu beherrschen.«

Ganz so vorsätzlich war es nicht. Die Ärzte und die Medikamente. Er hat nie verstanden, was mit Mommy passiert ist, aber er hatte Angst, dass es mit dir auch passieren würde. Er tat sein Bestes, um das abzuwenden, Diana.

»Wenn du das sagst.« Diana zögerte, hielt sich eng an das Gebüsch, das einen der Lieferanteneingänge halb verdeckte. »Wo soll ich jetzt hin? Verdammt, nie ist ein Führer da, wenn ich ihn brauche.« Sie verschränkte die Arme über der Brust und zitterte. Ihr war kalt. Und es wurde immer kälter.

Du weißt, warum.

»Ja. Dein Plan. Warum hast du es nicht schon früher versucht?«

Das ging nicht. Ich hab zu kurz gelebt, um stark genug zu werden.

»Und ich bin es?«

Ja. Wir brauchen deine Stärke. Und die der anderen. Die bereit sind weiterzuziehen.

»Ihr habt die ganze Zeit auf mich gewartet?«

Ja. Auf eine Chance.

Eine Chance, es aufzuhalten.

»Du sagst immer ›es‹. Das macht ihr alle. Aber Samuel Barton war einst ein Mann.«

Es war nie ein Mann. Kein echter Mensch. Es war immer böse. Und als sie ihn körperlich töteten, setzten sie das Böse frei. Trugen dazu bei, es noch mächtiger zu machen.

»Damit es jeden in Besitz nehmen konnte, der nicht stark genug war, sich dagegen zu wehren.«

Ja, manchmal. Aber wenn sie nicht stark genug waren, es abzuwehren, waren sie auch nicht stark genug, es lange zu halten. Sie ... brannten aus. Und dann war es wieder Energie, baute sich auf, suchte nach einem anderen Wirt.

Einem permanenteren Wirt.

»Nach mir.«

Nachdem du deine Fähigkeiten entdeckt hattest, dich zu erinnern begannst und dir selbst bewusst wurdest, war es nur noch eine Frage der Zeit, bis es deine Stärke spürte. Deine Fähigkeiten. Aber das geschah viel schneller, als wir erwartet hatten. Es tut mir leid, Diana.

»Vielleicht ist schneller besser«, sagte Diana, halb zu sich selbst. »Ich hatte kaum Zeit zum Nachdenken. Sonst hätte mich das alles vielleicht zurück ins Irrenhaus getrieben.«

Nein. Das wird nie wieder passieren. Du bist jetzt zu stark.

»Hoffentlich hast du recht.«

Diana schaute sich um, schlüpfte dann durch das Gebüsch und benutzte den Lieferanteneingang. Obwohl das blinkende Kontrollbrett auf eine Alarmanlage hindeutete, drehte sie einfach den Knauf und öffnete die Tür.

Elektronik funktionierte nicht in der grauen Zeit. Oder es gab sie dort nicht. Diana hatte das nie herausfinden können.

Da-dum.

»Oh, Mist«, flüsterte sie.

Diana.

Sie merkte, dass sie sich direkt hinter der Tür an eine eisige Wand drückte, die Hände flach an ihren Hüften. Sie merkte, dass ihre Knie nachgaben, dass sie gleich an der Wand hinunterrutschen und als hilfloses Bündel auf dem Boden landen würde.

Nutzlos.

Diana! Lass nicht zu, dass es dir Furcht einjagt. So fängt es uns. So gewinnt es.

»Ich kann eine Tür machen«, flüsterte sie. »Ich kann die Tür zu mir bringen. Ich kann …«

Nein. Du kannst keine Tür öffnen. Nicht hier. Nicht allein.

Sie holte Luft, versuchte ruhig zu werden, die Kraft wieder in ihren Körper zurückzuholen. Es war das Anstrengendste, was sie je getan hatte, und sie war sich nicht sicher, ob es ihr gelungen war, doch sie gab sich die größte Mühe.

»Wo ist es?«

In deiner Nähe. Aber du hast einen sicheren Ort. Die grüne Tür, Diana. Finde die grüne Tür.

»Ich habe vorhin eine gemacht.«

Du musst die finden, die auf beiden Seiten existiert. In beiden Welten. Finde die grüne Tür, Diana.

»Warum bist du nicht hier, um mich zu führen?«

Weil ich noch etwas auf dieser Seite tun muss. Aber ich helfe dir. Geh einfach weiter, Diana.

Der Plan. Diana stieß sich von der eiskalten Wand ab und betrat einen endlosen, formlosen Flur auf der Suche nach einer grünen Tür.

18

Quentin hatte zwar nicht erwartet, sie im Wintergarten zu finden, schaute aber trotzdem als Erstes dort nach, nur um sicherzugehen. Keine Diana, bloß ein Dutzend Staffeleien mit Skizzenblöcken und Leinwänden. Er stand an der Tür und schaute hinaus in die von Sicherheitslampen erhellten Gärten, versuchte ruhig zu werden und seine Sinne auszurichten, um Diana zu erreichen. Weiter zu sehen, als er sehen konnte. Weiter zu hören, als er hören konnte. Das zu berühren, was außerhalb seiner Reichweite lag.

Aber er spürte nur sein klopfendes Herz.

»Ist da etwas zwischen uns? Zwischen Ihnen und mir?«

Er hätte die Frage beantworten sollen. Hätte ihr die Wahrheit sagen sollen, die ganze Wahrheit. Er hatte das schmerzhafte Gefühl, dass sich die Dinge dann anders entwickelt hätten.

»Was zum Teufel ist los, Quentin?«

Nate und Stephanie kamen angerannt, beide mit Waffen in der Hand und besorgtem Gesicht, und Quentin merkte mit leichtem Schock, dass er sie nicht hatte kommen hören.

Wo waren seine Spinnensinne? Warum konnte er Diana nicht spüren?

»Diana wird vermisst«, sagte er und bot ihnen damit die kurze und vernünftige Version.

»Verdammt.« Nate trat nach draußen und fummelte an seinem Funkgerät.

»Wäre sie denn hier rausgekommen? So spät?«, fragte Stephanie.

Eine weitere Frage, die er aus Zeitgründen nicht wahrheitsgemäß beantworten konnte. Stattdessen fiel ihm etwas ein, und er fragte rasch: »Gibt es grüne Türen in der Lodge, Stephanie?«

»Grüne Türen? Nein, ich ... warten Sie.« Stephanie überlegte. »Ja, da ist eine. Ich erinnere mich an eine Notiz in meinen Unterlagen, irgendwas über eine Tür, die man in der Originalfarbe gelassen hat, weil es praktisch das einzige Stück Holz war, das den Brand überstanden hat.«

»Das Feuer im Nordflügel?«

»Ja. Anscheinend ist einer der Besitzer deswegen abergläubisch.«

Er sah sie an. »Mein Zimmer ist in dem Flügel. Ich kann mich nicht entsinnen, eine grüne Tür gesehen zu haben.«

»Haben Sie bestimmt auch nicht. Sie befindet sich am Ende eines Flurs mit einer merkwürdigen Ecke, und da ist jetzt nur noch ein Versorgungsbereich, seit der Flügel wieder neu aufgebaut wurde. Wäscheschränke, Besenkammern, solche Sachen. Hinten in diesem Flur gibt es kein Fenster, und die Treppe ist am gegenüberliegenden Ende, also würde Sie nichts in diese Richtung führen.«

»Und es ist die einzige grüne Tür im ganzen Gebäude?«

»Soviel ich weiß, ja.« Sie blickte ihn stirnrunzelnd an.

Was Quentin nicht überraschte. Er sah vielleicht ein bisschen wild aus. Oder ziemlich wild. »Wo ist die Tür genau?«, fragte er drängend. »Wie komme ich da hin?«

»Sie ist – im Nordflügel, im dritten Stock. Biegen Sie oben an der Haupttreppe ab, dann den Flur ganz bis nach hinten.«

Himmel, er war viel näher dran gewesen, als er zum

ersten Mal bemerkt hatte, dass Diana verschwunden war. Quentin wartete nicht darauf, ob die anderen mitkamen. Er rannte einfach los. Er meinte zu hören, dass Nate ihm etwas nachbrüllte, etwas darüber, dass Cullen Ruppe angegriffen worden war, aber Quentins Energie war ganz darauf ausgerichtet, Diana zu finden.

Und als er die schwach beleuchtete Treppe halb hinaufgerannt war, wurde er durch die erste echte Vision in seinem Leben fast in die Knie gezwungen.

Zum allerersten Mal sah er die Zukunft.

Diana hatte das Gefühl, es würde sie mehr Kraft kosten, als sie hatte, doch es gelang ihr irgendwie, Missys Anweisungen zu folgen. Bieg ab. Geh die Treppe hinauf. Noch ein Stockwerk. Bieg wieder ab.

Ihr wurde kälter und kälter, so kalt, dass es sie wunderte, warum ihr Atem keine Dunstwolke bildete. Nur war das etwas, das in der grauen Zeit auch nicht passierte.

Da-dum.

Da-dum.

Sie versuchte schneller zu gehen, aber ihre Beine schmerzten, und es war schwierig, einen Fuß vor den anderen zu setzen. Und dann dieses seltsame, hohle Vibrieren, das in ihr zu sein schien. Sie war sich nicht sicher, ob es ihr eigener Herzschlag war oder dieses andere, primitivere Geräusch.

Hör mir zu, Diana. Die grüne Tür ist direkt vor dir. Nur noch um diese Ecke. Ich möchte, dass du sie öffnest. Aber geh nicht hinein.

»Warum nicht?«

Quentin kommt. Er wird deine Rettungsleine sein.

»Ich habe noch nie eine Rettungsleine gebraucht.«

Diesmal schon. Und du kannst ihm vertrauen. Er wird dich nicht loslassen, das weißt du, nicht wahr, Diana?

»Weil du ihm so viel bedeutet hast«, sagte Diana.

Nein. Ich bin seine Vergangenheit. Du bist seine Zukunft. Darum wird er dich nicht loslassen.

Diana wusste nicht so recht, ob sie das glauben sollte, aber sie fragte nicht nach, weil sie das Ende des langen Flurs erreicht hatte und die merkwürdige Abzweigung sah. Den kurzen Flur, der zu einer grünen Tür führte.

Da-dum.

Da-dum.

Sie schleppte sich die letzten Schritte weiter und griff nach dem altmodischen Türknauf. »Wenn ich die öffne …«

Öffnest du zwei Türen. In beiden Welten. Lass den Knauf nicht los, Diana. Erst wenn es vorbei ist.

»Aber …«

Streck die Hand nach Quentin aus. Und öffne die Tür.

Diana drehte den Knauf und streckte gleichzeitig die andere Hand nach hinten aus. Streckte sich mit mehr als der Hand, mit mehr als ihrem Willen.

Fast sofort erstrahlte ein greller Blitz, und für einen Augenblick war die graue Zeit verschwunden. Die Tür hatte ein strahlenderes Grün, und die reliefartige Tapete des kurzen Flurs zeigte ihre leuchtenden, viktorianischen Farben.

Dann noch ein Blitz, und diesmal spürte Diana die Wärme und Kraft seiner Hand, die die ihre ergriffen hatte. Ein weiterer Blitz, und sie drehte den Kopf, sah Quentin dastehen. Und …

Sie war zurück. Hielt mit einer Hand die grüne Tür leicht offen. Die andere hielt Quentins Hand.

»Diana …«

Da-dum!

Da-dum!

Ein entnervend vertrauter Gestank drang ihr in die Nase, und bevor sie Quentin warnen konnte, spürten sie beide den schweren Tritt erstaunlich rascher Schritte, die auf sie zukamen. *Berühre die Hülle nicht, Diana.*

Quentin flüsterte sie zu: »Nicht berühren.« – »Ich weiß«, hauchte er zurück. Seine Finger schlossen sich fester um ihre, und genau wie sie drückte er seinen Rücken an die Wand, ließ im Flur vor ihnen so viel Platz wie möglich, während sie beide die Ecke im Blick behielten.

Sie redete bereits, als sie herumbog.

»Da sind Sie ja. Ich habe überall nach Ihnen gesucht. Um diese Uhrzeit sollten Sie im Bett sein. Ich dachte, ich würde Sie dort finden.«

Es hätte nicht des seltsamen Lichts in ihren Augen oder des auf unheimliche Weise freundlichen Lächelns bedurft, um zu erkennen, dass das Wesen, das wie Mrs Kincaid aussah, alles andere als geistig gesund war.

Das blutige Schlachtermesser in ihrer Hand verriet mehr als genug.

»Ich hab's Cullen gesagt«, fuhr sie fort, während sie mit ihnen in dem kurzen Flur stand, »ich hab ihm gesagt, dass er mich nicht aufhalten kann. Keiner von euch kann mich aufhalten. Er hat's natürlich trotzdem versucht, genau wie er versucht hat, Ellie zu warnen. Das hätte er wirklich nicht tun sollen. Hat mich wütend gemacht.«

»Sie haben Ellie umgebracht«, stellte Quentin fest.

»Ach, das war doch nur ein Gefallen für Mrs Kincaid.« Es lachte. »Sie war sauer, weil sie sich ziemlich sicher war, dass sich das Mädchen von einem der Gäste hatte schwängern lassen. So was können wir doch nicht zulassen, oder? Bringt nur Ärger. Also hab ich mich drum gekümmert.«

»Genau wie Sie sich um Cullen gekümmert haben?«, fragte Diana.

»Ich hab ihm gesagt, er hätte fortbleiben sollen. Dass er hier nichts zu suchen hat. Konnte sich glücklich schätzen, dass ich mich nicht schon vor Jahren um ihn gekümmert habe, als er rausfand, was hier vorgeht. Aber wer hätte ihm geglaubt? Die Polizei? Natürlich nicht. Hat ihn nur selbst verdächtig gemacht. Also ist er verschwunden.«

»Warum ist er zurückgekommen?«, fragte Quentin.

»Behauptete, eine Stimme hätte ihm das eingeflüstert. Hätte ihm gesagt, hier wäre jetzt jemand, der mich aufhalten kann. Dass er helfen könnte. Mächtig komisch, was? Tolle Hilfe! Er blutet wie ein abgestochenes Schwein.«

»Sie sind – Mrs Kincaid ist ein Medium. Darum konnten Sie sie mehr als einmal benutzen«, stellte Quentin fest.

Das Messer immer noch locker, wenn auch nicht allzu locker, in der Hand, schaute sie – es – ihn an und lächelte. »Aber ja. War sie schon immer. Aber unausgebildet und nicht sehr stark. War leicht, in sie reinzuschlüpfen. Leicht, sie zu benutzen. Natürlich konnte ich nie lange bleiben. Doch lange genug. Immer lange genug.

Und du hast das nie gespürt, was? Bei deinen Besuchen in all den Jahren. Selbst damals, als du noch ein Kind warst. Du wolltest die Zukunft nicht sehen, also konntest du auch nicht sehen, was direkt vor deiner Nase war, meistens. In gewisser Weise blind.«

»Jetzt kann ich es besser«, sagte Quentin.

»Ach ja? Wegen der, nehm ich an.« Sie zeigte mit dem Messer auf Diana. »Ich wusste, dass jemand Türen öffnet, aber ich war mir nicht sicher, wer es ist. Bis sie mit den Besuchen in der grauen Zeit angefangen hat.«

»Sie waren mal ein Mörder«, sagte Diana. »Vor langer, langer Zeit. Sie haben viele Menschen ermordet.«

»Klar, hab ich. Mach ich immer noch. Wegen der verdammten Mistkerle, die mich umgebracht haben. Bis dahin hatte ich nie so eine Wut. Danach wollte ich unbedingt weiterleben. Also hab ich's getan.«

»In gewisser Weise«, meinte Quentin. »Sie haben existiert, schwache Geister und verletzliche Körper besessen. Deswegen mussten so viele Kinder sterben.«

»Du hast ja keine Ahnung. Der Spaß war nicht, die Kinder umzubringen. Der Spaß war, von ihren Eltern Besitz zu ergreifen und sie zu zwingen, ihre eigenen Gören zu töten.«

»Dann wurde Missy ...«

»Diejenige, die sich Laura Turner nannte, hat Missy getötet. Mit ein bisschen Hilfe von mir.« Das menschliche Gesicht, hinter dem ein Monster lauerte, verzog sich zu einer Grimasse. »Hat sie in den Wahnsinn getrieben. Passiert manchmal mit schwachen Geistern. Ich musste rasch aus ihr raus. Konnte sie danach nicht mehr unter Kontrolle halten.«

»Sie – Mrs Kincaid hat Laura ein Alibi gegeben.«

»Na klar. Ich wollte nicht, dass jemand aus der Lodge in Verdacht geriet. Das hier ist mein ... Stützpunkt, könnte man sagen. Außerdem wollte ich sie noch mal benutzen. Dann hat Laura den Vater des Kindes angerufen, hat ihm die Ohren darüber vollgeheult, was sie getan hat, und dass sie bestraft werden müsse. Ich hab nicht darauf gewartet, bis er herkam. Hab mich selbst darum gekümmert.«

»Sie ist nicht von hier verschwunden, nicht wahr?«

»Nein, aber ich hab es so aussehen lassen.« Das Etwas in der Hülle der Hausdame machte wieder eine Grimasse.

»Und als er – als der Vater des Kindes herkam, wollte er das alles ... unter den Teppich kehren«, sagte Diana.

»Mag schon sein. Wegen allem, was passiert war. Mir war das nur recht.«

Diana spürte, wie sich Quentins Finger noch fester um ihre schlossen, und merkte, dass ihm bewusst war, wie sehr sie sich darauf konzentrieren musste, die Tür halb offen zu halten. Es kostete sie all ihre Kraft und noch einen Teil von seiner; sie fühlte das Ziehen von der anderen Seite, die natürliche Zugkraft der Tür, die immer nur kurze Zeit offen sein durfte und sonst geschlossen sein sollte.

Je länger sie die Tür halb offen hielt, desto mehr Zugkraft wurde eingesetzt, um sie zuzuschlagen.

Sie würden all diese Zugkraft brauchen, das wusste Diana. Die einzige Möglichkeit, dieses Böse da vor ihnen zu zerstören, bestand darin, seine Energie durch die graue Zeit, durch den Schwebezustand zwischen den Welten in das zu schleudern, was dahinterlag. Es weit über die physische Welt hinauszutragen, damit keine Tür ihm jemals wieder Zugang gewähren würde.

Diana befürchtete, dass sie die Tür nicht lange genug aufhalten konnte, trotz Quentins Hilfe, aber dann sah sie Missy hinter dem Wesen auftauchen, und das so zerbrechlich wirkende Kind schob die körperliche Hülle gewaltsam von hinten an, auf die Tür zu.

Mit aller Kraft, die sie und Quentin aufbringen konnten, zog Diana die grüne Tür ganz auf.

Gerade lange genug.

In diesem Moment sah Diana alle Geister der Lodge an sich vorbeihasten, um mitzuhelfen, das Wesen und seine menschliche Hülle durch die Tür zu schieben. Die Frau in dem viktorianischen Kleid, die Krankenschwester, der Mann in grober Arbeitskleidung, die kleinen Jungen – und dann verschwommene Energie, Geister, Dutzende, ein Gewühle, Gedränge, das durch die Tür quoll, durch alle Türen, rohe Kraft mit dem alleinigen Zweck, die schwarze Essenz, die als Einziges von Samuel Barton übrig geblieben war, aus der menschlichen Hülle zu ergreifen, zu packen und herauszuzerren ...

In diesem unendlichen Augenblick schien es, als zöge die durch die Tür strömende Energie auch Diana mit, aber Quentin ließ nicht los. Bis schließlich der letzte Schwall vorbeirauschte, ihr die Tür aus der Hand riss und sie zuschlug.

»Alles in Ordnung. Jetzt ist es nur noch eine Tür.«

Geschwächt lehnte sich Diana an Quentin, und beide schauten Missy an.

Eine andere Missy. Anscheinend in Fleisch und Blut, kein Geist. Immer noch dünn und zerbrechlich, aber lächelnd, nicht mehr wie von Geistern gehetzt.

Na, schau mal an. Diana hätte fast gelacht.

Ohne Dianas Hand loszulassen, fragte Quentin zögernd: »Warum kann ich dich sehen?«

»Weil Diana es kann. Ihr beide seid miteinander verbunden, seit ihr euch zum ersten Mal berührt habt.« Ihr Lächeln wurde breiter. »Ich glaube, manche nennen das Schicksal.« Sie hielt die Hand hoch, in der ein Medaillon lag. »Vielleicht hat das Ding in Mrs Kincaid das hier Ellie weggenommen, nachdem es sie getötet hat. Damit ich es wiederbekomme.«

Fast zu müde, um zu denken, setzte Diana zu einer Frage an. »Missy ...«

»Sie hat ihren Frieden, Diana. Mommy. Sie ist vor langer, langer Zeit hinübergegangen, nachdem sie mich gefunden hat.«

»Das war der Grund?«

»Als ich entführt wurde, dachte Mommy, sie könnte ihre Gaben benutzen, um mich zu finden. Aber sie waren zu stark für sie. Die Tür, die sie gemacht hatte, führte nur ... in eine Richtung.«

Leise ergänzte Quentin: »Und ein von seinem Geist getrennter Körper lebt nicht lange.«

Missy nickte.

Diana hatte endlose Fragen, wusste aber, dass nur noch wenig Zeit blieb. Also fragte sie das Einzige, was für sie und Quentin wichtig war.

»Geht es dir jetzt gut?«, wollte sie von ihrer Schwester wissen.

»Es geht mir gut. Es hat geklappt. Die Energie von allen, die bereit waren hinüberzugehen, hat ausgereicht, um das Böse aus der Hülle zu ziehen und es durch die graue Zeit auf die andere Seite zu befördern. Es kann nie wieder jemandem Schaden zufügen.«

Quentin sah Diana an. »Ein Grundgesetz der Physik. Energie kann nicht zerstört, nur transformiert werden.«

Ernst bestätigte Missy: »Ja, es geht alles um Physik.«

Wieder wollte Diana lachen. Stattdessen sagte sie: »Ist dir klar, dass ich, sobald die Sonne aufgeht, überzeugt sein werde, nur geträumt zu haben?«

Missy schaute auf die verschränkten Hände der beiden und lächelte wieder. »Ich glaube nicht. Ich glaube, dass du von jetzt an keine Schwierigkeiten haben wirst, genau zu wissen, was wirklich ist und was nicht.« Sie trat an ihnen vorbei und öffnete die grüne Tür. Zunächst verschwamm alles, dann konnten sie drinnen ein hübsches, altmodisches Schlafzimmer erkennen.

»Missy …«

Sie schaute Quentin an. »Ich danke dir dafür, dass du nie aufgegeben hast und die ganzen Jahre über immer wieder hergekommen bist. Das hat mir die Kraft gegeben, das zu tun, was ich tun musste. Und es war nicht deine Schuld, weißt du. Es war überhaupt nicht deine Schuld. Etwas so Altes … so Böses … Du hättest es nicht wissen und auch nicht aufhalten können. Und manches muss genau so geschehen, wie es geschieht.«

Diana hätte sich von Missy verabschiedet, wollte das auch gerade tun, aber Missy nahm ihr die Entscheidung ab, lächelte sie beide lieb an und trat durch die Tür des hübschen Schlafzimmers. Und schloss sie hinter sich.

Quentin und Diana sahen sich an, hatten kaum die Zeit, richtig zu sich zu kommen, als Nate mit gezogener Waffe um die Ecke gerannt kam.

»Himmel«, keuchte er, »ist euch beiden was passiert? Cullen sagt, die Kincaid sei durchgedreht und hätte versucht, ihn umzubringen. Er blutet wie ein abgestochenes Schwein. Wo ist sie?«

Diana zögerte, streckte dann die Hand aus und öffnete langsam die Tür. Drinnen sahen sie nur ordentliche Regale mit aufgestapelter Bettwäsche und Handtüchern. Und mitten in dem Raum, neben einem leeren Wäschekarren, lag der ausgestreckte Körper von Virginia Kincaid, das blutige Messer noch in der Hand.

Nate trat vorsichtig ein, stieß das Messer mit dem Fuß beiseite, bevor er sich bückte und nach ihrem Puls tastete. »Sie lebt noch«, sagte er.

»Atmet zumindest«, murmelte Quentin.

»Der Arzt sagt, sie hätte einen Schlaganfall gehabt«, teilte ihnen Nate später am Morgen mit. »Sie liegt im Koma, und man weiß nicht, ob sie je wieder aufwacht.«

»Ich habe das Gefühl«, sagte Diana, »dass sie nicht wieder aufwachen wird.« Sie hatte ebenfalls das Gefühl, dass ein großer Teil von Virginia Kincaids Geist über die Jahre zerfressen worden war und dass dieser letzte Ausbruch ein endgültiger war. Eine Befreiung aus einer bösen und unbarmherzigen Hölle.

Nate ging nicht darauf ein oder ignorierte es absichtlich. »Und Cullen Ruppe ist außer Gefahr, da die Blutungen zum Stillstand gebracht werden konnten. Er behauptet, nicht zu wissen, warum sie sich plötzlich auf ihn gestürzt hat. Wenn ihr mich fragt, die Frau hat einfach durchgedreht. Irgendwas liegt hier in der Luft, glaube ich.«

»Jetzt nicht mehr«, verkündete Quentin.

Der Polizist musterte sie beide, wie sie da nebeneinander auf dem Sofa saßen. »Ihr beide seht ganz schön frisch aus, dafür, dass ihr eine lange Nacht ohne Schlaf hinter euch habt.«

»Viel Kaffee«, erklärte Diana.

Nate schnaubte. »Ich hab literweise von dem Zeug getrunken und bin immer noch fix und fertig. Und man würde nie drauf kommen, dass heute Samstag ist, nach allem, was ich noch zu tun habe. Da die Kincaid euch gegenüber gestanden hat, Ellie umgebracht zu haben – aus den Handyunterlagen ging übrigens hervor, dass Ellie ein Ferngespräch mit einer Nummer geführt hat, die wir zu einem Gast verfolgen konnten, der vor zwei Monaten hier war, und der Arzt bestätigte, dass sie schwanger war ... Was wollte ich sagen?«

»Da Mrs Kincaid gestanden hat«, gab ihm Quentin das Stichwort.

»Ach ja. Da sie gestanden hat, ist damit der Mord so gut wie aufgeklärt. Diese Höhlenforscher, von denen du mir erzählt hast, werden die Höhlen untersuchen, aber sie treffen wahrscheinlich erst nächste Woche ein. Die forensischen Anthropologen kommen morgen früh, und ich lasse die Sattelkammer die ganze Zeit bewachen. Die Anthropologen werden sich auch das Skelett ansehen, das wir im Garten gefunden haben, obwohl die DNA-Analyse bereits bestätigt hat, dass es sich um die Überreste von Jeremy Grant handelt. Danke übrigens, dass du das so schnell durchboxen konntest.«

»Gern geschehen«, erwiderte Quentin. »Jemand war mir einen Gefallen schuldig.«

»Muss aber ein großer Gefallen gewesen sein. Im Staatslabor kann so was Monate dauern.«

Ohne darauf zu reagieren, fragte Quentin: »Ist die Mutter benachrichtigt worden?«

»Ja. Das hat für sie die Sache abgeschlossen.«

»Manchmal«, sagte Quentin, »brauchen wir genau das, bevor wir etwas hinter uns lassen können. Und nach vorne schauen können statt zurück.«

»Das Ende einer Besessenheit?«, fragte Nate neugierig.

»So könnte man es nennen.«

Stephanie, die in diesem Moment die Lounge betrat, sagte: »Ich kann immer noch nicht glauben, dass meine Hausdame eine Mörderin war. Obwohl ein Teil von mir es glauben kann, was mir unheimlich ist.«

Auch sie sah erstaunlich frisch aus für eine Nacht ohne Schlaf.

»Betrachten Sie sie als krank«, meinte Diana. »Sehr, sehr krank.«

»So krank wie die Axtmörderin Lizzie Borden, oder

wie?« Stephanie überlief ein Schauder. »Ich brauche eine neue Hausdame. Und das rasch.«

Quentin schaute sie an. »Eine, die keine Geheimnisse über die Gäste notiert?«

»Genau. Weil ich mir ziemlich sicher bin, dass Mrs Kincaid es war. Aus eigenen Stücken, nicht, weil sie dafür bezahlt wurde.«

»Diese Liste, die Sie uns gezeigt haben, von den Geschäftsführern, die für das Aufschreiben all der Geheimnisse bezahlt wurden – endete die mit dem Geschäftsführer, der vor fünf Jahren hier war?«

Sie nickte.

»Die beiden Geschäftsführer unmittelbar vor mir standen nicht auf der Liste. Und ich offensichtlich auch nicht. Ich wusste nicht mal was davon, bevor ich die Liste fand. Und sie wäre mir auch nicht verdächtig vorgekommen, wenn ich nicht nach genau so etwas gesucht hätte. Auf den ersten Blick erschien sie mir nur wie eine Liste von Bonuszahlungen an die Geschäftsführer. Von außen betrachtet nicht ungewöhnlich. Erst als ich sie mit den Gehaltslisten verglichen habe, wurde mir klar, dass diese Bonuszahlungen weit überhöht waren. Außerdem habe ich das erste Hauptbuch gefunden und ebenfalls damit verglichen, wobei sich herausstellte, dass mindestens einige der Bonuszahlungen bar erfolgten und nicht über die Bücher gelaufen sind.«

»Das würde ich verdächtig nennen«, meinte Nate.

»Und ich frage mich, warum es vor fünf Jahren endete«, fügte Quentin hinzu. »Haben Sie eine Ahnung, wer diese Liste zusammengestellt hat, Stephanie?«

Sie nickte prompt. »Wenn ich raten müsste – und das muss ich –, war es vermutlich Douglas Wallace. Ich glaube, er war derjenige, der diese sogenannte Organisation der Unterlagen im Keller vor etwa fünf Jahren in die Wege geleitet hat, wahrscheinlich nur, weil er ein analfixierter Ordnungsfreak ist. Aber dabei fand er Zeug, das er wirklich nicht finden wollte, und hat die Liste aufgestellt.

Ich habe einige Daten genauer überprüft, wobei sich herausstellte, dass um die Zeit, als Doug die alten Unterlagen im Keller durchging, der letzte Nachfahre der ursprünglichen Besitzer gestorben ist.«

Nate riet: »Sie wollen damit sagen, dass die Geheimniskrämerei mit ihm starb?«

»Die offizielle. Und das ergibt einen Sinn. Was vermutlich als ziemlich skrupellose Möglichkeit begann, zur Zeit der Räuberbarone Druckmittel in die Hand zu bekommen, wurde allmählich zu einer von niemand mehr hinterfragten Gewohnheit und schließlich, wie viele alte Traditionen, überflüssig.«

»Wir haben keine neueren Einträge gefunden«, bemerkte Diana. »Wobei ich, wie Sie, darauf wetten würde, dass wir unter Mrs Kincaids Sachen ein Tagebuch finden. Ich wette, sie war in den letzten Jahren die Bewahrerin der Geheimnisse.«

»Vielleicht wollte sie die alten Traditionen nicht sterben lassen«, meinte Stephanie. »Das würde ihr sehr ähnlich sehen.«

Diana ließ es so stehen, da sie nicht wissen konnte, ob der eigene Geist der Hausdame dazu fähig war oder ob sie dabei unter dem beherrschenden Einfluss von Samuel Barton gestanden hatte.

Stephanie schüttelte den Kopf. »Ich frage mich, ob das hier jemals ein normales Hotel sein kann.«

»Vielleicht schon«, erwiderte Diana. »Von jetzt an.«

»Wir werden sehen. Hören Sie, ich weiß nicht, wie das

bei Ihnen aussieht, aber die nüchterne Wahrheit ist, dass ich Hunger habe, und der Koch macht einen köstlichen Brunch. Wie wär's mit ein wenig fester Nahrung, um all den Kaffee auszugleichen?«

Nate sprang sofort auf. »Mich brauchen Sie nicht zweimal zu fragen.«

Als sich Diana und Quentin ebenfalls erhoben, sagte Stephanie zu ihnen: »Falls jemand daran interessiert ist: Ich denke, wir können der Lodge und den Leuten, die sie über die Jahre in Besitz hatten und sie geführt haben, einiges zum Vorwurf machen. Wissen Sie, ich habe bei den Unterlagen einen Zeitungsartikel gefunden über einen Mann und dessen Familie, die vor etwa zehn Jahren zwischen hier und Leisure bei einem Autounfall ums Leben kamen. In dem Artikel wird angedeutet, dass der Mann unter Depressionen litt und selbstmordgefährdet war. Und in derselben Mappe lag eine Notiz, vom damaligen Geschäftsführer, nehme ich an, dass einem Kellner kurz darauf gekündigt worden war, weil er Reportern erfundene Geschichten erzählt hatte. Der Geschäftsführer hatte ebenfalls notiert, dass man die überlebenden Familienmitglieder wegen des falschen Zeitungsartikels benachrichtigen sollte. Aber das wurde nie getan.«

»Woher wissen Sie das?«, fragte Quentin.

»Keine Kopie des entsprechenden Briefes in der Mappe. Und dieser Geschäftsführer scheint es mit dem Kopieren von ungefähr allem peinlich genau genommen zu haben.«

»Sie«, meinte Nate mit einem Augenzwinkern, »sind ja die reinste Detektivin. Kann ich Sie abwerben?« Er griff nach ihrer Hand und führte sie lachend aus dem Raum.

Quentin wollte ihnen folgen, als das kleine Mädchen, das sie schon mehrfach gesehen hatten, mit ihrem Hund auf dem Arm aus dem Nebenraum in die Lounge kam.

Ernst sagte sie: »Bobby muss das erfahren.«

»Was muss er erfahren?«, fragte Diana.

»Dass Daddy uns nicht umbringen wollte.« Abwesend rieb sie ihr Kinn an dem seidigen Fell des Hundes. »Wissen Sie, mein kleiner Bruder Bobby war nicht bei uns. Er war krank gewesen, daher blieb er bei Grandma, als wir hierherkamen. Und als wir abfuhren, hat es geregnet. Und war neblig. Und Daddy war nicht an Bergstraßen gewöhnt. Das war der Grund.«

Quentin war zutiefst schockiert, aber für Diana war die Situation eindeutig etwas Vertrautes. Sie nickte. »Wir sorgen dafür, dass Bobby die Wahrheit erfährt. Wie heißt du?«

»Madison. Und das hier ist Angelo. Er war damals bei uns. Er geht mit mir überall hin. Überall.«

»Ihr könnt jetzt beide gehen«, sagte Diana sanft. »Zu deinen Eltern.«

Madison seufzte. »Ich dachte, sie sind hier, wissen Sie. Aber ich war schon immer gut darin, mir Dinge einzubilden. Ich glaube, ich habe mir nur eingebildet, dass sie hier sind. Ich vermisse sie. Angelo und ich, wir sind jetzt bereit zu gehen. Vielen Dank.«

»Keine Ursache, Madison.«

Während sie ihr nachblickten, trug das kleine Mädchen ihren Hund zur Tür und löste sich in nichts auf, bevor sie den Flur erreichte.

»Großer Gott«, murmelte Quentin.

Diana schaute ihn mit leichtem Lächeln an. »Nach allem, was wir letzte Nacht durchgemacht haben, erschüttern dich ein kleines Mädchen und ihr Hund?«

»Na ja … ich habe sie gesehen. Ganz deutlich.« Er runzelte plötzlich die Stirn. »Seit dem Morgen, als wir uns kennengelernt haben.«

»Ich schätze, Missy hat recht. Wir sind miteinander verbunden.«

Nach einem Augenblick ergriff Quentin ihre Hand und hielt sie fest. »Das denke ich auch. Wie fühlst du dich dabei?«

»Hoffnungsvoll.«

»Kommst du mit mir nach Virginia?«

»Tja, ich muss doch Bishop kennenlernen.«

»Diana.«

Sie strahlte ihn jetzt an. »Lass uns ein Abkommen treffen. Du hilfst mir, meinen Vater davon zu überzeugen, dass ich eine geistig normale und vernünftige Frau bin – trotz der Geheimnisse, die er zu meinem Besten vor mir verborgen hat. Und dann – sehen wir weiter. Einverstanden?«

»Einverstanden«, erwiderte er und küsste sie.